André Gebel

Eiskalter Abgrund

Der diplomierte Betriebskaufmann André Gebel studierte Marketing an der Universität zu Köln und war neben seinen beruflichen Stationen in Industrie und Agentur, schon immer an Literatur interessiert. Über acht Jahre lang entwickelte er zuletzt strategische Marketingkonzepte und Kampagnen für die Kunden einer Münchner Digitalagentur. Dabei sind die Sozialen Medien sein Spezialgebiet. Um den Markt der Influencer besser verstehen und analysieren zu können, gründete Gebel im Jahr 2016 mit Turnagain seinen ersten Reiseblog. Heute berät er als selbständiger Experte Konsumgüter-Brands, Hotels und Destinationen, schreibt Reiseberichte, führt einen Podcast und hält Vorträge auf Fachkongressen. André Gebel lebt mit seiner Frau in München.

André Gebel

Eiskalter Abgrund

Psychothriller

PIPER

Mehr über unsere Autoren und Bücher:
www.piper.de

Wenn Ihnen dieser Krimi gefallen hat, schreiben Sie uns unter Nennung des Titels »Eiskalter Abgrund« an empfehlungen@piper.de, und wir empfehlen Ihnen gerne vergleichbare Bücher.

Wir produzieren nachhaltig
www.piper.de

ISBN 978-3-492-50646-5

Redaktion: Julia Feldbaum
Satz auf Grundlage eines CSS-Layouts
von digital publishing competence (München)
mit abavo vlow (Buchloe)
Covergestaltung: Alexa Kim »A&K Buchcover«
Covermotiv: IgorPylBO/depositphotos.com und André Gebel
Printed in Germany

Für all die Träumer, die glauben,
dass sie im Leben alles erreichen können.
Ihr habt recht, und jetzt holt euch die Sterne
vom Himmel.

Begib dich an einen Ort,
an dem vor dir noch nie ein Mensch gewesen ist.
Kehre dein Innerstes nach außen
und zeige es der ganzen Welt.
Geh bis ans Ende und gib nicht vorher auf.
Wenn du das schaffst, ist die Belohnung dein.

Messner-Challenge

Prolog

Obwohl die Tür geschlossen war, türmte sich ein schmaler Streifen Sand auf den abgenutzten Bodendielen auf und schob sich zentimeterweise in den zugestellten Korridor hinein. Sand fand immer einen Weg, und es war ein müßiges Unterfangen, diesen ständig zu entfernen. Sie hatte es aufgegeben, bevor sie jemals damit angefangen hatte. Für wen sollte sie das Haus auch sauber halten? Außer ihr lebte niemand hier am Ende der Straße, und es würde auch niemand mehr nachfolgen. Heute war ihr Tag gekommen, das hatte ihr der komatöse Schlaf am frühen Morgen eingehaucht, als sie gegen acht Uhr mit einem dumpfen Schädel aufgeschreckt war. Der Whisky. Ohne ihren Freund aus der Pulle hätte sie kein Auge zutun können. Daran glaubte sie fest, wie auch an ihren Minderwert für die Gesellschaft. Den Job im Hotel hatte sie vor einem Jahr gekündigt, alle Freundschaften beendet, falls es jemals welche gewesen waren, und den letzten Faden zur Familie abgebissen.

Sie betrachtete sich im Spiegel, der genauso stumpf war wie ihr äußeres Erscheinungsbild. Die einst pechschwarzen Strähnen, die ihre Mutter so an ihr geliebt hatte, wirkten fransig und verfilzt, und trotz der jungen zweiundzwanzig Jahre, zogen erste Silberfäden durch ihr Haar. Ihr Gesicht sah aufgedunsen aus und die Wangen glühten rot vom Alkohol. *Ungepflegt* würden die Leute im Dorf dazu sagen, und sie könnte es ihnen nicht einmal verübeln. Sie hatte sich schon lange aufgegeben, weil es einfach keine Hoffnung für sie gab. Sie würde nie so schön und schmal sein wie die attraktiven Püppchen auf dem Instagram-Kanal. Sie hatte nicht mal große Brüste, wie Jonah Anderson bemerkt hatte, mit dem sie vor zwei Jahren einmal ausgegangen war. Stattdessen bildete sich ein ordentlicher Rettungsring um ihre Hüften, und es zeigten sich Vorboten des Doppelkinns, das ihre Mutter schon in jungen Jahren geprägt hatte. Sie war alles andere als schlagfertig und schon froh darüber, eigenständig eine Pizza bestellen zu können. Online versteht sich. Vor ein paar Monaten hatte sie versucht, dagegen anzugehen, und gesund und fotogen gekocht. Doch ein böser Kommentar auf Instagram hatte ihr diesen Eifer wieder ausgetrieben.

Egal was sie versuchte, nichts schien ihr zu gelingen. Sie konnte weder kochen noch tanzen, singen oder irgendetwas anderes, um als Influencer durchzustarten. Sie war aus ihrer Sicht nicht einmal 08/15 und sollte besser gar nichts von sich preisgeben. Kein Wunder, dass sie keinen Typen abbekam und keine Freundin mit ihr Kaffeetrinken gehen wollte. Sie war allein mit ihren Idolen und den virtuellen Freunden, die ihr jeden Tag in bunten Bildern zeigten, wie schön das Leben woanders war. Zumindest wenn man schlank war und blonde Locken hatte. Wenn man nie um einen Spruch verlegen war und durch die Welt spazierte, als würde sie einem zu Füßen liegen. Was hätte sie darum gegeben, so wie die anderen zu sein, um angehimmelt und verehrt zu werden?

Sie klammerte ihre Haare mit der rechten Hand zusammen und hielt sie in die Luft wie einen welken Blumenstrauß. Danach band sie ein Haarband um das Büschel und starrte auf ihr Handy, das wie ein Magnet auf dem Küchentisch neben der Kaffeetasse lag. Das schwarze Ding zog sie magisch an, noch schlimmer als der Whisky, und sie spürte bereits das Kribbeln in den Fingern.

Ihr Bruder hatte ihr das Smartphone vor einem guten Jahr geschenkt, nachdem sie vorher immer nur gebrauchte aus dem Internet gekauft hatte. Es war das neueste Modell mit hochmoderner Kamera, Dreifachzoom und hoch auflösendem Selfiemodus. Wie gemacht für einen Influencer, der täglich etwas posten musste, um Follower zu binden. Doch sie hatte mit dem teuren Teil zuletzt nur Schnappschüsse von der Veranda aus gemacht und diese ohne einen Kommentar auf Instagram gepostet. Nur einmal hatte sie den Mut gehabt und ein Selfie von sich hochgeladen. Sie mochte das Bild, auch wenn ihr die Person nicht wirklich ähnlichsah. Die Haare lagen offen über ihrer Schulter, die Lippen waren leicht geöffnet und mit rotem Lippenstift bemalt. Verführerisch sollte es aussehen, doch die Reaktion war mehr als nur ernüchternd gewesen.

Bist wohl in den Farbeimer gefallen, kommentierte ein alter Mitschüler, der sie schon zu Schulzeiten gemobbt hatte. Drei Schweineköpfe als Emoji gab es von einem User, den sie nicht einmal kannte.

Sie griff zu ihrem Handy und checkte ein letztes Mal die Nachrichten auf Instagram. Nichts. Nicht, dass sie etwas anderes erwartet hätte, schließlich waren ihre virtuellen Freunde viel zu sehr damit beschäftigt, Content zu kreieren, als auf ihre Nachrichten einzugehen. Obwohl: Zuletzt hatte ihr eine coole Outdoor-Influencerin sogar geantwortet und ihr Mut zugesprochen. *Trau dich, sei mutig. Kein Übel ist so schlimm, wie die Angst davor.* Diese Botschaft hatte ihr gutgetan, denn sie war nur für sie bestimmt gewesen, auch wenn der Dialog danach beendet war.

Ihr Daddy war der letzte Mensch auf Erden gewesen, der ihr das Gefühl gegeben hatte, etwas Besonderes zu sein. *Prinzessin* hatte er sie genannt, und obwohl es abgedroschen geklungen hatte, war es stets Musik in ihren Ohren gewesen. Doch Daddy war schon lange nicht mehr da. Er war einfach von einer seiner Truckerfahrten nicht mehr heimgekehrt und seitdem verschwunden geblieben. Er sei verunglückt und ins Meer gefallen, hatte ihre Mutter behauptet, die der Bauchspeicheldrüsenkrebs nur ein Jahr später in den

Himmel oder in die Hölle hatte fahren lassen. Je nachdem, wen man in der Nachbarschaft fragte. Bis heute hatte sie keinen blassen Schimmer, was mit ihrem Daddy wirklich passiert war, nur dass er sie allein gelassen hatte. Allein auf dieser Welt, die sich fortan auf dem kleinen Bildschirm für sie abgespielt hatte.

Sie drückte auf die rechte Taste ihres Smartphones, und der Screen erlosch für sie zum letzten Mal. Sie legte das Handy auf den Schuhschrank unter der Garderobe und griff zu ihrer Lederjacke, die einsam auf einem Haken hing. Daddys Lederjacke, um genau zu sein, die zu hundert Prozent aus Polyester bestand und diesen Teddykragen besaß, den sie als Kind immer liebevoll gestreichelt hatte, als wäre er ein kleines Kätzchen.

Sie zog die Haustür hinter sich zu, machte sich auf den Weg und betrachtete die Grundstücke ihrer Nachbarn, als wären es kunstvoll manikürte Ziergärten. Doch es war nur eine Ansammlung von Sträuchern auf ausgedörrtem Staub und Sand, ein Mahnmal für die Ödnis dieser Gegend. Es gab in der Seitenstraße, an deren Ende sie wohnte, keine Bürgersteige, da niemand sie benötigte, und so lief sie mitten auf der Fahrbahn, was um diese Zeit nicht wirklich ein Problem war. Um zwölf Uhr mittags war nur auf dem Highway etwas los, so zumindest ihre Hoffnung.

Zehn Minuten später erreichte sie die Kreuzung und schaute sich zu beiden Seiten um. Links ging es ins Zentrum, falls man bei zwei Cafés, einer Tankstelle, dem Lebensmittelladen und drei Kitschgeschäften von einem Zentrum sprechen konnte, und die rechte Straße führte aus dem Dorf hinaus – in die Welt, die Unendlichkeit, hin zu jenem Ort, an dem ihr Daddy auf sie warten würde. Bald schon wären sie vereint, und er würde wieder *Prinzessin* zu ihr sagen und sie in seine braun gebrannten Trucker-Arme schließen. Nur noch ein paar Meter entlang des Highways, und sie würde alles hinter sich lassen.

Sie hörte das Aufbrausen des Motors bereits aus der Ferne. Zuerst klang es schwach wie das Summen einer Biene, doch mit jedem Meter, den das Fahrzeug näher kam, schwoll es an zu einem satten Grollen. Es war ein Truck, vielleicht sogar ein großer, einer, der drei gefüllte Container durch die Landschaft zog und durch nichts zu stoppen war. Er konnte nicht mehr weit entfernt sein, so viel stand fest, auch ohne, dass sie sich nach ihm umdrehen musste. Bald würde er vorbeirauschen, um ihr einen Windstoß zu verpassen. Vielleicht noch hundert Meter oder fünfzig. Vielleicht war es Daddy, der noch immer seine alten Routen fuhr und nach ihr Ausschau hielt.

»Trau dich, sei mutig«, sagte sie zu sich selbst und beschleunigte die Schritte hin zu einem Spurt, um vom Seitenstreifen auf die Straße zu gelangen – ganz wie ein Surfer, der schnell noch mit der nächsten Welle reiten wollte, bevor sie brach. Doch die Welle war ein Peterbilt 378, der sie mit dem Kühlergrill erwischte und fünfzehn Meter durch die Lüfte wirbelte.

Kapitel 1

Tucker

Der Wind blies Tucker mit Eiseskälte ins Gesicht und ließ sie innehalten. Es schneite schon seit Tagen, und die Douglastannen schienen allmählich mit der Last ein wenig überfordert zu sein, die sich zentimeterweise auf den Zweigen stapelte. Hin und wieder versuchte ein durchhängender Zweig, die aufgestauten Flocken einfach abzuschütteln, doch die Erleichterung war nur von kurzer Dauer, dann war neuer Schnee an selbigem Platz. Außer Tucker war zu dieser frühen Zeit noch niemand unterwegs. Wie auch, denn schließlich war die *Elk Camp Gondola* nur für sie den weiten Weg hinauf zur Bergstation gefahren.

Der starke Schneefall war für Anfang November nicht gerade Standard, ging die Saison in Snowmass doch frühestens in einem Monat richtig los. Wieder so ein Klimawandel-Phänomen, dachte sich Tucker und stapfte in der Dämmerung die letzten Meter durch den Schnee, um den Ausgangspunkt am Long Shot zu erreichen. Eigentlich war das alles nicht ihr Ding. Das frühe Aufstehen, die Skier und die Abfahrt auf der stinknormalen Piste. Doch was war bei diesen Schneeverhältnissen schon normal? Außerdem war es ihr Job, und am Ende gab es gutes Geld für ein paar Fotos, auf denen sie Leichtigkeit und Spaß mit der Ausrüstung von ihrem Hauptsponsor verbreitet. Wenn nur dieser Wind nicht wäre, dachte sich Tucker und verfluchte auch die nächste Böe, die sie etwas straucheln ließ. Sie versank bis zu den Oberschenkeln im trockenen Pulverschnee und hatte Mühe, die Freeride-Bretter unter ihren Schuhen einzuklinken. Viel lieber wäre sie stattdessen mit dem Snowboard in den Aspen Highlands unterwegs gewesen, um mit ein paar Schwüngen erste Kurven in den Schnee zu fahren.

Tucker war allein und würde es auch bleiben. Vor ihr lag der tief verschneite Abhang, den sie Long Shot nannten, weil er endlos lang hinab nach Snowmass führt und die Oberschenkel dabei kräftig brennen ließ. Sie hatte geschlagene acht Kilometer ungemachte Buckelpiste vor sich, um jede Menge Fahrvergnügen in der konturenlosen Winterlandschaft einzufangen. Ihre Follower würden neidisch auf die Fotos schauen, denn solche Schneeverhältnisse gab es sonst nur in den Alpen. Ihrem Traumziel, was schon seltsam klang, da für viele Europäer Skifahren in den Rocky Mountains so was wie das Nonplusultra war. Tucker kramte das Handy aus der Skijacke und startete das Video: »Hallo Leute. Wie ihr sehen könnt, bin ich auf dem Elk Camp unterwegs, und wie ihr auch sehen könnt, bin ich ganz allein in diesem Powder-Paradies. Antonio von der Skiing Company hat mich exklusiv hier hochgeschaukelt und danach die Gondel einfach wieder abgestellt. Wie ich euch stets predige, müsst ihr euch die Kerle so erziehen, wie man sie halt braucht. Vor mir steht jetzt jede Menge Tiefschneespaß mit dem neuen Phantom XS Speed von Mountain Tech. Die besten Fotos seht ihr dann heute Abend auf Instagram. Den Link zum Shop von Mountain Tech findet ihr in meiner Bio. Und jetzt zum Schluss mein guter Rat an euch: Runter vom Sofa und raus in die Natur. Seid stärker als eure stärkste Ausrede!«

Tucker beendete die Aufnahme mit einem Motivationsspruch, den sie sich vorher aus dem Internet herausgesucht hatte. Sie fand diese Lebensweisheiten im Grunde peinlich, doch ihre Fans liebten sie dafür, und so baute sie die Floskeln gern in ihre Beiträge mit ein. Für ihre Follower war sie eine feministische Ikone, die die Männerwelt nach ihren Wünschen tanzen ließ.

Sie wischte ein letztes Mal über die Helmkamera und aktivierte dann per App die GoPro. Es konnte losgehen. Der Schnee knirschte unter den nagelneuen Skiern, die erst letzte Woche mit dem Flugzeug aus Innsbruck eingetroffen waren. Man musste dem Team von Mountain-Tech Respekt zollen, setzten sie doch alle Hebel in Bewegung, um Influencer wie sie mit den besten Materialien zu versorgen. Dabei war Tucker nicht einmal ein echter Profi mit Medaillen um den Hals, sondern nur ein Allerweltsgesicht mit großer Klappe und einer imposanten Zahl an Followern auf Instagram. Die ersten Fans hatte sie vor gut drei Jahren illegal im Internet gekauft, danach war es mit dem Support von Mountain Tech von selbst geflutscht, sodass man heute nicht mehr nachvollziehen konnte, woher der ganze Ansturm letztlich gekommen war. Gut für Tucker, denn schließlich war das ihr Geschäftsmodell, und mit jedem neuen Follower war der Preis für einen Post von ihr nach oben gestiegen.

Die ersten Schwünge kosteten viel Kraft, da sie den Schnee regelrecht zur Seite drücken musste. Immer wieder war sie gezwungen anzuhalten, um die Pistengrenzen auszumachen. Links und rechts von dieser Schneise durch den Wald von Douglastannen konnte es aufgrund der Felsen ungemütlich werden. Sie kontrollierte die ersten Aufnahmen, die wie ein Slalomlauf in Zeitlupe wirkten und kaum dem Anspruch ihres Auftraggebers genügen würden. Doch alles halb so wild, dachte sich Tucker, denn schließlich konnte man den Clip am Ende etwas schneller abspielen, um die gewünschte Dynamik vorzutäuschen.

Endlich erreichte sie das rote Schild, das ihr signalisierte, schon ein Viertel der Piste absolviert zu haben. Sie war mittlerweile wie ein Schneemann eingepudert, und der Skianzug in dunkelblauer Camouflage schien nicht gerade wasserfest zu sein. Wahrscheinlich hatten sie am Material gespart. Tucker musste sich kurz schütteln, um den Schnee von Schultern und Kapuze abzustreifen. Da ihr Skiausrüster keine Kleidung produzierte, war sie bei den Skiklamotten auf eine andere Firma angewiesen, die sich im Luxusmarkt versuchte. Perfekt für jedes Après-Ski-Event, doch völlig ungeeignet für einen Skitag bei extremen Konditionen. Dafür ließen sich die Sachen anschließend bei eBay gut verkaufen, sodass sie immer doppelt abkassieren konnte. Für die Fotos gab es einen Tausender aufs Konto, für die versteigerten Klamotten nochmals einen obendrauf. Nicht schlecht für einen Tag im Schneegestöber, den man sonst kaum anders hätte nutzen können.

Doch dafür musste Tucker jetzt ein wenig nachlegen, und so tauschte sie die Position der GoPro vom Helm auf ihren Stock, um noch diesen Camouflage-Anzug ins rechte Licht zu rücken. Sie beschloss zudem, ein wenig Tempo aufzunehmen, da ihr in dem Ding allmählich kalt wurde. Die Sicht war miserabel, doch sie kannte diese Abfahrt gut, sodass sie einen Slalom entlang der tief verschneiten Tannen startete. Der Skistock diente ihr dabei als Selfie-Stick und produzierte Serienfotos, aus denen sie später im Hotel die besten auszuwählen hatte. Eine endlos öde Arbeit, da bei diesem Wetter alles gleich aussehen würde. Tucker konzentrierte sich auf möglichst makellose Schwünge und versuchte, dabei unter ihrem Helm sogar zu lächeln, als wenn es sich um ein Bikini-Shooting handeln würde. Dabei verlor sie glatt den Überblick und übersah den Brocken, der unter einem Haufen Schnee vergraben lag. Sie konnte nicht mal reagieren, sondern landete kopfüber am Baumstamm einer Douglastanne, die durch den Aufprall ihre Schneelast einfach fallen ließ. Nadeln und Flocken rieselten auf Tucker nieder, die gegen die Symptome eines Blackouts anzukämpfen hatte.

Der Schädel brummte wie nach einem Kater, und sie löste händeringend den Verschluss an ihrem Helm, um besser sehen zu können. Dabei fiel ihr Blick zunächst auf ihre Beine, die leicht verdreht und ohne Skier gerade so eben aus dem Tiefschnee schauten. Die Bindungen mussten sich beim Sturz gelöst haben, um sie wie ein Katapult gegen diesen Baum zu schießen. Tucker drehte ihren Skihelm in den Händen und gaffte auf die Beule an der Außendecke. Glück gehabt, dachte sie nur und versuchte, ihre Beine zu bewegen. Sie merkte gleich, dass mit dem linken Knie etwas nicht stimmte. Hoffentlich kein Bänderriss, war Tuckers erste Sorge, denn schließlich hingen ihre Einnahmen im Winter rein vom Skifahren und Boarden ab. Sie tastete erst sachte, dann kraftvoll über das lädierte Knie, um zu prüfen, ob etwas gebrochen war. Es würde sicher Stunden dauern, bis sie jemand im Gelände fand, zumal nicht sicher war, ob heute überhaupt noch jemand auf den Gipfel kommen würde. Vielleicht wäre es nun an der Zeit, gleich einen weiteren Gefallen bei Antonio einzufordern, dachte sich Tucker, doch der Blick aufs Smartphone ließ den Mut verblassen. Kein Empfang!

Tucker fluchte und schrie die Douglastanne an, die als Antwort eine Salve Pulverschnee in ihre Richtung schickte. Es half nichts, und sie versuchte, sich am Skistock aufzurichten, der immer noch an ihrem linken Handschuh hing. Natürlich war die GoPro nicht mehr da und musste irgendwo im Schnee liegen. Tucker humpelte den Abhang ein paar Meter hoch, um nach ihrer Ausrüstung zu suchen. Zumindest schien der Adrenalinschub den Schmerz zu kompensieren, und sie entdeckte ihre Skier, die bereits mit Neuschnee überzogen waren. Der rechte Ski hatte eine böse Schramme unter der ansonsten makellosen Lauffläche, die wohl vom Crash mit diesem Felsen stammte, der schon wieder unter seiner weißen Tarnung abzutauchen schien.

»Fick dich, du Scheißfelsen!«, schimpfte Tucker und legte das Gestein mit ihren Händen frei, was in Anbetracht des steten Schneefalls ein eher hoffnungsloses Unterfangen war.

Kräfte sparen, war nach dem Wutanfall ihr naheliegender Gedanke, und sie schaute sich im Einheitsbrei der Winterlandschaft suchend um. Sie musste den mit einem Seil markierten Bereich der Piste irgendwie verlassen haben und war im ungesicherten Terrain gelandet. Hart gelandet, wie sie beim Betasten einer Beule auf der Schädeldecke feststellen musste. Doch der Helm hatte ihr das Leben gerettet, und sie war froh, die GoPro vorher abgemacht zu haben. Dabei fiel ihr die Kamera wieder ein, die nirgends aufzufinden war. Schöne Bescherung, dachte sich Tucker, denn neben dem kaputten Ski würde sie ganz ohne Fotos zurück in ihr Hotel kommen.

Der Rückweg war in der Tat noch eine andere Geschichte, und so packte sie die freigelegten Skier zunächst auf ihre Schulter, um zu Fuß den Weg in Richtung Piste aufzunehmen. Ausgerechnet sie, die ansonsten gern auf Instagram posierte, wie schön es sich im Backcountry doch fahren ließ. Das hatte sie jetzt von ihrem Einsatz mit den langen Brettern, die ihr schon beim ersten Anblick nicht geheuer gewesen waren. Nach der Rückkehr ins Hotel würde Tucker Mountain-Tech eine böse E-Mail schreiben, um das Honorar für den Skieinsatz aufs Doppelte zu schrauben. Schließlich riskierte sie ihr Leben, nur damit die Firma Tausende von diesen Brettern unter ihren Fans verkaufen konnte. Und dann federten diese Hightech-Skier nicht mal einen kleinen Sprung über einen unscheinbaren Felsen ab.

Die Sicht wurde wieder schlechter, auch wenn der Wind in dieser Mulde etwas nachgelassen hatte. Dennoch sollte Tucker ihr lädiertes Knie nicht allzu sehr beanspruchen, sodass sie sich entschied, es mit den Skiern zu versuchen. Die Bindungen schienen in Ordnung zu sein, und die Schuhe rasteten auf Anhieb ein, was bei all dem Schnee ein echtes Wunder war. Sie drückte sich mit dem verbliebenen Skistock ab und versuchte einen sanften Schwung, bevor sie wieder eine Pause machte. So könnte es gehen, dachte sie sich und massierte ihre Kniescheibe, um kurz danach zwei Tannen zu umkurven. Sie hielt sich immer links vom Hang, stets in der Hoffnung, wieder auf die Piste zu gelangen, die wenig später in Form von zugeschneiten Hinweisschildern vor ihr auftauchte. Das Skifahren wurde zwar nicht leichter, doch Tucker war zumindest vor den unliebsamen Felsen sicher, die ihr den Tag schon reichlich ruiniert hatten.

Geschlagene zwei Stunden brauchte sie für die Piste, die ein guter Fahrer wohl in fünfzehn kernigen Minuten geschafft hätte, doch am Ende war sie froh, die Talstation erreicht zu haben. Gut, dass keiner ihrer Follower sie dabei sehen konnte. In ihrem digitalen Leben gab es schließlich nur Erfolgsgeschichten, und dafür liebten sie die Fans. Die vergnügt-verrückte Tucker, die die Rocky Mountains unter ihrem Snowboard zähmte und in ihrem coolen Camper auch bei Minustemperaturen übernachtete.

Das Fahrzeug hatte sie von einem amerikanischen Hersteller erhalten und musste dafür monatlich drei Bilder und zwei Stories posten. Der Sprit war inkludiert, was der eigentliche Vorteil dieses Deals war, denn zum Übernachten war der Camper im Winter viel zu kalt und unbequem. Die Standheizung war außerstande, das Gefährt in Gänze zu beheizen, und Kochen auf zwei kleinen Platten war nun wirklich nicht ihr Ding. Zumindest kam sie mit dem Camper umsonst von A nach B, auch wenn sie heimlich im Hotel schlief.

Tucker schnallte ihre Skier von den Schuhen und stapfte wütend an zwei neugierigen Touristen vorbei, die sie Hilfe suchend fragten, ob man mit der Gondel bis nach oben kommen würde. Als frustrierte Antwort stopfte sie die stark zerkratzten Bretter einfach in die nächste Abfalltonne und drückte auf den Aufzugknopf am Sportgeschäft, um in die Tiefgarage zu gelangen. Ihr Camper stand als einziges Gefährt auf Ebene zwei, und sie wechselte in ihre roten Sneakers, um möglichst schnell nach Aspen zu gelangen.

Niemals würde sie auf ihrem Instagram-Account erwähnen, dass sie sich in diesem Schickimicki-Örtchen aufhielt, auch wenn ihr Aspen mächtig imponierte. Sie mochte diese rustikalen Bars und protzigen Boutiquen, die sonst in keiner Kleinstadt hier im Westen zu finden waren. Es wimmelte von jungen, gut aussehenden Menschen, meist Studenten, die im Zweitwohnsitz der Eltern einen winterlichen Spring Break zelebrierten. Am Anfang hatte sich Tucker unwohl in Gegenwart der ganzen Schnösel gefühlt, die in ihrem Leben keine finanziellen Sorgen kannten. Schließlich stammte sie selbst aus einfachen Verhältnissen und hatte sich eher durch Geschick und Zufall in dieses Millionendorf gemogelt.

Aufgewachsen in Rock Springs, Wyoming, schien ihr Lebensweg bereits in jungen Jahren vorgezeichnet, und sie hatte im Southwest Grill geschuftet, um den durchreisenden Gästen Burger und Fajitas an den Tisch zu bringen. Mit dem hart verdienten Geld hatte sie sich irgendwann einen Wohnwagen kaufen wollen, um möglichst rauszukommen aus dem Trailer Park, in dem sie mit der zweiten Familie ihrer Mutter lebte. Tucker hatte die neuen Anhängsel nur schwer ertragen können, diesen strohdummen Stiefvater und ihre zwei nervenden Halbgeschwister, die von ihr nichts wissen wollten. Am Ende war dann alles anders gekommen und besser, als sie sich erträumt hatte, was aus ihrer Sicht nur Zufall gewesen war. Ein grandioser Zufall, wie sie heute attestieren musste, und so saß, aß und nächtigte sie heute mit den Reichen und Schönen in Aspen, Colorado. Sie fühlte sich dazugehörig, auch wenn jeder Blinde sofort sehen konnte, dass sie nicht aus dieser Schicht stammte.

Tucker parkte ihren Camper in der Tiefgarage vom Lemon8 Hotel, wo sie seit einer guten Woche eine Junior-Suite bewohnte. Natürlich ohne zu bezahlen, denn schließlich war sie mit dem Manager befreundet. Sie hatte Henning, wo auch sonst, in einer Sportsbar kennengelernt und ihn mit ihren Stories fasziniert. Sie glaubte zwar nicht wirklich, dass er auf sie stand, doch zumindest reichte es fast jedes Mal, um hier kostenlos zu übernachten.

»Wie war dein Tag?«, fragte Henning, der allein an der Rezeption stand und einen Stapel Rechnungen durchsah. Im Hintergrund flimmerte die neue Videowall, die Henning für 600.000 Dollar hatte installieren lassen.

»Wie soll er schon gewesen sein?«, schnaufte Tucker, die am liebsten wortlos in ihrer Suite verschwunden wäre, »meine Skier sind im Arsch, die GoPro liegt im Schnee, meine Kniescheibe ist lädiert, und ich habe eine Beule auf dem Kopf.«

»Ich habe dich gewarnt. Heute ist kein Wetter für shiny, happy Fotos«, meinte Henning und kniff oberlehrerhaft ein Auge zu.

»Danke für den klugen Rat, Papa. Schick mir eine Pizza in die 402, und dann lass mich einfach nur in Ruhe«, meinte Tucker angesäuert und war bereits an ihm vorbei. Sie nahm die Pudelmütze vom Kopf und fuhr sich mit beiden Händen durch die aschblonden Naturlocken, die sie von ihrer Mutter geerbt hatte.

»Du hast Post«, rief ihr Henning hinterher.

»Netter Versuch. Doch Post wird heute per E-Mail ausgetragen. Die Zeiten haben sich geändert, auch wenn du es nicht mitbekommen hast«, blaffte Tucker harsch, weil sie wusste, dass Henning es vertragen konnte.

»Dann kann ich den Umschlag auf den Namen *OutdoorBeast* wohl in die Tonne werfen«, spielte dieser seinen Wissensvorsprung aus.

Tucker humpelte zurück zur Rezeption und kniff die Augen fest zusammen, denn *OutdoorBeast* war ihr Pseudonym auf Instagram.

»Wenn du mich verarscht und ich mit meinem angeknacksten Knie für nichts und wieder nichts Schritte gehe, siehst du mich nie wieder«, drohte Tucker, ohne es so zu meinen. Denn schließlich liebte sie den Luxus im Hotel, und Henning war zumindest eine gute Seele, auf die man sich verlassen konnte. Und so schien er sie auch diesmal nicht zu enttäuschen, sondern winkte mit dem DIN-A4-Kuvert in seinen Händen.

»Ich bin doch gar nicht hier. Zumindest nicht offiziell?« - Tucker war sichtlich überrascht und starrte auf das Stück Papier.

»Kein Absender, abgestempelt in der Schweiz. Vielleicht ein neuer Auftrag?«, meinte Henning und wog den Umschlag vorsichtig in beiden Händen, als hätte dieser einen unschätzbaren Wert.

»Sponsoren schicken keine Briefe, sondern schreiben über Instagram und überweisen ihre Kohle via PayPal«, bügelte - Tucker die Vermutung aus und schnappte sich den Umschlag, um im Aufzug zu verschwinden. Henning hatte recht, stand auf dem braunen Kuvert doch lediglich ihr Pseudonym samt der Adresse vom Hotel. Nicht viele Leute wussten offiziell von ihrem Aufenthalt im Lemon8, zumal sie nichts von hier gepostet hatte. Tucker platzte zwar vor Neugier, doch auf der anderen Seite war sie skeptisch und beunruhigt, denn nach einem lukrativen Sponsorenvertrag sah das eingepackte Schriftstück nicht aus. Sie beschloss, sich erst einmal zu duschen und unter einer warmen Decke zu verkriechen, denn schließlich war der Umschlag schon ein wenig länger unterwegs gewesen. Da würde es auf eine weitere Stunde nicht ankommen.

Kapitel 2

Spyros

Die Sonnenstrahlen krochen über die Hügel der Tramuntana-Berge und verwandelten das Land in einen Garten Eden. Spyros war früh aufgestanden, um Orangen und Zitronen zu pflücken, die er den Gästen gern frisch gepresst zum Frühstück servierte. Seit fünf Jahren arbeitete er für die Familie Ortega, die diese vierzig Hektar Land besaß und aus dem alten Kloster ein behagliches Retreat gemacht hatte. Es gab sechs Gästezimmer, die alle nur privat vermietet wurden, damit es keine bösen Überraschungen mit unliebsamen Gästen gab. Im Grunde waren die Familie, Geschäftspartner und Freunde der Ortegas stets unter sich und ließen sich verwöhnen. Vom Klima, vom angenehmen Luxus auf der Finca und von Menschen wie Spyros. Er war Dienstleister für eine Elite von neureichen Schnöseln und deren Anhängseln, die sich diesen Reichtum nicht einmal erarbeitet hatten. Vielleicht die Großeltern von Pamela und Antonio, doch das war lange her, und so schaute Spyros mit Verachtung auf die nächste Generation von schlecht erzogenen Rabauken, die im Leben alles dargereicht bekamen.

Er presste vier Orangen aus und reichte ein gefülltes Glas mit Vitaminen an die kleine Blanca weiter, die so etwas wie der Lichtblick innerhalb dieser eingebildeten Familienbande war. Sie hatte wunderschöne blonde Haare und sah den Eltern überhaupt nicht ähnlich, was insbesondere Antonio zu ärgern schien. Wahrscheinlich glaubte er selbst nicht, dass sie sein Kind war, doch er war zu stolz, um es auszutesten. Wundern würde es Spyros jedenfalls nicht, schließlich waren hin und wieder Freunde von Pamela hier, die ihr deutliche Avancen machten. Meistens dann, wenn Antonio geschäftlich in der Stadt zu tun hatte, was zwei- bis dreimal in der Woche der Fall war. Aber Spyros hielt sich raus aus den Familienangelegenheiten, denn schließlich verdiente er sein Geld bei diesen Leuten und konnte nebenbei noch seinen Ruhm auf Instagram ausbauen.

Spyros war der Chefkoch auf dieser Finca, auch wenn es besser klang, als es sich im echten Leben darstellte. Außer einem Zimmermädchen, das hin und wieder in der Küche half, war er meist auf sich allein gestellt und hatte diesen Job auch nur bekommen, weil sein Vorgänger in einer Nacht-und-Nebel-Aktion vom Klosterhof gejagt worden war. Angeblich hatte er ein Techtelmechtel mit Pamela gehabt, und das hatte Antonio so sehr missfallen, dass er ihn an einem regnerischen Abend ganz einfach vor die Tür gesetzt hatte. Da war der gut beleibte Durchschnittsgrieche Spyros wohl ein gefahrenloser Kandidat, denn Antonio protegierte ihn höchstpersönlich.

Der hatte eines morgens an Spyros' Zimmertür geklopft und mit einem Scheck gewedelt. 1000 Euro Antrittsprämie, wenn er ab sofort fürs leibliche Wohl der *Finca Escora* verantwortlich zeichnen würde. Spyros tat erst so, als müsste er dies gründlich überdenken, um dann eine Bedingung an Antonio zu stellen. Er würde kochen und jedes noch so kleine Geheimnis der Ortegas stets für sich behalten, wenn er im Gegenzug den offiziellen Titel *Chef de Cuisine* erhalten würde, um diesen dann auf Instagram zu führen. Da Antonio die Finca voller Gäste hatte und sich mit sozialen Netzwerken nicht auskannte, lachte er nur über die Bedingung und stimmte ohne Zögern zu. Spyros stieg über Nacht zum Chefkoch auf und niemand würde je erfahren, dass die Finca Escora nicht für jedermann zu buchen war. Genau der richtige Schub, um seinem dümpelnden Instagram-Account ein wenig auf die Sprünge zu helfen.

Bis zu diesem Zeitpunkt hatte er lediglich ein paar Fotos von Olivenbäumen gepostet und hin und wieder auch ein Strandbild hochgeladen. Meist sterile Landschaftsfotos ohne ein Gesicht. Ohne *sein* Gesicht, um genau zu sein, denn er war nun mal kein klassischer Schönling mit dicken Muskeln, Tätowierungen und perfekt gestylten Haaren. Doch Spyros war kreativ und wusste sich fortan zu inszenieren, indem er sich in Palma eine opulent verzierte Schürze mit dem Schriftzug *Chef de Cuisine, Restaurante Finca Escora,* anfertigen ließ. Zudem investierte er den Bonus in ein ordentliches Stativ, um auch Videos von sich und seiner Kochkunst produzieren zu können. Am Ende war nicht mehr viel von seinem Antrittsbonus übrig, und er ging zu einem deutschen Starfriseur in Palma, um sich gänzlich anders aufzustellen. Natürlich landete er bei dessen Assistentin auf dem Stuhl, doch sie machte aus Spyros quasi einen neuen Menschen. Aus der lieblos wuchernden Matte aus Naturlocken wurde kurzerhand ein Short Cut mit weichen Übergängen und fransig geschnittenen Spitzen. Spyros war zufrieden mit sich selbst, und auch Pamela und Antonio bemerkten seinen neuen Look, obwohl er sonst recht unbemerkt im Haus hantieren konnte. Ob er eine neue Freundin habe, wollte Pamela von ihm wissen, als er gerade sein Smartphone auf dem Stativ postierte, um ein Kochvideo aufzuzeichnen. Verlegen stotterte er herum, dass es niemanden in seinem Leben gebe und er in ein Projekt für die Universität der Balearen involviert sei. Woraufhin sie überrascht bemerkte, dass sie gar nichts von dem Studium wisse und er sich lieber doch ein Mädchen suchen solle. Spyros war mal wieder überrascht, wie wenig die Ortegas von ihm wussten oder besser in ihrem Kopf davon behielten. Denn schließlich hatte er bei Dienstantritt den Studiennachweis vorgelegt, obwohl er es zuletzt kaum zu den Vorlesungen geschafft hatte. Zumindest konnte er sein neues Hobby jetzt als wissenschaftliches Projekt verkaufen, ohne dass Pamela Fragen stellen würde.

20.113 Follower hatte er zu diesem Zeitpunkt schon auf Instagram und erste Fans löcherten ihn mit Fragen, wo denn diese *Finca Escora* mit der rustikalen Küche zu besuchen sei. Gern würden sie ihren Urlaub in dem Haus verbringen, um bei ihm den Kochkurs zu belegen. Dabei hatte Spyros anfangs nur spanische Klassiker wie Tapas, Gazpacho und Paella inszeniert, weil er sie für die Gäste der Ortegas wie am Fließband produzieren musste. Allerdings stets mit Raffinesse, indem er etwas Eigenes hinzuaddierte, was auf dem Grundstück der Ortegas wuchs. Wie zum Beispiel die geraspelten Orangenschalen oder die Olivenpaste à la *FoodpornSpy*, wie er sich auf Instagram selbst nannte. Sein Steckenpferd waren sogenannte Transitionsvideos, in denen aus Zutaten wie von Geisterhand fertige Gerichte wurden. Er hatte die Darstellungsform bei einigen Influencern auf Instagram gesehen, die mittels Videoschnitt ihr Outfit in Sekundenschnelle wechselten. Ein verblüffender Effekt, der ihm gefiel und fortan seine Videos ausmachte. Die Fans liebten ihn dafür, sodass er eine kleine Challenge ausgerufen hatte, wo ihm Follower ihre Essenskreation als Transitionsvideo schicken sollten. Anstatt sie dafür zu loben, machte er es jedoch wie sein Vorbild, TV-Koch Gordon Ramsay, und beleidigte die Kreationen. Ja, er machte sich einen wahren Spaß daraus, die Gerichte möglichst übel zu beschimpfen, was er sich im echten Leben nie erlaubt hätte. Die meisten User fanden das sehr lustig und feierten ihn für seine kreativen Wortschöpfungen.

Auf Instagram war er für die Fans der Chef eines exklusiven Restaurants mit kreativer Küche und einem eingespielten Team, im echten Leben nur ein Angestellter, der mit Hausmannskost die Ortegas kulinarisch über Wasser hielt.

Antonio war an diesem Morgen recht früh in die Stadt gefahren, um noch bei angenehmen Temperaturen seine Bankgeschäfte zu erledigen. Spyros wusste davon, da ihm der Hausherr Blauflossen-Thunfische versprochen hatte, die es für die neuen Gäste standardmäßig zur Begrüßung gab. Zwei Großfamilien waren für den frühen Abend angekündigt, wobei die Herren in der Runde Geschäftspartner von Antonio waren. Nicht wirklich aufregend für Spyros, auch wenn es komplizierter für ihn wurde, die Videoclips in Ruhe zu produzieren. Irgendjemand lief immer durch das Erdgeschoss in seine Küche, um nach einem Snack oder Getränk zu fragen. So wie die kleine Blanca, die ihn mit verliebten Augen ansah und den Orangensaft in kleinen Schlucken trank, damit sie möglichst lange bei ihm sitzen konnte. Kinder mochten Spyros in der Regel, da sie in ihm einen Verbündeten vermuteten. Er erklärte Blanca gerade die Funktionen seiner Handykamera, als Pamela nach ihm rief. Wahrscheinlich brauchte sie seine Hilfe, um eine Schale mit Orangen aufzufüllen oder die Hausbar für die Gäste zu bestücken. Alles Dinge, bei denen ihr die Zimmermädchen helfen konnten, doch sie verlangte stets nach ihm, wenn es um Essbares und Alkohol auf ihrer Finca ging.

Er stapfte die knarzenden Holzstufen nach oben und suchte nach Pamela, die nirgendwo zu sehen war. Erst als sie zum wiederholten Male seinen Namen rief, bemerkte er die halb geöffnete Badezimmertür. Er blieb vorschriftsmäßig davor stehen und merkte lautstark an, dass er bereit für ihren Auftrag sei, wo immer sie sich auch befinde.

Er brauchte nicht lange auf sie zu warten, denn sie kam ihm splitternackt und frisch geduscht entgegen und warf ihm auf dem Weg zur Tür das Handtuch in die Hände.

»Du kannst dich nützlich machen und mir den Rücken abtrocknen.« Sie bemerkte seinen Blick, der starr auf das Parkett gerichtet blieb. »Spyros, hier bin ich«, winkte sie ihm zu und zwang ihn schließlich, sie in Augenschein zu nehmen.

Spyros blickte auf den Körper einer wohlgeformten Frau, die mit ihrem ausgeprägten Busen wackelte, als wäre es ein Denkmal für die Amazonen. Natürlich künstlich und gesponsert von Antonio, der Pamela niemals einen Wunsch abschlagen würde. Schon im eigenen Interesse unterstütze er sie bei den Bauvorhaben am Gewebe, schließlich war ihm wichtig, stets das beste Pferd im Stall zu haben.

»Ich weiß nicht, ob das gut ist«, stotterte Spyros beim Anblick ihres Körpers, auf dem sich Perlen einer Gänsehaut bemerkbar machten.

»Du weißt nicht, ob es gut ist, mir zu helfen, oder du weißt nicht, ob es sich gut anfühlen wird, meinen Körper mit dem Handtuch abzureiben?«, blieb Pamela ihrer provokanten Linie treu.

»Ich weiß nicht, ob es gut ist, wenn man uns in dieser Situation sieht«, spuckte Spyros schließlich aus und schaute verschämt zurück auf die Bodendiele.

»Wer sollte uns in dieser Situation denn sehen? Antonio ist in Palma und unsere Gäste kommen nicht vor 18 Uhr? Außerdem habe ich dich nicht um Sex gebeten, sondern nur um eine kleine Hilfeleistung. Oder hast du etwas anderes verstanden, Spyros?«, brachte ihn Pamela ordentlich ins Schwitzen.

Dabei machte sich Spyros nichts aus dieser Frau, genauso wenig wie aus allen anderen, doch das konnte er ihr unmöglich in diesem Rahmen anvertrauen. Noch während er an seiner Antwort feilte, hörte er im Hintergrund ein Knistern auf den Treppenstufen. Blanca hatte ihren Orangensaft anscheinend ausgetrunken und war verhältnismäßig leise in den ersten Stock gestiegen, um jetzt zwischen dem verschämten Spyros und den Brüsten von Pamela hin und her zu starren.

»Was macht ihr da?«, fragte Blanca neugierig und war vom perplexen Spyros deutlich stärker fasziniert als vom Busen ihrer Mutter. Pamela hatte die Kleine anscheinend nicht kommen sehen und legte krampfhaft ihre Hände vor die Scham.

»Das Handtuch bitte, Spyros«, blieb sie souverän im Ton und verlangte kurzerhand ihr Wurfgeschoss zurück. Spyros brauchte eine Ewigkeit, um zu begreifen, dass er das Stück Baumwollstoff noch immer in den Händen hielt, und warf es ihr recht ungelenk entgegen. Natürlich fiel es auf den Boden, und Pamela musste ihre Schutzhaltung verlassen, um sich schließlich zu bedecken.

»Wir machen gar nichts, Kleine. Spyros sollte mir bei etwas helfen, doch es ist ihm nicht gelungen«, zog Pamela ein abruptes Fazit und machte vor den beiden kurzerhand die Tür zu.

»Was meinte Mama?«, fragte Blanca und schaute Spyros wie ein Fragezeichen an.

»Nichts Besonderes. Vergiss einfach, was du da gesehen hast, Blanca. Das musst du mir versprechen«, richtete Spyros seinen Blick auf das sichtlich alarmierte Mädchen und versuchte gar, bedrohlich dabei auszuschauen.

»Magst du Mama?«, hakte Blanca trotzdem nach.

»Natürlich nicht. Also, natürlich schon, denn schließlich arbeite ich ja für sie«, stotterte sich Spyros aus der peinlichen Geschichte.

»Ich liebe sie auch und dich natürlich ebenfalls«, erwiderte Blanca und machte sich auf den Weg zu ihrem Zimmer.

»Blanca?«, hakte Spyros nochmals nach, »das bleibt unser Geheimnis, verstehst du?«

Das Mädchen nickte spielerisch mit dem Kopf und schien gedanklich schon mit anderem beschäftigt.

Spyros musste erst einmal tief durchatmen und sein Zittern unterdrücken. Am liebsten hätte er sich einen Palo eingeschenkt oder besser zwei. Doch eine Fahne früh am Morgen machte keinen guten Eindruck, obwohl es den Ortegas sicherlich nicht auffallen würde.

Er verkroch sich für den Rest des Vormittags in seiner Küche und bekam nicht einmal mit, dass Antonio zurückgekommen war. Der Fisch lag eingeschweißt in einer Folie auf dem Holztisch im Empfangsbereich, und er hörte ihn im ersten Stockwerk mit Pamela diskutieren. Die Wände waren eine Katastrophe, wenn man sich etwas zu sagen hatte, und die beiden pflegten das gemeine Streitgespräch. Zweimal wöchentlich flogen mindestens die Fetzen, und Spyros hoffte immer, dass es nicht im Video zu hören war. Denn meistens nutzte er den späten Abend, um seine Clips zu produzieren, und meistens nutzen die Ortegas diese Zeit, um erst zu streiten und anschließend zu vögeln. Alles in allem kein Geräuschkonzert für seine Videos, weshalb er sie mit Kopfhörern stets kontrollieren musste, bevor er sie auf Instagram hochlud.

Er wurde des Fisches gewahr, nahm ihn und ging zurück an seinen Arbeitsplatz, um ihn im Kühlschrank zu verstauen. Wenig später hörte er Antonio recht ungestüm die Treppe herunterpoltern, und so verdrückte er sich in den letzten Winkel seines Arbeitsplatzes, um nicht ins Sichtfeld zu geraten. Doch Antonio war anscheinend *seinetwegen* so erzürnt, denn er stürmte schnurstracks in Richtung Küche und wedelte mit seinen Händen. Spyros sah den Film schon vor sich ablaufen, in dem die kleine Blanca ihrem Vater von der Szene mit dem Handtuch aufgeregt erzählte. Und jetzt kam der gehörnte Ehemann auf Spyros zu, um ihn ebenfalls vom Hof zu jagen.

Im Anflug von Panik beschloss er, sich im Zweifel zu outen, doch der aufbrausende Antonio pfefferte ihm nur einen Briefumschlag entgegen.

»Was soll das? Wer schickt dir so was?«, schnauzte Antonio und zeigte auf das Stück Papier in Spyros' Händen. Erst jetzt bemerkte er, dass der Umschlag bereits offen war und lediglich ein DIN-A4-Schreiben enthielt. Auf dem Umschlag stand sein Künstlername *FoodpornSpy* samt der Nummer des Postfachs, das Antonio in Palma unterhielt.

»Das ist meine Post«, stotterte Spyros, der zunächst einmal Erleichterung verspürte, dass es nicht um diesen Vorfall mit dem Handtuch und Pamela ging.

»Woher wissen diese Leute überhaupt von meinem Postfach in der Stadt. Und was soll der Name *FoodpornSpy*. Drehst du heimlich Pornos auf meiner Finca?«, blaffte Antonio ihn ungehalten an.

»Nein, natürlich nicht«, sah sich Spyros in der Defensive und suchte nach dem Absender auf dem Kuvert.

»Von wem ist denn dieser Brief überhaupt?«, fragte er Antonio, der aufgrund des Inhalts alarmiert schien.

»Sag du es mir«, kläffte der zurück, »sag du es mir!«

Kapitel 3

Anni

»Hallo, ihr Lieben, ich bin gerade auf einer ziemlich coolen Fashion-Party in Florenz. Der Chefdesigner von La Distesa hat mich eingeladen, um mit mir die nächsten Kollektionen zu besprechen. Hier sind jede Menge Promis und Supermodels. Ich habe schon Kate Moss und Naomi Campbell gesehen. Glaube ich zumindest. Es gibt megaleckere Kanapees und auch Champagner«. Anni beendete die Aufnahme an ihrem Smartphone mit einem Schwenk zu ihrem Glas.

»Was machst du da?«, ertönte es in ihrem Rücken, und Anni blickte in die angespannte Miene von Victoria.

»Nur meine Insta-Story hochladen. Ich darf doch posten, oder?«, versuchte Anni, ihr Erschrecken möglichst souverän zu überspielen.

»Klar darfst du posten. Du sollst sogar posten. Je mehr, desto besser. Aber ohne Ortsangabe. Schließlich sind hier jede Menge Promis eingeladen, und wir wollen doch nicht, dass einer deiner Fans hier plötzlich auftaucht, oder?«, stellte Victoria die Regeln klar.

»Nein, es war nur ein Video von mir, ganz ohne Geotagging«, erklärte Anni und steckte das Handy zurück in ihre Handtasche, die sie anlässlich der heutigen Veranstaltung von La Distesa auf dem Zimmer vorgefunden hatte.

»Was ist, gehst du zu den anderen? Wir brauchen noch ein Mädchen für den Pool«, ließ es Victoria weniger nach einer Frage als nach einer Aufforderung klingen.

»Einen Moment. Ich möchte noch den Ausblick auf Florenz genießen. Wann hat man schon mal die Gelegenheit?«, meinte Anni und hoffte auf ein wenig Zeit für sich und ihre abtrünnigen Gedanken.

»Wenn es so weiterläuft wie bisher, wirst du sicherlich auch künftig solche Ausblicke genießen können. Doch dafür musst du dich ein wenig unterhaltsam zeigen. Also, bleibe besser nicht zu lang an einem Fleck und zieh diese furchtbare Strickjacke aus«, gab Victoria ihr den gut gemeinten Rat und ließ sie an der Brüstung stehen.

Anni atmete tief durch und schaute auf das Lichterspiel der untergehenden Sonne, das sich auf den Dachziegeln der Altstadt wie ein Schachbrett aufzuteilen schien. Da gab es helle Felder voller Farben, und es gab die dunklen Schatten, jene Ritzen, aus denen Menschen wie Victoria emporkamen. Die mächtige Kuppel der Kathedrale Santa Maria del Fiore war hell erleuchtet und spendete Anni etwas Mut, den Abend einfach durchzustehen. Im Grunde hatte sie sich diesen Job selbst eingebrockt, und viele ihrer Fans würden sie darum beneiden.

Der Verkehr rund um die Ponte alle Grazie staute sich zu allen Seiten und Anni ließ sich in den Sog der Scheinwerfer und Rücklichter hineinziehen. Die säulenflankierte Terrasse des Anwesens war bereits mit Gästen gut gefüllt, und ihre Influencer-Kolleginnen warteten im Pool auf sie. Anni fühlte sich so einsam wie noch nie in ihrem Leben. Seit einem Monat war sie jetzt im Schlepptau von Victoria und Franco, die angeblich in der Modewelt die Strippen zogen. Zumindest galt das für La Distesa, einem Modelabel aus Florenz, das sich seine Models bei Instagram auswählte. Über diesen Weg war Anni an Victoria und später dann an Franco geraten, nur um in diesem Hamsterrad aus Shootings, Partys und Postings zu landen. Anni mochte die Kollektionen nicht besonders, denn das meiste sah im Grunde billig aus. Doch die Aussicht auf Ruhm hatte gegenüber all der Skepsis überwogen, und so hatte sie sich vor einem Monat mit Victoria in einem Münchner Restaurant getroffen. Victoria erzählte ihr vom Modelabel La Distesa und sagte, dass sie auf der Suche sei nach hübschen Models, die auf der ganzen Welt als Botschafter fungierten. Bei ihrer Netzrecherche sei ihr Anni sofort aufgefallen, da sie mit ihren blonden Locken, den wunderschönen langen Wimpern und den über 100.000 Fans im Rücken perfekt zur Marke passen würde. Anni war sofort begeistert, denn das Angebot klang einfach zu verlockend. Sie würde mit einem Tross an Fashion-Bloggerinnen um die halbe Welt jetten, gemeinsam mit den Designern an neuen Kollektionen basteln, in den teuersten Hotels schlafen und noch Geld für Spesen obendrauf bekommen. Und wofür das alles? Für ein paar Posts und Stories mit den Fummeln einer Modemarke, die ihr spätestens bei diesem Angebot schon deutlich besser gefielen. Und außerdem würde sie ja künftig bei den Kollektionen etwas mitzureden haben. Sie sah sich noch an dem Tag als angehende Designerin und sagte abends telefonisch zu. Danach hatte sie eine Woche Zeit, um ihre heiß geliebte Altbauwohnung an eine Freundin zur Untermiete abzugeben. Anschließend ging es mit einem Privatchauffeur nach Prato bei Florenz, wo sie in einem ehemaligen Kloster mit sechs anderen Mädchen eingebuchtet wurde. Anders konnte man es kaum bezeichnen, denn die Zimmer waren spärlich eingerichtet, und das Kloster lag verlassen mitten in der Walachei. Man wolle sie ohne Störgeräusche auf die Kollektion von La Distesa einstellen, sagte ihr Victoria, als sie bei der Ankunft einen Rückzieher machen wollte. Da es den anderen Mädchen wenig auszumachen schien, hielt sie sich mit einem Kommentar zurück und ließ sich auf das Abenteuer ein.

Am Folgetag erschien ein Team von La Distesa und baute in der alten Säulenhalle ein paar Kleiderstangen auf, um Kollektionen für ein ganzes Jahr daran aufzuhängen. Anni probierte fleißig alles an, in das sie reinpasste, und ein Fotograf schoss Bilder wie am Fließband. Es fühlte sich für Anni wie ein echtes Modeshooting an, und sie legte sich ins Zeug, um möglichst wie ein Engel dabei auszusehen. Selbst die Brust-OP, die sie von ihrem ersten Job als Influencer selbst bezahlt hatte, kam ihr nun zugute, da die meisten Oberteile sehr weit ausgeschnitten waren.

La Distesa wollte das erste Luxuslabel für Fast-Fashion-Mode werden und produzierte deshalb jeden Monat eine neue Kollektion, so die Begründung von Paola DiLorenzo, der Marketingleiterin des Unternehmens. Anni hatte sich etwas mit ihr angefreundet und war begeistert vom Erfahrungsschatz der toughen Italienerin. Zumindest gab ihr Paola das Gefühl, bei einem echten Modelabel durchzustarten und nicht bei einem Discounter aus der zweiten Reihe. Sie fand allmählich Zugang zu den anderen Influencerinnen und dem Team von La Distesa. Der freie Fotograf mit Namen Giorgio, war ein attraktiver Typ, der immer ein paar Extraposen mit ihr ausprobieren wollte. Eines Abends fragte er sie nach dem Essen, ob sie noch Lust auf eine Zusatz-Session hätte. Er hielt seine Kamera, eine Flasche Prosecco und zwei Gläser in die Luft und setzte auf sein Siegerlächeln. Anni fühlte sich in dem Moment besonders, da er sie und keine ihrer Mitbewerberinnen ausgewählt hatte. Außerdem sah Giorgio verdammt heiß aus, und sie hatte nicht mal einen festen Freund, dem sie Rechenschaft ablegen musste.

Am Anfang knipste er sie im Bikini aus der Bademodenkollektion, was ein erstes Kribbeln in ihr auslöste. Wenig später bat er sie, den Rest der Kleidung abzulegen, um sie nackt auf einem Sofa abzulichten. Es waren ihre ersten Fotos dieser Art, und Anni war zunächst ein wenig überfordert, wie sie am besten vor der Kamera posieren sollte. Doch ihr Erfahrungsschatz aus *Bauch rein, Brust raus, dazu mit möglichst vollen Lippen lächeln* half ihr über diese Hürde hinweg. Zudem war Giorgio ein echter Profi im Inszenieren einer

Muse, sodass sie sich ihm öffnete und wenig später mit ihm schlief.

Es war ein ganz besonderer Abend und mit Abstand der erotischste Moment in Annis Leben, auch wenn er sich in dieser Form nicht wiederHolen sollte.

Dieses Gefühl hielt exakt solange an, bis Victoria am nächsten Tag an ihre Zimmertür klopfte, um ihr Franco vorzustellen. Victoria trug einen silbernen Paillettenrock und hatte eine Katze auf dem Arm, die wie ein Leopard gezeichnet war. Erstmals bemerkte Anni diese aufgespritzten Lippen, die beim Sprechen wie bei der Fischatmung hervorquollen und ein Lachen nahezu unmöglich machten. Nicht, dass sie es benötigt hätte, denn Victoria lachte praktisch nie und redete zu hundert Prozent Geschäftliches. Franco trug ein schlichtes weißes Shirt, das seine tätowierten Arme eindrucksvoll betonte. Seine dunkelblonden Haare hatte er zu einem Pferdeschwanz zusammengebunden, und die angespannten Falten im Gesicht formten sich zu einem Lachen. Lachen, nicht Lächeln, das war Anni sofort aufgefallen, denn diese *Good cop, bad cop*-Parodie kannte im Prinzip nur tiefe Nuancen. Franco war es wichtig zu betonen, wie entscheidend er in Annis Leben künftig sein würde, damit sie es bis ganz nach oben schaffte. Victoria hatte anschließend die Aufgabe, diese Höhenluft ein wenig anzupassen und den Karrieresprung an knallharte Bedingungen zu knüpfen. Ein Jahr lang würde Anni für La Distesa unterwegs sein und ihr altes Leben deutlich einschränken müssen. Das sollte ihr bei diesen Aussichten nicht schwerfallen, meinte Franco und legte wieder dieses Lachen auf, als hätte er ihr einen Witz erzählt.

»Ich würde mir das gern überlegen«, meinte Anni, sie fühlte sich ein wenig unter Druck gesetzt und bat um eine Nacht Bedenkzeit in ihrer kargen Klosterzelle.

»Die Bedenkzeit hattest du nach unserem Interview in München. Es gibt bereits Termine. Porcio del Gutardo, der

Chefdesigner von La Distesa, setzt auf dich, mein Engel. Du bist ab sofort sein bestes Pferd im Stall«, ließ die Antwort von Victoria kaum Spiel für Interpretationen.

»Es ist nur so, dass ich nicht weiß, ob ich das wirklich will. Ich vermisse meine Mama und meine Freunde«, brachte Anni ihre Bedenken auf den Punkt.

»*Wir* sind jetzt deine Freunde. Außerdem bist du wie gemacht fürs Modelbusiness. Die Fotos aus der letzten Nacht waren doch ein guter Anfang«, grinste ihr Franco schmierig grinsend entgegen.

»Die Bilder sind privat«, sagte Anni entrüstet und merkte gleich, wie naiv ihr Kommentar in Anbetracht der Lage war.

Franco fing gleich wieder lauthals an zu lachen und meinte gönnerhaft: »Natürlich sind die Bilder dein Privatvergnügen. Es war schließlich eine besondere Nacht für dich. Bei Giorgio bin ich mir da nicht so sicher.« Er unterbrach sich mit einem neuerlichen Lachanfall. »Jedenfalls sollten dich die Fotos an unsere Zusammenarbeit erinnern. Oder sollen dich deine Fans etwa so sehen? Was würde deine Mama dazu sagen? *Oder deine Freunde?*«, äffte er sie nach.

Anni war sauer. Auf Giorgio, der sie einfach nur missbraucht hatte, auf Victoria und Franco, die sie mies erpressen wollten, doch viel mehr noch auf sich selbst, da sie auf die Masche reingefallen war. Jetzt saß sie in der Falle und musste machen, was Franco und Victoria von ihr verlangten. »Ich will aussteigen«, sagte sie und blickte ihre Auftraggeber wütend an.

»Wir haben einen Vertrag, den du unterschrieben hast, und daran solltest du dich besser halten. Natürlich kannst du raus, nach Abzug aller Kosten inklusive der entgangenen Gewinne. Sagen wir ... für 50.000 Euro darfst du morgen wieder Duschgel und Intimrasierer an die Fans bringen«, fasste Victoria die Konditionen kurz zusammen.

»50.000 Euro?«, fragte Anni ungläubig.

»Denk nicht mal drüber nach, Süße. Dir wird das Leben in der Fashionwelt gefallen. Florenz, Mailand, im Herbst New York. Na, wie klingt das?«, versuchte Franco, sie ein wenig aufzubauen.

Der Gedanke, von diesen beiden Gaunern abhängig zu sein, schnürte ihr die Kehle zu, doch Anni fiel zunächst nichts Rettendes ein, sodass sie sich ihrem Schicksal fügte.

Am nächsten Morgen verließen sie das Kloster und zogen in das Zentrum von Florenz. Das Hotel Lungarno lag direkt am berühmten Ponte Vecchio und zählte zu den exklusivsten Häusern der Stadt. Man hatte sie auf eine schicke Junior-Suite gebucht und eine Flasche Schampus in den Eiskühler gestellt. Mit Grüßen von Porcio del Gutardo, dem Chefdesigner von La Distesa, der sich auf das Kennenlernen freue.

Vielleicht ist alles halb so schlimm, dachte sich Anni damals, denn anscheinend schienen sich Victoria und Franco an ihren Teil der Abmachung zu halten. Also hatte sie sich ganz entspannt auf den Balkon gesetzt, ein Glas von dem Champagner getrunken und ein Video für ihre Fans gedreht.

Sie löste sich von der Brüstung mit dem Traumblick auf Florenz und ging zu den anderen Partygästen, die sich um einen blau erleuchteten Swimmingpool postiert hatten. Ein paar der Mädchen waren im Bikini und tranken ihren Drink an einer Poolbar, die zur Hälfte unter Wasser stand. Es wurden fleißig Fotos produziert und in die Welt hinausgeschossen. Luxus und viel nackte Haut waren der Stoff, aus dem die Träume für die Loser waren, die jetzt zu Hause vor dem Handy saßen.

Toll, was du alles so erlebst! Hinreißend siehst du wieder aus! Wie bekomme ich so schöne Locken? Sind die Brüste wirklich echt? oder einfach auch nur *Süßer Knackarsch!* waren Kommentare unter ihren Beiträgen, die zeigten, dass die Fans sie wirklich liebten. Und sie liebte ihre Fans, auch wenn sie keine Zeit mehr hatte, jeden Kommentar zu lesen oder gar darauf zu antworten.

Sie wollte sich gerade beim Barmann nach einer Umkleidekabine erkundigen, als Franco auf sie zukam. Er hatte sich in einen weißen Anzug reingezwängt und trug dazu ein Hemd mit bunten Affenköpfen, die zu seinem Wesen passten. Im Schlepptau befand sich ein braun gebrannter Südländer in eleganten Lederschuhen, der ein Zigarillo zwischen seinen Lippen balancierte.

»Das ist *LithiumGirl,* unser neuer Stern am Modehimmel«, stellte Franco sie dem Südländer unter ihrem Pseudonym auf Instagram vor.

»Und das, mein Engel, ist dein neuer Schöpfer, Porcio del Gutardo, Chefdesigner von La Distesa«, übergab er sie in Porcios Hände, der zum Begrüßungskuss ansetzte.

»Wie gefällt dir meine neue Kollektion?«, fragte der Designer in gebrochenem Englisch und schaute Anni dabei auf den Mund, als hätte sie nach einem Kuss verlangt.

»Alles mega«, brachte Anni einfältig hervor und ärgerte sich sofort über diese Plattitüde.

»Alles mega«, äffte Porcio sie nach und fragte, was ihr denn besonders mega in Erinnerung geblieben sei. *Die miesen Bilder von dem Fotografen,* hätte sie am liebsten rausgebrüllt, doch das wäre sicher nicht gut angekommen. Also entschied sie sich für einen grünen Micro-Mini-Rock, der ihr ausnahmsweise gut gefallen hatte.

Das schien den Chefdesigner zu erfreuen, auch wenn er nicht den Eindruck hinterließ, als könne er sich an das Teil erinnern. Sekunden später war dann das Gespräch beendet, und die beiden ließen Anni einfach stehen, was sich für sie wie eine Niederlage anfühlte. Sie hatte schon wieder eine Gelegenheit verpasst und kam sich vor, als wäre sie ein Teil des Dilemmas.

»Mach dir keinen Kopf! Das ist typisch Porcio. Für ihn sind seine Mädels gut geformte Kleiderstangen«, munterte sie die Stimme von Paola auf, die sie seit dem dritten Shooting-Tag im Kloster nicht mehr gesehen hatte.

»Ich glaube, ich habe es verkackt. Als er mich nach seiner Kollektion gefragt hat, war alles, was ich rausbekam, ein *Mega*. Wie in einer dieser schlechten Bachelor-Staffeln. Mein Gott, wie einfältig. So kann man mit den Fans kommunizieren, aber doch nicht mit einem Modeschöpfer«, wollte Anni das Gefühl vermitteln, in der Regel eloquenter mit solch Fragen umzugehen.

»Wie gesagt, mach dir nichts draus. Du hättest ein Gedicht aufsagen können, und er hätte dir nicht zugehört. Von daher war die kurze Antwort eher noch ein Plus«, meinte Paola, worüber sie beide herzhaft lachen mussten.

Das tat gut, dachte Anni und freute sich über das Wiedersehen mit der Marketingleiterin. »Es ist alles noch so neu für mich und fühlt sich fremd und ungewöhnlich an«, versuchte Anni, ihre Grenzen bei Paola auszuloten.

»Du hältst dich gut und deine Fotos waren mit Abstand die besten«, meinte Paola und nickte anerkennend in den Abendhimmel.

Anni sah erschrocken zu ihr auf und dachte an die Nacktfotos. »Wie meinst du das?«, hakte sie nervös nach.

»Du warst besser als deine fünf Mitbewerberinnen. Deshalb bist du hier und sie sind im Bus zurück in ihre Heimat. So einfach ist das«, sagte Paola und nippte an ihrem Drink, der sich nicht zu leeren schien.

So einfach wäre es also gewesen. Ein paar durchschnittliche Aufnahmen, ein klares Nein zu Giorgio, und Anni säße jetzt entspannt im Bus nach München.

»Welche Aufgabe haben eigentlich Victoria und Franco bei La Distesa?«, suchte Anni weiterhin nach Antworten auf ihre ungeklärten Fragen.

»Victoria hat ein gutes Händchen für angehende Stars und Sternchen. Schließlich suchen alle Labels nach gelockten Engeln mit Millionen Fans auf Instagram«, sagte Paola und geriet beim nächsten Satz ins Stocken. »Bei Franco würde ich an deiner Stelle aufpassen. Der kann unangenehm werden, wenn es nicht nach seiner Nase läuft. Wie kommst du mit den beiden klar?« Paola schaute sie direkt und sichtlich nüchtern an.

Anni überlegte und entschied sich für ein Schweigen.

»Verstehe«, meinte Paola daraufhin und verschwand mit einem »Halte durch, kleine Anni« wieder in der Menge.

Pünktlich um Mitternacht brachte sie der Chauffeur zurück ins Hotel, wo nur noch der Nachtmanager auf seinem Posten war.

»Gute Nacht«, sagte Anni, ohne aufzuschauen, da sie im Kopf immer noch die Sätze von Paola durchging.

»Gute Nacht, schöne Frau. Argia hat ihnen eine Nachricht hinterlassen«, sagte der Nachtmanager und blickte zurück auf seinen Überwachungsmonitor.

»Was haben Sie gesagt?«, blieb Anni unvermittelt stehen und glaubte erst, es überhört zu haben.

»Ich sagte: ›Gute Nacht, schöne Frau‹. Bitte nehmen Sie es mir nicht übel, aber wenn so eine reizende junge Dame bei uns im Hause nächtigt, dann muss ich ihr ein Kompliment machen«, antwortete ein etwa sechzigjähriger Italiener, der eine graue Uniform mit dem Namensschild *Hotel Lungarno* trug.

»Das meine ich nicht. Sie erwähnten eine Dame, die mir angeblich eine Nachricht hinterlassen hat.« Anni wurde unsicher.

»O ja. Das hätte ich beinahe schon wieder vergessen. Hier ist sie«, antwortete der Mann und reichte Anni einen Zettel, der in der Mitte sorgfältig gefaltet war.

Sie klappte das Schriftstück auf und blickte auf zwei Zeilen, die mit Schreibmaschinenschrift getippt waren. *Lust auf ein lukratives Abenteuer? Die Antwort findest du an dem Ort, an dem die Engel weinen.* Sie drehte das Stück Papier in ihren

Händen, doch mehr als diese Frage samt dem ominösen Hinweis war dem Zettel nicht zu entlocken.

»Von wem, sagten Sie, ist diese Nachricht?«, fragte Anni den Nachtmanager, der zurück bei seinen Monitoren war.

»Welche Nachricht?«, fragte er zerstreut und zog an seiner Uniform, als hätte sich diese kurzerhand verschoben.

Anni wedelte mit dem Zettel und verdrehte dabei die Augen.

»Ach ja, natürlich. Diese Nachricht stammt von einer Argia«, brachte er dann schließlich doch hervor.

»Und diese Argia, wie muss ich sie mir vorstellen? Etwa mit Lippen wie ein Airbag und einer Katze auf dem Arm, die einem Zoo entsprungen ist?«, hatte Anni bereits eine genaue Vorstellung vom Absender dieser Botschaft.

»Oh, das kann ich ihnen leider nicht sagen, schöne Frau. Meine Kollegin Romina hat mir den Zettel in die Hand gedrückt und gemeint, dass ich ihn Ihnen persönlich aushändigen soll. Es sei sehr wichtig und von höchstem Interesse für Sie.«

»*Das* hat diese Argia gesagt?«, hakte Anni zweifelnd nach.

»Nein«, kam es nur trocken zurück.

»Aber das haben Sie doch gerade behauptet?« Anni war sichtlich irritiert.

»Nein, habe ich keineswegs. Meine Kollegin Romina hat es in etwa so gesagt. Diese Argia habe ich selbst nie getroffen. Ich bin nur nachts hier«, erwiderte er höflich.

»Schon klar. Kennen sie zufällig einen Ort, an dem die Engel weinen?«, fragte Anni, die diesen Terminus noch nie gehört hatte.

»Einen Ort, an dem Engel weinen? Da gibt es in Florenz sicher ganz viele. Also ich könnte mir zum Beispiel unsere Kathedrale Santa Maria del Fiore ganz gut vorstellen oder das Mausoleum der Medici oder ...«, holte der Nachtmanager aus, um von Anni mit einer abwehrenden Handgeste unterbrochen zu werden.

»Schon gut, ich werde selbst recherchieren. Vielen Dank für den Zettel und gute Nacht«, sagte Anni und drückte auf den Aufzugknopf.

Anni war emotional ein wenig hin und hergerissen, denn schließlich kam sie gerade von der ersten Party, auf der vermeintlich prominente Gäste eingeladen gewesen waren. Zudem hatte sie sich mit Paola unterhalten und den Chefdesigner von La Distesa kennengelernt. Die Modewelt bestand nun mal aus seltsamen Gestalten, das hatte sie in Reportagen oft genug gesehen. Vielleicht war ihre Sorge also unbegründet, denn von Victoria und Franco bekam sie tagsüber nicht allzu viel mit. Dadurch hatte sie genügend Zeit, die Stadt in Ruhe zu erkunden oder ein Museum zu besuchen, was exakt die Dinge waren, die sie sich erträumt hatte. Die Welt sehen und dabei ihren Instagram-Account ausbauen, denn ab einer Million Fans braucht man nie mehr etwas anderes tun. Das hatte sie zumindest mal in einem Modeblatt gelesen. Lediglich die Rahmenbedingungen passten noch nicht zu ihrem Traum vom Jetset-Leben, und diese ermahnten sie, stets auf der Hut zu sein.

Der Abend hatte Kraft gekostet, und sie ließ sich auf ihr Bett fallen. Dabei kam ihr dieser Name wieder in den Sinn: *Argia.* Seltsamer Name, dachte Anni und tippte ihn gleichzeitig mit *Florenz* in das Browserfenster ihres Smartphones ein. Die Resultate ließen auf einen weiblichen Vornamen schließen, eine Pension im Süden von Florenz und ein Gemälde von Giovanni Fattori. Nichts davon hatte für Anni eine besondere Bedeutung, sodass sie das Fenster bereits schließen wollte, als ihr noch der zweite Satz in den Sinn kam. Die Antwort zu dem angeblich lukrativen Angebot würde sie an einem Ort finden, an dem die Engel weinten. Sie gab den Text ins Feld der Suchmaschine ein und stieß auf den Artikel eines Reiseblogs. Darin war von einem alten

Friedhof auf den Hügeln von Florenz die Rede, der unheimlich und schön zugleich sein sollte. Darunter war ein Foto von einem Grabmal abgebildet, das ein wenig gruselig auf Anni wirkte. Die Scheibe an der Tür war herausgebrochen, und man erkannte die Büste einer Frau, deren Blick sie zu durchbohren schien. Darunter stand der Name *Argia Bartolani Giuria.* War das ein Zufall oder gar eine versteckte Botschaft?

Anni bekam eine Gänsehaut auf beiden Armen und war plötzlich hellwach. Wollte sie jemand zu dem Grabmal lotsen oder spielte die Fantasie ihr einen Streich? Steckten am Ende Victoria und Franco hinter diesem Angebot, um sie zu testen? Sie öffnete erst Instagram, dann ihren Mail-Account, doch außer ein paar Nachrichten ihrer Fans war nichts Besonderes eingetroffen. Es ließ ihr trotzdem keine Ruhe, und sie beschloss, gleich morgen früh den Friedhof namens Cimitero delle Porte Sante zu besuchen.

Anni ging wie jeden Morgen in den Frühstücksraum und schlenderte auf ihren Stammplatz zu. Es war einer von zwei Außentischen, die schon früh am Morgen in der Sonne standen. Den meisten Gästen war es wohl zu kalt um diese Jahreszeit, obwohl die Temperaturen im November locker noch die Zwanzig-Grad-Marke überstiegen. Sie hatte gut geschlafen und freute sich auf den Spaziergang hoch zum alten Friedhof. Im Grunde war es ihr egal, ob dort eine versteckte Botschaft auf sie wartete oder einfach nur ein schöner Aussichtspunkt. Zudem erinnerte sie der Vorfall an die Escape-Room-Games, die sie früher oft mit ihren Freundinnen gespielt hatte. Damals hatte sie nicht genug von diesem Rätselraten kriegen können und fast jedes Wochenende mindestens die Welt gerettet.

Anni bestellte im Vorbeigehen einen Cappuccino bei Andrea, ihrem Lieblingskellner, und blickte wenig später in die strenge Miene von Victoria.

»Guten Morgen, Anni. Ich hoffe, du hast ausreichend geschlafen«, versuchte Victoria, verhältnismäßig nett zu sein, und kraulte das Fell ihrer Katze.

»Habe ich etwas verpasst?«, fragte Anni in der Sorge, etwas falsch gemacht zu haben.

»Ganz im Gegenteil. Porcio war sehr angetan von dir«, sagte Victoria und schlürfte laut an ihrem Kaffee, ohne Anni aus den Augen zu lassen.

»Wir haben uns kaum unterhalten können«, stotterte Anni, immer noch nicht sicher, wohin das frühe Aufeinandertreffen führen würde.

»Du bist auch nicht zum Unterhalten da. Dein Job ist es, in die engen Fummel reinzupassen und sie dann an deine Fans zu verkaufen«, erklärte ihr Victoria in Kürze das Geschäftsmodell.

»Jetzt kannst du aber erst einmal die Koffer packen, denn wir fahren um zehn Uhr weiter. Nach Mailand. Termine!«, kam es im Befehlston hinterher.

Annis Kopf begann zu rasen, und sie überlegte, wie sie den geplanten Ausflug retten konnte. Zwei Stunden waren nicht viel Zeit, zumal der Fußweg locker eine halbe Stunde dauern würde.

»Dann werde ich mich lieber mal beeilen«, sagte Anni und schaute auf die Uhr.

»Kein Grund zur Hektik. Wie ich sehe, bekommst du gerade deinen Cappuccino serviert. Also leisten ich und Violetta dir Gesellschaft«, ließ Victoria verlauten, strahlte besagten Stubentiger an und vermittelte den Eindruck, als hätte sie nichts Besseres zu tun.

»Mein Zimmer ist ein einziges Chaos. Ich fange lieber mit dem Packen an, sonst schaffe ich es nicht bis zehn«, versuchte Anni, etwas Druck zu machen.

Victoria schaute ihr skeptisch in die Augen, als würde sie nach einer Lüge suchen, doch schließlich winkte sie ab und ließ Anni in ihr Zimmer gehen.

Sie ging allerdings nicht auf ihr Zimmer, sondern fuhr mit dem Hotellift in die –1 und nutzte die stets offene Tür des Lieferanteneingangs, um auf den Bürgersteig des Borgo S. Jacopo Richtung Oberstadt zu gelangen. Um diese Zeit waren noch nicht viele Menschen unterwegs, sodass sie gar ein wenig joggen konnte, um die Strecke zeitlich zu verkürzen. Auf der Piazzale Michelangelo legte sie eine kurze Pause ein, um durchzuschnaufen. Der Ausblick auf die Stadt war außergewöhnlich, und sie spielte kurz mit dem Gedanken, hier und heute einfach zu verschwinden. Aber da waren diese miesen Nacktfotos von ihr, die vermaledeite Ausstiegsklausel und die potenzielle Aussicht auf Erfolg. Sie löste sich aus dem Gedankenspiel, denn schließlich lief ihr nun die Zeit davon.

Fünf Minuten später erreichte sie die Treppen zur Basilica Abbazia di San Miniato al Monte, hinter der sich der alte Friedhof wie eine Parkanlage erstreckte. Anni fühlte sich vom Anblick überfordert, denn die kleinen Tempel und Skulpturen schienen gar kein Ende mehr zu nehmen. Einige Gräber waren aufgetürmt wie kleine Wolkenkratzer, andere glichen opulenten Kathedralen oder waren lediglich ein Marmorstein am Boden. Wie sollte sie in diesem Labyrinth das Grabmal von dieser Argia Bartolani Giuria finden?

Sie holte ihr Handy aus der hinteren Hosentasche und rief die Website mit dem Foto auf. Leider war von der Fassade des Mausoleums nichts zu sehen, was die Schnitzeljagd zu einem hoffnungslosen Unterfangen machte. Das Bild zeigte lediglich das Innere des Kuppelbaus, bei dem die Außenscheibe eingeschlagen war. Anni blieben noch rund siebzig Minuten bis zur Abfahrt vom Hotel, und sie hastete wie ein Charakter in einem Jump-and-run-Game durch die Gassen voller Gräber. Das Wetter hatte sich der Friedhofstimmung angepasst, und Donner kündigte ein drohendes Gewitter an. Erste Regentropfen fielen aus dem Himmel und trommelten lautstark auf die Marmor- und Granitplatten. Sie war in Kürze nass bis auf die Haut und hoffte, irgendwie noch Zeit zu haben, um vor der Abreise zu duschen. Beim Blick auf ihre Armbanduhr stockte ihr erneut der Atem. Nur noch fünfzig Minuten bis zur Abfahrt vom Hotel, und sie war noch nicht mal auf dem Weg zurück.

Die Zeit verging viel zu schnell, und sie würde die Mission beenden müssen. Sofort. Das Gelände war zu groß, um ein bestimmtes Grab zu finden, zumal es mehr als unwahrscheinlich war, dass dort tatsächlich eine Botschaft auf sie wartete. Was und vor allem von wem sollte diese sein und wieso an diesem gottverlassenen Ort? Nur weil sie ein Fan von Rätseln und Escape Games war, hieß das nicht, dass dies ein solches war und jemand davon wusste.

Plötzlich ergab für Anni nichts mehr einen Sinn, und sie steuerte zum Ausgang neben der Kirche zu. Im Grunde war sie selbst an dem Schlamassel schuld und würde dafür jede Menge Ärger kriegen. Ein Blitz schoss aus dem Wolkenhimmel und lenkte ihren Blick auf eine Gasse alter Grabmäler, die herrschaftlich in einer Reihe standen. Es war das dritte Grab von rechts, unscheinbar und stark verwittert. Die Scheibe an der Tür des Mausoleums war eingebrochen und scharfe Zacken an den Rändern gierten wie ein Haifisch nach dem Opfer. Anni erkannte die Büste mit der Frau sofort, die sie an Victoria erinnerte. Darunter stand der Name eingraviert: *Argia Bartolani Giuria.* Es war das Grab, nach dem sie verzweifelt gesucht hatte, auch wenn niemand hier auf sie zu warten schien. Du dumme Nuss, dachte sich Anni und strich sich mit der rechten Hand die nassen Haare aus der Stirn. Das hatte sie nun von ihrer Neugier und dem Wunsch nach einer Rettung aus dem Deal, von dem sie vorher nicht mal die Bedingungen gelesen hatte. Alles war ihre eigene Schuld, und sie musste nun selbst versuchen, da herauszukommen.

»Dann fang direkt mal damit an«, sagte sie laut, denn bis zehn Uhr würde sie es nicht mal bis ins Zimmer schaffen. Doch anstatt sich von dem Grab zu lösen, suchte sie den Innenraum nach irgendeinem Hinweis ab. Unter der Büste befand sich eine Grabkammer – dunkel wie das Maul eines gefährlichen Tieres.

»Du lernst es nicht, oder?«, hörte sich Anni sagen, als sie durch die zerstörte Scheibe in das Mausoleum stieg. Dabei blieb sie mit dem Oberschenkel an der scharfen Kante einer Scherbe hängen und zog sich einen Schnitt zu, der augenblicklich zu bluten anfing.

Auch das noch!

Sie starrte in das schwarze Loch der Gruft hinein und konnte nichts erkennen. Es war zu dunkel, sodass sie die Lampe ihres Handys aktivieren musste. In etwa einem Meter Tiefe zeichneten sich die Umrisse zweier Sarkophage ab, die Gott sei Dank verschlossen waren. Der Anblick eines Toten hätte sie an diesem Ort zu Stein erstarren lassen, da war sich Anni sicher, und so leuchtete sie mit ihrer Handylampe beide Sarkophage ab. Zunächst hielt sie es für einen Schattenriss, der durch die Reflexion des Lichts entstanden war, doch bei näherer Betrachtung, erkannte sie ganz deutlich einen Briefumschlag. Dieser gehörte weder an den Ort noch schien er zu der Zeit zu passen, zu der das Grabmal einst errichtet wurde.

Vielleicht ist das die ominöse Botschaft, zuckte es Anni durch den Kopf, und sie spürte, wie Adrenalin durch ihre Venen schoss. Es war nun eh zu spät, um ungeschoren davonzukommen, also konnte sie genauso gut versuchen, diesen Umschlag zu erwischen. Sie stieg die schmalen Stufen in die Grabkammer hinab und erreichte den Sarkophag, auf dem das Stück Papier lag, das nicht mal eine Staubschicht angesetzt hatte – im Gegensatz zum Rest des robusten Deckels. Jemand musste es vor Kurzem hier hinterlegt haben, überlegte Anni und bekam schon wieder eine Gänsehaut. Sie nahm den Umschlag in die Hand und wurde wie vom Blitz getroffen. Dort stand mit fett gedruckten Lettern lediglich ein Name drauf: *Lithium Girl.*

Kapitel 4

Hendrik

Die Größe des Apartments war im Grunde ein Desaster. Auf fünfunddreißig Quadratmetern Fläche hatte Hendrik zuletzt während seiner Studienzeit in Wien gelebt, und das war bereits fünf Jahre her. Auch wenn sich an der Grundfläche offensichtlich nichts geändert hatte, führte er seitdem ein luxuriöses Leben. Sein Apartment war aus eigener Tasche abbezahlt und besaß einen Balkon mit Blick aufs Meer. Er wohnte etwa zwei Monate im Jahr in seiner Wohnung, um den Wohnsitz *Panama* im Pass zu führen. In Panama galt die Territorialbesteuerung, was bedeutete, dass Hendrik nur das Geld versteuern musste, was er an seinem Wohnort ehrenhaft erwirtschaftete. Und das waren bis zum heutigen Tag exakt 0,0 Euro, woran sich auch nichts ändern sollte.

Er spritzte sich als Schweißersatz ein wenig Wasser ins Gesicht, machte zwanzig Liegestütze, und posierte für ein Selfie. *Lazy day* schrieb er unter den Post, der in 30 Sekunden über 100 Herzen und 15 Kommentare einsammelte. Hendrik hatte Zeit, denn die Tage in Panama City waren für ihn die erholsamsten im ganzen Jahr. Keine Jobs, keine Meetings, keine Freunde, keine Frauen, keinen Stress. Er hielt sich dabei strikt an das Berufsverbot und lebte nahezu inkognito in dieser Stadt. Wenn es ihn nach draußen zog, um in einem Restaurant zu essen oder etwas Sport zu treiben, hatte er eine Mütze über seinen schwarzen leicht gewellten Haaren, die die Fans an ihm so liebten. Der Teufel war ein Eichhörnchen, und bei 300.000 Followern auf Instagram war die Wahrscheinlichkeit nicht gerade klein, dass einer seiner Fans ihn hier erkennen würde. Nicht, dass es illegal war, Steuern einzusparen, doch seine Kunden fänden das bestimmt nicht gerade prickelnd, obwohl sie oft die größten Steuersünder waren. Hendrik genoss dieses Kleinod an Privatsphäre fernab seiner Auftraggeber, für die er ständig unterwegs war, sodass er es vermied, die Posts aus Panama mit seinem Standort zu versehen.

Vor zwei Tagen war er noch auf der Puente de Monteolivete in Valencia gestanden, um für eine Sportbekleidungsmarke ein paar FitnessStories abzudrehen. *Halte dich fit in deiner eigenen Umgebung!* So lautete der Slogan der Kampagne, und Hendrik musste wie ein geprügelter Hund durch den Jardín del Turia, den grünen Gürtel von Valencia, joggen und dabei grinsen, als wäre es ein Heidenspaß. Dann noch ein paar Crunches, Planks und Squats vor der Kulisse des Museumsviertels, und schon war seine Arbeit getan. Der Kunde war noch nicht einmal vor Ort dabei, und Hendrik hatte freie Hand bei der Auswahl von Location und Hotel gehabt.

1200 Euro brachte ihm der Job zuzüglich der Spesen für die Unterkunft und das Flugticket von Valencia nach Panama. Warum ausgerechnet Valencia und ob es nicht Sinn mache, dass jemand von der Agentur dazukomme, hatte ihn der Junior-Projektmanager am Telefon gefragt. »In Valencia gibt es den besten Outdoor-Sportparcours und genau das richtige Licht, um die Fitnessklamotten von Razor erstklassig in Szene zu setzen«, hatte er dem schüchternen PM mit auf den Weg gegeben. »Und bitte keine Agenturgesichter.«

Er genoss es, seine Kunden auf Distanz zu halten, denn die rannten ihm trotz der Allüren immer noch die Türen ein. Ein Luxushotel hier, eine Reisedestination dort, ein Sportartikelhersteller und eine Marke für Fitness-Shakes aus irgendeinem Teil der Welt. Sein Kundenstamm war breit aufgestellt. Im Grunde konnte er seine Jobs frei wählen, und er suchte sie nach Orten aus, an denen er noch nie gewesen war. Wie bei diesem Fitnessshooting in Valencia. Den Park hatte er erst bei seiner Ankunft entdeckt und dass das Licht im November so besonders war, glaubte auch nur ein dämlicher Projektmanager.

Viel wichtiger war Hendrik das Abhaken eines Ziels auf seiner Bucketlist, denn er hatte schon einiges von dieser Stadt gehört. Zum Beispiel von Virgina, seiner Chatfreundin auf Instagram, die unlängst einen Werbedreh dort bestritten hatte. Sie war, genau wie er, ein Lifestyle-Star auf Instagram und besaß sogar ein Modelabel. Gelegentlich schrieben sie sich Nachrichten und schickten Fotos hin und her, um sich zu necken. Hendrik war von ihrem Aussehen begeistert und der festen Überzeugung, dass es ihr mit ihm genauso ging. Trotzdem hatten sie sich in der echten Welt noch nie getroffen, was nicht allein auf den ständigen Zeitmangel zurückzuführen war. Ihre Beziehung basierte auf *Nähe durch Distanz,* und im Grunde waren sie Rivalen im gleichen Haifischbecken. Manchmal war es besser, die Fassade nicht zu lüften oder hinter die Maske einer Fantasiegestalt zu blicken. Niemand konnte den Traum erfüllen, der auf Instagram gelebt wurde.

Außerdem fehlten ihm noch rund 180 Länder, um die ganze Welt von seiner Bucketlist zu streichen, sodass ihm wenig Zeit für intensives Dating blieb. Vor zwei Monaten hätte es mit dem Treffen trotzdem fast geklappt. Er war auf einem Fotoshooting für ein Luxushotel in Porto Cervo auf Sardinien unterwegs und hatte im Jachthafen posieren dürfen. Virgina saß derweil in einem Beach Club, keine zehn Minuten weit entfernt und trank einen Mai Tai. Er überlegte eine ganze Stunde lang, ob er antworten und zu ihr rüberfahren sollte. Vielleicht könnte er über das Hotel sogar ein Boot ausleihen, um so richtig vor ihr aufzutrumpfen. Doch am Ende siegte seine Angst davor, sein wahres Ich zu offenbaren, und auch die Sorge, dass sein Traum Virgina nur ein Abziehbild ihrer aufgemotzten Fotos war. Er schrieb ihr schließlich, dass er längst für seinen nächsten Job in London sei und die Bilder aus Sardinien bereits Schnee von gestern waren. Danach fügte er den Hashtag *catchmeifyoucan* hinzu und hoffte, dass sie sich damit zufriedengab. *Dann beim nächsten Mal,* hatte Virgina nur geschrieben, und es hatte sich wie pure Erleichterung gelesen.

Hendrik bezahlte lieber Geld für Liebesdienste, auch wenn er das bei seinen vielen weiblichen Fans kaum nötig hatte. Immer wieder bekam er eindeutige Mails, die er entweder unbeantwortet ließ oder mit flapsigen Sprüchen kommentierte. Den Brünetten schrieb er, dass er auf Blondinen stehe, den Korpulenten, dass er schmale Hüften liebe, und den Flachbrüstigen, dass ihm eine große Oberweite wichtig sei. Die gemeinen Kommentare machten ihm mitunter Spaß, und es zeigte sich, dass die Fans ihm sogar das verziehen, schließlich waren Machosprüche sowas wie sein Markenzeichen. Ein Mädchen aus Oslo hatte sich sogar aufgrund eines Kommentars die Brüste vergrößern lassen, was er mit einem *Daumen-hoch*-Emoji positiv quittiert hatte. Zu mehr hatte er sich aber auch bei ihr nicht hinreißen lassen, denn schließlich wusste man nie, wohin das Ganze führen würde und wer ihn dann, womit auch immer in den Händen hatte. Kontrolle war sein oberstes Prinzip, und nicht mal seine Eltern ahnten etwas von seinem Lebensstil. Alles finanziert durch Werbe-Deals, die mit dem Wohnsitz Panama steuerlich im Einklang standen.

Alle vier Monate flog er nun nach Panama und gönnte sich ein wenig Auszeit von dem Jetset-Leben. Das feuchte Klima machte ihm nichts aus, und er liebte sein Apartment, das etwas abseits in einem konturenlosen Glasklotz lag. Gesichtslos, anonym, austauschbar, genau so, wie er es haben wollte. Niemand kannte ihn in dieser Stadt, und niemand wusste, dass er hier war.

Hendrik hatte sich ein wenig chic gemacht und eine beige Shorts mit einem blauen Leinenhemd kombiniert. Seine Haare waren mit Pomade wie ein Wirbelwind zurückgelegt, um unter einer Kappe förmlich zu ersticken. Eigentlich albern, dachte sich Hendrik, doch die kleine Maskerade hob ihn in den Status eines Stars, der nicht von seinen Fans erkannt werden wollte.

Er verließ sein Apartment gegen 18 Uhr, um den Abend in der Altstadt zu verbringen.

Auf dem Weg dorthin kaufte er sich bei einem Straßenhändler einen Panamahut, der ihm deutlich besser stand als dieses Cap der *New York Rangers*. Er hatte unlängst in einem Blog gelesen, dass diese Hüte nicht einmal aus Panama stammten, sondern in Ecuador gefertigt wurden. Auch so ein Fake, dachte Hendrik und betrachtete sich in einem der Schaufenster. Fast zu gut, um nicht auf Instagram geteilt zu werden. Er machte ein Selfie und lud es hoch. »Stürzt euch drauf, Mädels«, sagte er laut zu sich selbst, als der Beitrag kurz danach in seinem Feed erschien.

Hendrik beschloss, seinen Souvenirkauf mit einem Cocktail zu begießen, und steuerte auf seine Stammkneipe zu, eine Open-Air-Bar, die mit Schaukeln anstatt Hockern ausgestattet war. Er liebte dieses Lokal mit seinem Sandboden und der Sprühnebelanlage. Zwei Frauen in Businesskleidung hatten ihre High Heels ausgezogen und unterhielten sich recht lautstark, während sich ein knutschendes Latino-Pärchen gemeinsam eine Schaukel teilte. Alle anderen Plätze waren leer, was um diese frühe Zeit nicht wirklich ungewöhnlich war. In Panama begann die After Hour nicht vor zehn, sodass ihm noch genügend Zeit blieb, früh genug zu verschwinden. Er bestellte einen Caipirinha, setzte sich in eine freie Schaukel und begann zu wippen. Was für ein Leben, dachte er sich mit einem breiten Grinsen auf den Lippen und prostete dem Mädchen hinter der Bar zu, die er hier noch nie gesehen hatte. Wenn sie wüsste, welcher Star ihr gegenübersitzt, würde sie nicht so kühl an ihm vorbeischauen, dachte Hendrik und bestellte einen zweiten Cocktail.

»Darf ich Sie zu einem Drink in Ihrer Bar einladen?«, fragte er die junge Latina, die wie Mitte zwanzig aussah und mit dem eleganten Minikleid nicht wirklich in das Bar-Ambiente passte.

»Vielleicht«, antwortete sie knapp, stellte den Caipirinha auf dem Beistelltisch ab und verschwand zurück an ihren Arbeitsplatz.

Hendrik lachte zunächst auf, um den peinlichen Moment zu überspielen. Danach leerte er sein Glas in einem Zug und spürte den Cachaça auf der Stelle in den Kopf steigen. Er war es nicht gewohnt zu trinken, sodass ihm etwas schwindelig wurde. Schwindelig, doch allerbester Laune. Er winkte nach dem Mädchen, das sich aufreizend viel Zeit ließ, um ein Touristenpärchen zu bedienen. Danach kam sie mit zwei Schnapsgläsern voll Rum zurück und setzte sich auf eine freie Schaukel.

»Tourist?«, fragte sie mit Ironie und deutete auf seinen Hut.

»Ich dachte, das trägt man so in Panama«, antwortete Hendrik und setzte das Glas zum Trinken an.

»Nicht so schnell. Wir müssen doch auf etwas anstoßen«, lächelte die Bedienung und strich mit einem Finger über ihre Lippen.

»Auf meinen Hut?«, machte Hendrik einen Vorschlag.

Sein Gegenüber schien das kurz zu überdenken, schüttelte dann jedoch den Kopf.

»Eher nicht«, sagte sie gelangweilt und gab ihm eine zweite Chance.

»Auf Panama?«, wirkte auch sein zweiter Vorschlag plump und das Mädchen rollte mit den Augen.

»Okay, okay«, versuchte Hendrik, sie gleich einzufangen. »Ich war noch nicht zu Ende. Auf Panama und seine wunderschönen Töchter. Wie wäre es denn damit?«

»Ziemlich einfallslos. Aber irgendwie müssen wir ja weiterkommen.« Sie zog ihre Augenbrauen hoch und stieß mit ihrem Glas gegen das seine. Der Rum schmeckte intensiv und süß.

»Was ist, schaust du, ob ich was vertrage?«, fragte Hendrik und ließ ein weltmännisches Lächeln folgen. So unwiderstehlich und gut aussehend hatte er sich lange nicht gefühlt.

»Du verträgst nichts, so was sehe ich sofort«, erwiderte die Schönheit gegenüber und machte sich auf den Weg, um Nachschub zu besorgen.

»Ich glaube, da irrst du dich. Wäre zumindest nicht das erste Mal«, sagte Hendrik, als sie wiederkam und seine Aussage mit einem Stirnrunzeln quittierte.

»Ich bin kein Tourist, sondern lebe hier in Panama, genau wie du«, kokettierte Hendrik mit dem Wohnsitz seines Reisepasses.

»Ich bin nicht von hier«, erwiderte die Schönheit und kippte ihren Rum herunter.

»Wie heißt du?« Hendrik hing ihr förmlich an den Lippen.

»Du kannst mich Melody nennen«, flüsterte die Schönheit.

»Klingt wie Musik in meinen Ohren«, lachte Hendrik und zog zum Gleichstand nach. »Mein Name ist Hendrik; besser bekannt als *Henry Coonz*«, stellte er sich unter seinem Pseudonym auf Instagram vor, was für ihn attraktiver klang als Hendrik Kunz.

»Sollte ich dich kennen?«, fragte Melody und verschwand in Richtung Theke, um einen durchtrainierten Asiaten zu begrüßen. Sie unterhielten sich und lachten, was Hendrik ärgerte, da er sich im Fokus des Interesses wähnte. Wenig später kam Melody mit neuen Drinks zurück, während der Asiate ihren Platz hinter der Theke einnahm.

»Das ist Fuji, mein Kollege«, erklärte Melody und setzte sich zurück auf ihre Schaukel. »Also, Henry, was treibt dich als Sohn Panamas in solch eine Touristenbar?«, setzte sie den Flirt mit einer Frage fort.

»Ich mag das Casco Viejo und ich liebe diese Bar. Es wirkt so *echt* hier«, erwiderte Hendrik, da ihm nichts Besseres einfiel.

»Dann trinken wir darauf. Auf alles Echte«, sagte Melody und kippte auch den dritten Rum in einem Zug herunter. Während Hendrik eine Wolldecke in seinem Gaumen spürte, wirkte Melody stocknüchtern, ganz so, als wäre es ihr Job, sich mit den Gästen zu betrinken.

»Wow! Dir macht wohl keiner etwas vor. Ich merke den Rum jedenfalls ganz ordentlich in meinem Schädel«, tippte sich Hendrik an die Stirn und spürte, dass das Tempo problematisch werden könnte.

»Na ja, wenn man in einer Bar arbeitet, muss man trinkfest sein. Du magst es doch, wenn es echt ist, oder?«, fragte Melody und sah ihn provozierend an.

»Eigentlich ist es mir egal. Wer und was ist heute denn noch echt?«, nuschelte Hendrik und holte weiter aus. »Manchmal ist es besser, wenn wir gar nichts voneinander wissen.«

»Was sollte man denn über dich wissen, Henry?«, fragte Melody und signalisierte dem Kollegen Fuji, nochmals Nachschub an den Tisch zu bringen.

»Melody, ich glaube, ich sollte eine Pause einlegen«, sagte Hendrik und strich über seine schweißbedeckte Stirn.

»Du lässt dich von einem Mädchen unter den Tisch trinken? Ach, Henry. Ich dachte, du hättest mehr drauf.« Melody machte einen Schmollmund, und Hendrik wurde augenblicklich scharf. Alkohol und Sex waren ein idealer Nährboden für den drohenden Kontrollverlust. Dieses

Gleichnis war nicht neu, doch für Hendrik war es wie ein Mantra, das er stets befolgte, um nichts Dummes anzustellen. Auf der anderen Seite kannte ihn in Panama kein Mensch, und diese Melody schien es auf ihn abgesehen zu haben. Er würde sie im Zweifel auch für Sex bezahlen, falls sie so was wie ein Escort-Mädchen war.

»Gehen wir woanders hin?«, fragte er.

»Wo willst du denn hingehen Henry? Ich dachte, es gefällt dir hier«, blieb Melody recht vage.

»Ich dachte, wir könnten bei mir vielleicht noch etwas trinken?«, versuchte Hendrik es nun ganz direkt.

»Trinken können wir auch hier«, sagte Melody und schaute ihm dabei tief in die Augen.

Hendrik wollte sich gerade zu einem ungelenken Kussversuch vorlehnen, als Fuji mit zwei neuen Drinks zu ihnen an die Schaukel kam. Hendrik überlegte, wie er den Inhalt kurzerhand verschwinden lassen könnte, doch Melody kannte kein Erbarmen und trank den ihren, als wäre es ihr erster.

»Was ist, Henry, doch keine Lust mehr auf einen Drink?«, fragte sie.

»Doch, aber den nächsten gibt es dann bei mir«, meinte Hendrik und drehte das Glas Rum in seinen Händen, als würde der Alkohol durch Rotation verdunsten.

»Wir werden sehen. Cheers!«, kam die Antwort prompt, und Melody öffnete ihr Haar, das sich wie Mikadostäbchen auf ihren Schultern verteilte. Hendrik war mit seiner Beherrschung am Limit und ging mit diesem nächsten Drink »all in«. Er schmeckte kaum noch, was er runterspülte, und sah zum ersten Mal seit seinen Studientagen doppelt. Sein Zustand schien nicht ideal für eine heiße Nacht, doch er würde Melody nicht einfach von der Leine lassen. Also schnippte er ihr einen 100-Dollar-Schein entgegen und sagte, dass der Rest für diesen Fuji sei.

Melody holte ihre Tasche, während Hendrik nach dem Taxi rief, das mitten auf der Straße drehte, um sie beide aufzunehmen. Er fühlte sich benommen und schaute auf sein Leinenhemd hinab, das komplett mit Schweiß durchtränkt war.

»Vielleicht solltest du dich duschen«, bemerkte Melody seinen faszinierten Blick und zog mit einem purpurroten Lipgloss die Konturen ihrer Lippen nach. Hendrik fühlte sich nicht nach Dusche, eine erste Übelkeit machte sich bemerkbar. Immer wenn er seine Augen schloss, überkam ihn der Schwindel wie in einer Achterbahn, und Krämpfe schoben sich durch sein Gedärm. Also schön wach bleiben, ermahnte sich Hendrik selbst, denn schließlich hatte er sich diesen One-Night-Stand verdient und auch ertrunken.

Zwanzig Minuten später hielten sie vor dem Apartmentblock am Element Tower, und Hendrik musste sich im Bordstein übergeben. Melody reichte ihm ein Taschentuch, zahlte für das Taxi und stieg mit ihm gemeinsam aus.

»War wohl doch zu viel«, bemerkte er entschuldigend und streckte sich nach oben, um ein wenig an der kühlen Luft zu atmen.

»Kein Drink mehr?«, zeigte sich Melody kaum beeindruckt von dem Zwischenfall.

Hendrik war sichtlich überrascht und schaute sie ungläubig an. »Okay«, sagte er schließlich und führte sie zur Rezeption, wo der Nachtportier auf einem Smartphone alte *Homeland*-Folgen schaute.

»Hallo, Luiz«, begrüßte er den Mann, als wäre es ein guter Freund, und drückte auf den Aufzugknopf. Der Lift wartete bereits im Erdgeschoss, und er ließ Melody den Vortritt, um danach das Stockwerk auszuwählen. Sie sah sehr heiß in ihrem roten Sommerkleidchen aus, das ihr lediglich bis zu den Oberschenkeln reichte. Viel zu aufreizend für eine Barbedienung, dachte Hendrik nicht zum ersten Mal und fasste unter ihren Rock. Melody ließ es geschehen, erwiderte die Lustattacke jedoch nicht.

»Du solltest dir die Zähne putzen«, sagte sie nur und brachte ihn aus dem Konzept.

Natürlich hatte sie recht, und er spürte neue Übelkeit aufsteigen. Er öffnete die Apartmenttür mit der Nummer 1401 und entledigte sich seines Leinenhemdes. Nicht, weil es an ihm klebte wie die Pelle an der Wurst, sondern vielmehr, damit Melody sein Sixpack sehen konnte. Er machte täglich seine Übungen, egal an welchem Ort der Welt er gerade war. Zudem besuchte er ein Gym in Panama und nutzte jede sich bietende Gelegenheit, um die Fitnessräume der Hotels auf Instagram zu präsentieren. Er war mit seinen neunundzwanzig Jahren in exzellentem Zustand, und das sollte dieses Mädchen sehen.

»Viel Platz hast du nicht«, bemerkte Melody und sah sich im Apartment um.

»Eine Dusche und ein Bett. Mehr brauch ich nicht«, meinte Hendrik, der Mühe hatte, geradeaus zu schauen.

»Dann fang mal mit der Dusche an, und anschließend testen wir vielleicht dein Bett«, sagte Melody und öffnete den Reißverschluss an ihrem Kleid, das wie in Zeitlupe zu Boden segelte. Er wollte auf sie zustürmen, um sie zu packen, hier und jetzt, doch sie hob die rechte Hand, als wäre es ein Stoppschild.

»Erst die Dusche und die Zahncreme«, kam die Erinnerung, und Hendrik verzog sich in sein Bad, um von einem erneuten Würgereiz erfasst zu werden. Er übergab sich aus der Not heraus ins Waschbecken und sank erschöpf zu Boden, wo er auf den Fliesen einfach liegen blieb. Die Ruhe tat gut, und er würde zwei Minuten hier verweilen, um dann seinen Mann zu stehen. Nur ein, zwei Minuten ...

Die Sonne knallte unvermittelt durch die Wohnzimmerverglasung und brannte auf den Augenlidern. Hendrik schreckte auf und blickte auf die Uhr. Sieben Uhr morgens, und er lag mit Kopfschmerzen im Bett. Die plötzliche Bewegung hatte den Druck im Schädel noch erhöht, und er sank zurück aufs Kissen. Was war das nur für eine Nacht gewesen? Er versuchte, den Faden der Ereignisse von hinten aufzurollen, und schrak ein zweites Mal ganz unvermittelt hoch. Lediglich mit Boxershorts bekleidet lag er im Bett und war allein. Es sah nicht danach aus, als hätte neben ihm jemand gelegen, geschweige denn, dass er mit dieser Frau gevögelt hätte.

Hendrik stand auf, nur um sich gleich wieder hinzusetzen. Auf schnelle Bewegungen sollte er besser verzichten, doch die Neugierde war größer als der Schmerz in seinem Kopf, sodass er aufstand, um nach Spuren dieser Nacht zu recherchieren. Die fand er wenig später verteilt in seinem Bad, das wie eine öffentliche Toilette an einem Samstagmorgen roch. Die Fliesen waren überflutet mit dem Inhalt seines Magens, und er konnte gar die eigenen Fußstapfen bis zu seinem Bett verfolgen. Von der Schönheit aus der Bar war nichts geblieben außer einer Illusion, die ihm zu schaffen machte. Hatte er sich das alles nur eingebildet? Er schaute sich noch einmal um und versuchte, den Geruch ihres Parfums mit seiner Nase aufzuspüren, doch der Gestank des Erbrochenen war viel zu dominant. Er öffnete die Balkontür, um einen Rückfall zu verhindern.

Melody war verschwunden, falls sie jemals wirklich da gewesen war.

Hendrik nahm sich eine Aspirin-Tablette und kaute sie gemächlich, als wäre sie ein Bircher Müsli. Danach setzte er sich zurück aufs Bett und strich mit seiner Hand über die aufgeschlagene Decke, die noch warm von seinem Körper war. Links daneben war das Laken unberührt und kalt, so wie jede Nacht, die er in Panama allein verbrachte. Er streckte die Hand aus, als könnte er das Mädchen aus der Bar wie in einem Zaubertrick erscheinen lassen. Doch es war nicht Melody, die er unter seinen Fingern spürte, sondern ein Briefumschlag, der auf ihn zu lauern schien.

Henry Coonz war vorn in großen Lettern draufgekritzelt, ganz so, als wäre damit alles schon gesagt. Was war letzte Nacht passiert? Wohin war Melody verschwunden? Was hatte er nur angestellt? Von wem war das Kuvert, und was war drin enthalten?

Hendrik öffnete den Umschlag und zog ein Stück Papier heraus, auf dem – ausgedruckt! – so etwas wie ein Manifest zu stehen schien. Er las es laut vor, obwohl niemand sonst in seinem Apartment war.

»#MessnerChallenge
Begib dich an einen Ort,
an dem vor dir noch nie ein Mensch gewesen ist.
Kehre dein Innerstes nach außen
und zeige es der ganzen Welt.
Geh bis ans Ende und gib nicht vorher auf.
Wenn du das schaffst, ist die Belohnung dein.
https://www.dropbox.com/messnerChallenge.«

Hendrik schüttelte den Umschlag, um nachzusehen, ob noch etwas anderes darin lag. Doch außer diesem Ausdruck mit dem Manifest und dieser Webadresse war nichts enthalten. Hätte er die Botschaft via E-Mail bekommen, wäre sie vermutlich im Spamordner gelandet. Doch dieser Umschlag wirkte nicht wie ein Zufall. Er war mit Absicht unter seinem Bettlaken platziert worden, damit er ihn am nächsten Morgen fand. Was hatte Melody damit zu tun, und was sollte dieser Text bedeuten? Die Antwort würde er wohl unter dieser Webadresse finden, die nichts anderes als ein Zugang zu einer Cloud für Dokumente war.

»Also gut«, sagte sich Hendrik und klappte den Deckel seines Laptops hoch.

Kapitel 5

Alex

Ein unbedachter Schnitt, und zwei Sekunden später quoll frisches Blut aus der geritzten Wunde. Alex war es nicht gewohnt, sich an den Beinen zu rasieren, doch Gewohnheiten waren wie alte Zöpfe und gehörten fortan abgeschnitten. Ein für alle Mal, denn Alex stand vor einem großen Abenteuer, vielleicht sogar vor einem neuen Leben. Alles würde sich verändern, und sie würde ihre Träume leben und rauskommen aus diesem Kaff. Dabei war Escalante landschaftlich recht eindrucksvoll gelegen. Überall gab es Canyons und bizarre Felsen, für die Touristen von sonst woher nach Utah kamen. Aber Geschäfte, Partys, Glamour und normale Menschen, die gab es hier im Westen nicht. Escalante war eine Achthundert-Seelen-Gemeinde im Nirgendwo, und wenn man kein Motel besaß, dann hatte man im Ort nicht viel zu schaffen.

Alex klebte ein Pflaster auf die Wunde und betrachtete sich im Spiegel. Es gab noch viel zu tun, um das zu werden, was sie sich vorgenommen hatte. Sie zupfte sich ein paar Haare aus den Augenbrauen und rasierte sich die Wangen. Die Haut sollte möglichst glatt und klinisch sauber für ihr erstes Make-up sein. Noch nie im Leben hatte Alex mit Lippenstift und Lidschatten gearbeitet, doch was einmal gewesen war, war nun bedeutungslos. Sie hatte dieses Schminkset im Lebensmittelladen von Escalante eingekauft und wusste, dass es weniger als mittelmäßig war. Am Flughafen in Salt Lake City würde sie das Cowgirl-Set durch etwas von Chanel ersetzen. Zumindest nutzten das die meisten Promi-Girls auf Instagram, und in der Liga würde sie bald spielen.

Es war zunächst ein bisschen ungewohnt, mit Tusche ihre Wimpern zu verlängern und das Rouge auf ihren Wangen zu verteilen. Immer wieder stoppte sie das YouTube-Video, um möglichst jeden Schritt in Perfektion zu imitieren. Nach zwei, drei Versuchen, würde sie es von allein schaffen, davon war sie überzeugt. Ihre schwarzen Haare waren das viel größere Problem, denn die krause Matte passte nicht ins Schönheitsideal in den sozialen Medien. Alex griff zu einem Glätteisen, das seit Jahren unbenutzt in einer Schublade vergammelte, um die Wellen etwas einzufangen. Es funktionierte wie beschrieben, aber Attraktivität braucht bekanntlich seine Zeit, sodass Alex einfach einen Pferdeschwanz aus dem Ergebnis machte. Für Escalante sollte es genügen, für den Rest der Welt würde sie künftig auf fremde Hilfe setzen.

Sie saß auf ihrem Koffer und wartete die Zeit ab. Ein Uber-Fahrer würde sie die zweihundertachtzig Meilen bis nach Salt Lake City fahren, doch der war für drei Uhr nachmittags bestellt. Immer wieder stand sie auf, um sich im Spiegel zu betrachten. Damit würde sie jeden Preis in einer Vorher-nachher-Show gewinnen, dessen war sich Alex sicher, und sie beschloss, einen Spaziergang zu unternehmen. Zeit, um Abschied zu nehmen, denn dieser Ort würde sie nie wiedersehen.

Alles Leben fand in Escalante an der State Route 12 statt, die mitten durch den Ort führte und die Tankstelle, den Lebensmittelladen, ein paar Souvenirgeschäfte und Motels wie Perlen an einer Kette aufreihte. Im Grunde war die State Route eine Touristenstraße, die hin und wieder auch von Trucks genutzt wurde. Trucks, die sich nicht an die Geschwindigkeitsbegrenzung hielten. Alle paar Jahre wurde jemand von so einem Ding erfasst und einfach umgehauen. Alle paar Jahre.

Flanieren oder Bummeln konnte man in Escalante nicht, dafür gab es ein Café, das zentrale Anlaufstelle war. Alex war aufgeregt, als sie Mimi's Bakery betrat, denn schließlich sah sie stark verändert aus. Obwohl sie die meisten Menschen hier im Dorf aus ihrer Jugend kannte, war sie ihnen lange nicht begegnet. Mimi stand hinter der Theke und setzte gerade eine Kanne Kaffee auf, wie jeden Tag seit dreißig Jahren. Sechs Tische gab es innen, zwei weitere standen auf der West Main Street, die von einer Großfamilie okkupiert waren. Alex entschied sich für den Platz am Fenster und schaute in die Karte, obwohl sich die seit ebenfalls dreißig Jahren nicht verändert hatte. Sie war als Jugendliche gern hier gewesen, um sich mit ihren Mitschülern zu treffen und über Lehrer herzuziehen. Im Grunde hatte sich seitdem nicht viel getan, nur Mimis Falten hatten zugelegt. Wenig später kam sie an den Tisch und holte ihren Schreibblock raus.

»Was kann ich dir bringen, Süße?«, fragte sie, ohne Alex zu erkennen.

»Ich nehme drei Rühreier mit Speck und Toast«, sagte Alex aus Gewohnheit, bis ihr einfiel, dass das neue Leben keine zusätzlichen Pfunde tolerierte.

»Das war ein Spaß. Ich nehme einfach 'nen Toast mit Marmelade und einen Kaffee«, korrigierte sie die Bestellung und musterte Mimi von der Schleife ihrer Dauerwelle bis zu den abgewetzten Pumps. Alex schätzte sie auf Mitte sechzig, und Mimi wirkte so, als wäre sie mit ihrem Laden alt geworden und geschrumpft.

»Wunderbar, kann ich sonst noch etwas für dich tun?«, fragte Mimi nur zur Sicherheit noch einmal nach und drehte sich bereits zur Theke um.

»Danke, das wäre alles«, quittierte Alex und war erleichtert, dass sie nicht erkannt wurde. Sie nahm sich eine Tageszeitung und blätterte die Seiten durch, ohne etwas zu lesen. Dafür fehlte ihr die Ruhe. Warum nach Nachrichten von gestern schauen, wenn alles Neue vor ihr lag. Ein Rentnerehepaar kam ins Café und sah sich nach einem freien Tisch um. Alex kannte die beiden gut, da sie in der Nähe ihres Elternhauses gewohnt hatten, bevor sie ein Dorf weiter, Richtung Torrey, gezogen waren. Auch sie nahmen keinerlei Notiz von ihr, obwohl sie einladend in ihre Richtung starrte. Es lief besser als gedacht.

Die Zeit zog sich wie ein ausgelutschtes Kaugummi, was in Escalante typisch war. Alex zahlte ihre Rechnung und kaufte sich im Lebensmittelladen gegenüber noch ein wenig Proviant. Viereinhalb Stunden Autofahrt standen ihr bevor, was jede Menge Zeit war, um von einem Uber-Fahrer totgequatscht zu werden. Nach ihrem Einkauf machte sie sich auf den Heimweg, da der Nachmieter schon bald erscheinen würde. Sie hatte ihr Elternhaus zur Langzeitmiete ausgeschrieben, da sie sich nicht wirklich davon trennen konnte. Zu viele Erinnerungen waren damit verhaftet, die guten wie die schlechten.

Der Typ wartete schon vor dem Haus und spielte mit dem Smartphone herum. Den Zaun ums Grundstück gab es lange schon nicht mehr, weil er in Escalante überflüssig war. Die nächsten Nachbarn waren weit genug entfernt und Dieben war das Leben hier zu spießig und die Beute zu gering. Fast jeder hatte seinen Schlüssel unter der Veranda deponiert, was das Leben ziemlich einfach machte.

»Dein Schlüssel liegt da unter dem linken Pflanzenkübel.« Alex zeigte zur Begrüßung auf ein verwittertes Kakteengewächs.

»Oh, das wusste ich nicht. Ich bin Brady und habe das Haus gemietet«, erhob sich der etwa fünfundzwanzigjährige Schlacks von der obersten Stufe der Veranda und reichte Alex seine Hand. Auf dem Kopf trug er einen Hut wie aus alten Westernfilmen.

»Ich weiß, bin nur überrascht, dass Little Joe persönlich zur Übergabe kommt«, grinste Alex und schüttelte beherzt die Hand.

»Ach so, mein Hut. Ja, ich dachte, ich wäre hier im Wilden Westen, und alle Leute tragen das in Escalante so«, stotterte Brady verlegen und nahm den Hut ab.

»Keine Sorge, die Männer tragen hier schon Hüte, wenn auch nicht die Dinger aus dem Souvenirladen«, sagte Alex und kramte den Schlüssel unter dem Pflanzentopf hervor.

»Ich bin heute Morgen in Vegas losgefahren und hab ihn unterwegs an einer Tankstelle gekauft. Dachte, er passt zu meinem kleinen Abenteuer«, erklärte sich Brady und blickte auf das gute Stück herab.

»Abenteuer?«, fragte Alex und schloss die Holztür auf.

»Ja, ich bin fertig mit Sin City. Alles überfüllt mit Touristen, Ganoven und Betrunkenen. Ich sehne mich nach etwas Einsamkeit und Ruhe. Ein Platz zum Runterkommen. Ich dachte, Escalante sei so ein Ort?«, fragte Brady und wirkte etwas unsicher.

»Keine Sorge, hier bist du an der richtigen Adresse. Keine Spieler, kaum Ganoven, im Sommer ein paar wenige Touristen, die sich in den Canyons hier verirren. Du wirst schnell runterkommen«, fasste Alex das Leben kurzerhand zusammen.

»Ich arbeite ab Montag an der Rezeption der Canyon Country Lodge«, zeigte Brady, dass er durchaus vorhatte zu bleiben.

»Gute Adresse. Viel Erfolg«, meinte Alex teilnahmslos und führte Brady durchs Haus.

Dieser war hellauf begeistert von den alten Ledersofas und der grün getünchten Küchenzeile.

»Es ist wie im Film«, schwärmte er und folgte Alex in die obere Etage.

»Hier oben gibt es noch drei Schlafzimmer, für den Fall, dass du mal Besuch bekommst«, öffnete sie die Türen jeweils einen Spalt.

»Es ist größer, als ich dachte. Ideal für eine Großfamilie. Wie viele Leute haben hier gewohnt?«, war Brady ganz begeistert.

»Vier. Doch zuletzt war ich allein«, sagte Alex trocken und stieg die Treppe wieder runter, um zu ihrem Koffer zu gelangen.

»Kaum zu glauben«, meinte Brady daraufhin.

»Was ist kaum zu glauben?«, fragte Alex nach.

»Na ja, dass du hier allein wohnst, sorry, gewohnt hast. Ich meine, du siehst nicht danach aus, als ob du …«

»Flirtest du gerade mit mir?«, fragte Alex überrascht und machte Brady ganz verlegen.

»Nein, sorry. Natürlich nicht. Sei's drum, ich freue mich riesig auf die Zeit in diesem wunderschönen Haus und werde die Miete immer pünktlich überweisen«, versuchte er, den verbalen Schaden zu begrenzen.

»Ist schon okay«, sagte Alex, zog die braune Lederjacke mit dem Teddykragen an und griff nach ihrem Koffer. Sie würde nicht mit Brady hier auf ihren Uber-Fahrer warten, sondern vorgehen bis zur West Main Street. So hatte sie es lang genug geplant, so würde sie es nun auch machen.

Sie gaben sich die Hände, der Rest war über E-Mails bereits abgeklärt. Alex schaute sich das Haus noch einmal an und bekam einen Schauer. »Kannst du mir noch einen Gefallen tun?«, fragte sie Brady, der etwas deplatziert in *seiner* neuen Haustür stand.

»Ja, klar.«

Sie kramte im Rucksack nach dem Handy, aktivierte die Kamerafunktion und reichte sie Brady, der aussah, als hätte Alex ihm eine Handgranate in die Hand gedrückt.

»Kannst du ein Foto von mir machen. Vor dem Haus?«, fragte Alex und ging ein letztes Mal die Stufen ihrer Kindheit hoch.

Brady machte drei Aufnahmen und reichte ihr das Handy.

»Möchtest du vielleicht noch einen Kaffee mit mir trinken? Ich habe unterwegs Donuts gekauft und ...«, versuchte Brady, seine Dankbarkeit zu zeigen, doch Alex schüttelte den Kopf.

»Heb dir dein erstes Date in Escalante für eine andere auf«, grinste sie, packte ihren Koffer und ging die hundert Meter bis zur Hauptstraße.

Der Fahrer kam pünktlich um drei in einem weißen Toyota Camry, der nach Vanille roch. Ein Duftbaum pendelte am Rückspiegel und verteilte sein Aroma, während Alex auf der Rückbank ihre Dokumente durchsah. Da waren die Flugtickets von Salt Lake City nach New York und der Weiterflug direkt nach Zürich sowie der Ausdruck des Hotels und auch ihr Reisepass. Sie würde sich abschminken und die Haare wieder lockig tragen müssen, um dem Foto zu entsprechen. Ein kleines Opfer in Anbetracht der kommenden Ereignisse. Sie stöpselte ihre AirPods in die Ohren und drehte die Musik voll auf, um nicht in ein Geplauder zu geraten. *Blue Monday* von New Order. Auch so ein Relikt vergangener Tage, das sich ändern würde. Taylor Swift, Justin Bieber, vielleicht sogar Ed Sheeran, so was hörte man als it-Girl heutzutage.

Alex betrachtete die Fotos, die Brady vor dem Haus von ihr gemacht hatte. Sie sah wie ein bemaltes Abbild ihrer selbst aus und war zunächst enttäuscht, nicht weiter weg vom Original zu sein. Doch jede Typveränderung war ein Prozess, der Zeit in Anspruch nahm. Sie wählte ihren Favoriten aus und öffnete den Instagram-Account. Siebzehn Bilder zierten bisher das Profil, das letzte war ein Sonnenuntergang auf der Veranda, der gerade einmal neunzehn Likes gesammelt hatte. Dazu der Kommentar eines Typen namens

Chester: *Fantastisch. Bitte check meinen Account für noch mehr Sonnenuntergänge.*

Alex schaute sich Chesters Bilder an wie zwanzigtausend andere Follower auch und konnte nichts Besonderes daran finden. Sie postete ihr neues Bild mit dem Hashtag *MessnerChallenge*, um danach ein wenig einzudösen.

Kapitel 6

Tucker

Tucker lag auf dem Bett ihres Hotelzimmers, kühlte ihr lädiertes Knie mit Eiswürfeln, die sie in ein Handtuch eingewickelt hatte, und knibbelte ein Dreieck aus der Pizzaschachtel. Sie starrte auf den ominösen Umschlag, als wäre es ein Haftbefehl, doch es machte wenig Sinn, die Botschaft weiterhin zu ignorieren, und so riss sie das Papier beherzt am oberen Ende auf. Fast hätte sie das lose Blatt dabei zerstört, auf dem nur ein paar Sätze formuliert waren.

#MessnerChallenge
Begib dich an einen Ort,
an dem vor dir noch nie ein Mensch gewesen ist.
Kehre dein Innerstes nach außen
und zeige es der ganzen Welt.
Geh bis ans Ende und gib nicht vorher auf.
Wenn du das schaffst, ist die Belohnung dein.
https://www.dropbox.com/messnerChallenge

Was sollte das bedeuten? Hatte sich Henning vielleicht einen Spaß mit ihr erlaubt? Oder war es eine neue Werbekampagne ihres Hauptsponsors?

Als Erstes prüfte sie auf Instagram den Hashtag *MessnerChallenge*, der bisher noch nicht mal eingerichtet war. Danach gab sie die Webadresse mit der Dropbox ein und starrte wenig später auf einen Ordner mit dem Namen - *Tucker*. Als zugriffsberechtigt wurden ihre Gmail-Adresse und eine mit dem Namen start@messnerChallenge.com aufgeführt.

Tucker zuckte zusammen, als der Gaskamin mit einem explosionsartigen Geräusch erlosch. Es klang wie eine Warnung, denn exakt auf diese Weise fing man sich einen Computervirus ein, hatte sie erst unlängst in einem Newsletter gelesen. Sie holte tief Luft und blendete die Zweifel einfach aus, um auf das Symbol zu klicken. Vier Unterordner poppten auf, die mit den Hashtags *Challenge, start, tickets* und *deal* beschriftet worden waren. Alle heute hochgeladen – ganz so, als hätte der Absender gewusst, wann Tucker diesen Umschlag öffnen würde. Sie klickte auf den ersten Ordner *#Challenge* und stieß auf eine Worddatei.

Offerte für ein Abenteuer
Die Welt ist austauschbar geworden. Menschen folgen Menschen und verlieren ihre Einzigartigkeit.
Du glaubst, du bist schon weit gekommen, bist beispiellos und unverwechselbar? Dann schau dich um in deiner digitalen Welt. Ein Klon von dir war längst schon da. Schneller, besser, schöner und beliebter.
Es wird Zeit, die Einzigartigkeit zu spüren, denn das größte Abenteuer steht dir nun bevor.
Du wirst an einen Ort gelangen, von dem es bisher keine Bilder und Geschichten gibt, da du sie ablichten und schreiben wirst.
Du ziehst als Erstes Spuren durch den Schnee und legst die Wege fest, denen später alle anderen folgen werden.
Du wohnst in einem Haus hoch in den Bergen und genießt den Luxus der totalen Abgeschiedenheit.
Alles, was du dafür tun musst, ist, der Welt den Ort zu präsentieren, und zwar so, wie du es immer tust.
Bist du bereit für die #MessnerChallenge?
Im Ordner #start findest du den Treffpunkt deiner Reise. Im Ordner #tickets liegen deine Reisedokumente. Der Ordner

#deal sichert dir ein Honorar von 100.000 US-Dollar zu, ausbezahlt in Bitcoins, wenn du die Challenge bis zum Ende durchhältst.
Klickst du auf #start, beginnt die Challenge.

Das klingt wie in einem schlechten Kriminalfilm, fand Tucker, der ein Schauder über den Rücken lief. Sie stellte den Timer des Gaskamins auf eine weitere halbe Stunde ein und schaute der Flamme beim Entzünden zu. Was für ein Schwachsinn, war ihr zweiter Gedanke zu dem Dokument, das immer noch geöffnet auf dem Laptop leuchtete. Genauso tappte man für gewöhnlich in die Falle eines Trickbetrügers, da war sich Tucker sicher, und sie knabberte an ihren Fingernägeln. Auf der anderen Seite bestand für sie kein Risiko, die anderen Ordner aufzumachen, wenn sie diese Challenge am Ende sowieso ignorieren würde. Der erste Schritt war eh getan, nun war es zu spät, falls hinter allem nur ein Computervirus stecken sollte.

Schnell klickte Tucker auf den Ordner *#start* und fand dort eine Wanderkarte der Walliser Alpen. Eine gestrichelte Linie führte vom Bahnhof in Zermatt zu einem eingekreisten X, das irgendwo im Niemandsland der Berge eingezeichnet war. Dazwischen lagen eine Bergbahnstrecke, ein Gletscher, mehrere kleinere Gipfel und jede Menge unwegsames Gelände.

Tucker öffnete den dritten Ordner mit dem Namen *#tickets,* der ein Flugticket und eine Zugfahrt von Zürich nach Zermatt enthielt, die auf ihren Namen ausgestellt waren. Demzufolge würde sie bereits Morgen von Aspen nach Denver und von dort weiter nach Zürich fliegen. Business Class, versteht sich.

Sie klickte auf den letzten Ordner – *#deal* – und starrte auf den Screenshot einer digitalen Börse, die mit lediglich 5 Bitcoins ausgestattet war. Daneben stand jedoch der Tageskurs von 109.807,75 US-Dollars. Sie hatte also schon Gewinn gemacht mit ihrem potenziellen Honorar.

Die Tickets sahen echt aus, der Rest der Botschaft klang noch immer stark nach Hokuspokus. Es las sich wie eine dieser Spam-Mails, nach denen sie ein Konto einzurichten hatte, um 100.000 Dollars zu verschieben. Dennoch musste sie zugeben, dass der Absender viel Zeit und Mühe investiert hatte, um es möglichst echt aussehen zu lassen. Sie untersuchte ein zweites Mal den abgefetzten Briefumschlag, wurde jedoch kein bisschen schlauer aus dem Dokument. Der Poststempel stammte aus der Schweiz, was sich mit dem Ort des Treffpunkts deckte. Allerdings hatte sie weder einen Sponsor noch irgendwelche Freunde dort, die ihr ein Ticket für solch ein Treffen schicken würden. Der Name *Messner* sagte ihr zwar etwas, doch sie konnte ihn spontan nicht zuordnen. Beim Googeln stieß sie auf das Profil eines Bergsteigers aus Südtirol, der angeblich alle Achttausender der Erde ohne Sauerstoff bestiegen hatte.

Wenn das die Challenge ist, dann ohne mich, dachte Tucker und musste schmunzeln. Auf der anderen Seite ging es in dem Text um Luxus, ein Haus in den Bergen und um kleine Abenteuer, die noch nie ein Mensch erleben durfte, also auch nicht dieser Reinhold Messner. Zudem passte der Bezug zu den sozialen Medien wohl kaum zu diesem Senior auf den Fotos. Eigentlich brauchte sie die Ordner auf ihrem Laptop nur zu schließen und den Brief samt Umschlag in den Papierkorb zu werfen. *Eigentlich.* Auf der anderen Seite wirkte das Flugticket ziemlich echt, und die Aussicht auf ein Abenteuer im Schnee löste Vorfreude in Tucker aus. Die Challenge klang vielversprechend und mysteriös zugleich, und die 100.000 US-Dollar in Kryptowährung würden ihr das Leben für die nächsten Jahre finanzieren. Waren die nicht steuerfrei?

Tucker griff zum Hörer und drückte auf die Neun, um Henning zu erreichen, der heute für eine kranke Mitarbeiterin die Schicht an der Rezeption übernommen hatte.

»Hol schon mal ein Bier aus dem Kühlschrank, ich bin in fünf Minuten unten«, sagte Tucker und legte auf, ohne eine Antwort abzuwarten.

Sie waren beim zweiten Bier angelangt, als Henning meinte, dass Tucker es versuchen solle.

»Du kannst deinen Camper in der Tiefgarage lassen und bist in ein paar Tagen wieder da. Was soll schon passieren? Die Skisaison hat eh noch nicht begonnen, und wenn das Ticket eine Fälschung ist, dann Hole ich dich am Aspen Airport einfach wieder ab«, sagte er mit hörbarem Akzent. Henning war vor zwölf Jahren aus Deutschland in die USA gekommen, nachdem er eine Greencard in der Lotterie gewonnen hatte.

»Warst du schon mal in der Schweiz?«, fragte Tucker und leerte ihre zweite Dose.

»Klar. Ist aber lange her. Dieses Chalet hat bestimmt einen schönen Blick aufs Matterhorn. Das ist der berühmteste Berg der Schweiz. Sie haben sogar eine Schokolade nach seiner Form geschaffen. Das wird dir gefallen«, sprach Henning ihr etwas Mut zu.

»Das ergibt doch alles keinen Sinn. Warum ich, Henning? Warum ausgerechnet ich?« Tucker war immer noch nicht überzeugt von ihrem nächsten Schritt.

»Weil du gute Arbeit für Mountain Technik machst, freche Locken hast und coole Sprüche raushaust. Das kann tausend Gründe haben«, versuchte Henning, ihr zu helfen.

»Mountain Tech«, korrigierte Tucker und fragte sich, wie lange der Vertrag noch halten würde. Schließlich hatte sie die teuren Tiefschnee-Skier gecrasht und dabei nicht mal Fotos abgeliefert. Am Ende war sie auf die Challenge sogar angewiesen, versuchte Tucker den Blickwinkel zu ändern.

»Und wenn dahinter Kriminelle stecken? Die Location sieht auf der Karte ziemlich einsam aus. Keine Ahnung, wie ich da hinkommen soll«, bemerkte Tucker und sah Henning ängstlich an.

»Es klingt definitiv nach einem Abenteuer. Doch niemand macht sich all die Mühe und stellt ein Flugticket im Wert von 4000 Dollar aus, wenn es nicht ernst gemeint wäre. Das ist mit Sicherheit so ein PR-Gedöns mit ordentlich Publicity. Für die sind 100.000 Dollar Peanuts, weil sie 5 Millionen damit einnehmen werden. So musst du das sehen«, rechnete ihr Henning vor.

»Da ist was dran«, begann Tuckers Kopf zu rattern. »Aber warum nur dieses Kindergartenspiel mit einer Challenge? Und die Bezahlung in Bitcoins und nicht in echten Dollar? Warum gibt sich der Absender nicht einfach zu erkennen? So eine Anfrage hatte ich bisher noch nie«, kaute Tucker auf Details herum.

»Du hast dir die Antwort quasi selbst gegeben. Ohne diesen Spannungsbogen würdest du niemals mitmachen. So was lieben die Leute auf Facebook oder Instagram. Ist wie mit dieser Icebucket-Challenge«, meinte Henning und holte noch zwei Büchsen Bier.

Henning hatte wahrscheinlich recht. Was sollte ihr denn schon passieren? Wahrscheinlich steckte am Ende Mountain Tech dahinter, und sie würde bald schon über diesen Einfall lachen, dachte Tucker. Außerdem würde für sie mit der Reise in die Schweizer Alpen ein Traum in Erfüllung gehen.

Tucker öffnete das Bier und stieß mit Henning auf ihr Abenteuer an. Die Messner-Challenge hatte begonnen, und die Zeit lief bereits gegen sie.

Kapitel 7

Spyros

Spyros saß am Pool und studierte das Papier aus diesem Umschlag. »Kehre dein Innerstes nach außen und zeige es der ganzen Welt«, las er laut vor und dachte an sein Outing, das er immer vor sich hergeschoben hatte. Da schien ihn jemand auf dem Kicker zu haben oder exakt zu wissen, was ihm auf der Seele brannte. Ein heimlicher Verehrer, der wusste, dass er auf Männer stand? Jemand, der ihn damit erpressen wollte? Aber Spyros war nicht erpressbar, denn den Ortegas wäre seine Neigung einerlei, und seine Eltern würde es kaum überraschen. Seinen Fans konnte es im Grunde auch egal sein, war sein USP doch das Kochen und nicht die Schwäche für das weibliche Geschlecht. Spyros konnte sich keinen Reim aus all dem machen, auch nicht aus den Dokumenten, die in der Dropbox für ihn hinterlegt waren. Mithilfe einer Karte sollte er zu einem Chalet in den Schweizer Alpen wandern, um an einer Challenge teilzunehmen. Ausgerechnet er, der nicht mal eine Runde joggen gehen konnte, ohne Seitenstiche zu bekommen. Er war Koch und kein Sportler oder Abenteurer. Und selbst der Ruhm fürs Kochen ließ sich auf einen raffinierten Videoschnitt auf Instagram zusammenfassen.

Er hätte dieses Schreiben am liebsten weggeworfen und den Ordner einfach ignoriert, doch im Grunde seines Herzens war er angefixt von der Idee. 100.000 Dollar in Bitcoins für ein winterliches Abenteuer waren eine schöne Stange

Geld, mit dem er seinem Traum vom eigenen Restaurant ein gutes Stückchen näher kommen würde. Außerdem fühlte Spyros sich geehrt, weil man *ihn* zu dieser Challenge eingeladen hatte. Ausgerechnet ihn, der in seiner Jugend ängstlich und verzagt agiert und keine echten Freunde gehabt hatte. Irgendjemand musste auf ihn und seinen Food-Account gestoßen sein, um ihm solch ein Angebot zu machen. Spyros wollte einfach, dass es diese Challenge gab. Er wollte seine Chance ergreifen, um aus dem Schatten rauszukommen und ins strahlende Licht der Öffentlichkeit zu treten.

Er bereitete den Thunfisch für die ankommenden Gäste vor und merkte, dass er mit den Gedanken ganz woanders war. Die Challenge hatte mit dem Öffnen dieser Ordner bereits begonnen, und wenn ihm wirklich etwas daran lag, dann musste er mit Antonio und Pamela sprechen, um den Flug nach Zürich zu erwischen. Antonio würde sicherlich aus allen Wolken fallen und ihn an sein Versprechen und die generöse Antrittsprämie erinnern. Außerdem neigte Antonio zu Wutausbrüchen, sodass er sich entschied, es mit Pamela zu versuchen.

Er fand sie draußen auf der Liegewiese, wo sie auf ihrem Lieblingssessel saß, von dem man einen uneingeschränkten Blick auf die Orangen- und Olivenbäume hatte.

»Ich muss mit dir reden«, sprintete Spyros förmlich in den Dialog.

»Spyros, bereitet dir mein morgendlicher Anblick immer noch feuchte Tagträume?«, fragte Pamela und blickte nicht mal von ihrem Buch auf.

»Ich glaube, Antonio ahnt etwas«, versuchte Spyros, sehr besorgt zu klingen.

»Was sollte Antonio bitte schön ahnen? Dass du mir ein Handtuch zugeworfen hast? Glaube mir, du bist kein Konkurrent für ihn, und ohne dich enttäuschen zu wollen, du bist auch kein Kandidat für mich.« Pamela lächelte mitleidig und schaute über den Rand ihres Liebesromans in seine Richtung.

Immerhin hatte er jetzt ihr Interesse geweckt. »Ich spreche nicht von mir, Pamela. Ich glaube, er ahnt, dass deine Freunde, die hier hin und wieder übernachten, nicht nur reine Freunde sind. Er war sehr aufgebracht heute Morgen und fragte, ob ich jemals was gesehen hätte. Ich konnte ihn kaum beruhigen, zumal ich auch ein schlechter Lügner bin«, ließ Spyros das Ende einfach offen.

»Was willst du, Spyros?«, giftete Pamela und legte das Buch auf den perfekt gemähten Rasen.

»Verschwinden. Ab m…morgen«, stotterte Spyros.

»Du willst mich erpressen, nur damit du dich verpissen kannst?« Pamela konnte es kaum fassen.

»Von Erpressung war gar keine Rede. Ich weiß nur, dass mich dein Mann nicht einfach gehen lassen wird. Von daher bitte ich dich, eine Lösung zu finden«, ruderte Spyros den halben Weg zurück.

»Du willst also raus und dass möglichst schnell?«, fragte Pamela nochmals nach.

»Ich weiß zu schätzen, was ihr für mich getan habt, und ich mag die Arbeit sehr. Doch es gibt da etwas …«

»Ist ganz egal, Spyros. Ich frage dich also noch einmal: Willst du uns schnellstmöglich verlassen?«, versuchte Pamela, cool zu bleiben, doch Spyros spürte, dass sie sauer auf ihn war.

»Ja«, sagte er verlegen und starrte auf seine heiß geliebten Olivenbäume, die ihm fehlen würden.

»Also gut«, meinte Pamela, griff zu ihrem Smartphone und telefonierte mit Antonio, der zwei Minuten später in Erscheinung trat.

»Was ist so dringend, dass es nicht bis heute Abend warten kann?«, fragte Antonio und schaute abwechselnd auf seine Frau und den verlegenen Spyros, der von einem Fuß auf den anderen trat.

»Spyros hat mich angefasst. Erst hier oben«, zeigte Pamela malerisch zeichnend auf ihre Brüste, »und dann da unten.«

Antonio schüttelte nur den Kopf und schien es nicht mal in Betracht zu ziehen.

»Was soll der Unsinn. Warum sollte ich kommen?«, ignorierte Antonio die Geschichte und produzierte eine Falte auf der Stirn.

»Unser Koch hat mich angegrapscht, deshalb solltest du kommen. Und ich erwarte, dass du ihn entfernst. Auf der Stelle«, schrie Pamela frei heraus und jagte Spyros einen Schrecken ein.

»Komm wieder runter«, versuchte Antonio, Pamela zu beruhigen, und blickte zu Spyros, der am liebsten im Erdboden versunken wäre.

»Stimmt das, Spyros, hast du meine Frau begrapscht?«, fragte Antonio.

Spyros war zu Eis erstarrt und konnte nicht klar denken. Sein Plan war ein anderer gewesen, und er schaute zu Pamela, die ihn provozierend ansah. Wenn er die Finca wirklich schnell verlassen wollte, dann musste er jetzt lügen. Sie hatte ihm den Wunsch erfüllt und jeden Ausweg zugesperrt.

»Ja, es stimmt. E...es tut mir leid«, stammelte er.

»Verschwinde!«, kam es von Antonio.

»Krawumm«, kam es von seiner Faust, die unterhalb von Spyros' rechter Schläfe landete.

Er ging wie ein nasser Sack zu Boden und verlor augenblicklich das Bewusstsein.

Die Sonne war bereits hinter den Bergen verschwunden, als ein Scheinwerfer ihn aufschrecken ließ. Spyros lag angelehnt an seinen Rucksack am Seitenrand der Straße und hatte Mühe, die Augenlider zu heben. Das Auto hielt, und der Fahrer kurbelte die Scheibe hinunter.

»Alles gut, Junge? Kann ich dir helfen?«, fragte ein gepflegt aussehender Geschäftsmann, der eine Frau und zwei Kinder bei sich im Auto hatte.

»Nein, ich muss wohl eingeschlafen sein. Wo bin ich?«, fragte Spyros und versuchte, mit dem nicht geschwollenen Auge etwas zu erkennen.

»Bist du sicher, dass du keine Hilfe brauchst, denn du siehst ziemlich übel aus. Wir können dich die paar Meter mitnehmen zum Anwesen der Ortegas. Wir sind Gäste, und man kann dir sicherlich dort helfen oder einen Arzt Holen«, bot der Fahrer an und tauschte Blicke mit seiner Frau aus, die eifrig nickte.

»Nein danke, das ist nicht nötig. Ich komme klar ... war auf dem Weg zum Bus.« Der Name Ortega löste einen Alarm in Spyros aus. Er griff nach seinem Rucksack, den irgendjemand für ihn gepackt hatte, und signalisierte mit einem aufgestellten Daumen, dass ihm garantiert nichts fehlen würde.

»Hier fährt ein Bus? Um diese Zeit?«, fragte der Geschäftsmann ungläubig nach.

»Ja, gleich da vorn. Der kommt alle halbe Stunde. Sollte nicht mehr lange dauern«, fügte Spyros hastig hinzu und humpelte entlang der Straße in Richtung Dunkelheit. Hauptsache weit weg von der Finca Escora und den Ortegas und rein ins Abenteuer dieser Messner-Challenge. Wahrscheinlich gehörte das schon mit dazu, überlegte Spyros und öffnete den Rucksack. So weit er es mit einem Blick beurteilen konnte, waren die meisten seiner Kleidungsstücke eingepackt und obendrauf lag ein Beutel mit zwei Bocadillos. Sein Laptop samt dem Netzteil war hinter einer Lasche eingesteckt, Handy und Portemonnaie klemmten in der Tasche mit dem Reißverschluss. Der Brief, das neue Stativ und sein Waschzeug fehlten allerdings, doch das würde er verschmerzen können, denn alles, was jetzt zählte, lag in dieser Dropbox. Spyros betastete sein Auge, atmete tief durch und reckte den linken Daumen raus, um möglichst heute noch nach Palma zu gelangen.

Kapitel 8

Anni

Ihre Neugierde und Lust auf eine Schnitzeljagd hatten Anni zu dem Grab geführt, und so zögerte sie nicht lange und öffnete den Umschlag. Ihre Handylampe leuchtete über einen kurzen Text, der verwirrend und nichtssagend zugleich war. Eine blöde Challenge und der Link zu einer Webadresse? Dafür hatte sie die halbwegs gute Stimmung mit Franco und Victoria aufs Spiel gesetzt? Dafür hatte sie sich ihren Oberschenkel aufgerissen und war in diese Gruft hinabgestiegen? Sie kam sich dämlich und naiv vor und hätte am liebsten laut geschrien.

Sie faltete das Stück Papier zusammen und steckte es in ihre Jeanstasche. Es war bereits 11 Uhr, und Victoria und Franco waren sicher längst im Bilde über ihr Verschwinden. Vielleicht war es die Gelegenheit, um auszusteigen, doch ihre Sachen waren noch in dem Hotel. Und dort würde Victoria auf sie warten. Anni hatte nur ihr Handy und das Portemonnaie mit Personalausweis dabei. Dazu ihre Kreditkarte und einen 20-Euro-Schein für Notfälle. Nicht zu vergessen, den Brief mit der geheimnisvollen Challenge. Die Klamotten auf dem Zimmer gehörten ihr im Grunde nicht einmal, denn bis auf ein paar Slips und Strumpfhosen war es die Kollektion von La Distesa. Es gab nichts, was sie nicht mit Geld ersetzen hätte können.

Anni stieg die Stufen aus der Gruft empor und schaute sich nach allen Seiten um, ob jemand sie bei ihrem Fund beobachtet hatte. Doch außer dem entfernten Grollen eines Donnerschlags war nichts zu hören und zu sehen, sodass sie sich mit schnellen Schritten in Richtung Ausgang aus dem Staub machte. Die Neugier ließ ihr dennoch keine Ruhe, und sie nutzte die erstbeste Sitzgelegenheit, um die Webadresse in den Browser ihres Handys einzugeben.

Hastig wischte sie über das Display, um möglichst keinen Hinweis zu verpassen, auch wenn das kryptische Schreiben und die Wanderkarte wenig aufschlussreich für Anni waren. Aber das war ihr einerlei, denn das einzige für sie relevante Dokument befand sich in Ordner Nummer drei. Dort war ein Flugticket von Florenz nach Zürich für sie hinterlegt. Gültig für den heutigen Tag. Abflug 15:25 Uhr ab Firenze Peretola. Das war ihr Exit-Ticket, ganz so, als hätte dieser Jemand ihre Unzufriedenheit erahnt und alles so für sie geplant. Und wenn es am Ende gar noch 100.000 Dollar zur Belohnung gab, dann sollte ihr das auch recht sein. Damit könnte sie sich aus dem Vertrag mit Franco und Victoria herauskaufen und vielleicht ein eigenes Modelabel gründen.

Sie würde diese Challenge meistern, davon war Anni überzeugt, denn schließlich hatte sie das Rätsel auf dem alten Friedhof fulminant gelöst, und alles erschien ihr gerade besser, als ein ganzes Jahr von diesen Modetypen schikaniert und ausgenutzt zu werden. Jacke, Ladekabel und Kosmetik konnte sie am Flughafen in Florenz einkaufen, denn schließlich würde sie bald jede Menge Kohle auf dem Konto haben.

Anni stopfte ihr Handy in die Jeanstasche und hielt nach einem Taxi Ausschau.

Kapitel 9

Hendrik

Diese Werbekunden werden immer einfallsreicher, dachte sich Hendrik, als er zum fünften Mal das Dokument aus dieser Dropbox las. Früher haben sie noch angerufen und geschrieben, heute schicken sie Kuriere, die als heiße Bedienung in Erscheinung traten. Es sollte wie ein Zufall aussehen, doch es war natürlich keiner, das war Hendrik glasklar. Wahrscheinlich war Melody längst abgereist, hatte sie doch ihren Job getan und ihm den Umschlag ausgehändigt. Dennoch machte ihm das Ganze Sorgen, denn schließlich wussten diese Auftraggeber, wo er sich in seiner Freizeit aufhielt, oder schienen ihn gar zu beobachten. Wer machte so was? Der Fremdenverkehrsverein Zermatt? Eine Hotelgruppe? Oder ein verrückter Unternehmer, der einfach zu viel Geld hatte? Hendrik googelte nach dem Chalet, doch er stieß beim Namen *Messner* nur auf einen Bergsteiger, der so gar nicht zum Rest der Challenge passte. Vielleicht ging es ja um einen Spielfilm oder eine Netflix-Serie, überlegte Hendrik und fühlte sich geehrt. Das musste es sein. Nur ein Medienunternehmen käme auf solch eine Idee und würde ihm ein Flugticket von Panama nach Zürich schenken. Sie würden schnell erkennen, dass er ein Glücksgriff für die Produktion war und sein Honorar vielleicht noch aufstocken, davon war Hendrik überzeugt. Für Kopfschmerzen war nun keine Zeit mehr, denn die Challenge hatte mit dem Öffnen dieser Startdatei begonnen, und er wollte noch ein wenig Sport treiben, bevor es in den Flieger Richtung Zürich ging. Schließlich hatten sie ihn wegen seines Aussehens gebucht, und so startete er in den Tag mit ein paar Sit-ups.

Sieben Stunden später stand er frisch geduscht mit seinem Koffer am Schalter von Swiss Air, um einzuchecken. Er roch wie der Eingangsbereich einer Parfümeriefiliale und hatte eine Loungewear-Sweathose und sein graues Sakko ausgewählt, dass ihn stets wie einen Geschäftsreisenden aussehen ließ.

Er fühlte sich einfach großartig, und trotzdem schoss ihm der Gedanke durch den Kopf, dass alles nur ein Fake sein könnte und er sich gleich blamieren würde. Doch die strenge Latina mit dem Dutt am Business-Class-Schalter zuckte nicht mal mit der Wimper und druckte ihm das Ticket aus.

»Sie sind natürlich unser Gast in der Priority Lounge, wenn Sie mögen, Herr Kunz. Sie wissen, wie Sie dahinkommen?«, fragte sie höflich nach, während sich das Laufband um den Koffer kümmerte, den er von einem Lederwarenhersteller zu Testzwecken erhalten hatte.

»Selbstverständlich«, gab sich Hendrik keine Blöße und freute sich über das Upgrade. Das war sein großer Durchbruch, so viel stand für ihn schon fest. Später würde er immer auf diesen Tag und die vergangene Nacht zurückblicken, denn genauso wurden Legenden geboren. Adios, Holzklasse. Die Zeiten von Pasta oder Chicken waren eindeutig vorbei.

Natürlich hatte er keinen blassen Schimmer, wo sich diese Lounge befand, zumal er bisher ausschließlich Economy geflogen war. Doch stieß er wenig später auf ein gelbes Hinweisschild und folgte diesem bis zum Eingang. Er war fasziniert von all dem Angebot und machte fleißig Fotos, dann ließ er sich mit einem Glas Champagner an einen Fensterplatz nieder. Ein paar Geschäftsleute saßen auf dunkelgrauen Ledersesseln und fummelten an ihren Smartphones herum, während das Personal eifrig darauf bedacht war, jedes ausgetrunkene Glas und jeden leer gegessenen Teller sofort vom Beistelltisch zu räumen. So kann man fliegen, dachte sich Hendrik und machte ein Selfie mit dem Sektglas. Er lud das Bild auf Instagram hoch, um es mit dem Hashtag *messnerChallenge* zu versehen. Das Rennen hatte begonnen und er wollte zeigen, dass mit ihm zu rechnen war.

Kapitel 10

Anni

Die Zahnradbahn stoppte mit einem leichten Ruck an der Bergstation Rotenboden. Es war bereits nach 11 Uhr, und die Sonne wärmte Annis Wangen. Sie fühlte sich trotz der Reisestrapazen wie neu geboren, und langsam schienen ihre Ängste zu verschwinden. Bisher war alles glatt verlaufen, und sie schaute mit Magengrummeln auf ihr Handy. Siebenundvierzig Anrufe in Abwesenheit, fünfundvierzig davon kamen von Victoria, die ihr ewig oft aufs Band gesprochen hatte. Sie suchten sie, gar keine Frage, doch mitten in der Bergwelt von Zermatt würden sie Anni mit Sicherheit nicht aufspüren.

Sie war für 45 Euro mit dem Taxi zum Flughafen in Florenz gefahren, um sich zunächst mit Schminkprodukten einzudecken. Danach war sie in den Flieger gestiegen, um anschließend den Nachtzug nach Zermatt zu nehmen, wo sie von einem Glatzkopf in Empfang genommen worden war.

»Da ist Ihr Tagesproviant und Wasser drin. Dazu ein paar warme Sachen zum Wechseln sowie Steigeisen. Ihre neue Garderobe befindet sich bereits im Chalet. Sehen Sie zu, dass Sie vor Sonnenuntergang dort sind.« Der Mann drückte Anni einen gepackten Rucksack, Wanderschuhe und zwei Stöcke in die Hand.

»Worum geht es überhaupt bei dieser Challenge? Kann ich nicht erst einmal ins Hotel? Ich bin total fertig«, schoss Anni ihre Fragen aufgeregt heraus und war heilfroh darüber, endlich auf jemanden zu treffen, der zum Challenge-Team gehören musste. Auch wenn der Typ wie ein Türsteher vor einer Großraumdisko aussah, vermittelte er den Eindruck, in das Prozedere involviert zu sein.

»Dafür ist keine Zeit. Sie können sich in der Bahn umziehen. Danach sollten Sie sich auf den Weg machen, denn Sie werden mindestens vier Stunden brauchen. Steigen Sie am Rotenboden aus«, folgte der Fremde strikt dem Protokoll.

»Ich habe mein Gepäck in Florenz gelassen. Es ist bitterkalt«, versuchte Anni, Zeit zu schinden, »außerdem muss ich mein Make-up erneuern und meine Haare stylen, falls ich für die Challenge etwas posten soll.«

»Es wird alles da sein, wenn *Sie* da sind. Beeilen Sie sich lieber, Ihre Bahn fährt in vier Minuten ab. Folgen Sie exakt dem Weg auf der Karte, die Sie erhalten haben. Dann sollte Ihnen nichts passieren. Steigen Sie am Rotenboden aus!«, wiederholte er. Es klang fast wie eine Warnung.

»Ist schon gut, Rotenboden. Ich habe es verstanden«, knurrte Anni, die sich wieder mal verschaukelt fühlte.

Der Mann hatte Anni den schwarzen 40-Liter-Rucksack in die Hand gedrückt und war in Richtung Bahnhofsvorplatz verschwunden, als würde schon der nächste Gast auf seine Dienste warten.

Da die Gornergratbahn fast menschenleer war, sah sie kein Problem darin, sich von ihrer neuen Strickjacke zu trennen, um in einen dunkelgrünen First Layer zu schlüpfen, der einigermaßen zur Jeans passte.

Im Rucksack befanden sich noch ein grauer Thermo-Hoodie, eine wasserdichte Softshellhose sowie eine eingerollte Jacke, die sie erst einmal an Ort und Stelle ließ. Sie war noch nie der Outdoor-Typ gewesen, und diese Farben passten einfach nicht zu ihrem Stil und waren somit ungeeignet für die ersten Posts auf Instagram. Schließlich wollte sie dem Team der Messner-Challenge optisch etwas anbieten, da man sie sicherlich nicht wegen ihrer Sportlichkeit zu diesem Wettbewerb eingeladen hatte. Am liebsten hätte sie dem Mann am Bahnhof gesagt, dass dies ihre erste echte Wanderung sein würde, doch sie hatte Angst davor gehabt, dass man sie zurückschickte. Selbst auf die Karte aus der Dropbox hatte sie nur einen flüchtigen Blick geworfen, denn Anni war der festen Überzeugung gewesen, dass man sie bis zum Chalet begleiten würde.

Die Stationen Riffelalp und Riffelberg zogen an ihr vorbei, ohne dass jemand zu- oder ausstieg. Gefühlt fuhr die Zahnradbahn heute nur für sie, und der Knoten in ihrem Magen zurrte sich noch etwas fester.

Mit einem Ruck kam der Zug zum Stehen, und Anni konnte aus dem Augenwinkel gerade noch das Bahnhofsschild erkennen. *Rotenboden.* Sie schnappte ihren Rucksack, klopfte die Jeans nach ihrem Handy und dem Portemonnaie ab und ging zum Ausgang.

Im kleinen Stationshäuschen saß ein alter Mann mit Bart und roter Mütze, der wie Rumpelstilzchen aussah und Anni grimmig anstarrte. Sie kramte ihr Smartphone aus der Jeans hervor und öffnete das Bild mit der Wanderkarte, um es dem Greis zu zeigen, der reglos hinter seiner Scheibe verharrte.

»Entschuldigung, kennen Sie sich hier aus?«, rief sie ihm entgegen, da die Tür zum Häuschen fest verschlossen war. Keine Reaktion. »Könnte ich vielleicht kurz reinkommen? Ich würde Ihnen gern etwas zeigen«, versuchte sie es freundlich und drückte die Klinke hinunter. Der Mann runzelte die Stirn und nahm eine abwehrende Haltung ein, als befürchtete er einen körperlichen Angriff. »Ich bin gleich wieder weg, aber vielleicht können Sie mir kurz helfen und sich die Karte auf dem Handy anschauen«, plapperte Anni einfach weiter.

»Was soll das sein?«, fragte der Mann, was Anni als Teilerfolg verbuchte.

»Ich bin auf so einer ganz geheimen Challenge, und ich soll zu diesem Luxus-Chalet *laufen.* Und ... vielleicht kennen

Sie ja den Weg dorthin? Ist es anstrengend? Oh, hoffentlich ist es nicht anstrengend«, stammelte Anni in die verständnislosen Augen des Mannes.

»Du bist anstrengend, genau wie die anderen ausgeflippten Hühner, die jedes Jahr hier rumlaufen«, kam es harsch zurück. Doch der Mann beugte sich ein wenig zu ihr vor, um sich die Karte genauer anzuschauen. »Kannst du das ein wenig größer machen? Meine Augen ...«, kam es als Zwischenfazit.

»Ja, klar. Kein Problem«, schöpfte Anni Hoffnung und zoomte mit zwei Fingern in die Karte rein.

»Interessant«, grummelte der Alte.

»Sie kennen das Chalet? Waren Sie schon mal dort? Ist es weit?«, fragte Anni.

»Nein, aber interessant«, kam es mehrdeutig zurück.

»Was ist interessant? Nun sagen Sie schon ...«

»Interessant ist, dass es dort gar keine Hütte gibt. Die Striche führen über den Gletscher, was um diese Jahreszeit gefährlich ist. Es hat die Tage schon geschneit«, zog der Mann den Stecker aus Annis Euphorie.

»Es soll ganz neu sein, und ich bin die Erste, die es zu Gesicht bekommt. Ich soll darüber berichten, auf Instagram und so«, nahm Anni einen zweiten Anlauf.

»Na dann berichte mal. Viel Erfolg«, kam es trocken und desinteressiert zurück.

»Und Sie sind ganz sicher, dass Sie das Chalet nicht kennen? Vielleicht sagt Ihnen der Name *Messner* etwas?«, gab Anni noch nicht auf.

»Ja, der Name sagt mir was. Ein bekannter Bergsteiger, der in den Alpen lebt«, kam es trocken und mit einem schiefen Grinsen zurück.

»Vielleicht bin ich doch falsch ausgestiegen ...«, überlegte Anni.

»Der Herr Messner lebt in Südtirol und hat mit unseren Bergen hier nicht viel zu schaffen. Dort drüben geht es los!«, sagte der Mann und zeigte durch das Fenster in die Richtung eines Wegweisers.

»Wie bitte?«, konnte Anni dem Gedankensprung nicht folgen.

»Dort drüben beginnt dein Weg. Folge dem Schild zur Monte-Rosa-Hütte bis zum Gletscher. Dort trennen sich die Wege. Deiner führt ein wenig weiter südlich über das Eis. Pass auf dich auf!«, sagte der Alte und nickte dazu sorgenvoll.

Anni steckte ihr Handy wieder ein und bedankte sich bei dem Mann, der ihr zumindest etwas weiterhelfen konnte, auch wenn er das Unbehagen in der Magengrube noch verstärkt hatte.

Sie ging in Richtung des Wegweisers und starrte auf die markante Form des Matterhorns, das sie bisher nur von der Verpackung einer Schokoladenmarke kannte. Vielleicht stecken die ja hinter dieser Challenge, schoss es Anni durch den Kopf, da ihr im Rucksack eine Stange Toblerone aufgefallen war. Sie kramte die Schokolade hervor, knipste ein Stück ab und hielt es vor den Gipfel, um ein Foto aufzunehmen. Danach lud sie es auf Instagram mit dem Text *Challenge accepted* hoch und setzte den Hashtag der *messnerChallenge.*

Wenig später folgte sie dem blau-weiß markierten Pfad in Richtung Hütte, der zunächst bergab führte. Was hatte der Glatzkopf am Bahnhof zu ihr gesagt? Mindestens vier Stunden würde sie für die Wanderung benötigen? Anni schaute besorgt auf die Uhr an ihrem Handy und merkte, dass ihr wieder mal die Zeit davonlief. Story of my life, dachte sie sich und drückte ordentlich aufs Tempo.

Kapitel 11

Tucker

Der Mann hatte sie gewarnt, doch Tucker hatte ja unbedingt noch diesen Shoppingbummel unternehmen müssen. Es war schon kurz nach 13 Uhr, und sie hatte nicht mal mehr vier Stunden Zeit, um das Chalet bei Tageslicht zu erreichen. Dabei war Shopping kaum der richtige Begriff gewesen, denn schließlich war es nicht um schnöde Anziehsachen gegangen, sondern um ein Snowboard. Sie hatte die komplette Ausrüstung bei Henning im Hotel gelassen, da sie felsenfest der Überzeugung gewesen war, dass ein Sportausrüster hinter dieser Challenge stecken musste. Als dann der kahlköpfige Typ am Bahnhof in Zermatt aufgetaucht war und ihr nur diesen lächerlichen Rucksack in die Hände gedrückt hatte, war sie sich nicht mehr so sicher gewesen.

»Bist du von Mountain Tech?«, hatte sie den Muskelprotz gefragt.

»Nein«, war es knapp, aber bestimmend gekommen.

»Bist du von Mammut oder einer anderen Schweizer Skisportmarke?«

»Nein.«

»Dann brauche ich ein Board.«

»Sie haben keine Zeit, Ihr Zug fährt in fünf Minuten. Im Chalet sind für Sie Skier, Schuhe und Stöcke hinterlegt. Zudem haben die meisten Geschäfte im November noch geschlossen«, war das K. o.-Kriterium gleich hinterhergekommen.

»Die meisten, aber nicht alle, richtig? Sorry, ich bin nicht den weiten Weg von Colorado bis in die Schweiz gekommen, um Ski zu fahren«, hatte Tucker gesagt. »Wenn ich dabei sein soll, dann gehen wir zwei jetzt noch kurz shoppen.«

»Das liegt außerhalb meiner Befugnisse. Sie müssen jetzt in diesen Zug einsteigen. Bitte, machen Sie keinen Ärger!«, hatte der Glatzkopf versucht, sein Schicksal abzuwenden, doch Tucker hatte gespürt, dass sie das Duell gewinnen würde, und war in Richtung Bahnhofstraße gespurtet.

Ganze zwei Sportgeschäfte hatten geöffnet gehabt, und sie hatte sich für ein giftig-grünes Snowboard entschieden, das als Weltneuheit angepriesen worden war. Der Mann war ihr auf Schritt und Tritt gefolgt und hatte die Rechnung an einen Typen namens Lenard schicken lassen. Der werde alles begleichen, hatte er dem jungen Verkäufer gesagt, der den Mann zu kennen schien.

Sie hatten das Sportgeschäft bereits verlassen, als Tucker noch einmal zurückgegangen war, um noch eine neongelbe Snowboardjacke gegen ihre alte einzutauschen, die sie sofort angezogen hatte.

»Die Rechnung geht auf Lenard«, hatte Tucker gemeint und war zur Talstation gehastet, um den nächsten Zug in Richtung Rotenboden zu ergattern.

Die ersten Meter waren atemloses Staunen, denn die Gipfelpracht der zackigen Viertausender sah gänzlich anders aus als in den Rocky Mountains. Zudem war Tucker allein unterwegs, was sie überraschte, hatte sie sich Europa doch stets klein und überfüllt vorgestellt. Sie knipste ein paar Fotos mit dem Smartphone und lud ihre erste Story mit dem Hashtag *messnerChallenge* hoch. Dabei stieß sie auf die Fotos von drei Nutzern, die alle in den letzten Tagen hochgeladen worden waren. Sie war also nicht allein bei dieser Challenge, sondern stand in Konkurrenz zu anderen Teilnehmern. Unwillkürlich schaute sich Tucker um, ganz so, als wären die Mitstreiter bereits dicht auf ihren Fersen, doch nichts und niemand war zu sehen. Sie betrachtete erneut die Fotos und stellte fest, dass bisher nur dieses *LithiumGirl* aus der Umgebung von Zermatt etwas gepostet hatte. Tucker klickte auf das Profil des Mädchens und musste unwillkürlich grinsen, denn mit so einem Modepüppchen würde sie es locker aufnehmen können. Die war mit ihren High Heels sicher schon in einer Gletscherspalte eingekeilt.

Und Tucker drückte auf die Tube.

Kapitel 12

Anni

Die Novembersonne spendete kaum mehr Wärme, und der breite Wanderweg führte zunächst bergab. Wenn es so weitergehen würde, wäre Anni ruckzuck im Chalet und könnte gar noch eine Wellnesseinheit einlegen. Sie wunderte sich nur, dass kein Mensch von diesem Challenge-Team sie am Rand der Strecke begleitete und Instruktionen gab. Stattdessen wanderte sie auf einen Gletscher zu, dessen Risse und Spalten immer deutlicher zu sehen waren.

Nach einer halben Stunde erreichte sie die Abzweigung, von der der alte Mann gesprochen hatte. Geradeaus führte der Weg zur Monte-Rosa-Hütte, rechts schlängelte sich ein schmaler Trampelpfad geradewegs auf eine Eiswand zu, die gut und gern zehn Meter in die Höhe schoss. Das musste es sein, überlegte Anni und lief die letzten Meter bis zur Trittleiter, die senkrecht auf den Gletscher führte.

Anni schaute sich besorgt nach allen Seiten um, ganz so, als wären Kameras auf sie gerichtet, um ihren Mut zu testen. Doch außer ihr war niemand da, und so stieg sie Sprosse für Sprosse die Eisenleiter hoch und spürte, wie sich ihre Hände um den kalten Stahl verkrampften. Anni war nicht schwindelfrei, und sie vermied den Blick nach unten, um nicht zögerlich zu werden. War es das Ganze wert, derart an die Grenzen ihrer Komfortzone zu gehen? Im Prinzip konnte sie das Ganze noch immer canceln und zurückwandern. Doch was hätte sie damit gewonnen? Im Gegenteil, sie müsste auf eigene Kappe die Rückfahrt nach München zahlen und hätte Victoria und Franco an der Backe, die auf Vertragserfüllung pochten. Zudem hatte sie die Challenge akzeptiert und bereits mit ihren Fans geteilt. Es gab kein Zurück, nur ein Voraus, und so stieg sie mit der letzten Sprosse schließlich auf den Gletscher, der von einer leichten Schneeschicht überzuckert war.

Beim Anblick der Eiswüste kamen ihr die Eisen aus dem Rucksack in den Sinn, doch die Handhabung der seltsamen Gestelle wirkte auf Anni kompliziert, und das Eis fühlte sich robust genug an, um so ein Leichtgewicht wie sie zu tragen. Außerdem wollte sie den Schwung des ersten Teilstücks nutzen, um möglichst schnell voranzukommen.

Die positive Energie verlor sich bereits nach wenigen Metern, da es bergauf ging und Anni Mühe hatte, die blau und weiß markierten Pflöcke zu erkennen, die in losen Abständen zur Orientierung im Eis standen.

Erste Schleierwolken zogen ins Tal und machten aus einem sonnigen Novembertag ein trügerisches Unterfangen. Die Gletscherspalten wurden länger, breiter und tiefer, sodass Anni ihren Rhythmus ein ums andere Mal durchbrechen musste, um einen Spalt mit Abstand zu umlaufen. Sie beschloss, eine Pause einzulegen, da ihre Knie zitterten und sie sich unterzuckert fühlte. Anni biss in ein Käsebrötchen und betrachtete das Panorama. Während die Gipfelspitzen bis gerade noch in den strahlend blauen Himmel gestochen hatten, waren sie nun bereits in eine Wolkendecke eingehüllt und sahen ziemlich finster aus. Anni spülte das Brötchen mit einem Schluck Tee aus der Thermoskanne hinunter und schnallte den Rucksack wieder fest um ihre Hüften. Besser gar nicht erst zu Ruhe kommen, ermahnte sie sich selbst, denn sie spürte den Schlafmangel der vergangenen Nacht, und steife Knochen waren der Feind für den Tanz auf dem eisigen Parkett.

Zwei Pflöcke später stand sie erschöpft auf einem Eisplateau und musste sich fast übergeben. Die Anstrengung und die Angst machten ihr zu schaffen, zudem wurde die Sicht zunehmend schlechter, sodass sie den letzten Pflock fast übersehen hätte. Sie glich nochmals ihren Standort mit der Karte auf dem Display ab und stellte erleichtert fest, dass die Hälfte der Gletscherpassage überwunden sein musste. Also nicht verzagen und weitergehen, predigte sie und suchte nach der nächsten Markierung. Sie entdeckte sie schließlich hundert Meter weiter südlich auf einem schmalen Eisfeld, das in ein Labyrinth aus tiefen Spalten eingebettet war. Sie dachte nochmals an die Steigeisen aus dem Rucksack, doch die würden ihr wahrscheinlich auch nicht weiterhelfen, sodass Anni den Gedanken erneut verwarf.

Ihre Schritte wurden langsamer, da die Schneebrücken zwischen den Gletscherspalten oft nur wenige Zentimeter breit waren und durch frischen Schnee trügerisch und brüchig aussahen. Vorsichtig tastete sie die Übergänge mit den Wanderstöcken ab, um zu testen, ob das Eis sie tragen würde. Ein ums andere Mal entschied sie sich für einen Umweg, was zur Folge hatte, dass der nächste Pflock nicht mehr zu erkennen war. Es dauerte nicht lange, und Anni stand auf einer Eisplatte, die wie ein Schiff im Ozean zu allen Enden abgedriftet schien. Es ging nicht mehr nach vorn, und die schmale Brücke zurück war unter ihren Schuhabdrücken sichtlich eingesunken. Noch einmal würde sie da nicht heil rüberkommen, glaubte Anni. Sie saß mal wieder fest. Ganze dreißig Stunden nach dem Ausflug auf den Friedhof hatte sie sich wieder selbst in eine blöde Lage manövriert. Es war naiv gewesen, sich auf diesen Trip hier einzulassen, dachte sie im Nachhinein, zumal es überhaupt nicht ihre Welt war. Eine Gletscherwanderung hatte nichts gemein mit den eleganten Schwüngen auf dem Catwalk, und ein guter Orientierungssinn war ihr nicht geschenkt worden. Was hatte sie sich nur dabei gedacht?

Es war an der Zeit loszulassen und in Tränen auszubrechen, sodass sie schließlich ihren Emotionen nachgab und sich zu einem Haufen Elend krümmte, der einsam und allein auf dem Eis des Gornergletschers thronte.

Kapitel 13

Tucker

Achte auf die Ringe, du kannst es noch schaffen, leuchtete die Botschaft auf dem Display ihrer Smartwatch auf, und Tucker musste innerlich schmunzeln.

»Und wie ich es schaffen werde, Baby«, sprach sie Richtung Display, nur um ein »Ich habe dich nicht verstanden« vom Sprachassistenten als Antwort zu erhalten.

Das Wandern in den Alpen fühlte sich für Tucker wie die große Freiheit an, da sie wie ein Trailrunner den Hang förmlich hinunterrasen konnte. Das war eine Challenge ganz nach ihrem Geschmack, denn schließlich waren Berge ihr Zuhause, und Tucker liebte sportliche Herausforderungen.

Der Wanderweg hier glich für sie bisher eher einem Bummel über eine asphaltierte Straße, und auch die Eisenleiter auf den Gletscher stellte keinerlei Probleme für sie da. Sie wunderte sich nur über die fehlenden Sicherheitsvorkehrungen, da niemand sich um sie zu kümmern schien. Das würde ihr eindeutig in die Karten spielen, davon war Tucker überzeugt, denn keiner dieser anderen Trottel würde den Weg so schnell bewältigen wie sie.

Tucker befestigte die Steigeisen unter ihren Wanderschuhen und marschierte im steten Tempo den Gletscher hinauf. Dabei orientierte sie sich weniger an den Markierungen im Eis als vielmehr an ihrer Smartwatch, auf die sie eine App mit Offline-Navigation geladen hatte. Im Grunde brauchte sie nur die Gletscherspalten zu umgehen und würde pünktlich zum Sonnenuntergang vor dem Feuer im Chalet sitzen. Die Sicht wurde mit jeder Minute schlechter, und ein eisiger Wind, der sich unter ihre neue Jacke schob, fegte mittlerweile über den Gletscher. Tucker erinnerte die Stimmung an den verschneiten Vormittag in Snowmass, wo sie ihre Kamera verloren hatte. Gefühlt war es eine Ewigkeit her, als ihr dieses Missgeschick passiert war, dabei waren es gerade einmal zweiundfünfzig Stunden. Dieses Mal würde sie eine bessere Performance abliefern, so viel hatte sie sich vorgenommen, als sie vor einem tiefen Schlund zum Stehen kam. Sie zückte ihr Handy und schoss ein Selfie. Sieht übel aus, musste sie sich beim Betrachten eingestehen, auch wenn das Weitwinkel für ordentlich Dramatik sorgte. Tucker hatte Respekt vor diesen Spalten, denn es wäre ein Albtraum, dort hineinzustürzen. Was würde passieren? Wäre sie auf der Stelle tot oder würde sie noch ein bisschen weiterleben? Würde man sie da unten hören oder vom Helikopter aus sehen können? Würde ein Rettungsteam vorbeikommen, um sie herauszuHolen?

Obwohl Tucker im Laufe der letzten Jahre immer mehr zum passionierten Einzelgänger geworden war, fühlte sie sich plötzlich einsam, und eine Frage hing in ihrem Kopf fest: War das überhaupt die Jahreszeit, um eine Gletscherwanderung zu unternehmen? Hastig googelte sie nach der Lösung, solange sie noch Empfang hatte, und wurde wenig später fündig. Auf der offiziellen Seite des Tourismusverbands in Zermatt stand geschrieben, dass die Saison für Gletschertouren bereits beendet sei, sodass sie ganz allein sein würde. War das überhaupt legal, sie auf diesen Trail zu schicken? Warum hatte sie niemand gewarnt oder aufgehalten? Der Glatzkopf vom Challenge-Team hätte es wissen müssen, doch er hatte stattdessen auf ihren schnellen Start gedrängt.

Bei ihrer Rückkehr würde sie es überprüfen lassen, denn vielleicht ließen sich die Macher dieser Messner-Challenge ja im Nachhinein verklagen. Bis dahin würde sie jedoch ihr Bestes geben, um auf legalem Weg das Rennen zu gewinnen.

Sie lud das Bild in ihrer Story hoch und fügte noch den Spruch: *Ich kann alles schaffen* sowie den Hashtag *messnerChallenge* hinzu. Sollten ihre Widersacher ruhig sehen, dass ihr dieser Gletscher nicht den Spaß verdarb. Und ihre Fans? Die würden sie für dieses Foto feiern, davon war Tucker überzeugt.

Nach etwa hundertfünfzig Höhenmetern hatte sie den höchsten Punkt des Gletscherfeldes erreicht, und es ging bergab in Richtung Süden. Hin und wieder entdeckte sie Schuhabdrücke auf dem Eis, die vom Wind fast schon verweht waren. Wahrscheinlich dieses Modepüppchen mit dem Schokoladenfoto, das anscheinend auf die Steigeisen verzichtete. Vielleicht hatte sie die Kleine unterschätzt, denn eigentlich war es zu gefährlich, nur mit Gummisohlen auf dem Gletscher rumzukraxeln. Sei's drum, dachte Tucker und schaute auf die gegenüberliegende Felswand. Irgendwo dort oben musste das Chalet sein, doch davor hatte die Natur noch dieses Sammelsurium an Rissen, Ritzen und Schneebrücken gebaut, die hier gut und gern dreißig Meter in die Tiefe führten.

Kurz vor dem Erreichen des nächsten Holzpflocks glaubte sie, eine Stimme gehört zu haben. Vielleicht waren ja doch Bergsteiger unterwegs in dieser Gegend?

Da, schon wieder!

Allerdings klang es nicht wie eine Seilschaft, sondern eher wie das Wimmern eines kleinen Mädchens. Hoffentlich werde ich nicht verrückt und höre Stimmen, dachte sich Tucker, die nach allen Seiten Ausschau hielt.

Etwa hundert Meter von ihrer Position entfernt hockte eine Gestalt im Schnee und ruderte mit beiden Armen in den weißen Himmel. Fast wäre sie an der Person vorbeigestapft, da sie deutlich abseits der gepflockten Route festsaß.

»Bleib da! Ich komme zu dir rüber«, rief Tucker und setzte sich in Bewegung.

Sie merkte schnell, dass es kein Spaziergang werden würde, da die Abgründe an dieser Stelle zickzackmäßig verliefen und nur mit großen Umwegen umgangen werden konnten. Einmal wähnte sich Tucker bereits in einer Sackgasse, da es keine Verbindung für die Überquerung zweier Gletscherspalten gab. Doch die Gestalt musste ja irgendwie dorthin gelangt sein, sodass Tucker einen großen Teil des Weges zurückgehen musste, um schließlich vor der abgesackten Eisbrücke zu stehen, die sie von dem Mädchen auf dem Eis noch trennte.

»Wie bist du da rübergekommen?«, fragte Tucker und testete mit ihrem Stock die Festigkeit des Übergangs.

»Ich weiß es nicht«, kam es weinerlich zurück, und Tucker wusste plötzlich, wer da vor ihr aufgelöst im Schnee saß.

»Du bist doch dieses *LithiumGirl,* oder?«, suchte Tucker nach Gewissheit.

Es folgte eine Stille, in der nur der aufbrausende Wind zu hören war.

»Ja«, kam es zögerlich zurück. »Woher kennst du meinen Namen. Bist du von diesem Messner-Team?«

»Es gibt kein Messner-Team. Ich bin genau wie du ein Teil dieser Challenge«, antwortete Tucker. Sie fühlte sich ein wenig hin und hergerissen. Froh darüber, auf jemanden getroffen zu sein, doch enttäuscht darüber, dass es ausgerechnet die Barbiepuppe war. Dieses Leichtgewicht würde ihr kaum weiterhelfen können, und sie war sogar noch Konkurrentin in dem gleichen Wettbewerb. Am besten, sie würde sie hier einfach mit einem ihrer Motivationssprüche sitzen lassen. Doch natürlich durfte sie das nicht mal denken, und so fügte sie ein pflichtbewusstes »Ich helfe dir« hinzu.

»Danke. Ich kann keinen Schritt mehr gehen. Meine Beine bewegen sich nicht mehr«, wimmerte die Barbiepuppe und versuchte es nicht einmal.

»Warum? Hast du dich verletzt?«, schrie Tucker gegen den Wind an.

»Nein«, kam es kaum verständlich zurück, »ich habe Angst«.

»Das habe ich auch. Aber es hilft nichts. Diese Eisbrücke hält nicht für die Ewigkeit, und ich möchte nicht mit dir den Rest des Lebens auf dem Gletscher verbringen. Also schieb deinen kleinen Arsch nach oben und komm jetzt auf mich zu«, setzte Tucker auf robusten Ton.

»Ich kann nicht«, kam es kopfschüttelnd vom anderen Ende der Gletscherspalte.

»Dann ist die Challenge für dich gelaufen, und ich mach mich auf den Weg. Wenn ich ankomme, schicke ich dir einen Helikopter«, versuchte Tucker den Druck zu erhöhen.

»Nein«, kreischte das *LithiumGirl*, »du kannst mich nicht allein lassen.«

»Du wirst schon sehen. Ich werde sicherlich nicht mein Leben für dich riskieren. Also, komm jetzt an den gottverdammten Rand der Spalte, und dann Hole ich dich rüber.«

Langsam und mit wackeligen Knien setzte die Kleine einen Fuß auf.

»Na, siehst du, geht doch!«, spendete Tucker ihr verbalen Applaus.

Der zweite Fuß folgte, und sie stand zumindest wieder, um sich den Schnee von der Hose zu klopfen.

»Jetzt nimm deinen Rucksack und pack die Stöcke da hinein. Du brauchst freie Hände, um meinen zu ergreifen.«

»Die passen da nicht rein«, kam es von *LithiumGirl* frustriert zurück.

»Das sind Teleskopstöcke. Du kannst sie einfahren und zusammenfalten.« Tucker verdrehte innerlich die Augen.

Beim Einpacken in den Rucksack kramte das Mädchen ihre Steigeisen hervor und hielt sie in die Luft.

»Hast du die etwa noch in deinem Rucksack? Meine Güte, die sind hier oben lebensnotwendig. Du ziehst sofort die Steigeisen an«, kommandierte Tucker, die sich über die Naivität nur wundern konnte.

»Keine Ahnung, wie das geht«, kam es zurück, doch die Kleine fing zumindest damit an, den Schuh auf die Bindung zu schieben.

»Stell die Verse aufs Eisen. Es darf nichts überstehen. Dann die Vorderkappe aufs Steigeisen und den vorderen Befestigungsriemen durch die Schlaufe – und festziehen. Dann den hinteren Riemen befestigen und mit der Schnalle über dem Knöchel schließen. Ist ganz einfach«, versuchte Tucker, Mut zu spenden.

»So?«, fragte die Kleine, als beide Eisen unter ihren Schuhen waren.

Tucker konnte es von ihrem Standort nicht beurteilen und entschied sich für ein schnelles »Ja, genau so«.

Das schien dem Mädchen zu genügen, um mit kleinen Schritten auf den Abgrund zuzulaufen.

»Halt. Nicht so schnell. Du musst *hier* herüberkommen«, rief Tucker und deutete auf die eingesackte Eisbrücke.

»Da kann ich nicht rüber. Der Schnee hat schon beim Hinweg nachgegeben«, kehrte die Panik zurück in deren Stimme.

»Wie ist dein echter Name?«, fragte Tucker, um eine Verbindung zu ihr aufzubauen.

»Anni«, kam es fast im Flüsterton zurück.

»Also, Anni, ich bin Tucker, und ich Hole dich jetzt von deiner Eisscholle herunter. Es gibt leider keinen anderen Weg als diesen. Also greif nach meinem Stock, so fest du kannst. Der gibt dir Halt.« Tucker reckte ihren Wanderstock nach vorn, in der Hoffnung, dass der nicht nötig war. Sie würde Anni niemals damit halten können, sollte sie tatsächlich auf der Brücke einbrechen.

Anni fehlten noch zwei Meter, um den Stock zu ergreifen, und ihre Knie zitterten ganz offensichtlich. Erst jetzt bemerkte Tucker, dass Anni die Steigeisen falsch montiert hatte und diese locker unter ihren Schuhen hingen. Doch es war zu spät, denn Anni hatte mit der rechten Hand den Wanderstock bereits umfasst und betrat mit ihrem linken Fuß das Eis.

»Sachte. Nicht zu viel Druck aufs Bein. Zieh das andere vorsichtig nach, und dann versuch, mit einem großen Satz auf meine Seite zu springen«, gab ihr Tucker den Befehl und konnte trotzdem nicht verhindern, dass Anni in den Abgrund blickte.

»Das ist tief. Soooo tief«, kam es wie in Trance, und Anni kippte leicht nach vorn.

»Schau nicht da runter! Sieh mich an«, schrie Tucker, um Anni aus der Schockstarre zu befreien.

»Das schaffe ich nicht«, brachte diese nur hervor und drohte damit, den Griff zu lösen.

»Spring, du dumme Kuh!«, versuchte Tucker es nun mit Gewalt in ihrer Stimme und löste damit den Knoten in Annis Brust und Beinen. Mit einem großen Satz sprang sie auf das rettende Stück Eis und verlor dabei das linke Steigeisen, das mit der schmalen Brücke einfach in die Tiefe stürzte.

Anni landete direkt in Tuckers Armen und fing an zu heulen.

»Ist ja gut. Du hast es geschafft«, versuchte Tucker, Anni zu beruhigen, und klopfte ihr auf den Rücken. Eigentlich war sie nicht der Typ Frau, der andere in den Arm nahm und die passenden Worte dazu fand. Darum versuchte sie es mit einer Entschuldigung.

»Tut mir leid für die *dumme Kuh*, aber ich musste dich da von dem Eisfeld runterkriegen. Du warst zu weit vom Weg entfernt.«

»Bring mich hier raus! Bring mich einfach nur hier raus«, war alles, was Anni imstande war zu sagen.

»Das schaff ich schon, keine Sorge«, meinte Tucker und schnallte eines ihrer Steigeisen ab. »Das ist für dich. Du wirst es brauchen.«

Kapitel 14

Alex

Alex fühlte sich erschöpft, auch wenn die Zugfahrt landschaftlich gewaltig war. Die Nähe der Viertausender wirkte in der engen Schlucht beklemmend, und sie war froh, als die Schienen endlich durch den Tunnel führten.

Sie checkte ihren Instagram-Account und gab den Hashtag *messnerChallenge* ein, wo neben ihrem Bild zwei weitere erschienen waren. Eine junge Influencerin namens *LithiumGirl* hatte ein Stück Schokolade vor einem Bergmassiv gepostet und ein gewisser *HenryKoonz* hatte sich mit den Worten verewigt, dass er bereit für die geheimnisvolle Produktion sei. Das große Unbekannte schien die Menschen anzuziehen, fühlte Alex sich bestätigt und schloss die Augen für ein paar Sekunden. Hinter ihr lagen über 24 Stunden Straßen, Luft und Schienen, um zum Ausgangsort der Challenge zu gelangen. Es war bereits 17.00 Uhr, und sie würde die Wanderung zum Chalet auf morgen verschieben müssen, was aufgrund der Müdigkeit die beste Lösung war. Die ersten Novembertage hatten in den oberen Höhenlagen bereits jede Menge Schnee gebracht, sodass die Tour kein Zuckerschlecken werden würde.

Alex hatte seit dem Abflug in Salt Lake City auf ihr neues Aussehen verzichtet, um keine Scherereien wegen des Passbilds zu riskieren. Der Unterschied war viel zu groß, als dass man sie so einfach durchgewunken hätte, doch Alex hatte sich bereits in einem Duty-Free-Geschäft mit Kosmetikartikeln eingedeckt und plante, die Verwandlung am nächsten Morgen nachzuHolen. Heute Abend würde sie noch einmal ihr altes Ich bedienen, nur noch ein letztes Mal.

Der Zug rollte pünktlich in den Bahnhof von Zermatt ein und spuckte Alex auf dem Vorplatz aus, auf dem die Fahrer der Elektrofahrzeuge nach Passanten Ausschau hielten. Jedes Hotel hier schien so ein Mobil zu besitzen, und Alex suchte nach der Aufschrift AMION. Der Fahrer erwartete sie bereits, hievte ihr Gepäck auf die Ladefläche und begann die lautlose Fahrt entlang der Bahnhofstraße zum Hotel. Die meisten Geschäfte und Restaurants hatten geschlossen, da der Rummel noch ein wenig auf sich warten lassen würde. Mit dem Schnee kamen die Gäste, so war es jeden Winter in Zermatt. An die Temperaturen würde sich Alex allerdings gewöhnen müssen, zeigte ihr ein digitales Thermometer doch gerade fünf Grad Celsius an, was laut Umrechnung einundvierzig Grad Fahrenheit bedeutete. Das Mobil verschwand in einer engen Seitengasse und steuerte auf eine Höhle zu, die mitten in den Felsen eingebaut war. Bis auf das Licht von ein paar Kerzenständern war es dunkel wie in einem Tunnel.

»Entschuldigung, ist das hier das AMION Hotel?«, fragte sie den Fahrer, der bereits den Rucksack und ihren Koffer von der Ladefläche geholt hatte.

Der Fahrer nickte nur und betätigte einen Aufzug, der lautlos in die Tiefe glitt und sich wenig später öffnete. Er drückte auf die Null und ließ Alex allein hinauffahren, wo sie wenig später unvermittelt in der Lobby stand. Ein Kamin knisterte leise, während draußen erste Nebelschwaden aufzogen.

»Grüezi und herzlich willkommen im *The AMION*«, begrüßte sie ein junger Mann, der auf den Namen Lars hörte. Ansonsten war die Lobby menschenleer.

»Vielen Dank«, sagte Alex pflichtbewusst und setzte sich auf einen Sessel, vor dem ein Glas mit Sekt stand.

»Darf ich nach Ihrem werten Namen fragen? Unser Hoteldirektor Herr Lenard meinte nur, dass heute noch ein später Gast erscheinen würde, und wir waren uns nicht sicher, wer es ist und wann er kommt«, fragte Lars förmlich nach.

»Nennen Sie mich Alex, das genügt.« Alex schaute sich ein wenig um und fand die Einsamkeit befremdlich.

»Wie Sie meinen. Sie sind heute unser einziger Gast, da wir für den Winter noch nicht offiziell geöffnet haben. Herr Lenard erwartet Sie morgen auf dem Berg«, fügte der Rezeptionist hinzu und tippte etwas in den Computer.

»Danke«, blieb Alex wortkarg und nippte am Sektglas.

»Die Formalitäten sind bereits erledigt, und ich kann Sie jederzeit zu ihrer Tower Suite begleiten. Zudem haben wir das Schwimmbad geöffnet und ein kleines Abendessen vorbereitet. Natürlich nur, wenn Sie mögen«, sagte Lars und strich dabei sein Sakko glatt.

»Ja, das wäre großartig«, meinte Alex und trank den Sekt in einem Zug.

Die Tower Suite war wie gemacht für Instagram, und Alex fotografierte jedes noch so kleine Detail, das sich ihr bot. Der offene Kamin mit seiner Sitzbank, die wie ein ausrangierter Turnbarren aussah, die exklusive Flasche mit dem Bourbon, der eigens für das Haus von einer Firma aus New York gebrannt wurde, und das Teleskop im Wohnbereich, von dem aus man in die Sterne schauen konnte.

Alex blickte aus dem Fenster auf die diffusen Lichter von Zermatt, die vom Nebel sukzessive abgedunkelt wurden. Die Suite war viel zu schade für den kurzen Aufenthalt, doch das Abenteuer, das nun vor ihr lag, war um ein Vielfaches größer als der süße Luxus eines Turmzimmers. Dennoch wollte sie die Annehmlichkeiten des AMION Hotels in vollen Zügen nutzen, und so besuchte sie das Schwimmbad, um ein wenig zu entspannen.

Was für eine Parallelwelt, fernab vom Leben in der Kleinstadt!

Um sechs Uhr in der Früh klingelte das Telefon, und Lars meinte, dass es ihr gewünschter Weckruf sei. Alex konnte sich an keinen Auftrag erinnern, war jedoch froh, genügend Zeit für ihr Kosmetikset zu haben. Diesmal war sie vorbereitet und konnte einige der Tipps des YouTube-Videos sogar überspringen. 45 Minuten später schaute sie in den Badezimmerspiegel und war mit sich zufrieden. Kaum wiederzuerkennen, würden Menschen, die sie von früher kannten, sagen, wobei dieses Früher gar nicht lange her war. Sie zog eine Wanderhose, einen dicken Pullover und ihre Lederjacke an und verließ die Suite.

Lars stand bereits in seinem schwarzen Dress hinter dem Tresen am Empfang und drückte ihr einen Rucksack in die Hände. »Unser Fahrer bringt Sie bis zur Talstation am Gornergrat. Danach nehmen Sie die Zahnradbahn bis hinauf zum Rotenboden. Von dort müssen Sie laufen. Das Gepäck wird mit dem Helikopter angeliefert.«

»Ich weiß«, sagte Alex und blickte durch die Glasfenster der Lobby, wo erste Sonnenstrahlen Löcher in den Nebel fraßen.

»Kann ich sonst noch etwas für Sie tun?«, fragte Lars und starrte Alex an, als wäre er nicht sicher, ob dies noch der gleiche Gast von gestern Abend war.

»Ein Foto, vielleicht«, sagte Alex und drückte ihm das Handy in die Hand. Er machte eine Aufnahme, die Alex kritisch kontrollierte, um sie direkt danach auf Instagram zu posten.

Kapitel 15

Spyros

Mit einem unsanften Ruck landete die Maschine am Flughafen in Zürich, und Spyros wurde wach. Er hatte die ganze Nacht am Abflugterminal in Palma verbracht, um ja nicht seinen Flieger zu verpassen. Er musste nun nach vorn schauen, auch wenn das gerade nicht so einfach für ihn war. Sein rechtes Auge war zugeschwollen und ähnelte einer vergammelten Kartoffel, sodass er bisher noch nichts von seinem Trip gepostet hatte. Das würde warten müssen, bis er in Zermatt war, da Selfies bei dem Anblick nicht infrage kamen. Er kaufte sich eine billige Sonnenbrille in einem Souvenirgeschäft und machte sich auf zur Bahnstation, um den Zug zu erreichen.

Während der Fahrt schlief Spyros die meiste Zeit und ließ die Landschaft regungslos an sich vorbeiziehen, wie den größten Teil seines bisherigen Lebens. Nach dem erfolgreichen Abschluss der Challenge würde er mit dem Geld zurück nach Korfu gehen, so viel stand für ihn schon fest. Er würde sein eigenes Restaurant eröffnen und sich den Traum vom Haus auf dem Olivenhang erfüllen. Ja, er würde sich an neue Kreationen in der Küche wagen und dafür eines Tages einen Stern erhalten. Dann wäre endlich Schluss mit all den visuellen Tricks auf Instagram, und man würde ihn so akzeptieren, wie er nun mal war. Vielleicht hätte er gar einen festen Freund. Bei dem Gedanken erschauderte er, und sein

Herz schlug sofort schneller – als hätte man ihn bei etwas Verbotenem erwischt.

Nur wenige Gäste warteten auf den Shuttle nach Zermatt, und Spyros schaute sich nach den anderen Gesichtern um. Zwei junge Frauen, wahrscheinlich Zimmermädchen, unterhielten sich lautstark in einer Sprache, die er nicht verstand. Dazu ein Tross aus Straßenarbeitern, die Daunenwesten über ihren Schutzanzügen trugen, und ein Mann im Anzug, der wie ein Hotelmanager gekleidet war. Nicht viel los für solch ein Urlaubsdomizil, fand Spyros, als er durch das hektische Gebaren eines Fahrgastes abgelenkt wurde. Ein junger Schnösel rollte seinen Trolley durch die Ticketkontrolle und stürmte aufgeregt auf den Mann im Anzug zu.

»Entschuldigung, sind Sie vielleicht vom Filmteam? Wissen Sie, wo es zu dieser Messner-Challenge geht?«, fragte er den Mann, der den Kopf schüttelte und einen Schritt zurücktrat. Der Typ wirkte arrogant und sah ein bisschen wie ein Filmschauspieler aus, fand Spyros, doch insgeheim gefiel er ihm – mit seinen schwarz gewellten Haaren und den manikürten Augenbrauen. Anscheinend saßen sie im gleichen ahnungslosen Boot, sodass er sich ihm zu erkennen gab.

»Ich gehöre zur Messner-Challenge«, ging er auf den Schnösel zu und nickte ihm entgegen.

»Du bist sicher der Runner, oder?«, fragte er Spyros und stellte seinen Trolley ab, »dann ist das jetzt dein Gepäck.«

»Der Runner?«, fragte Spyros irritiert.

»Na ja, der Typ, der sich um die Teilnehmer kümmert. Das Mädchen für alles«, grinste der Schönling und fuhr sich mit den Händen durch die Haare.

»Nein«, sagte Spyros, ohne seine Stimme zu erheben. »Ich nehme auch an dieser Challenge teil.«

»Oh, okay«, zeigte sich der Schnösel sichtlich überrascht. »Dann sind wir jetzt wohl Konkurrenten.«

»Oder Gefährten«, meinte Spyros und konnte seine Augen nicht von diesen schwarzen Haaren nehmen.

»Klar, warum nicht. Ich bin Hendrik.«

»Spyros.«

»Freut mich. Hast du eine Ahnung, was uns erwartet? Hast du schon mit jemandem vom Team gesprochen?«, fragte Hendrik und schaute sich hektisch um, als wäre eine Kamera auf ihn gerichtet.

»Nein. Ich denke, das kommt noch.«

»Ja ... denke ich auch«, sagte Hendrik und ging gleich in die Offensive. »Wieso hat man dich eingeladen? Du siehst nicht gerade wie ein Travel- oder Fashionblogger aus. Was ist überhaupt mit deinem Auge?«

»Du müsstest mal den anderen sehen«, meinte Spyros und musste über die Bemerkung lachen.

»Okay, aber wie ein Boxer wirkst du auch nicht«, bemerkte Hendrik irritiert, als würde ihn Spyros' Anwesenheit stören.

»Ich bin Chefkoch in einem Restaurant auf Mallorca und poste meine Kreationen auf Instagram«, versuchte Spyros, mehr aus sich zu machen. »Und du?«, fragte er Hendrik.

»Ich bin *Henry Coonz*«, sagte der nur knapp, als müsste man ihn kennen.

»Sagt mir nichts«, rutschte es Spyros raus. Er wollte noch etwas Beschwichtigendes ergänzen, doch der Zug fuhr ein und übertönte ihr Gespräch.

Ein kahlköpfiger Mann im dunkelblauen Fleece-Pullover holte sie am Bahnhof in Zermatt ab und führte sie zu einem Elektrofahrzeug.

»Sie sind für eine Nacht in einem Apartment untergebracht. Morgen früh können Sie dann aufbrechen. Das Gepäck wird nachgeliefert«, war alles, was er während der zehnminütigen Fahrt zu ihnen sagte.

Das Schweigen wirkte ansteckend, sodass Spyros und Hendrik stumm blieben und aus dem Seitenfenster schauten.

Spyros quälte das Gefühl, sich für seine Bemerkung entschuldigen zu müssen, doch bisher fehlte der richtige Moment dazu. Das Elektromobil hielt schließlich vor einem rustikalen Holzhaus an, und der Fahrer zückte einen Schlüssel.

»Wer möchte?«, fragte er.

»Wer möchte was?«, meinte Hendrik ganz verdutzt und machte keine Anstalten, das Fahrzeug zu verlassen.

»Das Apartment ist für Sie beide, und es gibt nur einen Schlüssel. Also ... wer möchte?«, kam die knappe Erklärung.

»Entschuldige, Kojak, aber das muss ein Missverständnis sein. Ich bin *Henry Coonz* und zu dieser Challenge eingeladen worden. Ich schlafe normalerweise in den teuersten Hotels der Welt und sicher nicht mit einem fremden Mann in diesem Hexenhaus. Nichts gegen dich, aber das geht eindeutig zu weit«, raunte er in Richtung Spyros.

»Es gibt gerade kein Hotel, das offen hat. Die Restaurants sind auch geschlossen. Im Kühlschrank finden Sie ein paar Lebensmittel«, sagte der Mann und reichte Spyros den Schlüssel. Danach räumte er die Gepäckstücke aus dem Kofferraum, stellte sie auf die Straße und fuhr davon.

»Das glaube ich jetzt nicht«, kam es fassungslos von Hendrik, der nicht imstande war, sich von der Stelle zu bewegen.

»Hilft ja nichts. Wir sind jetzt hier und müssen das Beste daraus machen«, sagte Spyros und griff zu seinem Rucksack.

Das Apartment war großzügig geschnitten und verfügte über zwei Schlafzimmer, die durch einen Wohnbereich mit Sitzecke verbunden waren.

»Nur ein Bad«, bemerkte Hendrik und setzte sich konsterniert an den Esstisch, auf dem eine Flasche Rotwein stand.

»Dafür haben wir was zu trinken«, freute sich Spyros und öffnete den Kühlschrank. Darin befand sich eine Platte mit Rinderfiletstreifen sowie Soßen und Gemüse.

»Wir können Fondue machen, falls sie einen Topf haben«, meinte Spyros und versuchte, Hendrik etwas aufzubauen.

»Ich habe keinen Appetit«, motzte der rum und starrte in sein Handy.

»Komm schon, unser erster gemeinsamer Abend«, grinste Spyros und ließ Hendrik damit unvermittelt hochfahren.

»Du bist doch nicht etwa schwul, oder?«, fragte der nur und ruderte sogleich zurück. »Also, ich habe nichts gegen Schwule. Soll jeder nach seinen Vorlieben glücklich werden. Ich fände es nur schräg, wenn ausgerechnet du auf Männer stehen würdest, wo wir hier gemeinsam übernachten müssen.«

»Da kann ich dich beruhigen«, sagte Spyros und verschob sein Outing auf später.

Er überließ Hendrik das Zimmer mit Balkon und Ausblick und kramte erstmals alle Sachen aus dem Rucksack durch. Viel war es nicht, doch vergessen hatten Antonio und Pamela auch nicht wirklich etwas. Bis auf ein paar Shirts und Unterhosen vielleicht, die gerade in der Wäsche gewesen waren. Damit würde er die Kälte kaum durchstehen können, so viel war klar. Das Problem löste sich dann aber auf, da im Kleiderschrank ein Rucksack mit Klamotten für die Wanderung bereitstand. Selbst die Wanderschuhe passten ihm wie angegossen, was ihn etwas stutzig machte, da Hendrik gute zwanzig Zentimeter größer war als er. Sie hatten wohl vorausgeahnt, dass er in dem Zimmer ohne Aussicht schlafen und sich mit dem kleineren zufriedengeben würde. Das würde sich bald ändern, schwor sich Spyros, denn er würde alles dafür geben, um diesen Schnösel bei der Challenge auszustechen.

Nachdem er seine Sachen zum Durchlüften ausgebreitet hatte, machte er sich daran, das Essen vorzubereiten, während Hendrik eine Dusche nahm. Wenig später kam er splitternackt mit strubbeligen Haaren aus dem Bad und schaute Richtung Spyros, der nichts anderes als starren konnte.

»Was ist? Doch schwul?«, fragte Hendrik und spannte seine Muskeln an.

»Nein«, sagte Spyros und schnibbelte an einer Aubergine rum.

Wenig später hatte Spyros alles aufgebaut und legte bereits Spieße in das siedend heiße Fett. Er schoss ein Foto vom gedeckten Tisch und lud es auf seinem Instagram-Account hoch. *Dinner for two,* schrieb er unter seinen Post und setzte zum ersten Mal den Hashtag *messnerChallenge* ab.

»Sieht gar nicht mal so übel aus, Koch«, sagte Hendrik, der nach Seife und Rasierschaum roch. »Willst du dich nicht vor dem Essen duschen? Ich würde es dir nahelegen.«

»Ich dusche später«, sagte Spyros und schenkte etwas von dem Wein in ihre Gläser.

»Na gut, dann auf die Challenge. Möge der Bessere gewinnen«, grinste Hendrik und trank sein Glas aus, ohne mit Spyros anzustoßen.

Die Unterhaltung lief zunächst ein wenig holprig, und Spyros war darauf bedacht, sich möglichst unauffällig zu verhalten. Schon wieder besaß er nicht den Mut, über seine sexuelle Orientierung offensiv zu reden, sodass er Hendrik einfach quatschen ließ, was dieser mit Vergnügen tat. Wo er überall schon gewesen war, was er da Verrücktes erlebt hatte, wer ihm alles folgte und treu ergeben war und welche Frauen er schon wie und wo verführt hatte. Gerade der letzte Punkt brachte Spyros immer wieder in die Verlegenheit, an den richtigen Stellen möglichst maskulin zu grinsen.

Er war froh, dass Hendrik gegen elf Uhr abends ein müdes Gähnen von sich gab und fragte, ob es für Spyros okay sei, wenn er ihm den Abwasch überließe. Es war okay, und Spyros genoss die Stille, bevor er sich um ein Uhr noch für ein paar Stunden ins Bett legte.

Kapitel 16

Hendrik

Der Schneefall schmeckte ihm kein bisschen. Die Flocken rieselten behände auf den Gletscher nieder und verwischten jegliche Konturen. An seiner Fitness lag es nicht, dass sie nicht schnell genug vorankamen, vielmehr an dem Fettsack Spyros, der ihm wie ein Klotz an den Hacken hing.

»Können wir vielleicht etwas auf die Tube drücken? Wenn wir in dem Schneckentempo weitergehen, schaffen wir es nicht vor Sonnenuntergang«, meinte Hendrik, ohne sich umzudrehen.

»Bitte? Ich habe dich nicht verstanden. Der Wind ...«, kam es begleitet von einem Keuchen hinter seinem Rücken.

»Ich sagte, gib Gas, sonst frisst uns der Schnee auf, bevor wir unser Ziel erreichen. Dieses *OutdoorBeast* ist uns locker einen Tag voraus. Und selbst Prinzessin Lithium dürfte mittlerweile da sein«, schnaufte Hendrik und tastete den Schnee mit seinen Wanderstöcken ab.

»Das ist nichts für mich. Die Anstrengung, diese Gletscherspalten«, seufzte Spyros und kramte im Rucksack nach einem Schokoriegel.

»Jetzt hör auf damit, dir dauernd etwas in den Mund zu stopfen. Schau dir diese dunklen Wolken hinter dem Matterhorn an. Wenn die uns erreichen, sind wir geliefert«, mahnte Hendrik und setzte einen vorsichtigen Schritt auf die Eisbrücke.

»Welches Matterhorn?«, fragte Spyros und sah sich ahnungslos um.

»Ja … eben. Es ist weg. Hinter dieser Schneefront dort verschwunden«, keuchte Hendrik.

»Wir sollten besser umkehren«, meinte Spyros und wirkte komplett überfordert.

Wer hatte ihn nur mit diesem Typen hier vernetzt, fragte sich Hendrik. Und wer hatte ihn nur mit so jemandem auf eine Stufe gestellt und zu dieser Challenge eingeladen? »Jetzt sei nicht so ein Schisser! Wir machen eine kleine Kampfansage an die anderen Teilnehmer, und dann ziehen wir das Ding hier durch«, sagte Hendrik, kramte sein Smartphone aus der Daunenjacke und reichte es Spyros.

»Soll ich ein Selfie von uns machen?«, fragte dieser irritiert.

»Nicht nötig«, sagte Hendrik, »mach eins von mir und dann *adiós muchachos.*«

Hendrik grinste wie Tom Cruise in seinen besten Tagen und jagte das Bild zur Sicherheit durch einen Face-Filter. Es sah definitiv nach Abenteuer aus, und er nutzte den ausreichenden Empfang, um das Bild auf Instagram zu stellen.

»Machst du vielleicht auch eins von mir?«, fragte Spyros zögerlich und kramte bereits nach seinem Handy.

»Lass uns lieber weitergehen. Wir haben durch dich schon genügend Zeit verloren«, blockte Hendrik die Bitte gleich ab und setzte seinen Weg fort.

Die Gletscherspalten machten Hendrik keine Angst, da er in der Kindheit oft mit seinen Eltern in den Bergen unterwegs gewesen war. Er hatte die Urlaube gehasst, denn während seine Klassenkameraden nach Spanien und Italien gefahren waren, hatte sein Vater stur das immer gleiche Apartmenthaus im Zillertal gebucht. Zwei Wochen wandern, bis die Füße Blasen warfen, dazu noch die gestelzten Kommentare seines Vaters über die Besonderheiten der Natur. Mit acht Jahren hatte er aufgehört, Fragen zu stellen, mit zwölf hatte er während der Wanderung Musik gehört, und mit fünfzehn war er schließlich aus dem Sommerurlaub ausgestiegen. Er hatte kleine Gruppenreisen für sich und seine Freunde organisiert, für die als Aufpasser stets der Bruder seines besten Freundes mitgenommen worden war. Der hatte älter gewirkt und sich diesen Dienst an Minderjährigen mit einem schicken Doppelzimmer für sich und seine Freundin gut bezahlen lassen. Dafür hatte er beide Augen zugedrückt und die Jungs in Ruhe gelassen. Kroatien, Türkei und Barcelona ... Das waren fortan Hendriks Reiseziele gewesen und hatten den Anfang seiner Traveller-Karriere dargestellt.

Dieser Spyros wirkte furchtbar tollpatschig, wie er sich von Eisplatte zu Eisplatte hangelte, und Hendrik hatte ein ums andere Mal die Befürchtung, dass er kopfüber in einer Spalte landen würde. Was sollte er dann tun? Hinterherspringen, um ihn zu retten? Die Challenge einfach abbrechen? Oder so tun, als hätte es den Griechen nie gegeben? Er wusste es nicht und war froh darüber, dass Spyros jetzt ein wenig Tempo aufgenommen hatte und nicht an jeder unwegsamen Stelle stehen blieb, um nachzudenken. Beim Blick zurück zu seinem Konkurrenten entdeckte er in der Ferne einen schwarzen Punkt, der sich zu bewegen schien. Erst hielt er ihn für eine Gämse oder einen Steinbock, die in den Schweizer Alpen weit verbreitet waren, doch die Konstanz in der Bewegung sprach für einen Menschen.

»Hey, Koch, siehst du den Punkt da drüben?«, fragte er Spyros und zeigte mit dem Stock in die besagte Richtung.

Spyros hielt augenblicklich an und drehte sich um. »Ich sehe nichts«, keuchte er.

»Nicht da oben. Du musst weiter unten schauen, an der Stelle, wo wir auf den Gletscher hochgeklettert sind. Dort ist ein Punkt, der wie ein kleiner Laufroboter unserer Route folgt.«

Spyros kniff die Augen fest zusammen und folgte Hendriks Blickrichtung. »Ja, jetzt sehe ich, was du meinst. Vielleicht ein Bergsteiger oder jemand vom Team der Challenge«, meinte Spyros.

»Ja. Oder ein weiterer Konkurrent in Sachen Preisgeld. Wir sollten Gas geben, um vor dem Typen im Chalet sein«, sagte Hendrik.

»Der ist doch locker eine Stunde hinter uns zurück. Und ganz allein«, schnaufte Spyros.

Exakt das ist sein Vorteil, dachte Hendrik, sparte sich aber die Bemerkung und begann damit, den Abgrund zu umlaufen.

Zwanzig Minuten später hatten sie den Gletscher überwunden und erreichten eine karge Felsenlandschaft. Ein Steinmännchen war wie eine Mahnwache aufgestellt und deutete die grobe Richtung an. Am obersten Brocken hing ein pinkes Haarband, das der Skulptur fast etwas Menschliches verlieh.

»Da war wohl jemand vor uns da«, bemerkte Hendrik trocken und drehte sich zu Spyros um.

»Warum? Das kann doch schon vor Jahren dort befestigt worden sein«, meinte der und wirkte erleichtert darüber, wieder festen Boden unter seinen Wanderschuhen zu haben.

»Dann wäre es verdreckt und von der Sonne ausgeblichen. Das hier sieht recht neu aus und riecht sogar noch nach Parfum«, analysierte Hendrik und steckte sich das Haarband in die Jackentasche. Dabei fiel ihm unwillkürlich der Wanderer wieder ein, der ihnen wie ein Schatten folgte. Er suchte das Gletscherfeld nach dem schwarzen Punkt ab, konnte jedoch von seinem Standpunkt aus zunächst nichts ausmachen. Er wollte seinen Rucksack bereits abschnallen und zu einer Pause rufen, als er den Schatten sah, der souverän über das Gletscherfeld in ihre Richtung lief.

»Der ist unglaublich sicher auf dem Eis«, bemerkte Hendrik.

»Er folgt einfach unseren Spuren«, meinte Spyros und biss beherzt in ein selbst geschmiertes Sandwich.

»Dann müsste er eigentlich auch die eine oder andere Schleife drehen, doch danach sieht es mir nicht aus«, fand Hendrik und ergänzte: »Lass uns lieber weitergehen. Nach dieser Karte sollten wir in einer knappen Stunde da sein. Dann kannst du meinetwegen essen, bis du platzt.«

Kapitel 17

Alex

Der Sonnenschein war nur von kurzer Dauer gewesen, doch Alex fühlte sich bestens vorbereitet auf die Tour über den Gletscher. Sie hatte die beiden Kontrahenten bereits kurz nach ihrem Aufbruch an der Bergbahnstation gesehen und verfolgte aus der Ferne ihren Zickzacklauf entlang der Gletscherspalten. Immer wieder machten sie Pausen, wahrscheinlich, um die Übergänge auszutesten, da sie mit Neuschnee überpulvert waren. Sie wollte ihnen ihren Vorsprung lassen, schließlich würde es im Chalet noch Zeit für Unterhaltung geben. Die frostige Luft tat ihrer Lunge gut, die zuletzt nur Wüstenstaub geatmet hatte, und so ließ sie es ruhig angehen. Immer wieder schoss sie Fotos oder hielt kurz inne, um den Abstand zu den beiden Vorgängern relativ konstant zu halten. Die beiden Frauen hatten den Gletscher bereits gestern überquert und davon auf Instagram gepostet. Dieser Hendrik tat es just in diesem Augenblick und teilte eine Aufnahme, die wohl *FoodpornSpy* von ihm gemacht hatte. Sie schienen zumindest bester Dinge zu sein, dachte sich Alex und machte ein Selfie.

Die Gletscherspalten erinnerten Alex an die Slot Canyons im Grand Staircase, durch die sie in ihrer Jugend oft gewandert war. Sie und ihre Schwester Alessa. Manchmal hatten ihre Eltern richtig Panik bekommen, denn man konnte sich in diesem Labyrinth verlaufen, und sie hatten ihre Fertigkeiten genutzt, um auch durch die schmalsten Ritzen hindurchzugleiten. Es waren schöne Zeiten gewesen, und Alex hätte sich nie träumen lassen, dass sie die Vergangenheit einmal herbeisehnen würde. Als Kind nahm man alles als gegeben hin und scherte sich nicht um die Familie. Solange, bis man sie verloren hatte. Dann wurde sie plötzlich wichtig, und man bereute so vieles, was man nicht gesagt und unterlassen hatte.

Sie beobachtete ihre beiden Vorläufer, wie sie am anderen Rand des Gletschers standen und eine Pause machten. Sie hatten das kniffligste Stück des Weges gemeistert und schauten in ihre Richtung. Vielleicht hatten sie Respekt oder gar Angst vor ihr? Doch vielleicht machten sie sich auch lustig über sie. Wer konnte das im Vorhinein schon sagen?

Alex nahm ein wenig Tempo aus den Schritten, auch wenn die Sorge, dass sie warten würden, unbegründet war. Ganz im Gegenteil, sie schoben sich den Hang hinauf, als wäre so was wie der Teufel hinter ihnen her.

Noch ein letzter Felsvorsprung trennte Alex von ihrem Ziel, und sie schaute auf die Uhr. Es war 15.10 Uhr, und sie hatte gar noch etwas Zeit, bevor das Tageslicht verschwinden würde.

Alles in allem fühlte sie sich nicht mal ausgelaugt, als sie das Chalet erblickte, das bereits von innen hell erleuchtet war. Im Grunde war es eine große Hütte, deren massives Holz nach frischer Lärche roch. Im Hintergrund dampften Nebelschwaden in den Himmel, im Vordergrund glänzte eine frei gefegte Fläche, in deren Mitte ein *H* mit Steinen ausgelegt war. Das war wohl der Helikopterlandeplatz, von dem sie im Hotel berichtet hatten. Es war niemand außerhalb des Chalets zu sehen, und bedingt durch den starken Wind war auch kein anderes Geräusch zu hören. Dennoch würden sie schon auf sie warten, davon war Alex überzeugt und klopfte an die Tür.

Kapitel 18

Messner-Chalet

»Dann sind wir jetzt wohl vollzählig«, wurde Alex von einem Mann begrüßt, der in seinem schwarzen Anzug deplatziert in diesem Bergambiente wirkte. Er hatte eine Krawatte umgebunden und saß mit verschränkten Beinen souverän in einem Ledersessel. Hinter ihm knisterte ein Kaminfeuer, das den Raum auf T-Shirt-Wärme aufheizte, an den Wänden hingen Fotografien eindrucksvoller Berge.

Die anderen tranken heißen Tee und hatten sich auf zwei Sofas mit Fellbezug verteilt, die den Kamin in ihre Mitte nahmen.

»Ich bin Alex«, stellte sich Alex vor und schnallte ihren Rucksack ab.

»Das sind Anni, Tucker, Spyros und Hendrik«, zeigte der Mann auf die vier Gäste, »und ich bin Lenard.«

Alex nickte in die Runde und suchte nach einer Sitzgelegenheit. Sie hätte auf dem Sofa der zwei Frauen locker einen Platz gefunden, doch sie setzte sich stattdessen auf den Boden, direkt vor den Kamin.

»Darf ich dir etwas anbieten?«, fragte Lenard und stand auf, um in der angrenzenden Wohnküche zu verschwinden. Seine Bewegungen waren geschmeidig und flink, obwohl er fast zwei Meter groß war.

»Dann bist du wohl unsere Verfolgerin«, bemerkte Hendrik und nippte an seinem Becher. »Ist mit Rum, das wärmt von innen«, fügte er hinzu, stand auf und reichte Alex die

Hand. Die zögerte kurz, zog dann ihre Handschuhe aus und erwiderte die Geste. »Also sind wir insgesamt zu fünft«, meinte Hendrik, nachdem niemand etwas sagte.

»Fünf, die es geschafft haben«, erwiderte Tucker, die mit Jogginghose und T-Shirt bekleidet auf dem Sofa saß. »Wir sind gestern bereits angekommen«, ergänzte sie in Richtung Alex, die nur nickte.

»Was habt ihr bisher so gemacht?«, fragte Hendrik, der noch seine Wandersachen trug.

»Geschlafen. Der Jetlag macht mich ziemlich fertig. Bisher hat uns noch keiner etwas gesagt. Dieser Lenard«, geriet Tucker in ein Flüstern, um zu prüfen, ob man sie im Nebenraum verstehen würde, »kam erst vor ein paar Stunden mit dem Helikopter an. Gestern war nur so ein stummer Koch hier, der uns das Zimmer gezeigt und ein Abendessen zubereitet hat.«

»Einen stummen Koch habe ich auch dabei«, grinste Hendrik und stieß Spyros in die Rippen, damit er etwas sagen sollte.

Lenard kam zurück ins Zimmer und drückte Alex einen dampfenden Becher Tee in die Hand.

»Wie ich sehe, habt ihr euch schon kennengelernt und angefreundet. Das ist gut und sicher förderlich für eure Aufgabe. Ich würde vorschlagen, dass wir auf Englisch kommunizieren, da ihr alle dieser Sprache mächtig seid, wie eure Beiträge vermuten lassen«, sagte er in die Runde und schaute jeden prüfend an.

»Ich dachte, wir sollen uns zerfleischen«, versuchte Hendrik sich an einem Scherz, traf jedoch auf ausdruckslose Mienen.

»Davon war nie die Rede. Doch lasst uns ganz am Anfang starten, denn alles, was ich euch erzähle, ist von größter Wichtigkeit. Also passt gut auf, denn ab morgen seid ihr ganz allein hier oben«, sagte Lenard und rückte demonstrativ sein schwarzes Brillengestell nach oben.

»Als Erstes sollten unsere drei Neuankömmlinge ihr Quartier beziehen und sich ein wenig frisch machen. Falls ihr keine winterfeste Kleidung eingepackt habt, findet ihr eine großzügige Auswahl an Anziehsachen bereits in eurem Kleiderschrank. Gegen sieben serviert uns Gregor dann das Abendessen, welches wir in der Küche gemeinsam einnehmen werden. Doch zuvor ein paar Details zu eurer Unterkunft«, referierte Lenard, der in seinem Element zu sein schien. »Wir befinden uns auf 2.950 Metern Höhe, was dem einen oder anderen von euch vielleicht ein wenig Schnappatmung bereitet hat. Aber man gewöhnt sich schnell daran, sodass ihr davon bald schon nichts mehr spüren werdet. Dieses Chalet ist euer Zuhause für die nächsten zwanzig Tage. Es ist vor Kurzem fertiggestellt worden, und ihr seid die ersten Gäste, die es sehen und erleben dürfen. Es gibt drei Schlafzimmer, die im Gang hinter dem Wohnraum angeordnet sind. Jedes der Zimmer verfügt über ein eigenes Bad mit zwei Waschbecken, einer Badewanne sowie einer exklusiven Wasserfalldusche. Es gibt zwar keinen Balkon, doch wer braucht den schon, wenn die Natur direkt vor eurer Haustür liegt«, erklärte Lenard und deutete mit der rechten Hand in Richtung Eingang. »Dann haben wir den Wohnraum, einen offenen Kamin, für den es jede Menge Holz hinter dem Chalet gibt, und unsere Bildergalerie. Wie ihr auf den Fotografien unschwer erkennen könnt, sind es die höchsten Gipfel dieser Erde. Alle ohne Sauerstoff bestiegen von unserem Namenspatron, dem ehrenwerten Reinhold Messner. Über den offenen Durchgang erreicht ihr die Wohnküche mit Essbereich. Dahinter findet ihr noch ein Gäste-WC mit einem Medikamentenschrank für Notfälle. Dem gegenüber befindet sich der Raum des Eigentümers, der abgesperrt ist und das auch bleiben wird. Hinter dem Chalet steht eine Holzhütte, in die wir eine finnische Sauna eingebaut haben. Direkt davor ist der Jacuzzi. Dem gegenüber liegt ein Holzverschlag, der euch an eine Scheune erinnern dürfte. Im vorderen Teil findet ihr das Gym mit einer Kraftstation und ein paar Yogamatten. Im hinteren abgetrennten Bereich liegt der Ski- und Schlittenraum. Natürlich haben wir auch Schneeschuhe in diversen Größen für euch eingestellt. Eine Teilnehmerin hat sich ja bereits ein Snowboard liefern lassen.« Lenard schaute leicht verärgert in Richtung Tucker, die auf einem Keks herumkaute und provozierend grinste. »Gibt es hierzu Fragen?«, machte Lenard schließlich einen Punkt hinter seine Ausführungen und blickte in die aufmerksame Runde.

»Woher wussten Sie unsere Kleider- und Schuhgrößen? Woher wussten Sie, dass wir den Weg über den Gletscher schaffen würden?«, fragte Anni, die auf ihren Fingernägeln kaute.

»Nun ja. Ihr seid doch große Stars auf Instagram, und ein wenig Vorbereitung gehört nun mal zu meinem Job dazu. Außerdem war der Wanderweg gut ausgeschildert. Weitere Fragen?«

»Drei Zimmer und fünf Leute. Wie soll das funktionieren? Außerdem sind Sie und Gregor auch noch da«, platzte es aus Hendrik heraus, der angespannt auf seinem Platz saß.

»Um Gregor und meine Wenigkeit braucht ihr euch nicht zu kümmern. Wir werden die wenigen Stunden bis zum Morgengrauen im Wohnbereich verbringen. Die Zimmeraufteilung ist zudem bereits erfolgt, da Anni und Tucker sich gestern für das Zimmer eins entschieden haben, sodass Hendrik und Spyros ins zweite Zimmer und Alex ins dritte Zimmer ziehen werden.«

»Ich schlafe nicht mit dem Koch in einem Raum. Das könnt ihr glatt vergessen«, bemerkte Hendrik, der den Gedanken an eine weitere Nacht mit Spyros kaum ertragen konnte.

»Es war kein Vorschlag«, meinte Lenard und wirkte leicht genervt vom Kommentar, der seinen makellosen Auftritt störte.

»Warum bekomme ich nicht das Einzelzimmer, und Alex zieht bei Spyros ein?«, fragte Hendrik unverblümt.

»Es war *kein* Vorschlag, Hendrik«, wiederholte Lenard seine Aussage. »Die Auswahl ist getroffen, und ihr werdet zueinanderfinden.«

»Na gut. Dann teile ich mir das Doppelbett mit der Prinzessin, sie hat mir eh schon eine Botschaft hinterlassen«, schaute er in Richtung Anni und warf ihr das pinke Haarband zu – in der Vermutung, dass sie es am Steinmännchen platziert hatte.

»Das ist ja widerlich«, entgegnete Tucker, während Anni die Bemerkung einfach runterschluckte. Sie sah erschöpft und müde aus.

»Machen wir weiter«, ließ es Lenard dabei bewenden. »Dieses Chalet steht euch für zwanzig Tage zur freien Verfügung. Mit allem, was dazu gehört. Toilettenartikel, Shampoo, Körperlotion und Duschgel befinden sich im Bad, und Lebensmittel sind bis zum Ende eures Aufenthalts geplant und auf diverse Tiefkühltruhen und Vorratsschränke aufgeteilt. Es gibt sogar einen gut sortierten Weinschrank und auch Sekt und Bier für eine Feier. In der Zwischenzeit wird niemand nach euch sehen oder etwas liefern können. Ihr seid auf euch allein gestellt, es sei denn, ihr wollt die Challenge vorzeitig beenden, was ich jedoch nicht hoffen möchte«, erklärte Lenard und sorgte für das erste sorgenvolle Seufzen. »Der Kamin ist übrigens eine nette Dekoration, die nicht zwangsläufig vonnöten ist, da alle Räume mit einer Fußbodenheizung ausgerüstet sind. Ach ja, das Wichtigste hätte ich fast vergessen: Das WiFi-Kennwort lautet: *NangaParbat.* Ansonsten gibt es hier oben keinen Empfang, doch das Internet sollte stark genug sein, um fünf Geräte gleichzeitig zu versorgen«, nötigte sich Lenard ein gespieltes Lächeln ab.

»Hören Sie, Lenard. Ist das eigentlich Ihr Vor- oder Nachname?«, funkte Hendrik abermals dazwischen.

»Einfach Lenard. Wir pflegen es oberhalb von tausend Metern Höhe eher unkompliziert«, bemerkte der Mann im feinen Anzug und rückte seine Krawatte zurecht, die bei seinem Monolog nach rechts gerutscht war.

»Also gut ... Lenard. Das mag für Sie vielleicht romantisch klingen, denn Sie haben sich den Unsinn ja ausgedacht. Aber zwanzig Tage werde ich sicher nicht mit diesen Leuten hier verbringen. Nichts gegen euch«, schaute Hendrik in die Runde, »aber wir kennen uns ja nicht einmal. Und überhaupt, was sollen wir denn im Rahmen dieser Challenge tun? Ich sehe hier kein Produktionsteam«, meinte Hendrik genervt und sichtlich unzufrieden.

»Die Challenge ist keine Idee von mir, auch wenn ich das nur ungern zugebe. Ich führe nur Anweisungen aus und sorge für faire Bedingungen. Das ist mein Job. Natürlich müsst ihr was für diesen Luxus tun, doch davon mehr beim Abendessen. Die Zeit bis dahin steht euch zur freien Verfügung«, entgegnete Lenard und griff zu einem Stapel Zeitschriften.

»Luxus? Was für ein Luxus?«, hakte Hendrik nach, der zum Wortführer der kleinen Gruppe avanciert war.

»Zeit. Jede Menge kostbare Zeit für Abenteuer, die noch nie ein Mensch vor euch erlebt hat«, sagte Lenard spitz und blätterte durch ein Reisemagazin.

Das Chalet duftete nach frischen Röstzwiebeln, als sich die fünf Teilnehmer um den Küchentisch versammelten.

»Den Geruch kriege ich niemals mehr aus den Klamotten heraus«, moserte Hendrik und knöpfte seine Strickjacke auf, um sie im Wohnraum auf die Couch zu werfen.

»Stell dich nicht so an, du Schmierlappen. Das riecht großartig und sieht bombastisch aus«, entgegnete Tucker, die sich hinter dem stummen Gregor direkt am Herd platziert hatte. Sie nahm die gefüllten Teller entgegen und stellte sie ihren Mitstreitern auf den Tisch. Es gab Rösti mit

Cordon bleu. In der Mitte stand eine große Schüssel Blattsalat mit Tomaten, Gurken, Croûtons und frischen Kräutern.

»Ich hoffe, Gregor bleibt uns erhalten?«, fragte Tucker, die sich mit ihrem Teller ans Kopfende des Tisches gesetzt hatte.

»Leider nein. Wir werden morgen früh von einem Helikopter abgeholt«, bemerkte Lenard und wartete mit seinem Essen, als würde er ein Tischgebet sprechen wollen. »Aber ihr habt ja einen exzellenten Koch in eurer Runde, der sicher gleich mit einem gut gemeinten Rat Gregors Kochkunst kommentieren wird«, blickte er auf Spyros, der ein wenig rot wurde.

»Dann sollten wir vielleicht noch ein Erinnerungsfoto schießen, bevor wir morgen ganz allein hier sind«, meinte Tucker und zückte ihr Smartphone.

»Ich werde das übernehmen. Gregor und ich spielen für eure Aufgabe keine Rolle«, sagte Lenard, stand auf und postierte sich als Fotograf. Die fünf rückten zusammen und zeigten bis auf Alex ein geübtes Lächeln.

»Soll ich es auf Instagram hochladen und euch markieren?«, fragte Tucker und wischte gekonnt über ihr Handy.

Die vier anderen nickten nur und griffen zum Besteck.

»Wow, Anni, 123.000 Follower. Unser *LithiumGirl* rockt das Netz«, zitierte Tucker Annis Instagram-Pseudonym.

»Und da haben wir jede Menge food porn in transition präsentiert von unserem *FoodpornSpy*. Hast du das so genial geschnitten, Spyros?«, ging Tucker die Absender mit dem Hashtag *messnerChallenge* einzeln durch.

»312.000 Fans! Ich denke mal, nur Mädels, oder, *Henry-Coonz*?«, zwinkerte sie in Richtung Hendrik, der daraufhin zum Weinglas griff und Tucker zuprostete.

»*AlexvanHelsing*. Ist das wirklich dein Account, Alex?«, fragte Tucker ungläubig und hielt ihr Handy in die Runde.

Alex nickte nur und schob sich eine Gabel voll mit Rösti in den Mund.

»23 Follower? Hast du noch einen anderen Kanal. Oder machst du TikTok?«, suchte Tucker nach der Lösung für das mangelnde Interesse der Leute.

»Nein«, kaute Alex auf den geriebenen Kartoffeln herum. »Ich fange gerade erst damit an.«

»Fantastisch. Das ist fantastisch«, brach Tucker fast die Stimme weg.

»Ist van Helsing eigentlich dein echter Name«, fragte Anni, die bisher geschwiegen hatte.

Alex nickte nur.

»Ich glaube, wir müssen dir noch einiges beibringen. Mit Klarnamen kommst du bei Instagram nicht weiter«, meinte Tucker.

»Mir sagt der Name irgendwas«, sagte Spyros daraufhin und erntete von Hendrik und Tucker verständnislose Blicke.

»Van Helsing war doch der Vampirjäger aus Dracula, oder? Jedenfalls in einigen von den Escape Games, die ich durchgespielt habe, spielte ein Van Helsing eine Rolle«, begründete Anni ihre Aussage.

»Du hast Escape Games gespielt, Prinzessin?«, zeigte sich Hendrik überrascht. »Sind dir dabei nicht die Fingernägel abgebrochen?«

»Sagt der Pinkel mit der Föhnfrisur«, übernahm Tucker die Retourkutsche für ihre Zimmergenossin.

»Die sind nicht geföhnt. Das ist eher eine Spezialpomade, liebes *OutdoorBeast*, Rächerin der Unterdrückten. Wie viel Biest steckt denn in dir?«, provozierte Hendrik Tucker, um von Lenard schließlich unterbrochen zu werden.

»Für diese Art von Scharmützel werdet ihr in den nächsten Tagen noch Gelegenheit haben. Von daher würde ich die Zeit gern nutzen, um euch auf die Aufgabe vorzubereiten.«

Alle nickten und griffen unwillkürlich zum Weinglas.

»Wie bereits gesagt liegen vor euch zwanzig Tage voller Abenteuer, für die ihr täglich ein Honorar von 5.000 Dollar in Bitcoins erhalten werdet. Aber nur, wenn ihr bis zum

Ende durchhaltet und das Chalet nicht vorzeitig verlasst«, eröffnete Lenard seinen Monolog und blickte neugierig in die Runde.

»Ich wiederHole mich ungern, aber ich kann und werde nicht zwanzig Tage in dieser Blockhütte verbringen«, preschte Hendrik erneut dazwischen.

»Dann ist die Challenge in diesem Augenblick vorbei und ihr könnt gehen«, sagte Lenard freundlich, aber bestimmt.

»Was sollen wir denn überhaupt machen?«, fragte Anni, um die Gemüter zu beruhigen.

»Genau das, was ihr sonst auch tut. Eure kleinen Beiträge aufnehmen und sie mit Begeisterung und einem Lächeln auf den Lippen mit der ganzen Welt teilen«, bemerkte Lenard. »Das gilt übrigens auch für die Zubereitung der Speisen«, ergänzte er und nickte Spyros zu.

»Wie soll das gehen? Soll ich Gemüse und Fleisch zum Lachen bringen?«, versuchte Spyros einen Spruch und lachte selbst am lautesten. Für ihn klang der Auftrag einfach viel zu gut und lukrativ, um wahr zu sein.

»Wir sollen drei Wochen lang Bilder posten und bekommen dafür 100.000 Dollar?«, fragte Tucker irritiert noch einmal nach.

»Im Prinzip schon«, bemerkte Lenard, »die einzige Aufgabe ist es, eure Fans an dieser Challenge teilhaben zu lassen.«

»Was soll dann Alex machen ... ohne Fans?«, platzte es aus Hendrik heraus, der sich ein Lachen nicht verkneifen konnte.

»Das wird sich sicherlich bald ändern«, meinte Lenard, ohne Alex dabei anzuschauen.

»Und wie funktioniert jetzt diese Challenge? Was muss ich tun, um gegen die anderen zu gewinnen?«, fragte Hendrik, der plötzlich wieder motiviert klang.

»Es geht nicht gegeneinander. Ihr könnt nur miteinander bestehen. Sobald jemand von euch freiwillig die Challenge abbricht und diesen Ort verlassen möchte, endet sie für alle von euch, und das Honorar löst sich in Luft auf. Es gibt nur *alle oder keiner*, was es ziemlich einfach macht. Klare Regeln existieren übrigens auch für eure Beiträge. Unser Auftraggeber ist davon überzeugt, mit dem Chalet einen einzigartigen Ort geschaffen zu haben, der nur glückliche Gesichter kennt und toleriert. Sobald ich auf euren Profilen ein gequältes Lachen sehe oder einen negativ gepolten Text lese, endet diese Challenge. Für alle. Doch in Anbetracht eurer Lebenslust, die ihr sonst so an den Tag legt, dürfte das wohl kein Problem sein. Solltet ihr euch wider Erwarten dazu entscheiden, diesen Ort freiwillig verlassen zu wollen, dann greift zu dem Zettel, den ich euch an die Pinnwand neben dem Kühlschrank geheftet habe. Dort findet ihr einen Link, mit dem ihr einen Videochat öffnet, der nur zu diesem Zweck eingerichtet wurde. Ihr ruft an und werdet abgeholt. Alle!«

»Das ist es? Einfach nur gemeinsam hier die Zeit vertrödeln und jeden Tag ein Foto oder eine Story posten?«, fragte Tucker zur Sicherheit noch einmal nach.

»Das Lächeln nicht vergessen«, ging Lenard mit einem guten Beispiel voran und gab Gregor das Zeichen, noch etwas Wein nachzuschenken.

»Das ist doch total verrückt. Gibt es irgendeine Sicherheit, dass wir das Geld am Ende auch bekommen? Es geht immerhin um 100.000 Dollar! Für jeden von uns.« Tucker war nun in Fahrt gekommen und blickte in die Runde.

»Ein Wallet über den ausgewiesenen Betrag ist bereits für jeden von euch eingerichtet. Ihr braucht nur den Private Key, den es am Ende dieser Challenge gibt«, erklärte Lenard und schnitt sich ein großes Stück vom Cordon bleu ab.

»Für mich ist das okay. Ich bin froh, weit weg zu sein«, flüsterte Anni und blickte auf ihren Teller, von dem sie kaum etwas gegessen hatte.

»Für mich ist es auch okay. Ich kann und will nicht mehr zurück«, sagte Spyros und nickte Anni zu.

»Was ist mit dir, Vampirjägerin? Genügend Holz für einen Pflock ist ja vorhanden?«, fragte Hendrik und blickte zu Alex.

»Geht klar«, sagte diese und stocherte mit ihrer Gabel in einem Fettknorpel herum.

»Wie seid ihr eigentlich drauf? Glaubt ihr tatsächlich daran, dass uns einer für diesen Schwachsinn 100.000 Mäuse gibt? Habt ihr nichts Besseres vor, als hier den ganzen Monat abzuhängen?«, echauffierte sich Hendrik und stand von seinem Stuhl auf.

»Warum der Name Messner? Ist der Typ wirklich unser Auftraggeber? Führt er eine Hotelkette oder eine Sportartikelfirma?«, fragte Tucker, um von Hendriks Kommentar ein wenig abzulenken.

»O nein«, lachte Lenard laut auf. »Ich glaube, wenn der Herr Messner von der Analogie zu einer Hotelkette etwas erfahren würde, wäre er wohl ziemlich wütend. Er und sein Werdegang haben lediglich meinen Auftraggeber zu dieser Challenge inspiriert. Das ist alles.«

»Zu einem Winter in den Bergen mit fünf Influencern?«, konnte Tucker den Bezug kaum herstellen.

»Nein, zu etwas ganz anderem«, sagte Lenard nur und beendete die Runde mit einer abschließenden Frage an Hendrik, der immer noch unentschlossen hinter seinem Stuhl stand und nachzudenken schien: »Wie hast du dich entschieden?«

»Ich bleibe«, sagte er schließlich und setzte sich zurück auf seinen Platz.

Kapitel 19

Hendrik

Hendrik erwachte aus einem Albtraum und starrte in die Dunkelheit des Zimmers. Kein Licht drang durch die Ritzen, kein LED flackerte im Raum. Man liegt in diesem Bett wie in einem Sarg, dachte Hendrik und rieb sich den Schlaf aus den Augen. Er fühlte sich gerädert, ganz so, als hätte er bisher kein Auge zugetan. Erst jetzt fiel ihm das sonore Schnarchen seines Zimmergenossen auf, dessen Bett neben dem seinen stand. Wäre er hier mit einer Liebschaft abgestiegen, hätte er sich wahrscheinlich wohlgefühlt in diesem Holzambiente. Wenn auch nicht für zwanzig Tage, denn Hendrik war kein Typ für eine feste Freundin. Die Gesellschaft anderer wurde ihm schnell langweilig, und er hatte wenig Lust, sich auf einen bestimmten Menschen festzulegen, wo es doch so viele Alternativen gab. Seine letzte feste Beziehung hatte er im Studium gehabt, und das auch nur, weil er Anne als Partnerin zum Lernen benötigt hatte. Sie hatte nicht nur einen formidablen Körperbau, sondern auch noch Grips besessen, um Hendrik durch die Statistik-Klausuren zu manövrieren. Er war mit einer Vier in beiden Fächern gerade so davongekommen und hatte sich bei ihr mit einem Ghosting bedankt, sich totgestellt und ihre WhatsApp-Nachrichten ignoriert, bis sie schließlich aufgab und seinen Kumpel Ludger datete.

Mit Kontaktabbruch nach ein paar Dates war er in seinem Liebesleben bisher ganz gut gefahren, und Hendrik hatte nicht die Absicht, daran was zu ändern. Routine bedeutete

Langeweile, und Langeweile war der Feind für seine Karriere als Lifestyle-Influencer. Von daher machten ihm die Tage hier an diesem Ort ein wenig Sorgen, auch wenn der letzte Abend gut verlaufen war. Der Typ im Anzug war ihm immer noch suspekt, was nicht nur am strengen Tonfall lag, sondern auch an seinem seltsamen Verhalten. Während alle gegen zehn schlafen gegangen waren, hatte er sich einfach in den Sessel gesetzt und abgewartet. Ganz so, als würde er Wache halten, damit auch niemand das Chalet verließ.

Hendrik haderte mit der Entscheidung vom Vorabend und plante, sie später zu canceln, ungeachtet der Konsequenzen, die sein Handeln für alle hätte. Bis dahin wollte er jedoch noch etwas schlafen, was bei Spyros' Schnarchen kaum möglich war.

»Hey, Koch. Hör auf zu sägen!«, rief er in die Dunkelheit hinein, ohne etwas auszurichten. Das Krächzen in Spyros' Atmung ging ungebrochen weiter und legte an Lautstärke noch zu. »Hey, Koch. Hör endlich auf zu schnarchen«, wurde Hendrik lauter und schließlich auch erhört.

»Was ist passiert?«, fragte Spyros ganz erschrocken.

»Nichts ist passiert. Du schnarchst. So kann ich nicht schlafen«, meinte Hendrik und setzte sich zurück aufs Bett.

»Dann sag doch einfach was. Dann hör ich auf«, meinte Spyros.

»Witzbold. Du hörst auch noch schlecht. Doch egal, in ein paar Stunden bist du mich los«, sagte Hendrik und knipste das Licht an.

Spyros drehte sich zu ihm um und sah ihn ganz verwundert an. »Warum bin ich dich los?«

»Ich mache mich vom Acker und fliege mit den zwei Spaßvögeln zurück nach Zermatt. Ich bin raus aus dieser Challenge. 100.000 Dollar kann ich locker auch mit anderen Kooperationen verdienen, bei denen ich nicht mit dir in einer Blockhütte übernachten muss«, sagte Hendrik und klappte seinen Koffer auf, der wie das Gepäck der anderen mit dem Helikopter angeliefert worden war.

»Aber du hast doch gestern Abend zugesagt. Jetzt ist es zu spät«, bemerkte Spyros.

»Dann ändere ich halt meine Meinung. Der Heli geht erst in der Früh. Ich rede mit diesem Lenard, sodass ihr die Challenge ohne mich machen könnt. Warum sollte das nicht gehen?«

»Die sind bestimmt schon weg«, meinte Spyros und blickte auf seine Armbanduhr.

»Wie spät ist es denn?«, fragte Hendrik und verlor ein Stück der Selbstsicherheit.

»Gleich acht.«

Hendrik riss die Vorhänge zur Seite und stieß die Fensterläden auf. Die Sonne kroch bereits in grellem Gelb über tief verschneite Gipfel und blendete ihn. In dieser Dunkelkammer war ihm das Gefühl für Tag und Nacht abhandengekommen, und er stürmte mit zerzaustem Haar aus dem Zimmer. Während von Anni und Tucker noch nichts zu sehen war, saß Alex bereits an ihrem angestammten Platz vor dem Kamin und las ein Buch.

»Wo sind die anderen? Wo ist dieser Lenard?«, platzte es aus Hendrik heraus.

»Anni und Tucker schlafen noch. Lenard und Gregor sind vor zwanzig Minuten abgereist«, sagte Alex und schaute wieder in ihr Buch.

»Sie sind weg? Wie denn? Ich habe nichts gehört«, konnte Hendrik es nicht fassen.

Alex zuckte nur mit ihren Schultern und blätterte gelangweilt um, als wäre das kein großes Thema.

»Was liest du da?«, fragte er, um sie zu mehr Aufmerksamkeit zu zwingen.

Alex drehte das Buch um, sodass er den Titel erkennen konnte.

»*Unfuck yourself. Raus aus dem Kopf, rein ins Leben!* Na toll, zurück ins echte Leben wäre ich heute Morgen auch gern geflogen«, bemerkte Hendrik und setzte sich in jenen Sessel, in dem Lenard wohl die Nacht verbracht hatte.

»Wie bist du eigentlich hier hineingeraten? An deinem Starruhm kann es ja nicht gelegen haben«, fragte Hendrik und nahm Alex ins Visier.

»Ich schätze, sie suchten einen Newcomer für die Runde«, kam es wortkarg zurück.

»Ich habe mir gestern mal deine Beiträge angeschaut. Ich meine, viele sind es nicht. Ein paar Selfies und Landschaftsbilder aus einem Kaff irgendwo im Nirgendwo. Wen willst du damit eigentlich erreichen? Bei Anni kann ich es ja nachvollziehen, denn sie ist wirklich heiß. Und Tucker bedient die Outdoor-Freaks und langweilt sie mit ihren Sprüchen. Nicht mein Geschmack, aber Emanzen und die Jungs vom Land stehen auf Naturgewächse. Spyros macht echt kreative Videos und lässt verbal den Hammer kreisen. So witzig, wie der die Beiträge seiner Follower kommentiert, ist er im echten Leben leider nicht. Bei dir frage ich mich aber ernsthaft, was du mit den Bildern sagen willst.«

»Ich weiß es noch nicht. Darf ich ein Bild von dir machen?«, konterte Alex die Kritik mit einer Frage.

»So? Mit Shorts und wild zerzausten Haaren«, fragte Hendrik sichtlich irritiert.

»Warum nicht?«

»Willst du was von mir?«, fragte Hendrik, da er ihre Bemerkung etwas seltsam fand.

»Und wenn es so wäre?«, fragte Alex und blickte ihn durchdringend an.

»Dann müsste ich dir einen Korb geben, denn du bist leider nicht mein Typ.«

»Wie sieht denn dein Typ aus? Blonde Locken? Schmale Hüften? Große Titten? «, fragte Alex.

»Das kommt in etwa hin. Du hast wohl in meinen Kommentaren geschnüffelt«, nickte Hendrik genießerisch. »Aber du darfst trotzdem gern ein Bild von mir machen und es mit deinen zwanzig Freunden teilen. Dann ist vielleicht mal etwas los auf dem Account.«

Alex drückte auf das weiße Aufnahmesymbol und steckte ihr Handy in die Hosentasche.

Kapitel 20

Spyros

Dieser Lenard hatte Wort gehalten, denn der Kühlschrank war vollgepackt mit frischen Lebensmitteln. Es gab Speck und Eier, Lachs, Konfitüren, ja sogar Bircher Müsli, das in einer Schale abgedeckt auf einem Einlegeboden stand. Das Frühstück war schon mal gesichert, freute sich Spyros und inspizierte die zwei Kühltruhen, die übereinandergestellt in einer Ecke standen und bis zum Rand mit beschrifteten Gefrierbeuteln gefüllt waren.

Es gab Lachs, Thunfisch, Rinderfilet, Hähnchenschenkel, Tofu und jede Menge Schweinekoteletts, die locker für drei Wochen reichen würden, zumal Anni nicht so aussah, als wäre sie ein guter Esser. Spyros schloss die Tür zur Kühltruhe und nahm sich die raumhohen Holzschränke vor, die mit Nudeln und Reis sowie Konservendosen gefüllt waren. Zudem gab es Kartoffeln, Zwiebeln, Kohlgemüse und jede Menge Soßen, mit denen man ein Essen präparieren konnte. Spyros war zufrieden. Er würde es hier oben locker aushalten und könnte jeden Tag ein Video oder Bild von seinen Kreationen posten. Zudem würde er drei Wochen lang kein Geld ausgeben und könnte die 100.000 Dollar komplett als Startkapital für das Restaurant verwenden. Mit den Leuten würde er auch klarkommen, ja, er konnte sogar von ihrer Expertise profitieren. Dieser Hendrik war ein ziemlich arroganter Sack, doch Spyros war stolz darauf, ihn im Zimmer zu haben. Er war gut gebaut und nicht gerade schamhaft, was das Duschverhalten anging. Außerdem war Hendrik ein Star auf Instagram und hatte viele Fans, die vielleicht im Rahmen dieser Challenge auch Spyros folgen würden. Zumindest hatte er durch das gemeinsame Foto vom Abendessen über Nacht fast hundert neue Follower hinzugewonnen.

Spyros hatte eine Pfanne mit Rührei und eine weitere mit Speckstreifen zubereitet und stellte sie auf den gedeckten Tisch.

»Greift zu!«, sagte er in die Runde und setzte sich neben Anni auf den freien Stuhl, während sich Hendrik eine große Portion von beidem auf den Teller füllte.

»Wir sind auch noch da«, bemerkte Tucker und nahm ihm gleich die Pfanne aus der Hand.

»Er kann meine Portion haben«, sagte Anni und strich sich ein wenig Butter auf das Landbrot.

»Hochwürden mag es nicht fettig?«, neckte sie Hendrik und stopfte sich eine Gabel Rührei in den Mund.

»Nein, ich mag kein Ei. Zuviel CHolesterin.«

»Soll ich dir eine Avocado aufschneiden?«, fragte Spyros, der eine halbe Kiste davon im Schrank entdeckt hatte.

»Haben wir denn welche?«, fragte Anni und grinste.

»Für dich würde ich eine herzaubern.«

»Sieh mal einer an, unser Koch ist auf der Balz«, bemerkte Hendrik und prüfte die Gesichter, ob sein Spaß verstanden worden war.

»Lass dich nicht ärgern, Spyros. Ich hätte gern eine Avocado«, meinte Anni und ignorierte Hendriks Blicke.

Ein bisschen wie in einer Großfamilie, dachte Spyros und fühlte sich aufgenommen im Kreis der neuen Mitbewohner. Da es in Griechenland üblich war, dass Kinder, Enkel und Großeltern unter einem Dach zusammenlebten, hatte er derlei Harmonie zuletzt vermisst.

Hendrik schien sich damit abgefunden zu haben, dass er ein Teil des Teams war, was Spyros freute. Er hatte keine Lust, die Challenge abzubrechen, und fühlte sich Hendrik gegenüber verbunden, da er der Erste ihrer kleinen Gruppe war, dem er begegnet war.

»Wir sollten die Hausarbeiten unter uns aufteilen«, meinte Tucker, als alle mit dem Frühstück fertig waren.

»Welche Hausarbeiten? Willst du die Fenster putzen? Nur zu«, bemerkte Hendrik und lachte ganz für sich allein.

»Ich kümmere mich um die Küche«, sagte Spyros selbstbewusst.

»Das war kein Vorschlag«, imitierte Hendrik diesen Lenard und traf den Ton perfekt, was alle unisono lachen ließ.

»Wir brauchen jeden Tag frisches Holz, wir müssen durchfegen, Sauna und Jacuzzi reinigen«, referierte Tucker.

»Was bist du denn für eine, *OutdoorBeast*? Denkst schon am ersten Tag ans Putzen«, nutzte Hendrik diese Flanke gleich zu einem Konter. »Also ich gehe erst einmal in die Sauna. Kommst du mit, Anni?«, fügte er hinzu.

»Ich helfe Spyros beim Aufräumen«, ignorierte diese Hendriks Spruch und machte Spyros damit glücklich.

»Ich kümmere mich ums Holz«, sagte Alex in die Runde.

»Na gut, dann darf Tucker hinter mir die Sauna säubern. Haben wir es doch schon«, sagte Hendrik, stand vom Tisch auf und ging aufs Zimmer.

»Der geht doch jetzt nicht wirklich in die Sauna, oder?«, fragte Anni und blickte die drei anderen an.

»Den erziehen wir auch noch«, meinte Tucker. »Wie hast du es eigentlich bisher mit ihm ausgehalten?«, fragte sie Spyros.

»Er ist im Grunde ganz okay«, sagte er und startete damit, die Teller in die Spülmaschine zu räumen.

»Ich bin froh, dass du dabei bist«, sagte Anni, als die anderen gegangen waren.

Spyros glaubte erst, es überhört zu haben, und fragte nochmals nach.

»Schön, dass es dich hier gibt«, lächelt Anni und drückte ihn an sich.

»Lass das nicht meinen Zimmernachbarn sehen«, versuchte Spyros einen Scherz und umarmte sie recht ungelenk zurück.

»Ich glaube, vor dir braucht er keine Angst zu haben«, sagte Anni und griff nach einem Lappen.

»Wie meinst du das?«

»Na ja, du bist schwul, oder?«, formulierte es Anni, als wäre es das Natürlichste der Welt.

»Was ...?«, war alles, was Spyros dazu sagen konnte.

»Das merkt man doch sofort. Ist doch cool. Ich habe oder besser hatte viele schwule Freunde in der Schulzeit. Die waren immer supernett, und man konnte sich voll auf sie verlassen. Wir hatten auch zwei Lesben in der Stufe. Die waren nicht so pflegeleicht«, lächelte Anni und putzte den Tisch ab.

»Ich habe es bisher noch niemandem erzählt«, gestand Spyros, der nicht imstande war, das restliche Geschirr in der Maschine zu verstauen.

»Dann tu es doch einfach. Ist doch nichts dabei. Wie gesagt, ich finde, man spürt das eh ... als Frau«, sagte Anni und wischte einfach weiter.

»Ich denke mal darüber nach«, entgegnete Spyros. »Ich glaube, für Hendrik wäre es ein Schock.«

»Ich glaube, für Hendrik wäre es ein Schock, wenn ich eine Lesbe wäre. Aber sicher nicht, dass du auf Kerle stehst.«

»Na ja, wir teilen uns ein Zimmer«, stotterte Spyros.

»Er wird es überleben. Ansonsten tauschen wir. Ich hätte keine Probleme mit dir als Zimmergenossen«, sagte Anni und drückte ihm den Lappen in die Hand.

Kapitel 21

Alex

Alex prüfte ihren Instagram-Account und musste unwillkürlich schmunzeln. 369 Menschen folgten ihr seit gestern Abend, und es gab sogar zwei Kommentare. Einen von einem User aus Escalante, den sie augenblicklich löschte, und einen weiteren von einem Typen namens *GigiXXL*, der in der Botschaft von der Größe seines Penis' schwärmte. Nicht schlecht für den Auftakt, dachte Alex und streifte die alte Lederjacke über, die eigentlich zu dünn für die Umgebung war. Doch dieses Kleidungsstück war nun mal ein Teil ihrer Verwandlung – genauso wie die Cap der Utah Utes, die sie tief in ihr Gesicht gezogen hatte. Sie wollte die Gegend ums Chalet erkunden und machte sich gerade auf den Weg zur Tür, wo Anni ihr entgegenkam.

»Was hast du vor? Du siehst so energisch aus«, fragte Anni, als Alex sich an ihr vorbeidrücken wollte.

»Ich gehe spazieren.«

»Spazieren? Klingt aufregend. Wenn du kurz wartest, begleite ich dich«, bot Anni an.

»Warten? Worauf?«

»Ich muss mich noch fertig machen. So kann ich jedenfalls nicht nach draußen gehen und Stories für die Challenge posten«, erwiderte eine komplett geschminkte Anni.

»Was willst du denn noch machen? Du bist doch schon perfekt gestylt«, bemerkte Alex und machte einen Schritt nach vorn.

»Danke, dass du das sagst. Aber das ist meine absolute Notversorgung. So sieht mich nicht mal meine Mutter, wenn ich zu Hause bin. Schau dir mal die Ringe unter den Augen an. Megaheftig«, deutete sie auf eine nicht vorhandene Faltenbildung unter ihren Augen hin. »Da muss jetzt dringend was von dem Concealer drauf.«

»Wenn du das sagst«, meinte Alex nur und hoffte, endlich rauszukommen.

»Ich habe am Flughafen richtig eingekauft, von daher können wir gern mal ein Schminktutorial zusammen machen.«

»Ja, vielleicht«, war Alex leicht enttäuscht, da sie stolz auf ihr bisheriges Ergebnis war.

»Setz dich jetzt an den Kamin, schnapp dir eine Zeitschrift, und in einer Viertelstunde bin ich da«, beendete Anni das Gespräch und verschwand in ihrem Zimmer.

Alex blieb nichts anderes übrig, als sich zu gedulden. Sie legte ein paar Scheite Holz in den Kamin, kramte nach den Streichhölzern und zündete das Feuer an. Wenig später kam Spyros mit einem Besen ins Wohnzimmer und fragte, ob er ihr etwas zu trinken bringen könne. Alex verneinte, doch Spyros blieb mit seinem Besen wie angewurzelt stehen.

»Wir haben alle unsere Geheimnisse, oder?«, fragte er mehr zu sich selbst und starrte dabei Alex an.

»Was ist deins?«, fragte sie direkt zurück.

»Nun, ich dachte, vielleicht haben wir das gleiche. Wir wirken beide etwas deplatziert in dieser Runde.«

»Ist das so?«, fragte Alex und hoffte inständig, dass Anni endlich auftauchen würde.

»Ich bin schwul«, kam es aus ihm heraus.

»Schön für dich«, meinte Alex nur und griff nach einer Zeitschrift.

»Ich dachte nur ...«, stotterte Spyros sichtlich verlegen.

»Dass mich das interessieren würde?«, fragte Alex scharf, um das Feuer möglichst klein zu halten.

»Nein, ich dachte nur, dass du vielleicht auch ...«, stotterte Spyros einfach weiter.

»Du dachtest, dass ich eine Lesbe bin?«, fragte Alex empört nach.

»Ja ... nein. Ich meine, du bist immer so für dich, und ich dachte, dass du nicht so gut mit anderen kannst und dich vielleicht ein wenig unwohl fühlst in deiner Haut«, druckste Spyros um den heißen Brei herum.

In dem Moment erschien Anni, die in Klamottenschichten eingepackt war, als befänden sie sich in der Antarktis.

»Kann losgehen«, sagte sie nur knapp.

»Okay«, quittierte Alex und blickte Spyros giftig an.

Kapitel 22

Tucker

Ihr gehe es überragend und er dürfe sich auf einen Geschichtenabend in der Lobby freuen, hatte sie Henning per WhatsApp geschrieben, um Entwarnung zu geben. Der Hotelchef hatte kurz danach *Du machst alles richtig!* geantwortet, obwohl es Mitternacht in Aspen gewesen war, und den Satz mit einem Smiley beendet.

Alles richtig gemacht! Genauso fühlte es sich für Tucker an, die einfach so verschwunden war, ohne jemandem Bescheid zu geben. Das war einst anders gewesen, als sie noch mit den Powder Cowgirls unterwegs war. Tucker gehörte damals zu einer Clique von vier Mädchen, die im Winter jedes zweite Wochenende von Rock Springs nach Jackson - Hole fuhren, um sich am Corbet's Couloir zu versuchen. Diese Passage am Gipfel des Rendezvous Mountain zählt zu den gefährlichsten Abfahrten der Rocky Mountains, da die eigentliche Piste nur mit einem Sprung aus vier Metern Höhe zu erreichen war. Jeder Versuch hätte tödlich enden können, doch Tucker liebte diesen Nervenkitzel, und sie liebte ihre *Girls*, wie sie Jackie, Carina und Lollo damals nannte. Zusammen waren sie auf Instagram die *Powder Cowgirls* mit respektablen 5.000 Followern, meist Mitschülern und deren Anhängseln, die die vier vergötterten. Sie blieben solange ein eingeschworenes Team, bis Carlos Rudiger von Mountain Tech Tucker an einem späten Samstagabend in der Million Dollar Cowboy Bar in Jackson Hole ansprach. Tucker war eine der letzten Gäste im Lokal und spielte gegen den Barkeeper noch eine Runde Billard, als sich Carlos in seinem schwarzen Sportdress zu ihnen an den Tisch gesellte. Ihre Girls waren bereits im Hotel verschwunden, und Tucker wollte nur noch dieses Spiel zu Ende bringen, das sich bereits über eine Stunde hinzog. Als sie Kent, den Barkeeper, endlich bezwungen hatte, fing Carlos sie auf dem Weg zum Ausgang ab und machte ihr das Angebot, Botschafterin für Mountain Tech zu werden. Das gelte jedoch nur für sie. Nur für das Mädchen mit den blonden Naturlocken und der großen Klappe, deren Videos auf dem PowderCowgirls-Instagramkanal dreimal so erfolgreich waren wie die Stories der drei anderen zusammen. Tucker konnte ihr Glück damals kaum fassen, war es doch ihr Ticket hinaus aus dem Trailerpark, in dem sie mit der Patchworkfamilie ihrer Mutter hauste.

»Und warum ausgerechnet ich?«, fragte sie Carlos Rudiger am Ende seines Monologs.

»Weil wir so eine wie dich für den US-Markt gesucht haben. Eine, die vor nichts zurückschreckt und redet, wie ihr der Schnabel gewachsen ist. Eine, die aus der Mitte der Gesellschaft kommt und ganz nach oben will«, sagte er, und - Tucker war damit nicht nur geschmeichelt, sondern er offenbarte ihr kurzerhand ein neues Leben. Ein Leben ohne ihre Mutter und den Waschlappen von neuem Lover. Ein Leben ohne die renitenten Halbgeschwister und ein Leben ohne ihre Girls, die sich schon am nächsten Morgen von ihr abwendeten. Eine oder alle, sei ihr Motto stets gewesen, so das Argument. Doch Tucker hatte sich nicht für das interessiert, was gestern gewesen war, sondern hatte sich bereits als Stern auf Instagram gesehen, zu dem sie wenig später auch geworden war. Immer mit einem Spruch für alle Lebenslagen auf den Lippen, zeigte sie fortan den Fans, wie man sich im Leben gegen alle Widerstände durchsetzte.

Denn eines hasste sie besonders: Menschen, die den Arsch nicht hochbekamen und sich im Selbstmitleid verloren.

Tucker brauchte weder Villa noch Pool. Tucker brauchte Abenteuer und immer ein paar Dollar in der Tasche, um den nächsten Trip zu finanzieren oder ein Liftticket zu lösen.

Von daher sollte es sich mit den 100.000 Dollar in den nächsten zwei, drei Jahren eigentlich gut leben lassen.

Sie drückte auf die rote Schaltfläche der Handykamera und ging gleich in den Selfie-Modus: »Hey, ihr Fanatiker da draußen. Vergesst die Rocky Mountains, denn das hier ist das wahre Abenteuer. Ich bin auf dreitausend Metern Höhe vis-à-vis zum Matterhorn und wohne in einem Chalet mit eigenem Jacuzzi. Schaut es euch an!« Tucker drehte ihre Kamera und zog eine 360-Grad-Kurve über das Plateau und die schneebedeckten Viertausender. »Und hier haben wir das berühmte Schweizer Wahrzeichen«, zoomte sie auf den markanten Gipfelgrad des Matterhorns. »Doch das Beste präsentiere ich euch in den kommenden Tagen, denn ich habe ein nagelneues Snowboard und werde hier die Erste sein, die im jungfräulichen Powder Spuren hinterlässt. Wo ich bin? Das wird noch nicht verraten. Also bleibt dran und verbannt alles aus dem Leben, was euch stresst und euer Lächeln raubt!«, beendete Tucker ihre Aufnahme und lud das Video in ihre Story hoch. Dabei kontrollierte sie den Hashtag *messnerChallenge,* wo ein Beitrag von Alex hinzugekommen war. Seltsam, dachte sich Tucker, denn es zeigte Hendrik, der nicht gerade vorteilhaft auf diesem Foto aussah. Er wirkte verschlafen, und seine sonst so makellosen Haare standen wild in alle Richtungen ab. *Der echte Henry Coonz* stand darunter. Hoffentlich missfällt *das* diesem Lenard und seinem ominösen Auftraggeber nicht, befürchtete Tucker. Die Zahlen stimmten jedoch milde, denn das Bild hatte bereits über tausend Likes und fünfzig Kommentare eingesammelt. Beim Blick auf Alex' Instagramprofil fiel Tucker sofort auf, dass aus den mickrigen dreiundzwanzig Fans vom Vortag mittlerweile neunhundertachtzig Follower geworden waren. Nicht schlecht für einen Newcomer, dachte sich Tucker und ermahnte sich, Alex nicht zu unterschätzen.

Tucker beschloss, den Tag ein wenig antizyklisch anzugehen, und verschob die erste Sporteinheit nach hinten. Sie würde mit einem Saunagang starten, um anschließend im Jacuzzi etwas zu entspannen. Genau das Richtige nach der anstrengenden Anreise, dem Jetlag und dieser Aktion mit Anni. Im Grunde war die Kleine ja ein Engel und im Umgang pflegeleicht, doch Tucker ging ihr Mannequin-Getue ein wenig auf den Keks. Nicht in der Lage, über einen Gletscher zu wandern, aber Make-up für einen ganzen Monat auftragen. Auch die Geschichte mit der Modefirma aus Florenz, die sie ihr am ersten Abend erzählt hatte, nahm Tucker ihr nicht wirklich ab. Als wenn man sie genötigt oder gar gefangen gehalten hätte, damit sie Klamotten inszeniert und auf Promi-Partys abhängt. Gibt eindeutig Schlimmeres, fand Tucker und musste an ihren erfolglosen Versuch denken, mit einem Luxuslabel durchzustarten. Da ging wohl die Fantasie mit Anni durch, glaubte Tucker und schlüpfte in den Bademantel, der im Kleiderschrank zusammengelegt auf einem Regalbrett für sie aufbereitet lag. Anschließend stapfte sie barfuß durch den Schnee und ging in Richtung Verschlag, in dem die Sauna eingerichtet war. Am einzigen Haken neben der Tür hing bereits ein Bademantel und beim Blick durch die Panoramascheibe erkannte sie Hendrik, der breitbeinig auf einer Holzbank saß und schwitzte. Er blickte zu ihr hoch und winkte durch die Scheibe.

»Komm rein, *OutdoorBeast.* Ich hatte zwar Anni erwartet, aber wenn dir kalt ist, dann lass mich dein Saunameister sein«, sagte Hendrik grinsend und verharrte in der exponierten Position. »Was denn?«, interpretierte er Tuckers Blick. »Du bist doch sonst nicht so zimperlich. Oder vielleicht vom anderen Ufer?«

»Das ist es nicht. Ich hätte nur nicht gedacht, dass er *so* klein ist. Aber lass ihn baumeln, die heiße Luft tut ihm sicher gut«, waren Tuckers Worte, die dafür sorgten, dass Hendrik sich ein Handtuch griff. »Nicht so schamhaft«, legte Tucker nach und ihren Bademantel ab. Das Handtuch hatte sie im Zimmer liegen lassen, sodass sie nun nackt vor Hendrik stand.

»Hm«, meinte der nach einem ausgiebigen Blick. »Ich hätte nicht gedacht, dass du so gut gebaut bist.«

»Na, dann haben wir heute wohl beide unsere Überraschung erlebt«, neckte ihn Tucker und setzte sich ihm gegenüber auf die Holzbank.

»Wieso machst du eigentlich mit?«, fragte Hendrik sie ganz unvermittelt.

»Wahrscheinlich aus dem gleichen Grund wie du, oder? Es klang nach Abenteuer und jeder Menge Kohle«, sagte Tucker und spürte, wie erste Schweißtropfen ihre Stirn benetzten.

»Mich haben sie abgefüllt und flachgelegt, damit ich teilnehme«, meinte Hendrik und griff zum Aufgussschöpfer.

»*Dich* hat man flachgelegt, na klar. Der Mann, das ewige Opfer weiblicher Begierde.« Tucker verdrehte die Augen.

»So war es«, schmunzelte Hendrik, »allerdings habe ich der Kleinen, statt mit ihr zu vögeln, die Klamotten vollgekotzt.«

»Oh, das macht es direkt besser.«

»Du magst mich nicht besonders, oder?«

»Doch, ich liebe dich, Hendrik. So wie alle Frauen auf der Welt.«

»Oh, das kam mit viel Sarkasmus. Da lobe ich mir Alex, die ist hoffnungslos in mich verschossen«, bemerkte Hendrik.

»Habe ich gesehen. Schönes Foto. Ich mag die neue Frisur.« Tucker konnte sich die Spitze nicht verkneifen.

»Hat sie das wirklich gepostet? Das überrascht mich. Sie wirkt ein wenig hinterwäldlerisch. Komischer Typ auf jeden Fall, was meinst du?«

»Weiß nicht. Sie scheint ganz in Ordnung zu sein. Jedenfalls nicht so ein Schaumschläger wie du.«

»Oder wie du«, erwiderte Hendrik, worüber beide lachen mussten.

»Da hast du möglicherweise recht«, sagte Tucker und schaute durch die Scheibe auf das Gipfelpanorama.

Kapitel 23

Anni

»Das Wasser ist richtig heiß, fühl mal«, forderte sie Alex auf, die Hand in den Jacuzzi einzutauchen.

»Ja, das sehe ich«, verwies Alex auf den aufsteigenden Dampf.

»Da müssen wir zwei später rein und Fotos machen«, war Anni ganz begeistert.

»Das ist nichts für mich«, erwiderte Alex und vermittelte den Eindruck, weitergehen zu wollen.

Anni fand die prompte Ablehnung ein wenig seltsam, doch sie zog die Hand aus dem Wasser und stapfte Alex hinterher, die auf einen Schuppen zusteuerte. Dabei fiel ihr Blick auf die Panoramasauna, wo sich Tucker und Hendrik auf einer Holzbank gegenübersaßen. Nackt. Anni spürte Erregung und Abneigung gleichermaßen in sich aufsteigen und fand es irritierend, dass ihre Zimmernachbarin gleich zu dem Schnösel in die Sauna gestiegen war. Die beiden schienen zumindest ihre erste Abneigung zueinander abgelegt zu haben, was der Challenge förderlich war, Anni jedoch auch ein wenig neidisch machte.

Sie folgte Alex in den Schuppen, an dessen Wänden Schuhregale und körperhohe Spinde standen.

»Was ist das alles?«, fragte sie, um Alex ins Gespräch zu zwingen.

»Skier, Schneeschuhe, Ausrüstung für die Berge. Das werden wir brauchen.«

»Oh! Ich fürchte, das ist nichts für mich. Ich habe zwar schon mal auf Skiern gestanden, aber nur für ein paar Fotos«, blockte Anni die Idee gleich ab.

»Aber in Schneeschuhen gehen, das kannst du, oder?«, fragte Alex, ohne Anni dabei anzusehen.

»Klar«, antwortete Anni spontan, um sich nicht noch einmal zu blamieren.

Sie wählte Schuhe und Stöcke in ihrer Größe aus und fühlte sich spontan an die Herausforderung mit den Steigeisen erinnert, die ihr beim Übersteigen der Gletscherspalte kurzerhand vom Schuh gefallen waren.

»Kannst du mir bei der Bindung vielleicht helfen?«, fragte sie Alex, die bereits marschbereit die Tür des Schuppens offen hielt.

Alex nickte und bückte sich zu Anni hinunter, die abwechselnd ihre Füße nach vorn stellte, um besser in die Bindungen zu kommen. Dabei entdeckte sie einen kleinen Schrank gegenüber den Regalen, der mit einem Kreuz versehen war. Nachdem Alex mit dem Anlegen der Bindungen fertig war, ging Anni auf das Schränkchen zu und zog kräftig an der Tür, die augenblicklich nachgab.

»Hier ist eine Waffe drin«, flüsterte sie erschrocken.

»Das ist eine Leuchtpistole«, kam es von Alex, die gar nicht richtig hinzuschauen schien. »Die ist für Notfälle gedacht.«

»Was denn für Notfälle?«, fragte Anni irritiert, die nicht mal in Betracht gezogen hatte, dass ihnen in der Einsamkeit etwas passieren könnte.

»Lawinen«, sagte Alex und knipste kurzerhand das Licht aus.

Anni stand für eine Sekunde in der absoluten Dunkelheit, und sie wollte schon nach der Leuchtpistole greifen, als Alex die Tür nach draußen aufstieß.

Ein Lichtstrahl gelangte in den Schuppen, und Anni konnte die Spur eines Lächelns auf Alex' Lippen gerade noch erkennen. Ganz so, als hätte sie ihr Angst machen wollen und es sogar genossen.

»Was sollte das gerade?«, fragte Anni, die Aggression in sich verspürte.

»Was sollte was? Ich habe das Licht ausgemacht, da wir jetzt losgehen. Ist doch hell draußen«, kam es patzig zurück, ganz so, als wollte Alex etwas verbergen. Doch vielleicht interpretierte Anni in das Verhalten auch zu viel hinein, was grundsätzlich eine ihrer Eigenschaften war.

Sie umkreisten zunächst das Chalet, das von außen einer kleinen Wohnbaracke glich. Es hatte die Form eines lang gestreckten Bungalows mit kleinen Fenstern, die durch Verstrebungen geteilt waren. Vorn befanden sich das Wohnzimmer, die Küche und der ominöse Raum des Eigentümers, auf der Rückseite die Schlafräume, die von außen nicht begehbar waren. Zumindest galt das augenscheinlich für den Winter, da der schmale Streifen Fels, der das Chalet vom Abgrund trennte, komplett mit meterhohem Schnee bedeckt war. Das Gebäude thronte wie ein Adlerhorst auf einem Felsen, was es schwer zugänglich und für Erkundungstouren ungeeignet machte. Einzig der Weg, den sie hinaufgekommen waren, schien eine Option für eine Wanderung zu sein, die Anni nicht noch einmal absolvieren wollte.

»Wo willst du eigentlich hin?«, fragte sie deshalb Alex, die zielgerichtet auf einen zugeschneiten Bergkamm zulief.

»Ein Stück in diese Richtung, und dann können wir das Schneefeld überqueren. Vielleicht sehen wir da etwas«, sagte Alex, ohne sich nach ihr umzudrehen.

»Was willst du denn sehen? Sollen wir nicht lieber ein paar Fotos machen? Wir müssen doch was posten, damit wir unser Geld bekommen«, gab Anni zu bedenken.

Alex nickte nur und stapfte trotzdem weiter. Was für ein sturer Esel, dachte sich Anni und folgte ihr bis zum Fuß der tief verschneiten Felskante. Dort blieb Alex stehen, um das Gelände zu inspizieren.

»Hier kommen wir nicht weiter. Lass uns besser umkehren«, gab Anni nochmals zu bedenken.

»Ich gehe noch ein Stückchen«, sagte Alex, und begann damit, die Schneefläche zu überqueren. Anni schaute sich zu allen Seiten um und bekam ein mulmiges Gefühl. Der Schnee glitzerte verlockend in der Sonne, doch darunter konnte eine Gletscherspalte liegen. Zudem neigte sich der Hang um vierzig Grad und führte ein paar Hundert Meter schnurstracks in die Tiefe.

»Warte, ich komme mit!«, rief sie Alex trotzdem hinterher und schob die Schneeschuhe Stück für Stück voran, bis sie zu ihr aufgeschlossen hatte.

»Du musst etwas breitbeiniger gehen, sonst schrappst du mit den Schuhen gegeneinander«, wurde sie von Alex korrigiert.

Anni hatte mit dem Tempo ihre Mühe und konzentrierte sich fortan auf ihre Schuhe, um nicht nach unten in den Schlund zu schauen.

Nach dreißig Minuten stoppte Alex mitten in der Bewegung und drehte sich zu ihr um. Sie sah jedoch an Anni vorbei in Richtung des Chalets und meinte: »Hier können wir Bilder machen.«

Anni bemerkte erst jetzt, dass sie eine Scharte zwischen zwei Gipfeln erreicht hatten, die einen grandiosen Ausblick auf ihr Domizil gewährte.

»Das ist mega!«, rief sie ganz begeistert aus und lachte Alex an, die keinen Mundwinkel verzog. Danach holte sie ihr Handy aus dem dicken Anorak und hielt es Alex hin. »Kannst du ein paar Fotos von mir machen?«, fragte sie ein wenig unsicher. Unsicher darüber, wie die Antwort lauten würde.

»Klar«, sagte Alex und hielt das Smartphone in die Höhe.

»Noch nicht. Ich bin noch nicht so weit«, stoppte Anni die Bemühungen und zog Schal und Anorak aus. Darunter trug sie einen roten Wollpullover, den man ihr in den Schrank gelegt hatte. »Das knallt besser auf dem Foto«, sagte sie und öffnete das pinke Haarband, um den blonden Locken mehr Volumen zu verleihen.

Alex knipste zwei Fotos und gab ihr das Handy zurück.

»Ich glaube, das müssen wir wiederHolen. Hier habe ich die Augen zu und auf dem anderen liegen die Haare unschön auf der Schulter.« Sie drückte Alex das Handy wieder in die Hand.

Sie wiederholten das Prozedere, bis Anni zufrieden war und wieder in den Anorak schlüpfte. Sie wollte gerade nachfragen, ob sie sich bei Alex revanchieren könne, als ein dumpfes Donnern hörbar wurde. Anni drehte sich um und sah, wie eine kleine Lawine den Hang hinunterstürzte, auf dem sie gerade noch gewandert waren.

»Oh, mein Gott!« Sie drückte sich beide Hände vor den Mund und drehte sich zu Alex um, die ihr Smartphone auf sie gerichtet hielt. Es machte Klick, und Alex verzog die Mundwinkel zu einem Lachen, ganz wie im Schuppen, als sie Anni kurzerhand im Dunkeln hatte stehen lassen.

»Was machst du da?«, fragte Anni überrascht ... und wütend.

»Ein Foto von dir?«, gab Alex durch, als hätte sie das doch verlangt.

»Auf unserem Weg geht eine Lawine ab und du machst Fotos?« Anni konnte es kaum fassen.

»Das war doch nur ein bisschen Schnee«, sagte Alex und griff nach ihren Stöcken.

»Du willst doch wohl nicht etwa den gleichen Weg zurückgehen?«, flehte Anni.

»Es gibt keinen anderen. Wie gesagt, es war nur ein bisschen Schnee«, kam es als Antwort.

Kapitel 24

Spyros

Er hatte sich sein Outing etwas anders vorgestellt. Dennoch fühlte Spyros sich erleichtert, da nun bereits zwei Personen von seiner Vorliebe für Männer wussten und sich das bei - Tucker und Hendrik sicherlich herumsprechen würde. Es war raus, zum allerersten Mal in seinem Leben, und er musste sich nicht mehr verstellen. Nie mehr, wie er hoffte. Während alle anderen ausgeflogen waren, um durch den Schnee zu wandern oder in der Sauna zu entspannen, inspizierte Spyros die Lebensmittel in der Tiefkühltruhe. Er fand mehrere eingefrorene Apfelstrudel in einem Schubfach, von denen er zwei in den Backofen schob. Seine neuen Freunde würden Hunger haben, sobald sie aus der Kälte ins Chalet zurückkamen, sodass er ihnen eine Überraschung zubereiten wollte. Zudem brauchte er frischen Content für den Instagram-Kanal. Schluss mit Paella und den ganzen Tapas, schließlich stand der Winter in Europa vor der Tür, sodass sich Spyros auf den kulinarischen Themenwechsel freute. Er war heilfroh darüber, dass diese Messner-Challenge nicht als rüdes Gegeneinander, sondern vielmehr als Miteinander konzipiert war. Jeder würde sein Geld bekommen, solange sie gemeinsam durchhielten und gutes Material ablieferten. Er fand im Kühlschrank Vanillesoße sowie süße Sahne und setzte seine Vorbereitungen fort, um nebenher ein Video zu drehen.

Gegen zwei am Nachmittag kamen Tucker und Hendrik in Bademänteln zu ihm in die Wohnküche und setzten sich an den bereits gedeckten Tisch.

»Unser Koch wird noch zum Bäcker«, bemerkte Hendrik und schnitt ein großes Stück vom Apfelstrudel ab, während Tucker eine Kaffeekapsel in die Maschine einwarf.

»Was habt ihr gemacht?«, fragte Spyros, der sich zu ihnen setzte.

»Heißen Gedanken hinterhergehangen«, sagte Hendrik und grinste dabei Tucker an, die gelangweilt »Wir waren in der Sauna und danach im Jacuzzi« ergänzte.

In dem Moment wurde die Eingangstür aufgestoßen, und Spyros hörte das Klappern von Stiefeln auf dem Holzboden. Wenig später gesellte sich Alex zu ihnen, die noch immer ihre braune Lederjacke mit dem Teddykragen trug.

»Wo ist Anni?«, fragte Tucker in Richtung Alex, die daraufhin nur mit den Schultern zuckte.

»Ich glaube, der Schnee ist nichts für unsere Prinzessin«, meinte Hendrik.

»Wir waren spazieren«, sagte Alex tonlos und setzte sich zu ihnen an den Tisch.

»Anni ist schon in Ordnung«, versuchte Spyros, eine Lanze für seine Verbündete zu brechen, die wenig später im Jogginganzug in die Küche kam.

»Alles gut, Anni?«, fragte Tucker und deutete auf den freien Stuhl zu ihrer Rechten.

»Ach, wie süß. Die besorgte Mitbewohnerin fragt nach, wie es Hochwürden heute geht«, machte sich Hendrik über Tucker lustig und ergänzte: »Wie geht es dir denn, mein lieber Spyros? Wir haben uns Ewigkeiten nicht gesehen. Ich habe dich so sehr vermisst, mein Schatz.« Er warf Spyros einen Handkuss zu.

Spyros wollte gerade ansetzen, um sein Outing in der Runde zu komplettieren, als Anni ihm zuvorkam. »Spyros wird sich über die Begrüßung sicher freuen. Geht nichts über Liebe unter Männern«, sagte sie, schnitt sich ein schmales Stück des Apfelstrudels ab und hauchte Spyros ein lautloses »Sorry!« zu.

»Was soll das heißen?« Hendrik wirkte aufgebracht und schaute Spyros an. »Du bist doch nicht schwul, oder? Sag mir nicht, dass du vom anderen Ufer bist und wir in einem Zimmer schlafen.«

Spyros war schon kurz davor, den Schritt zurückzugehen, als er in das Gesicht von Tucker sah, die die ganze Situation zu amüsieren schien. »Ich schätze schon. Aber, keine Sorge ist nicht weiter ansteckend, Darling«, sagte Spyros stattdessen und löste eine wahre Lachsalve damit aus. Selbst die sonst so reservierte Alex musste darüber schmunzeln.

»Du ziehst noch heute Abend aus!«, drohte Hendrik, der sichtlich mitgenommen wirkte.

»Mich stört es nicht, wenn wir zusammen schlafen«, sagte Spyros, der sich lange nicht so gut gefühlt hatte.

»Aber mich. Mädels, ich ziehe heute Nacht zu euch!«, sagte er zu Tucker und Anni, die den Kopf schüttelten und einfach weiterlachten.

»Alex, möchtest du vielleicht zu Spyros ziehen? Er tut dir auch ganz sicher nichts«, versuchte er, ein Einzelzimmer auszuhandeln.

Alex schüttelte ebenso den Kopf und grinste die Bemerkung einfach weg.

Es war raus, und es tat so verdammt gut. Wie eine Befreiung, eine Offenbarung, ja, wie der Startschuss in ein neues Leben, dachte sich Spyros, als er mit Anni die benutzten Kuchenteller in die Spülmaschine räumte. Alle anderen hatten sich aufs Zimmer verzogen, um ein Nickerchen zu machen.

»Tut mir leid, Spyros. Ich wollte dich nicht in Verlegenheit bringen«, sagte Anni.

»Kein Problem, ich bin froh, dass du es getan hast. Für *mich* getan hast!«, ergänzte Spyros.

»Schön, dass du es so siehst. Hendrik wird das sicher verkraften«, versuchte Anni, seine letzte Sorge zu zerstreuen.

»Ich hoffe, dir geht es auch wieder besser«, sagte Spyros und stellte eine Tasse in den Schrank.

»Wieso? Wann ging es mir denn schlecht?«

»Na ja, ich fand, dass du auf dem Foto ängstlich aussahst, und dann bist du nach eurer Ankunft direkt aufs Zimmer gestürmt. Ich dachte schon, dir wäre was passiert«, erklärte er ihr die Bemerkung.

»Welches Foto?«

»Na, das auf Instagram. Das von dir im Schnee, wo du so panisch in die Kamera schaust«, half er Anni auf die Sprünge.

Sie zückte ihr Handy, öffnete die Instagram-App und gab den Hashtag *messnerChallenge* ein, um auf das Bild zu starren, das Alex auf dem Hang von ihr gemacht hatte.

»Diese Bitch!«, sagte sie nur und ging aufs Zimmer.

Kapitel 25

Anni

Anni war sauer. Auf das Foto, das für jeden einsehbar unter dem Hashtag dieser Challenge aufzufinden war, und auf sich selbst – mal wieder. Jedes Mal entglitt ihr förmlich die Kontrolle, und ein anderer schien Profit daraus zu schlagen.

»Worüber regst du dich so auf?«, fragte Tucker, die auf ihrem Bett lag und im Internet herumsurfte.

»Über Alex. Was bildet die sich ein? Macht einfach ein Foto von mir und lädt es auf ihrem Account hoch«, meckerte sie in einer Tour fort und starrte auf das Foto.

»Lass mal sehen!«, forderte Tucker und schielte über Annis Schulter. »Ist doch halb so wild. Du siehst gut aus. Fehlt zwar dein übliches Bachelorette-Gegrinse, aber deine Haare sind ein Traum«, grinste Tucker.

»Du verstehst es nicht. Dann schreibt sie auch noch *Das einzig wahre LithiumGirl* unter dieses dumme Bild, ganz so, als würde ich im echten Leben immer so verschreckt aussehen. Ich meine, was soll das?«, ächzte Anni.

»Reg dich ab. Es werden noch viele Fotos entstehen, die wir gegenseitig von uns machen und auf Instagram mit unseren Fans teilen. Wir wissen doch, auf was wir uns eingelassen haben«, sagte Tucker und legte sich zurück aufs Bett, um auf dem Smartphone ihre E-Mails abzurufen.

Anni schüttelte noch immer den Kopf und hoffte, dass keine dummen Kommentare folgen würden.

»Weißt du was?«, fragte Tucker. »Was hältst du von einer Poolparty im Jacuzzi? So mit Schampus und fetten Beats?«

Anni schaute aus dem Fenster und traute ihren Augen nicht. Schneeflocken fielen wie ein Dauerfeuer aus dem Himmel und verdeckten jede Sicht auf die Umgebung.

»Es schneit«, sagte sie nur und konnte kaum glauben, dass sie vor zwei Tagen noch in Sommerkleidung durch Florenz spaziert war.

»Ist doch großartig. Eine Whirlpoolparty im Schnee. In Colorado mache ich das mit Freundinnen fast jedes Wochenende«, behauptete Tucker, obwohl sie aktuell weder Freundinnen noch einen Whirlpool besaß.

»Wie ist es so ... in Colorado?«, fragte Anni, die spürte, wie ihr Puls allmählich ruhiger wurde.

»Colorado ist ein großer Abenteuerspielplatz. Sicher nichts für dich, Süße. Aber für Tucker ist es so was wie das Paradies«, grinste sie und zog die Jeans und den Pullover aus.

»Wow, du bist ja mächtig tätowiert«, starrte Anni auf ein Sammelsurium an Schriftzeichen und Totenköpfen, die sich über Tuckers Rücken zogen. Auf dem rechten Oberschenkel lauerte eine Tarantel in ihrem Spinnennetz, das sich bis zu ihrer Lende hochzog.

»Ja, ist so etwas wie ein Hobby von mir. Für jeden fetten Auftrag, der ein wenig Cash in meine Kasse bringt, leiste ich mir etwas Kunst am Körper. Während sich andere die Lippen oder Hupen machen lassen, setzte ich auf Kriegsbemalung«, sagte Tucker und zog zum Abschluss ihren Slip aus.

»Ich habe meine Lippen nicht aufspritzen lassen«, fühlte sich Anni angegriffen und schaute unverblümt auf Tuckers durchtrainierten Hintern.

»Habe ich auch nicht gesagt«, meinte diese und schlüpfte ins Bikiniunterteil.

»Na gut. Die Brüste sind mit Silikon gepimpt«, gab Anni schließlich zu. »Es hat mich auf den Fotos voll genervt, dass da nichts in meiner Bluse war. Gerade zum Oktoberfest in München kommt es auf das Holz vor der Hütt'n an. So sagt man das bei uns.«

»Ist ja nix dabei«, meinte Tucker. »Stehen dir gut, die neuen Titten. Und jetzt schwing dich in dein Badehöschen. Ich organisiere uns derweil Gläser und eine Flasche Schampus.«

Anni zog sich um und korrigierte ihr Make-up. Vielleicht ließen sich im Jacuzzi ein paar schöne Fotos machen, schließlich standen ihre Fans auf nackte Haut und nicht auf Skiklamotten. Die männlichen wie die weiblichen, wie sie immer wieder feststellen musste. Während die Jungs meist schlüpfrige Kommentare unter ihre Beiträge schrieben und ein Kennenlernen vorschlugen, kam von den Girls oft positiver Neid auf ihren makellosen Körper. Am Anfang hatte sie noch versucht, auf jeden Kommentar zu reagieren, doch bei über hunderttausend Fans war das nahezu unmöglich, sodass sie sich dazu entschieden hatte, alle möglichst gleich zu halten, indem sie außer hin und wieder einem Herzchen nur selten Antworten und Kommentare schrieb. Schließlich war alles in ihren Videobotschaften gesagt, und die Privatnachrichten waren oft pervers oder verzweifelt, und mit diesen Typen Mensch wollte sie im Grunde nichts zu tun haben.

Zwanzig Minuten später lief sie im Bademantel und Winterstiefeln durch den Schnee, nur um festzustellen, dass Tucker nicht allein im Jacuzzi auf sie wartete. Hendrik hatte sich dazugesellt und prostete in Annis Richtung.

»Da kommt ja unsere Prinzessin. Dann mal hereinspaziert ins heiße Blubberbad. Es gibt Sekt!«, grinste er und schenkte ein Glas ein.

»Wo ist dein Lover?«, konterte Anni und entledigte sich ihres Bademantels.

»Wer braucht schon einen Lover, wenn ich zwei Badenixen habe?«, meinte Hendrik und reichte ihr das volle Glas.

Da ihr Hendrik unvermittelt auf die Brüste starrte, versuchte Anni, möglichst schnell im Wasser abzutauchen, was mit dem Glas in ihrer Hand nur zu einem Unglück führen konnte. Sie rutschte auf dem glatten Boden aus und plumpste ungelenk in den Jacuzzi.

»Hoppla, du gehst aber ran«, sagte Hendrik, als Anni wieder auftauchte und ihre nassen Haare aus der Stirn hielt.

»Hast du dir wehgetan?«, fragte Tucker besorgt und nahm Anni in den Arm.

»Ist meine Schminke verwischt?«, kam Annis Gegenfrage, was eine Lachsalve bei den anderen beiden auslöste.

»Keine Sorge. Es sind noch alle Zacken in der Krone«, grinste Tucker.

»Aber wir brauchen ein neues Glas für dich«, erwiderte Hendrik und fischte das leere Sektglas aus dem Wasser. »Hey, Koch, kannst du uns hören?«, grölte er zum Chalet hinüber, in der Hoffnung, dass Spyros ihn verstehen würde.

Die Reaktion der beiden wirkte auf Anni ansteckend, und sie musste am Ende über ihre eigene Tollpatschigkeit lachen. Zumindest gab es kein Foto von ihrem ungelenken Stunt, und sie konnte sich endlich fallen lassen.

»Ich Hole mir selbst ein neues Glas«, meinte sie schließlich und griff nach ihrem Bademantel, der neben dem Jacuzzi auf dem kleinen Hocker lag.

»O nein. Unsere Prinzessin ist beleidigt«, sagte Hendrik, dessen Blick sich erneut den Rundungen an ihrem Körper widmete.

»Nicht die Bohne«, sagte Anni, »ich lass euch beide kurz allein und bring noch etwas Nachschub mit.«

Auf dem Weg zur Küche traf sie auf Spyros, der allein vor dem Kamin saß und mit seinem Smartphone *Fortnite* spielte. Sie überredete ihn mitzukommen, was nicht wirklich schwierig war, sodass er kurz danach im Bademantel mit ihr vor dem brodelnden Jacuzzi stand.

»Als du Nachschub sagtest, hatte ich an etwas anderes gedacht«, gestand Hendrik, der irritiert in Richtung Spyros schaute.

»Wenn schon Poolparty, dann mit allen«, sagte Anni und glitt ins heiße Wasser.

»Du bleibst besser draußen, Koch«, mahnte Hendrik und griff zu seinem Sektglas.

Doch Spyros ließ sich nicht von der Verbalattacke abhalten und streifte seinen Bademantel ab. Darunter erschien ein angespannter Bierbauch, gefolgt von einem blassen Oberkörper, der mit Haaren zugewachsen war.

»Wage es nicht!«, versuchte es Hendrik noch einmal, doch Spyros hob bereits das rechte Bein und setzte sich in den Pool.

»Willkommen zur Party«, sagte Anni und reichte Spyros ein Glas Sekt. Sie stießen an und bewunderten den Himmel, der strahlend weiß mit Schneeflocken gefüllt war.

»Wir sollten Alex Bescheid geben«, sagte Tucker plötzlich und guckte dabei in Annis Richtung.

»Was schaust du mich so an? Wenn du sie dabeihaben willst, dann hol sie her«, giftete Anni, was ansonsten gar nicht ihre Art war. Sie entschuldigte sich augenblicklich bei Tucker und rang damit, den eigenen Schatten zu überspringen. Eigentlich war sie nach langer Zeit mal wieder richtig happy und genoss den Augenblick im Pool. Bis auf Alex waren ihr die Leute ganz sympathisch. Selbst mit Hendrik konnte man gut auskommen, sobald man seinen frechen Sprüchen kontra gab. Alex war ihr allerdings suspekt, was nicht nur an dem unerlaubt hochgeladenen Foto lag. Auch die Art und Weise, wie sie die Lawine heruntergespielt und im Skiraum das Licht ausgeknipst hatte, hinterließ bei Anni ein mulmiges Gefühl. Auf der anderen Seite war es ihre Idee gewesen, Alex auf dem kleinen Ausflug zu begleiten, und sie hatte sie selbst um ein paar Fotos gebeten. Vielleicht war es zu viel der möglichen Verschwörung, und sie machte mal wieder aus einer Mücke einen Elefanten. Also erhob sich Anni ein weiteres Mal aus dem Pool, schaute provokant auf Hendrik, dessen Augen förmlich auf ihrem Körper klebten, und tippelte in schnellen Schritten zum Chalet.

»Magst du auch kommen?«, fragte sie Alex, die im Schneidersitz auf ihrem Bett saß und energisch etwas in ihr Laptop tippte.

»Ich habe noch zu tun.«

»Was machst du denn so Spannendes?«

»Arbeiten«, sagte Alex und klappte das Gerät zu.

»Wir haben eine kleine Feier im Jacuzzi. Komm doch mit dazu!«, sprach Anni ihre Einladung ein weiteres Mal aus.

»Okay. Ich komme gleich«, sagte Alex und gab Anni damit das Zeichen, wieder zu verschwinden.

Was für ein Freak, dachte sich Anni und ging kurz auf ihr Zimmer, um die Frisur zu kontrollieren. Sie zog den Lippenstift nach und drückte ihre Brüste leicht nach oben, damit sie aus dem Bikinioberteil offensiv herausstachen. Danach griff sie zum Handy, das sie auf dem Nachttisch hatte liegen lassen, und startete die Aufnahme. »Hallo ihr Lieben, ich bin seit gestern in einem Traumchalet am Matterhorn, zumindest glaube ich, dass es das Matterhorn ist. Jedenfalls feiere ich mit meinen Besties gerade eine Jacuzzi-Party. Es gibt mal wieder Schampus, und wenn ihr artig dranbleibt, gibt es nachher heiße Fotos vom nagelneuen Bikini, den mir mein geheimnisvoller Auftraggeber in den Schrank gelegt hat. Passt wie angegossen, oder, was meint ihr?«, fragte sie die Fans und schwenkte mit der Kamera von ihren Lippen abwärts, damit möglichst viel von dem Bikini zu erkennen war. Das Teil war zwar nicht wirklich heiß, doch es passte und stand ihr deutlich besser wie die meisten Fummel aus der Bademodenkollektion von La Distesa. Egal wer hinter dieser Challenge steckte, dieser Jemand hatte in der Recherche einen ordentlichen Job gemacht, was bei Anni Eindruck hinterließ.

Sie tranken bereits die dritte Flasche Sekt, als Alex endlich zum Jacuzzi kam. Sie hatte sich umgezogen, doch anstatt des Bademantels trug sie eine Jeans und ihre Lederjacke.

»Hey, komm rein!«, sagte Hendrik und füllte ein Glas.

»Das ist nichts für mich«, deutete Alex auf den voll besetzten Whirlpool und bedankte sich mit einem Nicken für den Sekt.

»Das kannst du erst behaupten, wenn du drin warst«, meinte Tucker und rutschte eng an Anni heran, damit ein wenig Platz entstand.

»Ich bin mir sicher«, sagte Alex, setzte sich auf den Rand des Jacuzzis und zückte ihr Handy.

Anni war augenblicklich alarmiert und befürchtete schon wieder einen ungeplanten Schuss, auf dem sie alle unvorteilhaft aussehen würden. Sie stieß Tucker unter Wasser mit dem Ellbogen an, um sie darauf aufmerksam zu machen. Die nickte nur und glitt auf Alex zu, die bereits den Kameramodus aktiviert hatte.

»Hilf mir mal, Henry!«, sagte Tucker und deutete mit einem Nicken an, was sie vorhatte. Gedankenschnell näherte sich Hendrik von der anderen Seite und gemeinsam zogen sie Alex mit dem Handy in den heißen Pool.

Die Reaktion im Rund des Beckens erinnerte an einen eruptierenden Geysir. Anni konnte ihre Überraschung kaum verarbeiten, da schoss Alex schon wie eine Fontäne aus der Mitte des Pools nach oben. Das Wasser tropfte ihr vom Haar bis zu den Händen, wo sie noch das Handy fest umklammert hielt. Sie atmete flach und rasend schnell und schien zu überlegen, wie sie darauf reagieren sollte.

Doch Alex sagte nichts und blickte nur in die Runde, als würde sie sich jedes einzelne Gesicht gut einprägen wollen.

»Tut mir leid. Wir dachten nur, du würdest wieder heimlich Fotos von uns machen«, sagte Tucker und wirkte erstmals seit der Ankunft im Chalet unsicher.

»Ja, sorry. Setz dich doch einfach zu uns in den Whirlpool. Jetzt bist du eh schon nass«, gab sich selbst Hendrik hörbar kleinlaut.

Alex schien nicht ernsthaft darüber nachzudenken, obwohl sie immer noch in ihrer Mitte stand. Sie wirkte geschockt und strich sich mit beiden Händen über die Lederjacke, die mit Wasserflecken übersät war.

»Komm rein! Das hat keiner so gewollt. Ich bin vorhin auch hineingefallen«, versuchte Anni, Alex wieder aufzubauen. Doch die stieg wie ein Racheengel aus dem Becken und stapfte durch den Schnee in Richtung Chalet.

Kapitel 26

Alex

Nachdem sie ihre Zimmertüre abgeschlossen hatte, riss sich Alex die nassen Sachen von den Knochen und kontrollierte ihr Handy, dass Gott sei Dank noch funktionierte. Sie zitterte am ganzen Körper, doch konnte nicht mal sagen, ob es an der Kälte lag oder an dem Schock über die Attacke. Sie hatte es nicht einmal kommen sehen und nie im Traum daran gedacht, dass ihr so etwas passieren würde. Alex legte die Lederjacke zum Trocknen auf die Heizung und ging ins Bad, um ihr Make-up zu kontrollieren. Die Mascara war verschmiert, und ihr Gesicht war purpurrot wie ein gekochter Hummer. Sie betrachtete im Spiegel ihren nackten Körper und versuchte, dabei gleichmäßig zu atmen. Jetzt bloß keine Panikattacke kriegen, ermahnte sie sich selbst. Dabei hatte sie versucht, an dieser Party teilzunehmen und ein wenig von sich preiszugeben. Doch es war anders gekommen, als sie es sich vorgenommen hatte, und nun saß sie allein in ihrem Zimmer und wusste nicht so recht, wie es weitergehen sollte. Es durfte keine Front entstehen zwischen ihr und den vier anderen – zumindest nicht zu diesem Zeitpunkt.

Alex schaute auf den flachen Oberkörper, der seit einem halben Jahr keinen Kraftsport mehr gesehen hatte, ihre Hüften, die muskulösen Oberschenkel, die sich nicht so einfach abtrainieren ließen, und zu ihren großen Füßen. Es würde kein leichter Weg werden, das hatte sie von Anfang an gewusst. Doch es war zu spät, nun alles rückgängig zu machen. Sie hatte sich zu diesem Schritt entschieden und musste es jetzt durchziehen. Für sich selbst und ihre Schwester, die sie nicht noch einmal im Stich lassen würde.

Am Abend war Alex allein in ihrem Zimmer geblieben, um Abstand zu dem Vorfall zu gewinnen. Schon als Kind hatte sie zeitliche Distanz nach negativen Erlebnissen stets förderlich empfunden, um mit kühlem Kopf zu reagieren, sodass sie sich am nächsten Morgen gut erholt fühlte. Das Chalet lag noch im Dunkeln, und die Zimmertüren ihrer Mitstreiter waren verschlossen, als sie voll geschminkt ihr Domizil verließ. Alex beschloss, das Frühstück zuzubereiten, und schlug sechs Eier in die Pfanne. Danach legte sie zehn Scheiben Speck auf einen Streifen Backpapier und stellte den Ofen auf 150 Grad ein. Der Duft würde ihre Mitbewohner bald aus ihren Träumen wecken, hoffte Alex und deckte den Tisch.

Als Erstes erschien Spyros, der sichtlich überrascht erschien. »Was machst du da?«, fragte er und fuhr sich durch die nassen Haare. Anscheinend war er aus der Dusche geradewegs an seinen Arbeitsplatz gestürmt.

»Wonach sieht es denn aus?«, fragte Alex und drehte die sechs Spiegeleier um.

»Ich kann das erledigen.« Spyros klang so, als fühlte er sich überflüssig.

»Warum?«

»Na ja, ich bin halt der Koch u…und …«, stotterte er verlegen.

»Und?«

»Und es tut mir leid. Ich meine … was gestern Abend passiert ist«, ergänzte er hastig.

»Was ist denn passiert?«

»Na ja. Du warst anscheinend nicht wirklich begeistert von unserer kleinen Party. Und das, was Hendrik und Tucker gemacht haben, war irgendwie nicht okay.« Er senkte beim Reden seinen Blick.

»Kein Problem. Ich habe meine Tage.«

Anni, Tucker und Hendrik erschienen gemeinsam, ganz so, als hätten sie nicht den Mumm dazu gehabt, allein hier aufzukreuzen.

»Das riecht gut, Koch. Was gibt es heute?«, fragte Hendrik, der sichtlich mitgenommen aussah.

»Frag Alex. Sie ist heute morgen Chefin de Cuisine«, entgegnete der und lächelte verlegen.

»Oh, cool«, brachte Hendrik nur hervor und setzte sich an den Tisch.

Alex nahm die Pfanne mit den Eiern vom Herd und ging damit zum Küchentisch.

»Wer möchte ein Spiegelei?«, fragte sie und erntete erstaunte Blicke.

Tucker löste sich als Erste aus der Starre und hielt mit beiden Händen ihren Teller hin, als wäre sie bei einer Obdachlosenspeisung. »Das ist nett von dir«, sagte sie und klang reumütig wie ein kleines Mädchen.

»Ich habe dir Tomaten und eine Avocado aufgeschnitten«, ging Alex in die Vollen und holte für Anni einen Teller aus dem Kühlschrank.

»Danke«, lächelte Anni und stocherte mit der Gabel in ein Tomatenstück.

»Du, Alex ...«, druckste Tucker verlegen herum und spielte mit dem Besteck an ihrer Seite.

»Alles gut«, sagte Alex.

»Nein. Es ist nicht gut, denn es tut mir ... uns leid. Wir hätten das nicht tun sollen«, entschuldigte sich Tucker für die anderen gleich mit, die fleißig dazu nickten.

»Wie gesagt. Kein Problem. Ich habe überreagiert«, sagte Alex und bestrich ihr Brot mit etwas Butter.

»Wir auch. Sowohl beim Runterziehen in den Pool als auch wegen der Fotos, die du hochgeladen hast. Ich meine, deshalb sind wir alle hier«, sagte Tucker und blickte um Zustimmung heischend in die Runde.

»Aber deine Fontäne im Jacuzzi war der absolute Hammer. Mein Gott, ich dachte, du würdest uns danach erschießen«, grätschte Hendrik ungelenk dazwischen, um die Stimmung etwas aufzuheitern.

Alex quälte sich zu einem Lächeln und biss ein Stück vom Brot ab.

Kapitel 27

Hendrik

»Wo zur Hölle bist du?«

»Schweiz, Auge in Auge mit dem Matterhorn.«

»Was machst du da? Wieder was für deine Fitnessmarke?«

»Streng geheim!«

»Sei nicht so ein Klugscheißer. Also, was machst du in Zermatt?«

»Ist so eine Challenge, wo nur die besten Influencer eingeladen sind.«

»Kann nicht sein. Sonst wäre ich dabei.«

»Dann denk mal drüber nach. Wo bist *du* gerade?«

»Mauritius.«

»Klingt furchtbar warm und totgereist.«

»Lux Grand Baie. Die Premium Suite.«

»Wäre mir zu mickrig. Ich habe hier ein eigenes Chalet mit Sauna, Gym und Jacuzzi.«

»Nur für dich?«

»Für mich und meine Miezen.«

»Dann viel Spaß bei deinem Geheimprojekt. Verausgabe dich nicht zu sehr!«

»Und du geh raus aus der Sonne. Das ist nicht gut für deinen Teint«, beendete Hendrik den Chat mit Virgina und schaute aus dem Fenster. Seit gestern Nachmittag schneite es im Dauerbetrieb, und der weiße Himmel versprach nicht gerade eine Abwechslung. Die ersten drei Tage waren wie im Flug vergangen, und er hatte sich allmählich mit dem Auftrag arrangiert. Die Gegenleistung war im Grunde genommen ein Witz, denn außer einem Post pro Tag, den er heute in der Früh von der Workstation aus gemacht hatte, gab es für ihn nichts zu tun. Er hatte einen Schnappschuss von seinem Bizeps hochgeladen, der sofort mit Herzen überschüttet worden war. Das Leben konnte so einfach sein – kein Grund, es kompliziert zu machen.

Gestern war Schnaps-Pong-Abend gewesen, und sie hatten ihren Spaß damit gehabt, Schneebälle in Zahnputzbecher zu werfen, um anschließend Marillenlikör zu trinken. Anni und Spyros hatten verloren, und als Verlierer dürften sie sich aufgrund des Mehrkonsums an Alk noch immer fühlen. Zum ersten Mal hatten sie in ihrer Feierlaune über den potenziellen Auftraggeber philosophiert, wo vom reichen Oligarchen über eine Schweizer Hotelkette bis zum perversen Spanner alles mit dabei gewesen war. Keiner glaubte so recht an eine seriöse Firma, denn dafür war das Honorar in Kryptowährung einfach viel zu hoch und der Einsatz zu gering. Im Grunde war es ihm egal, wer hinter all dem steckte, denn letztlich passte sein Steuerschlupfloch Panama perfekt zu dem Charakter dieser Challenge.

Er schaute sich gerade die Reaktionen auf seinen letzten Beitrag an, als Anni im Türrahmen erschien und mit ihrem Handy wedelte.

»Sollen wir ein gemeinsames Video aufnehmen?«, fragte sie verlegen, als erwartete sie als Antwort einen von Hendriks berühmten Sprüchen.

»In dieser Hose? Mit diesem Shirt?«, verzog Hendrik die Miene, als wäre ihr Outfit ein Fiasko.

»Du bist so gemein, denn du weißt genau, dass das nicht meine Sachen sind, sondern die aus dem Kleiderschrank in meinem Zimmer. Die Jeans ist zu weit im Bund, das Top sitzt schlabberig. Eigentlich trage ich XS«, kam es mit gespieltem Schmollen.

»Ja, ich weiß. Kommt alles vom perversen Oligarchen, der heimlich Kameras versteckt hat«, erinnerte Hendrik sie an die Diskussion vom Vorabend.

»Ich habe noch versucht, die Tür zu öffnen. Mit einer Haarnadel«, erwiderte Anni.

»Welche Tür?«

»Die von dem Raum, der abgeschlossen ist.«

»Und?«

»Ist abgebrochen. Also, die Nadel.«

Anni konnte schon echt süß sein, fand Hendrik und deutete mit einer Handgeste an, dass sie sich zu ihm aufs Bett setzen solle.

»Da sind wahrscheinlich all die Monitore drin, auf denen dieser Typ dich rund um die Uhr beobachtet«, versuchte Hendrik einen Scherz.

»Kein gutes Thema«, grätschte Anni gleich dazwischen. »Ich hatte zuletzt ein ähnliches Erlebnis und glaube mir, es ist kein gutes Gefühl, wenn man ungefragt ...«, stoppte sie mitten im Satz und schien darüber nachzudenken.

»Ungefragt *was*?«

»Ach nichts. Lass uns lieber ein Reel machen«, beendete Anni kurzerhand die Fragerunde und aktivierte ihre Kamera.

»Ich füge dich als Co-Autor hinzu, sodass es bei uns beiden läuft«, fummelte Anni an den Instrumenten der Instagram-App herum.

»Von mir aus. Hatte ich bisher nie nötig«, grinste Hendrik und wunderte sich über Annis Fingerfertigkeit.

»So können wir uns gegenseitig Fans zukommen lassen. Außerdem werden unsere Likes zusammenaddiert«, erklärte sie ihm den Modus.

»Wie gesagt, hatte ich bisher nicht nötig«, meinte Hendrik grinsend und verlor sich kurz in Annis Wimpern, die auf- und abfächerten wie ein schwarzer Schmetterling.

»Wusstest du, dass Alex schon über 3.000 Fans hinzugewonnen hat? Durch uns!«, erwiderte Anni, die Hendriks Blicke ignorierte.

»Und wenn schon. Sobald wir hiermit durch sind, wird sie merken, dass sie nicht zum Influencer taugt«, sagte Hendrik und fuhr sich zweimal durch die Haare.

Anni drückte auf das Kamerasymbol und übernahm die Initiative.

»Hallo, ihr Lieben. Wie ihr seht, bin ich nicht allein hier im Chalet, sondern neben mir sitzt Henry Coonz. Ein ziemlich eingebildeter Typ, wenn ihr mich fragt.« Anni klimperte zweimal mit den Wimpern und schwenkte dann auf Hendrik, der sein übliches Tom-Cruise-Lächeln aufsetzte.

»Hallo, Leute! Ich bin leider auch nicht allein hier im Chalet, sondern muss mit dieser Nachwuchskraft die Zeit totschlagen. Seid froh, dass ihr ihre Klamotten nicht sehen könnt. Wobei, sie hat gar keine an«, lachte Hendrik in die Kamera.

Anni schwenkte zurück auf ihr Gesicht und wirkte leicht nervös. »Wie ich euch gesagt habe, ist Henry nicht nur eingebildet, sondern auch blind und unverschämt«, fuhr sie mit der Linse über das Top und ihre Jeans. »Und bevor ihr euch wundert, warum wir synchron eine Botschaft schicken: Das liegt nur an meiner Nettigkeit, Henry eine Chance zu geben. Und nein, wir sind nicht zusammen, falls jemand von euch auf die Idee kommt«, ergänzte Anni, was Hendrik zum Anlass nahm, Anni einen dicken Schmatzer auf die Wange zu drücken.

Anni ließ ihr Handy vor Überraschung auf den Schoß fallen und funkelte ihn an. »Was soll das? Wir wollten ein Reel aufnehmen.«

»Haben wir doch. Ich dachte, wir brauchen etwas mehr Erotik«, blieb Hendrik konsequent im Grinsemodus.

Anni fummelte das Handy hervor, das mittlerweile aufs Bett gerutscht war, und stoppte die Aufnahme. »Das war nicht okay, Hendrik.«

»Wirklich? Ich hatte das Gefühl, dass es dir gefallen hat. Ansonsten hättest du mir sicher eine gescheuert, oder nicht?«

»Kann ich noch immer machen«, erwiderte Anni.

»Nur zu!«

Anni zögerte jedoch und schaute aufs Handy, als würde dort die Szene in Slow Motion nochmals ablaufen.

»Vielleicht ein Zungenkuss zur Wiedergutmachung?«, bot sich Hendrik an und rutschte etwas näher.

Er starrte lustvoll auf Annis wohlgeformte Lippen, sodass er gar nicht mitbekam, wie Tucker plötzlich auftauchte, um ein überraschtes »Oh, mein Gott!« von sich zu geben.

»Was gibt's?«, fragte er nur und tat so, als wäre nichts geschehen.

»Ich wollte nur fragen, ob jemand von euch mit zum Skifahren oder Boarden kommt, doch wie ich sehe, seid ihr beschäftigt«, versuchte Tucker, möglichst cool zu wirken.

»Wir, wir ...«, stotterte Anni, der das Ganze sichtlich unangenehm war.

»Wir nehmen ein Reel auf. Kannst du nachher sehen«, ergänzte Hendrik, der sich wie der Hahn im Korb fühlte.

»Besser nicht«, kam es von Tucker. »Ich bin dann mal draußen im Schneegestöber. Mich abkühlen. Täte euch sicher auch gut.« Mit diesen Worten verschwand sie, um wenig später die Eingangstür ins Schloss fallen zu lassen.

»Was ist? Machen wir weiter?«, fragte Hendrik, doch Anni schüttelte verständnislos den Kopf und verließ wutentbrannt das Zimmer.

Kapitel 28

Tucker

Du hast nichts gesehen, also mach kein Drama draus, sagte sich Tucker, als sie auf den Materialschuppen mit der Skiausrüstung zulief. Hendrik war weder ihr Freund noch Anni eine Freundin, und die beiden konnten tun und lassen, was sie wollten. Dennoch wurmte es Tucker, die beiden so vertraut zu sehen, da sie Hendrik attraktiv fand und Lust auf einen One-Night-Stand hatte. Doch ausgerechnet der Engel mit den aufgepumpten Brüsten durchkreuzte diesen Plan und spielte seine Reize aus. Tucker grollte innerlich und riss die Tür zum Skiraum auf, in dem bereits das Licht brannte.

»Was machst du hier?«, fragte Tucker eine überraschte Alex, die aussah, als hätte man sie beim Klauen im Supermarkt erwischt.

»Ich schaue mir die Skier an.«

»Wusste gar nicht, dass du fährst.«

»Tue ich auch nicht. Doch was nicht ist, kann ja noch werden, und dann will ich vorbereitet sein«, erwiderte Alex und wollte sich an Tucker vorbeidrücken.

»Dann wärst du mit dem Exemplar da schlecht beraten, denn die sind viel zu groß für dich. Ich würde dir dieses Paar empfehlen«, griff Tucker in den Spind direkt daneben und holte einen roten Atomic-Ski heraus, auf dem ein *AX* aufgezeichnet war.

»AX für Alex. Anscheinend hat man uns die Auswahl bereits abgenommen«, bemerkte Tucker und suchte alle fünf

Paar Skier ab, um ein blaues Paar mit den Initialen *TUC* auszumachen.

»Dann sind das wohl meine«, bemerkte sie und ergänzte generös, »die kannst du auch haben, da ich sicher nur mit dem Snowboard unterwegs sein werde.«

»Hm«, kam es von Alex, die kurz danach verschwand.

Irgendwie sind alle hier bescheuert, schoss es Tucker durch den Kopf, und sie fühlte sich zum ersten Mal ein wenig deplatziert in dieser Runde, so, als würde sie nicht dazugehören, was natürlich Blödsinn war, denn im Grunde gab es keine bessere Influencerin für diesen Job als sie. Tucker suchte nach dem Snowboard, das sie gestern auf dem Holzblock liegen gelassen hatte, doch es war verschwunden. Sie fand es schließlich angelehnt an ein Regal, als hätte jemand den Platz für etwas anderes gebraucht. Vielleicht um eine Bindung einzustellen oder die Skier zu wachsen, was seltsam war, da sich außer ihr niemand etwas aus dem Skifahren zu machen schien.

Tucker hakte den Gedanken ab, denn der Tag war einfach viel zu schade, um sich mit Nichtigkeiten zu beschäftigen. Sie zog den Reißverschluss ihrer neuen Skijacke nach oben und machte sich auf den Weg zum *Switzerland Bowl*, wie sie den Abhang nannte, der hinter dem Wellness-Areal direkt aufs Schneefeld führte.

Kapitel 29

Spyros

Spyros packte vier Rinderfilets und eine vegane Bratwurst auf das Holzbrett und stellte es auf die Abstellplatte. Danach öffnete er die Flasche mit dem Syrah, roch am Korken wie ein echter Weinkenner und schenkte etwas in ein Glas ein. Er holte ein paar Gemüsezwiebeln aus dem Schrank und legte noch eine Paprika und zwei knallrote Tomaten dazu. In Millimeterabständen ordnete er anschließend die Lebensmittel immer wieder neu an und runzelte am Ende doch die Stirn. Irgendetwas passte nicht ins Bild, und Spyros wusste, was es war. Hilft nichts, sagte er zu sich selbst und nahm die Tofu-Wurst vom Brett.

»Sieht wie ein verschrumpelter Penis aus«, erklang eine Stimme in seinem Rücken und jagte Spyros einen Schrecken ein.

»Hallo, Alex.« Ihm fiel keine passendere Antwort dazu ein.

»Das war doch einer deiner letzten Kommentare unter einem Userbeitrag, oder?«

»Gut möglich, meine Fans mögen es gern derb«, stotterte Spyros, der sich ertappt fühlte.

»Wer mag es nicht gern derb?«, konterte Alex. »Darf ich ein Foto davon machen?« Die Frage wirkte fast schon unterwürfig.

»Ähm, klar. Ja, klar. Warum nicht? Die Tofu-Wurst passte einfach nicht ins Bild«, bot er Alex eine Erklärung an und hielt den Übeltäter demonstrativ vor sein Gesicht. Alex nutzte den Moment und machte ein Foto von ihm.

»Ich dachte, du wolltest das Essen fotografieren«, bemerkte Spyros, der nicht so recht wusste, wie er mit dem Schnappschuss umgehen sollte.

»Essen ist doch langweilig. Es geht um die Person dahinter«, sagte Alex und tippte auf dem Handy herum.

»Was tust du?«, fragte Spyros, der sich etwas unbehaglich fühlte.

»Nichts Besonderes. Hochladen und posten.«

»Wo sind die anderen?«, fragte Spyros, um das Thema kurzerhand zu wechseln.

»Keine Ahnung«, sagte Alex und ließ Spyros einfach stehen, der immer noch Annis Tofu-Wurst in den Händen hielt.

Alex war für Spyros eindeutig die seltsamste Person in ihrer Runde, obwohl er angenommen hatte, dass *er* mit seinem Foodblog und der sexuellen Neigung aus dem Rahmen fallen würde. Natürlich war er nicht so gut aussehend wie Hendrik oder so schlagfertig wie Tucker, doch er fühlte sich von allen akzeptiert und freute sich über das Lob zu seinen Kochkünsten. Im Grunde profitierten sie durch die Challenge alle voneinander, denn jeder lenkte die Aufmerksamkeit der eigenen Fans automatisch auf die anderen. Den größten Sprung hatte Alex bisher zu verbuchen, die von dreiundzwanzig auf dreitausend Follower hochgeschossen war – wie Phönix aus der Asche. Wahrscheinlich war sie deshalb so erpicht darauf, möglichst kompromittierende Fotos zu machen und mit Markierung hochzuladen. Eigentlich widersprach das ja dem Geist des Wettbewerbs, da es dem Eigentümer des Chalets angeblich um strahlende Gesichter und kitschig-schöne Fotos ging, doch bisher hatte es ihnen zumindest nicht geschadet. Ansonsten hätte sich Lenard schon gemeldet, um sie an die Spielregeln zu erinnern. Spyros würde jedenfalls alles dafür tun, um die Challenge zu bestehen und die Prämie einzustreichen.

Kapitel 30

Anni

Hendriks Kuss oder vielmehr Tuckers Reaktion darauf lag Anni schwer im Magen, als ihre Zimmergenossin vier Stunden später mit Schneematsch auf der Jacke zurück ins Zimmer stürmte. Tucker schüttelte sich kräftig und verteilte die Kristalle auf dem Holzboden, ohne Anni zu begrüßen.

»Wie war es?«, übernahm Anni die Initiative.

»Sicher kälter als bei dir«, kam es barsch zurück.

Tucker hatte wohl mehr darin vermutet, als Anni gehofft hatte, sodass sie eine Erklärung unerlässlich fand. »Wir haben ein Reel aufgenommen, und da hat Hendrik versucht mich zu küssen. Das ist alles«, druckste Anni herum.

»Du brauchst mir nichts zu beichten. Ihr könnt machen, was ihr wollt, ich bin an Hendrik weder interessiert noch finde ich ihn anziehend«, erklärte Tucker und setzte sich auf einen Stuhl, um ihre Schuhe auszuziehen.

»Ich bin auch nicht an ihm interessiert und hätte ihm am liebsten eine gescheuert. Aber dann kamst du ins Zimmer und …«

»Ihr passt doch perfekt zusammen«, funkte Tucker dazwischen und massierte ihre kalten Zehen.

»Wie kannst du so etwas sagen? Hendrik ist ekelhaft und arrogant. Wie kannst du mich mit ihm in einen Topf werfen?«, beschwerte sich Anni und nahm Tucker ins Visier.

»Ihr seid beide perfekt. So perfekt, dass eure Fans sicherlich schon Kränze für euch flechten.«

»Ich weiß nicht, was dir querliegt, Tucker, aber ich kann dir versichern, dass ich mit Hendrik nur rein geschäftlich zu tun haben werde, und wir müssen nun mal einen Job erledigen, um an unser Geld zu kommen«, verteidigte sich Anni.

»Heißer Sex für eine Handvoll Bitcoins. Das nennt sich Pornoindustrie, mein Engel. Ist sicherlich ein würdiger Karriereschritt, wenn man aus der Modebranche kommt.«

»Du bist verbittert und ätzend, Tucker. Dabei wärst du doch selbst gern für ein Fashionlabel unterwegs. Genauso, wie du heimlich auf Hendrik stehst und es mit Coolness überspielst«, offenbarte Anni ihre Theorie, um abzuklären, ob da etwas dran war.

»Das ist lächerlich, Anni. Schau mich an, ich sehe nicht mal mit drei Facefiltern wie ein Victoria's-Secret-Engel aus, und Hendrik würde mich nicht anfassen, wenn ich splitternackt vor seinem Schwanz herumsitzen würde. Alles schon erlebt, und nix ist passiert«, gestand Tucker und musste selbst ein wenig schmunzeln.

»Ach, Tucker«, versuchte nun auch Anni zu deeskalieren, »ich finde deine Locken einfach nur gigantisch, und ich wäre froh, wenn ich nur annähernd so schlagfertig wäre wie du.«

»Mach ruhig weiter, du bist gerade erst in Fahrt gekommen«, grinste Tucker und entledigte sich der Kleidung.

»Du hast schöne Tattoos und einen strammen Arsch«, ergänzte Anni.

»Wo du recht hast, hast du recht. Und jetzt lass uns essen gehen, denn ich wette, dass unser Grieche schon die Grillzange in den Händen hält. Es gibt Steaks. Sorry, Tofu natürlich«, schloss Tucker offensichtlich mit ihr Frieden.

Für Anni war die Sache damit aus der Welt, schließlich wollte sie nichts von Hendrik wissen, und der Kuss war mehr als ungeplant gewesen. Das Reel hatte sie am Ende dennoch ungekürzt gepostet. Für ein paar zusätzliche Fans und Likes musste man halt hin und wieder Opfer bringen.

Kapitel 31

Hendrik

»Schmeckt sensationell. Du hast dich selbst übertroffen, Schatz!«, tätschelte Hendrik Spyros' Hand, der augenblicklich rot wurde.

»Lass das nicht Anni hören«, grätschte ihm Tucker in die Parade und ergänzte, »aber wenn sie unserem *FoodpornSpy* auf Instagram folgt, kann sie dir demnächst auch Tofu-Würste braten.«

Hendrik konnte zwischen den Zeilen lesen, und es amüsierte ihn, dass Tucker augenscheinlich eifersüchtig war. Hatte er die raue Schale letztlich doch geknackt. Was ihn ein wenig stolz machte, auch wenn Tucker ihn nicht wirklich interessierte. Es ging nur ums Gewinnen, und so legte er demonstrativ den Arm um Annis Schulter, die am Küchentisch zu seiner Rechten saß und verlegen auf den Teller starrte. Sie zog die Schulter ein und reagierte mit einem »Bitte lass das!«, was wenig resolut klang. Doch er ließ sie in Ruhe, denn schließlich wollte er keine Abfuhr kassieren, sodass er kurzerhand die Offensive suchte.

»Wer von euch ist eigentlich fest liiert?«, fragte er und erntete verlegene Gesichter.

»Was meinst du mit fest liiert? Verlobt, verheiratet, geschieden?«, fragte Tucker.

»Ja. Wie sieht es bei euch aus? Ihr seid doch berühmt und heiß begehrt. Sorry, Spyros, das gilt natürlich nicht für dich«

»Ich dachte, *wir zwei* sind jetzt zusammen«, konterte Spyros, und Hendrik war froh, dass der Grieche nicht beleidigt war.

»Auf mich kannst du natürlich zählen, aber als exzellenter schwuler Koch, hat man doch sicherlich noch andere Liebhaber«, legte Hendrik nach.

»Nope«, kam es knapp zurück.

»Tucker?«, ging Hendrik die Runde im Uhrzeigersinn durch.

»Keine Anhängsel, nur Affären«, kam es vieldeutig zurück.

»Und wie sieht es bei dir aus, Prinzessin? Gibt es etwa Götter neben mir?«, fragte er Anni und grinste dabei schelmisch.

»Es gibt da einen italienischen Fotografen. Wir haben hin und wieder Sex«, antwortete Anni, ohne Hendrik dabei anzusehen.

»Sehe ich da etwa eine lange Nase?«, grinste Hendrik, der spürte, dass es sich um eine Lüge handeln musste. Anni hatte viel zu schnell gesprochen – so, als hätte sie sich den Satz zurechtgelegt.

»Aber gut, kommen wir nun zu dir, *AlexvanHelsing*. Auf wen steht unsere berühmte Vampirjägerin? Gibt es einen Grafen Dracula in deinem ewigen Leben?«, wollte Hendrik wissen.

Alex schüttelte den Kopf und steckte sich das letzte Stück Steak in den Mund.

»Eine Lady genießt und schweigt«, ließ Hendrik es dabei bewenden.

»Und wie sieht das Liebesleben bei Mister Lova Lova aus?«, fragte Tucker.

»Turbulent, wie ihr euch vorstellen könnt. Dennoch habe ich mich bislang nicht festgelegt, sodass jede von euch eine echte Chance hat. Entschuldigung, Spyros. *Jede und jeder* muss es natürlich heißen«, grinste Hendrik und erhob sein Glas zu einem Toast.

Sollte es Spannungen zwischen ihnen gegeben haben, so waren diese für den Abend ausgeräumt, und Hendrik verabschiedete sich mit alkoholgeschwängertem Kopf in Richtung Zimmer, während Spyros noch die Spülmaschine einräumte. Für seine Verhältnisse trank er zu viel Alkohol und plauderte zu viel. Doch warum sollte er sich kontrollieren, denn schließlich saßen sie alle im gleichen Boot und konnten die Challenge nur gemeinsam absolvieren.

»Hey, Angeber. Lust auf ein paar Schwünge durch den Tiefschnee?«, riss ihn Tucker am nächsten Morgen aus dem Halbschlaf. Sie war in Skisachen gekleidet und stand vor seiner Zimmertür, während Spyros' Bett bereits gemacht war.

»Nein. Ich chille lieber. Gestern Abend war recht intensiv für meinen Schädel«, brummte Hendrik.

»Eher intensiv für deine Augenringe. Du verträgst halt nichts«, ächzte Tucker. »Dann bleib hier und blase Trübsal. Apropos blasen, Spyros wird dir sicher bald Gesellschaft leisten. Wir haben bereits ohne dich gefrühstückt.«

Beim Gedanken an seinen griechischen Mitbewohner geriet Hendrik ins Grübeln. Er hatte keine große Lust, mit Spyros abzuhängen, sodass er seine Meinung änderte.

»Warte!«, rief er Tucker hinterher, die bereits verschwunden war. »Ich komme mit. Gib du mir zehn Minuten, und dann gebe *ich* dir einen Skikurs!«

»Du hast fünf«, kam ihre Stimme aus dem Wohnraum, und Hendrik schwang sich mit Elan aus dem Bett.

»Das hier sind deine«, zeigte Tucker auf ein rotes Paar Atomic-Ski, die mit den Initialen *HK* gekennzeichnet waren.

»Die sind ganz neu«, staunte Hendrik, der lange nicht gefahren war. »Woher weißt du, dass es meine sind?«

»Sind überall Buchstaben eingraviert. Meine heißen *TUC*, doch ich bleibe konsequent bei meinem Snowboard.«

»Hm, glaubst du, dass die Dinger hier was taugen?« Hendrik strich über die Kanten seiner nagelneuen Skier.

»Denke schon. Komm bloß nicht auf die Idee, mir das Snowboard streitig zu machen.« Tucker trommelte mit den Fingern auf das Holz.

»Damit würde ich nicht fahren wollen«, sagte Hendrik, dem ein wenig mulmig in der Magengrube war. Sein letzter Skiausflug war exakt vier Jahre her und hatte zu achtzig Prozent aus Après-Ski-Events bestanden. Dennoch wollte er sich vor Tucker nicht blamieren und sah sich nach den passenden Schuhen um, was nicht allzu schwer war, da es nur ein Paar in Größe 46 gab.

»Meinst du, dass die Schuhe in die Bindung passen?«, fragte er zur Sicherheit noch einmal nach.

»Probier's aus!« Tucker wirkte leicht genervt.

Hendrik zog die schweren Boots an und stellte sie in die Bindungen der Skier, die nicht einrasten wollten. »Das meinte ich.« Er schaute vorwurfsvoll zu Tucker.

»Du musst schon ein bisschen Druck ausüben.«

Er presste die Schuhe etwas fester in die Vorrichtung, bis es »Klick« machte.

»Ich weiß nicht, irgendwie fühlt es sich noch immer seltsam an.«

»Mehr als einrasten können sie nicht«, meinte Tucker. »Und jetzt mach sie wieder ab, damit wir endlich loskommen.«

Das klang so lapidar, doch der linke Schuh wollte partout nicht aus der Bindung gehen, sodass Tucker ihm am Ende helfen musste.

»Du bist mir ein Sportler«, sagte sie und drückte die Tür zum Skiraum auf.

»Nicht so hastig, *OutdoorBeast*, dir wird das Lachen noch vergehen«, versuchte er, seine Unsicherheit mit einem Spruch zu überspielen.

Sie postierten sich auf dem Hügel hinter dem Schuppen und schauten gemeinsam in den Abgrund.

»Man sieht gar kein Ende«, bemerkte Hendrik, »wie kommen wir da wieder hoch?«

»Zu Fuß!«, kam es von Tucker. »So ist es im Backcountry, aber woher soll das unser Schnösel wissen?«

»Schon klar, doch normalerweise werde ich vom Heli abgeholt«, hielt Hendrik dagegen, auch wenn seine Stimme brüchig klang.

»Ich befürchte, der fällt heute aus«, sagte Tucker und glitt den ersten steilen Abhang seitwärts hinunter.

Hendrik sah ihr hinterher. Das Ganze wirkte auf ihn nicht sonderlich rasant, da Tucker in ausgedehnten Kurven ihren Weg nach unten suchte und immer wieder vor Begeisterung jubelte. Nach etwa hundert Metern hielt sie an und drehte sich zu ihm um, da er immer noch am Berghang stand. »Jetzt komm schon, Amigo! Entweder du scheißt oder du gehst von der Schüssel runter«, rief sie ihm lautstark zu.

Hendrik blickte auf die Skier in seinen Händen und warf sie ungelenk zu Boden. Er suchte nach versteckten Buchstaben, um den linken vom rechten Ski zu trennen, doch er fand nichts. Also stellte er sich mit den schweren Kunststoffschuhen einfach auf die Bindungen und hoffte, dass sie diesmal etwas geschmeidiger einklinken würden.

»Bist du dort oben eingeschlafen oder hast du Schiss?«, grölte Tucker und ließ ihn hektisch werden, da die Bindungen erneut Probleme machten.

Irgendwann hatte er es doch geschafft, und Hendrik stieß sich mit den Stöcken ab, um zu Tucker aufzuschließen.

Nach dreißig Metern kam er ordentlich ins Stocken, und er spürte einen intensiven Ruck in seinen Oberschenkeln, der ihn fast kopfüber in den Schnee katapultiert hätte. Mit Mühe und Not brachte er die Stöcke nach vorn und stoppte seinen potenziellen Sturz.

»Was ist los, Angeber? Brauchst du einen Übungshang«, lachte Tucker auf, die mit ihrem Handy auf ihn zielte.

»Keine Fotos, sonst muss ich dich ins Wasser ziehen«, scherzte Hendrik und befreite seine Skier aus dem Schnee. »Kann weitergehen«, gab er sich selbst das Kommando und schlitterte auf Tucker zu.

»Der große *Henry Coonz* fährt in einer Haltung wie auf dem DIXI-Klo den Hang hinunter«, sagte Tucker in die Kamera und zoomte sein Gesicht auf ihren Bildschirm.

»Mach dich ruhig lustig über mich«, scherzte Hendrik und versuchte eine Bremsung wie auf einer präparierten Piste, die im Tiefschnee jämmerlich misslang. Er stürzte zur Seite und versank komplett im weißen Pulver.

»Und jetzt macht er auch noch einen formidablen Schnee-engel.« Tucker hielt immer noch ihr Handy drauf.

»Jetzt hör auf damit und hilf mir lieber hoch!«, befahl er - Tucker, die hemmungslos lachte.

»Also, Henry. Lektion eins sah ziemlich beschissen aus, wenn ich das so sagen darf. Als Nächstes fahren wir da runter«, zeigte Tucker auf den steilen Hang.

»Einverstanden«, antwortete Hendrik und klopfte sich den Schnee von seinem Skianzug. Tucker wartete seine Antwort nicht einmal ab, sondern machte erst ein paar Schwünge mit dem Snowboard und schoss dann in gerader Linie in Richtung Tal.

Nach wenigen Metern war sie in der Wolkenschicht verschwunden, und Hendrik stand allein im Schneefeld und musste sich zwischen Zurück und Hinterher entscheiden. Er zog den Reißverschluss am Anorak nach oben, als würde das etwas bewirken, dann stellte er die Stöcke in den Schnee und stieß sich kraftvoll ab. Er folgte Tuckers Spuren und verzichtete auf umständliche Schwünge, sodass er schnell ein hohes Tempo aufnahm. Es fühlte sich rasant an, wie er mit Karacho auf den Gletscher zuraste, und Adrenalin spülte wie eine Droge durch seinen ganzen Körper.

Kapitel 32

Tucker

Hendrik schoss wie ein Weltcupfahrer den Hang hinunter. Mein Gott, er ist viel zu schnell, mutmaßte Tucker und winkte ihm entgegen, damit er sie nicht übersah. Doch es war zu spät, denn Hendrik verlor das Gleichgewicht und stürzte kopfüber in den Schnee. Er überschlug sich fünfmal, bevor sein Körper endlich liegen blieb. Ein Ski hatte sich von seinem Schuh gelöst und sauste an Tucker vorbei, bevor er stecken blieb. Der andere klebte noch an seinem Schuh wie in Zement gegossen. Sie schnallte ihr Snowboard ab und lief den Hang hinauf in Hendriks Richtung.

Als sie ihn erreichte, lag er auf dem Bauch und bewegte sich nicht mehr.

»Hendrik, sag was! Ist dir was passiert? Hast du dir etwas gebrochen?«, trommelte sie mit Fragen auf den regungslosen Hendrik ein, der nichts davon zu hören schien.

Sie schnallte mit Gewalt den zweiten Ski aus seiner Bindung und drehte Hendrik anschließend herum, damit er besser atmen konnte. Danach gab sie ihm eine Ohrfeige, um zu testen, ob er bei Bewusstsein war.

Hendrik stöhnte auf und öffnete die Augen.

»Na, Gott sei Dank«, rief Tucker und atmete tief durch.

»Das war eine ziemlich harte Landung«, stotterte Hendrik, der Mühe hatte, seine Augen offen zu halten.

»Den Stunt macht dir so schnell keiner nach«, flachste Tucker und tastete mit ihren Händen Hendriks Körper ab.

»Ich wusste, dass du auf mich stehst«, flüsterte Hendrik, um wenig später aufzuschreien.

»Tut das weh?«, fragte Tucker zur Sicherheit noch einmal nach und starrte auf das rechte Schienbein, als könnte sie durch Hendriks Hose sehen.

»Ist sicher gebrochen!«

»Das ist nicht gesagt. Ich habe einen ähnlichen Sturz vor ein paar Tagen in Snowmass hingelegt und dachte schon, das war's. Doch wie du siehst, bin ich topfit, und du liegst wie ein Maikäfer am Boden«, sagte Tucker und drückte nochmals auf das Schienbein.

»Aua!«, kreischte Hendrik und schien es ernst zu meinen.

»Okay! Ich wollte nur sichergehen«, sagte Tucker und ließ das Bein in Ruhe.

»Es geht bestimmt gleich wieder.«

»Nein, das geht bestimmt *nicht* gleich wieder. Ich muss zum Chalet hoch, um Hilfe zu Holen. Du kannst so nicht den Hang hochlaufen.«

»Dann rufe Lenard an oder bestelle mir einen Helikopter«, meinte Hendrik und versuchte, sich aufzurichten.

»Dafür brauche ich Empfang. Zudem möchte ich deine Hoffnung nicht im Keim ersticken, aber bei dem Schneefall steigt kein Helikopter zu uns auf«, erklärte Tucker.

»Dann lass es mich versuchen«, meinte Hendrik und brach das Vorhaben gleich wieder ab.

»Das hat keinen Zweck. Ich muss dich hier für eine halbe Stunde liegen lassen und komme dann mit Spyros zurück, um dich zu Holen«, sagte Tucker und richtete sich auf. »Kommst du solange klar?«, fragte sie Hendrik, der zumindest geistig auf der Höhe schien.

»Ich denke schon. Wo sind meine Skier?«

»Haben sich aus der Bindung gelöst«, sagte Tucker.

»Gut!«, keuchte Hendrik und versuchte sich an einem *Henry-Coonz*-Lächeln. »Ich hatte schon befürchtet, dass die Dinger falsch eingestellt waren.«

»Okay«, nickte Tucker. Vielleicht hätte sie Hendriks Bedenken ernst nehmen und die Bindungen vorher kontrollieren sollen, doch letztlich war sie nicht sein Kindermädchen und wohl kaum für seinen Sturz verantwortlich. Oder?

Mit diesem Gedanken im Kopf klemmte sie sich das Snowboard unter ihren rechten Arm und stapfte den Hang hinauf.

Kapitel 33

Alex

Alex betrachtete die Bilder mit den Gipfeln der Achttausender und musste an den Vortrag denken, den sie vor ein paar Jahren angehört hatte. Es war um Todesopfer im Himalaja gegangen und um den ersten Menschen, der ohne Sauerstoff alle vierzehn Achttausender bestiegen hatte: Reinhold Messner.

Sie studierte gerade das Abbild des 8.163 Meter hohen Manaslu, der eingerahmt über dem Kamin hing, als die Eingangstür förmlich aus den Angeln gehoben wurde. Tucker stand im Türrahmen und keuchte, als wäre sie einen Marathon auf Schnee gelaufen.

»Hilfe, wir brauchen Hilfe«, japste Tucker nach Luft und stützte ihre Hände in die Hüften.

»Was ist passiert?«, fragte Alex.

»Hendrik. Er ist gestürzt, und ich glaube, dass er sich ein Bein gebrochen hat.«

»Wo ist er jetzt?«

»Unten am Hang. Ich bin den ganzen Weg hinaufgelaufen. Das Gelände ist sehr steil. Es wäre gut, wenn wir einen Schlitten hätten, und ich brauche Spyros, um ihn hochzuziehen«, rang Tucker weiterhin nach Atem.

»Spyros ist auf seinem Zimmer, ich kann dir auch helfen«, bot Alex Tucker Unterstützung an.

»Okay. Dann sind wir halt zu dritt. Ich Hole den Schlitten«, keuchte Tucker und war schon wieder unterwegs.

Alex ging auf ihr Zimmer und zog eine Skihose und ihre Lederjacke an. Beim Hinausgehen schaute sie ins Männerzimmer, wo Spyros mit dem Handy beschäftigt war.

»Ist was passiert?«, fragte er nur, ohne vom Bildschirm aufzuschauen.

»Nicht wirklich«, sagte Alex und ließ ihn einfach sitzen.

Tucker hatte einen Holzschlitten organisiert und eine Decke auf die Sitzfläche gelegt.

»Wo ist Spyros?«, fragte sie Alex.

»Der ist beschäftigt. Wir schaffen das auch zu zweit.«

»Okay, dann können wir auch runterfahren«, meinte Tucker und setzte sich vorn auf das Gefährt. Alex umklammerte ihre Hüften und hielt sich an ihr fest.

Am Anfang blieben die Kufen immer wieder im nassen Schnee hängen, und sie mussten regelmäßig absteigen, um neuen Schwung zu nehmen. Im steileren Gelände zog der Schlitten spürbar an, und sie wurden schneller, was Alex Spaß bereitete. Es fühlte sich an wie die Fahrt in einer Achterbahn, die sie vor vielen Jahren im Lagoon Freizeitpark genossen hatte. Ein Gefühl von Gedankenlosigkeit hatte sich damals bei ihr eingestellt und wiederholte sich in diesem Augenblick. Drei Minuten alles ausblenden und nichts als pure Freude und ein bisschen Angst verspüren. Das Gefühl hielt exakt solange an, bis Tucker ihre Stiefel in den Schnee grätschte. Der Schlitten geriet ins Schlingern, und Alex verlor den Griff um Tuckers Hüften, sodass sie kurzerhand auf dem Hintern landete.

»Sorry«, rief Tucker.

Alex blieb für ein paar Sekunden liegen und genoss den feuchten Kuss der Schneeflocken, die in steter Regelmäßigkeit auf ihr Gesicht fielen.

»Hey, Alex, alles klar bei dir?«, fragte Tucker nach, stapfte jedoch in die entgegengesetzte Richtung.

»Alles klar«, sagte Alex leise und erinnerte sich an den eigentlichen Grund der Schlittenfahrt.

Sie beobachtete Tucker, wie sie das Gefährt hinter sich herzog und den Abhang hinunterrutschte. Alex richtete sich auf und lief ihr hinterher, bis sie schließlich Hendrik erreichten, der regungslos im Schnee lag.

»Hey, Henry, nicht einschlafen«, gab ihm Tucker einen Klaps, bis ein Stöhnen wahrzunehmen war.

»Wie lange warst du weg?«, murmelte er benommen.

»Weiß nicht. Zwanzig Minuten, halbe Stunde. Ich habe Alex mitgebracht, und wir beide ziehen dich nach oben«, zeigte Tucker auf den Schlitten.

»Das ist nett von euch. Ich spüre mein Bein nicht mehr.« Hendrik wirkte sichtlich angeschlagen.

»Kein Grund zur Sorge, das ist nur die Kälte«, spendete ihm Tucker Trost.

Sie schoben den Schlitten dicht an Hendriks Körper heran und wuchteten ihn mit vereinten Kräften auf die Sitzfläche. Hendrik schrie augenblicklich auf, als das rechte Bein gegen die Verstrebung knallte.

»Dann spürst du es wohl doch noch«, sagte Tucker und meinte, dass das ein gutes Zeichen sei.

»Kannst du dich festhalten?«, fragte Tucker Hendrik.

»Ich denke schon«, kam es recht dünn aus seinem Mund, doch er umklammerte mit beiden Händen die äußeren Verstrebungen.

Während Tucker die Kordel zog und den Schlitten in Serpentinen nach oben führte, schob Alex von hinten. Immer wieder geriet sie dabei ins Straucheln, und sie mussten eine Pause einlegen, um Kräfte aufzutanken. Von Hendrik war kein Mucks zu hören, doch er hielt sich weiterhin am Schlitten fest. Der Schweiß lief Alex den Rücken hinunter, und sie hätte am liebsten ihre Lederjacke abgestreift, damit sie nicht noch vollends ruiniert wurde. Doch bei den Temperaturen ohne Jacke zu laufen, barg auch die Gefahr einer Erkältung, die sie sich nicht leisten konnte. Nicht jetzt, nicht hier, nicht in Anbetracht der Dinge, die es zu erledigen gab.

Wenig später erreichten sie das Zwischenplateau, und Tucker und Alex fielen kraftlos in den Schnee.

»Das Schlimmste ist geschafft«, sagte Tucker mehr zu sich selbst und musste dabei kräftig husten.

Sie brauchten weitere zwanzig Minuten, bis sie erschöpft und abgekämpft vor dem Chalet standen, wo Spyros bereits im Türrahmen auf sie wartete.

»Schön, dass du auch hilfst. Du warst wohl auf dem Klo und wolltest nicht gestört werden?«, giftete Tucker.

»Ich wusste nicht, dass was passiert ist. Was kann ich tun?«, fragte er und stürmte in Jeans und Shirt nach draußen, um Hendrik zu begutachten, der, unter einer Schneedecke begraben, regungslos auf dem Schlitten lag.

»Wir müssen Hendrik reinbringen und aufs Sofa legen«, kommandierte Tucker und führte ihre Unterarme unter Hendriks Beine, der augenblicklich aufstöhnte.

»Warte, ich Hole Anni noch dazu«, sagte Spyros und ging zurück ins Innere, wo ihm Anni schon entgegenkam.

»Was ist passiert?«, fragte sie besorgt und steckte ihr Handy in die Hosentasche.

»Du musst uns helfen«, keuchte Spyros und zeigte auf den verletzten Hendrik, der Tränen in den Augen hatte.

Zu viert packten sie Hendrik an Oberschenkeln und Schultern und wuchteten ihn auf das Sofa vor dem Kamin.

»Helikopter«, stöhnte er nur und warf den Kopf von links nach rechts, als hätte er einen epileptischen Anfall.

»Was?«, fragte Anni nach, die ihn nicht verstanden hatte.

»Ihr mü...müsst Lenard kontak...tieren, damit er ei...einen Helikopter schickt. Ich muss ins Kran...kenhaus«, keuchte Hendrik.

»Dann ist die Challenge vorbei. Für uns alle«, sagte Alex und schaute in die Gesichter der drei anderen.

»So ein Unsinn. Ich bin verletzt, und das hat nichts mit euch zu tun. Es ist ein Notfall«, wurde Hendrik deutlich und schien den Schmerz zu ignorieren.

»Alex hat recht. Lass uns erst einmal abwarten«, versuchte Spyros zu beschwichtigen.

»Ernsthaft jetzt? Du willst mich hier verrecken lassen ... wegen dieser lächerlichen Challenge?« Hendrik richtete seinen Oberkörper auf.

»Ganz ruhig«, meinte Tucker und drückte ihn zurück in seine Liegeposition. »Lass uns einfach nur in Ruhe überlegen, was wir jetzt als Nächstes tun. Außerdem wissen wir gar nicht, ob wirklich was gebrochen ist. Bei mir war es zuletzt genauso, und ich dachte Wunder, was passiert wäre. Einen kalten Wickel später war ich wieder auf den Beinen.«

»Ihr ... ihr seid verrückt. Ich muss ins Krankenhaus. Spyros, ruf b...bitte den Notdienst für mich an«, flehte Hendrik, der mittlerweile schweißgebadet auf dem Sofa lag.

»Wir sollten das gemeinsam entscheiden. Lasst uns erst einmal nachsehen, was wir hier an Tabletten, Salben und Verbandszeug haben«, suchte der nach einem Mittelweg.

»Dann rufe ich eben selbst an«, meinte Hendrik daraufhin. Er kramte sein Handy aus der Skijacke, doch es fiel zu Boden. Anni griff danach und hielt es fest. »Bist du verrückt geworden? Seid ihr alle verrückt geworden?«, konnte Hendrik es nicht fassen.

»Beruhige dich, Hendrik. Lass uns bitte erst einmal durchschnaufen und nach deinem Bein sehen. Dann können wir immer noch Lenard anrufen«, sagte Tucker und gab Spyros ein Zeichen, nach Schmerzmitteln zu suchen.

Alex streifte ihre Lederjacke ab und setzte sich auf den Sessel, um durchzuatmen. Sie fühlte sich erschöpft, was wichtig war, um ihre Euphorie zu unterdrücken. Endlich war die Challenge losgegangen, und der Auftakt hätte nicht besser orchestriert sein können.

Kapitel 34

Spyros

Spyros schossen unzählige Gedanken gleichzeitig durch den Kopf. Auf der einen Seite wollte er Hendrik helfen, auf der anderen Seite hatte Alex vielleicht recht. Was würde passieren, wenn Hendrik durch den Notfall das Chalet verlassen musste? Wäre dann die Challenge für alle vorbei und sein Traum vom großen Geld geplatzt? Würde er sein Startkapital für einen Schnösel aufgeben müssen, der im Grunde nichts für ihn übrighatte. Spyros kramte den Hängeschrank der Gästetoilette durch, der vollgepackt mit Arzneimitteln, Binden und Kompressen war. Ganz so, als hätte ihr ominöser Sponsor geahnt, dass so etwas passieren würde. Doch wahrscheinlich waren Unfälle und Verletzungen in den Bergen keine Seltenheit, sodass ein Arsenal an Medikamenten wohl zum Standard einer jeden Hütte gehörte. Er entschied sich für Tabletten mit Morphin und packte ein paar von den Kompressen ein. Vielleicht würde sich Hendrik nach Einnahme der Arznei etwas beruhigen und feststellen, dass alles halb so schlimm war.

Er kehrte ins Wohnzimmer zurück, wo Alex immer noch so entspannt im Sessel saß, als würde sie das gar nichts angehen, während Tucker und Anni beschwichtigend auf Hendrik einredeten.

»Hast du Schmerzmittel gefunden?«, fragte Tucker.

»Ich will nichts von dem Zeug, ruft sofort einen Arzt«, jammerte Hendrik, der all seine Gelassenheit abgelegt hatte.

Spyros öffnete die Verpackung mit den Tabletten, drückte zwei heraus und gab sie Hendrik mit einem Glas Wasser.

»Willst du mich etwa vergiften, Koch?«, kreischte der und schleuderte das Glas in Richtung Spyros, der rechtzeitig in Deckung ging. Es zerschellte an der Wand und zersprang in tausend Splitter.

»Gib mir die Tabletten!«, befahl Tucker.

Spyros drückte ihr die Schachtel in die Hand und musste ansehen, wie sie vier von den gelben Kapseln aus dem Aluminium herausdrückte.

»Alex, Spyros, Anni, ich brauche eure Hilfe«, sagte Tucker und deutete mit einem Nicken an, dass sie Hendrik im Zweifel auf dem Sofa fixieren sollten.

»Ihr seid wahnsinnig«, kreischte der und versuchte, von der Couch zu rollen, während sie zu viert um ihn herumstanden.

»Beruhige dich, mein Freund. Es ist doch nur zu deinem Besten. Das lindert deine Schmerzen, während wir versuchen, Lenard zu erreichen«, bemühte sich Spyros, besänftigend auf Hendrik einzuwirken.

»Ich will mich nicht beruhigen und du bist nicht mein Freund. Keiner von euch«, sagte Hendrik und öffnete die Hand für die Tabletten.

»Nichts da, darauf fallen wir nicht herein. Du bekommst sie direkt oral verabreicht. Das wird dir gefallen«, meinte - Tucker und hielt die Kapseln demonstrativ in die Luft.

»Ich verklage euch, sobald das hier vorbei ist«, drohte Hendrik und öffnete den Mund.

Sie warteten, bis er eingeschlafen war, bevor sie ihm die Skihose auszogen, um sein rechtes Bein in Augenschein zu nehmen. Das Knie war sichtlich angeschwollen, doch es zeigte keine äußeren Verletzungen.

»Scheint noch mal gut gegangen zu sein«, bemerkte Anni.

»Das kann man so nicht sagen«, erwiderte Tucker. »Es kann eine Überdehnung oder ein Kreuzbandriss oder ein Schienbeinbruch sein. Um sicherzugehen, müsste man es röntgen.«

»Wir sollten Lenard anfunken. Ich meine, es war einfach nur ein dummer Unfall, für den der Rest von uns nichts kann. Aber wir können ihn nicht einfach mit Tabletten vollstopfen und hoffen, dass es wieder besser wird«, mahnte Spyros, der sich unwohl dabei fühlte.

»Warten wir noch«, bestimmte Tucker. »Hol du ihm Boxershorts aus seinen Anziehsachen und dann packen wir ihn unter eine Decke und machen den Kamin an. Die Wärme wird ihm guttun. Wenn er wieder wach wird, bekommt er einen Glühwein und was Ordentliches zu essen. Danach sehen wir weiter!«

Spyros hatte einen großen Topf mit Spaghetti aufgesetzt und ließ eine Bolognese-Soße dazu köcheln. Schon als Jugendlicher hatte er bei einem guten Essen am besten die Gedanken ordnen und einen Masterplan entwickeln können. Die drei anderen hatten sich aufs Zimmer verzogen, um zu duschen oder ihre Social-Media-Kanäle zu kontrollieren, während Hendrik auf dem Sofa schlief. Spyros hatte heute noch keinen Beitrag hochgeladen und fühlte sich auch nicht danach. Doch es war ein Teil der Aufgabe, täglich frische Posts zu produzieren, und er würde sich noch etwas aus den Rippen schneiden müssen.

Wenig später kamen Tucker und Anni an den Küchentisch und merkten an, dass sie Hunger hätten. Alex folgte bereits fünf Minuten danach, sodass Spyros jedem eine große Portion Nudeln auf den Teller füllte.

»Was machen wir denn jetzt?«, fragte Anni und spielte nervös mit Hendriks Handy, das sie konfisziert hatten.

»Abwarten«, sagte Alex und trank einen großen Schluck von ihrem Bier.

»Wir müssen etwas unternehmen und Lenard kontaktieren«, schlug Spyros zum wiederholten Male vor.

»Dann ist es vorbei«, ächzte Tucker und schaute alarmiert in die Runde.

»Spyros hat recht. Wir müssen das melden. Und überhaupt, warum sollte es für uns vorbei sein? Es geht doch darum, gute Stories abzuliefern. Was hat das damit zu tun, ob wir zusammenbleiben«, meinte Anni.

»So sind halt die Regeln. Heißt ja nicht umsonst Challenge«, gab Tucker Kontra.

»Es heißt Messner-Challenge. Und dieser Messner hätte sicher nicht gewollt, dass jemand schwer verletzt im Chalet liegt und vor die Hunde geht«, antwortete Anni.

»Vielleicht ist Hendrik gar nicht schwer verletzt?«, bemerkte Tucker und kaute auf einer langen Nudel herum, die sie Stück für Stück verspeiste.

»Sei's drum. Wir müssen es melden und das möglichst bald.« Spyros ließ seinen eigenen Teller unangetastet, als müsste er zuvor noch etwas erledigen.

»Ich bin dagegen«, sagte Tucker und schüttelte energisch den Kopf.

»Dann lasst uns abstimmen«, schlug Anni vor und hob den rechten Arm. »Ich bin dafür, es zu melden.« Spyros zog augenblicklich nach und schaute zu Tucker und Alex hinüber, die ihre Gedanken zu sortieren schienen.

»Dagegen«, sagte Tucker.

»Dagegen«, kam es von Alex.

»Dann steht es unentschieden, und wir melden es«, erklärte Anni.

»Wieso, ist doch ein Patt?«, echauffierte sich Tucker und blickte giftig zu ihr rüber.

»Anni hat recht. Hendriks Stimme sollte auch zählen, und er wollte, dass wir Lenard kontaktieren«, sagte Spyros und erhob sich. »Ich gehe jetzt mein Laptop Holen, damit wir alle vor die Kamera passen.«

Kapitel 35

Messner-Chalet

Fünf Minuten später saßen sie gemeinsam am abgeräumten Küchentisch und starrten auf Spyros, der, mit Ausnahme von Alex, als Einziger ein Laptop mitgenommen hatte. Er hielt den Zettel mit dem Videolink zitternd in der Hand und schien mit sich zu hadern. Hendrik schlief wie ein Baby auf dem Sofa und würde von alledem nichts mitbekommen, so hofften sie zumindest, denn schließlich war nicht abzusehen, welche Konsequenzen sich aus dem Gespräch ergaben.

»Jetzt gib den Link schon ein«, drängte Anni und knabberte an ihren Fingernägeln.

»Tu es nicht. Noch ist es nicht zu spät«, warnte Tucker und war nicht minder aufgeregt.

Spyros tippte die Buchstaben in das Browserfenster und wartete, dass etwas passieren würde. Zwanzig Sekunden später öffnete sich ein Videofenster, und das Konterfei von Lenard erschien, der in einem Büro saß. Genau wie beim Kennenlernen im Chalet hatte er eine schwarze Krawatte umgebunden und wirkte freundlich und entschlossen.

»Guten Abend. Wie ich sehe, möchtet ihr die Challenge beenden«, begrüßte er sie zum Einstieg. Obwohl Spyros die Initiative ergriffen hatte, brachte er kein Wort heraus, sodass sich Tucker vor den Bildschirm drängte.

»So ist es nicht, Mister Lenard. Es ist vielmehr so, dass es einen von uns übel erwischt hat. Hendrik ist beim Skifahren gestürzt und hat sich vielleicht ein Bein gebrochen oder einen Kreuzbandriss geholt. Wir wissen es einfach nicht.«

»Also wollt ihr die Challenge beenden?«, fragte Lenard nochmals nach und lächelte freundlich.

»Nein, davon ist keine Rede. Hendrik müsste sie beenden. Wir bleiben hier«, grinste Tucker schief und blickte zu den drei Gefährten, die fleißig in die Kamera des Laptops nickten.

»Nun ja, das geht leider nicht. Die Spielregeln besagen, dass ihr es nur gemeinsam schaffen könnt oder das Chalet verlassen müsst«, erklärte Lenard und blieb ganz entspannt.

»Das ist uns schon klar, Mister Lenard, aber es ist eindeutig kein Spiel mehr, sondern jemand hat sich ernsthaft verletzt, und das kann Folgen haben, wenn wir ihn nicht in ein Krankenhaus bringen. Folgen für uns ... für Sie *und* Ihren Auftraggeber«, versuchte Tucker es mit einer leichten Drohung.

»Das liegt nicht in meiner Verantwortung, sondern in eurer. Ich habe die Spielregeln nicht gemacht und sorge nur für faire Bedingungen. In diesem Zusammenhang ist mir aufgefallen, dass ihr heute noch keine Beiträge publiziert habt. Dafür wird es langsam Zeit«, sagte Lenard und nickte beiläufig einer Person zu, die durch sein Büro schlenderte.

»Sie scheinen uns missverstanden zu haben, Herr Lenard, denn wir haben hier einen echten Notfall. SOS!«, drängte sich Anni in den Video-Chat und machte ein besorgtes Gesicht.

»Ich habe euch sehr gut verstanden, doch nun bedarf es einer einfachen Entscheidung. Ihr brecht jetzt ab, und wir schicken den Helikopter auf den Berg, sobald der Schneefall nachgelassen hat. Oder ihr bleibt gemeinsam oben und macht weiter«, erklärte Lenard und raschelte nebenbei mit ein paar Unterlagen herum. »Und bitte ruft mich nur noch mal an, wenn ihr eure Entscheidung bereits getroffen habt. Wie ihr seht, habe ich zu tun«, ergänzte er.

»Vielleicht können Sie die Sache ja mit Ihrem Auftraggeber besprechen, denn wir anderen vier sind bereit, alles zu geben und zu bleiben«, versuchte es Anni auf ein Neues.

»Beenden oder bleiben?«, kam es von Lenard.

Spyros presste beide Hände vors Gesicht, während Tucker und Alex Blicke austauschten, als schmiedeten sie an einem Plan.

»Eine Sekunde, Mister Lenard«, platzte Tucker heraus und gab den anderen das Zeichen, sich von der Kamera zu entfernen.

»Lasst uns doch bitte abwarten, wie es Hendrik morgen geht, dann können wir immer noch abbrechen. Doch vielleicht ist es nur eine harmlose Verstauchung, und wir verlieren unsere 100.000 Dollar für nichts und wieder nichts«, flüsterte sie und suchte in den Augen ihrer Mitstreiter nach einem Konsens.

»Einverstanden«, sagte Alex.

»Ja«, kam es nur von Anni.

Spyros schüttelte zunächst den Kopf, als könnte er die Idee nicht mittragen, doch aus dem Schütteln wurde kurzerhand ein Nicken, und er sagte schließlich ebenfalls »Ja«.

»Mister Lenard, wir bleiben«, sagte Tucker in die Kamera.

»Eure Entscheidung«, bemerkte Lenard, »und denkt dran, immer schön lächeln. Das habe ich ein wenig vermisst in letzter Zeit.« Er grinste in die Kamera und beendete die Videoschaltung.

Sie atmeten erleichtert auf und fühlten sich doch schuldig ... als hätten sie etwas Strafbares getan.

»Wer war das?«, ertönte eine kraftlose Stimme, und sie drehten sich gleichzeitig um.

Hendrik stand im Türrahmen zur Wohnküche und starrte vorwurfsvoll in ihre Richtung. »Habt ihr einen Helikopter für mich gerufen?«, fragte er fast flehentlich und sackte auf den Boden.

Kapitel 36

Tucker

Die dramatischen Klänge von Coldplays *Sunrise* begleiteten - Tuckers Blick über die glitzernde Eiswüste. Sie hatte sich einen der Stühle nah ans Fenster geschoben und ihre mobile Lautsprecherbox mit Spotify verbunden. Nach drei Tagen Schneefall war die Sonne zurückgekehrt und kündigte einen wundervollen Wintertag an. Die Welt dort draußen hatte etwas Friedliches an sich, was Balsam für ihre Seele war. Noch zwölfmal schlafen, dann würde sie mit einem kleinen Vermögen zurück nach Colorado fliegen und sich erHolen. Im Hintergrund prasselte das Duschwasser in Intervallen, und - Tucker wusste, dass sie noch genügend Zeit haben würde, um das Lied ein zweites oder drittes Mal zu hören. Anni würde noch eine Weile das Bad besetzen, und es gab für Tucker nichts Besseres zu tun, als der Musik zu lauschen und die schneebedeckten Berge zu bestaunen. Vor ein paar Tagen wäre sie um diese Uhrzeit schon mit dem Snowboard unterwegs gewesen, doch seit Hendriks Unfall war ihr einfach nicht danach gewesen. Tucker inspizierte das markante Weisshorn, dessen Gipfel einfach unbezwingbar wirkte. Seit jeher hatte das Unmögliche eine Anziehungskraft in Tucker ausgelöst, genauso wie der Ausbruch aus den Fängen ihres alten Lebens. Sie war stolz darauf, es aus Rock Springs heraus geschafft zu haben, und wollte ihr Geschäftsmodell mit dem Honorar der Challenge nun vergolden.

Hendrik lag mittlerweile isoliert auf seinem Zimmer, während Spyros in den Wohnbereich gezogen war, um dort auf der Couch zu schlafen. Sie wollten Hendrik Ruhe gönnen, damit er seine Verletzung auskurieren konnte, doch im Grunde genommen war es andersherum. Seit dem Videocall mit Lenard, bei dem sie den Verbleib besiegelt hatten, war Hendrik zu einem Pflegefall geworden. Das rechte Knie war angeschwollen wie eine Melone und schwarz von einem Bluterguss. Er wurde regelmäßig von Schmerzattacken heimgesucht und hatte hohes Fieber, sodass sie ihm Tabletten gaben, deren Wirkungsdauer täglich abnahm. Das kompensierten sie mit Alkohol, was gleichzeitig zur Folge hatte, dass Hendrik recht gelassen wirkte und nur noch selten nach dem Helikopter fragte. Zu den Mahlzeiten holten sie ihn aus dem Zimmer und setzten ihn in ihre Runde, auch wenn sein Temperament weit entfernt von jenem *Henry - Coonz* der ersten Tage war. Allerdings vermisste auch niemand seine unverschämten Sprüche, und so lösten sie sich allmählich vom schlechten Gewissen. Schließlich hatte sich sein Zustand stabilisiert und schon bald würde man Hendrik in einem Krankenhaus verarzten. Er musste nur noch etwas durchhalten. Ein Kinderspiel.

Tucker kam als Letztes an den Küchentisch und nahm sich ein Brötchen aus dem Korb, das noch warm vom Aufbacken war.

»Genieße es, es sind die letzten«, meinte Spyros und reichte ihr die Butter.

»Die letzten Brötchen? Aber Toast ist noch genügend da, oder?«, fragte Tucker und bestrich die obere Hälfte mit Butter und Erdbeerkonfitüre.

»Ich war heute Morgen selbst ein wenig überrascht, da die Gefriertruhen zuletzt noch gut gefüllt waren. Aber entweder haben wir es uns zu gut gehen lassen oder wir haben einen Bären im Haus«, scherzte Spyros.

»Sie werden es schon so geplant haben, dass es bis zum Ende reicht. Außerdem brauche ich nicht viel«, meinte Anni.

»Wo ist Hendrik?«, unterbrach Tucker ihre Vorratsdiskussion.

»Auf seinem Zimmer, nehme ich an«, sagte Anni.

»Wollen wir ihn nicht zu uns Holen?«, fragte Tucker.

»Wollen wir ihn nicht auf seinem Zimmer lassen?«, entgegnete Alex und kniff ihre Augen zusammen.

»Alex hat recht. Die Ruhe ist für den Heilungsprozess sicher besser, als wenn wir ihn hier ständig an den Tisch zerren. Außerdem werden die Tabletten langsam knapp, sodass er länger schlafen sollte«, bemerkte Spyros und griff zu einem zweiten Brötchen.

»In Anbetracht der schwindenden Bestände greifst du ganz schön zu«, bedachte Tucker ihn mit einer Spitze.

»Wie gesagt, ich muss es nochmals kontrollieren, denn eigentlich waren ausreichend Lebensmittel vorrätig. Und wir haben ja noch Toast«, ergänzte Spyros.

»Wie ist die aktuelle Challenge-Power?«, lenkte Anni die Runde mit einer Frage ab.

Jeder wusste, was mit dem Begriff gemeint war, und man griff unisono zum Handy.

Tucker öffnete die Instagram-App und musste einfach grinsen. Zweihundert neue Follower seit gestern Abend, dreitausend Likes und zweiundfünfzig Kommentare unter einem Bildbeitrag, der sie zu fünft mit einer Flasche Sekt vor dem Kamin zeigte. Sie hatten Hendrik für den Schnappschuss extra eine Jeans und einen Rollkragenpullover angezogen, damit er nicht verschlafen vor der Kamera posierte. Er sah krank und mitgenommen aus, obwohl Anni sich alle Mühe gegeben hatte, sein Gesicht mit einer FaceApp aufzupeppen. Doch seine Posts waren wichtig fürs Erfüllen ihrer Challenge, auch wenn sie ihm das Handy nicht mehr ausgehändigt hatten. Spyros passte darauf auf und hatte von Hendrik PIN-Code samt Zugangsdaten zum Instagram-Account erhalten – nach zwei Schmerztabletten und vier Gläsern Wein.

Eigentlich beschämend. Tucker zuckte bei dem Gedanken kurz zusammen, doch sie wusste selbst, dass zu viel auf dem Spiel stand.

»Tausend neue Fans«, lachte Anni und schüttelte mit dem Kopf.

»Bei mir die Hälfte ... und ein paar ziemlich coole Typen!«, ergänzte Spyros mit einem Grinsen.

»Alex?«, fragte Tucker, obwohl sie es selbst kontrollieren konnte.

»Um die achtzehnhundert«, sagte die nur knapp.

»Also jede Menge Challenge-Power«, zog Anni ein Fazit und leitete die nächste Frage ein. »Was machen wir heute?«

»Wellness«, schlug Tucker vor. »Wir haben seit der Poolparty nichts mehr aus dem Jacuzzi gepostet. Von der Sauna bisher gar nichts.«

»Was stellst du dir vor? Nacktfotos von uns allen?«, fragte Anni und zog eine Grimasse, als hätte sie damit ihre Erfahrungen gemacht.

»Das würde die Challenge-Power sicher erhöhen«, grinste Tucker und blickte in die Runde.

Spyros machte ein Gesicht, als wäre er nicht abgeneigt, doch Alex schüttelte energisch den Kopf.

»Komm schon, Alex, wir zerren dich auch nicht in den Pool«, spielte Tucker auf den Vorfall im Jacuzzi an.

»Ich kann nicht«, sagte sie nur, ohne eine Erklärung dafür abzugeben.

»Na gut, dann gehen wir gemeinsam in die Sauna. Mit Badehandtuch«, legte Tucker fest und schaute Alex dabei prüfend an. Die schien das Ganze sorgfältig auszuloten und stimmte am Ende zu.

Kapitel 37

Spyros

Spyros war erregt von der Idee, mit fremden Menschen eine Sauna zu besuchen, auch wenn die anderen Teilnehmer Frauen waren. Er räumte die Frühstücksteller in die Spülmaschine und füllte den Kühlschrank mit Vorräten aus der Tiefkühltruhe auf. Dabei musste er feststellen, dass er sich bei seiner letzten Prüfung stark verschätzt haben musste. Gerade einmal zwei Toastbrote waren dort noch eingefroren, und auch die markierten Beutel mit Fleisch, Tofu und Fisch ließen sich auf nur noch sechs beziffern. Wo waren all die Lebensmittel hin? Er riss die Schränke panikartig auf, um nach den Nudeln und Konservendosen zu schauen. Das gleiche Bild: zwei Beutel mit Spaghetti, eine Packung Tagliatelle, eine Kiste mit Kartoffeln und ein wenig Kohlgemüse. Nicht viel, um knapp zwei Wochen kulinarisch aufzutrumpfen. Eigentlich sogar zu wenig, um zu überleben. Wie konnte er sich so verschätzt haben? Spyros sah auf die zwei belegten Brötchen, die für Hendrik reserviert waren. Er wollte sie ihm bringen, sobald er mit der Küche fertig war. Jetzt nahm er eines wieder runter, packte es in Alufolie ein und verstaute es im Kühlschrank.

»Hey, Koch, was gibt es Leckeres?«, begrüßte ihn ein sichtlich angeschlagener Hendrik, der die Bettdecke bis zum Kinn gezogen hatte.

Es roch nach Schweiß und ... Urin, sodass Spyros erst einmal das Fenster öffnen musste.

»Riecht übel, was? Ich müsste mal auf die Toilette ...«, sagte er zu Spyros, der den Teller mit dem Brötchen auf dem Nachttisch abstellte.

»Soll ich dir helfen?«, fragte der und hoffte auf ein Nein.

»Wenn du mich nicht angrapschst«, sagte Hendrik und verzog das Gesicht zu einem schiefen Lachen.

»Keine Sorge, so, wie du aussiehst, bist du nicht mein Typ«, meinte Spyros und schob schnell ein »Entschuldigung!« hinterher.

»Schon in Ordnung«, hustete Hendrik. »Ich habe es wohl nicht anders verdient. Wenn du mich also vor dem Gang zum Frühstück noch aufs Klo begleiten könntest, damit ich ... Na, du weißt schon.«

»Ich habe dir dein Frühstück mitgebracht. Wir dachten, es ist einfacher für dich, wenn du es im Bett einnimmst«, erklärte Spyros und zog an Hendriks Decke, um ihm herauszuhelfen. Hendrik hielt zunächst dagegen, doch er hatte nicht genügend Kraft, die Decke festzuhalten. Der Anblick war verheerend. Hendriks Knie sah wie ein schwarzer Klumpen aus, der zu pulsieren schien. Zudem hatte er sich eingenässt und lag in seinem eigenen Urin.

»Tut mir leid, Koch«, sagte er nur und senkte seinen Blick nach unten. »Hast du mir meine Tabletten mitgebracht?«

»Später. Wir haben nur noch drei Schachteln. Für uns alle«, meinte Spyros und beschloss aufgrund der miesen Luft, seine eigenen Anziehsachen in den Wohnbereich zu überführen. Während Hendrik auf dem Klo saß, riss Spyros die Klamotten von der Stange und leerte seine Schubladen, um das Zeug im Wohnzimmer zu stapeln.

»Bin fertig«, kam es aus dem Badezimmer, und Spyros hielt die Luft an, um Hendrik zurück zum Bett zu begleiten, wo er sich auf die Kante setzte und in das halbe Brötchen biss. Zumindest hatte er sich kurz abgeduscht und seine Zähne geputzt.

»Schmeckt gut«, sagte er und starrte Spyros dabei an.

»Was ist? Bist du jetzt auch schwul geworden?«, meinte Spyros und war ein wenig irritiert.

»Touché!«, keuchte Hendrik zwischen zwei Bissen und lachte sogar leicht. »Ich glaube, mir geht es etwas besser, und ich kann selbst wieder für mich sorgen. Vielleicht kann ich den Hang hinunterrutschen und den Gletscher überqueren. Dann merkt dieser Lenard nicht einmal, dass ich fehle.«

Spyros konnte gar nicht glauben, was Hendrik sich in seinem Wahn ausgedacht hatte, und schüttelte energisch den Kopf. »Vergiss es! Du wirst gesund, und in zwölf Tagen holt uns der Helikopter ab. Du kannst den Gletscher nicht mehr überqueren, es hat zu viel geschneit«, versuchte es Spyros mit dem Totschlagargument.

»Ja, das habe ich mitbekommen. Aber schau selbst, jetzt scheint die Sonne, und nach der Dusche fühle ich mich fit. Jetzt noch zwei Tabletten, und du wirst sehen, dass ich wieder ganz der Alte bin. Zudem hätte ich gern mein Handy wieder.«

»Dein Knie sieht nicht gut aus. Und wenn du ganz der Alte wärst, hättest du mich schon dreimal beleidigt und Anni heftig angebaggert. Das Handy ist tabu, solange wir nicht alle davon überzeugt sind, die Challenge abzubrechen. Tut mir leid, Kumpel«, versuchte Spyros es im Guten und überlegte, was er mit Hendriks eingenässtem Laken machen sollte.

»Punkt für dich, Koch«, japste Hendrik und legte sich wieder hin.

»Warte, wir sollten das Laken vorher wechseln«, meinte Spyros, der beim Anblick Ekel verspürte.

»Halb so schlimm. Das trocknet ganz von selbst. Bring mir einfach meine Medizin«, verlangte Hendrik und verzog das Gesicht, als wäre der Schmerz zu ihm zurückgekehrt.

»Wenn du meinst«, sagte Spyros und war erleichtert, nicht die Schmutzwäsche seines Zimmergenossen reinigen zu müssen ... Ex-Zimmergenossen, um genau zu sein.

Kapitel 38

Hendrik

Er wanderte zwischen den Welten, die er selbst als Traum und Schmerz bezeichnete. Immer wenn er seine Medikamente eingenommen hatte, brauchte er nur bis zwanzig zu zählen, und der Traum flimmerte wie ein Hollywood-Film vor seinen Augen. Mal war er mit Virgina auf einem abenteuerlichen Dreh, der unweigerlich in einer Bettszene endete, ein anderes Mal saß er mit Anni in der Sauna, was auch zu wildem Sex führte. Hin und wieder war er sogar in Panama City und sah sich nach größeren Apartments mit Aussicht um. In dieser Zeit bekam er vom Leben im Chalet kaum etwas mit, und er war im Grunde froh darüber. Die gemeinsamen Runden am Esstisch strengten ihn an, die Fotoshootings waren albern und führten ihm das Dilemma seines Unfalls nur vor Augen: *Keep smiling, auch wenn es dir im Grunde dreckig geht.* Meist führten diese sozialen Happenings geradewegs in die Schmerzphase, die ein Albtraum für ihn war. Das Knie war gezerrt, gebrochen, gerissen oder einfach nur zertrümmert. Er wusste es nicht. Das waren die Momente, wo er seine Mitbewohner hasste und sie am liebsten alle umgebracht hätte. Doch er war zu schwach, um sich zu wehren, und konnte nicht mal Unterstützung Holen, da sein Rechner in Panama geblieben war und sie ihm das Handy abgenommen hatten. Zu seinem Schutz, wie sie behaupteten, genauso, wie sie stets betonten, dass es in seinem eigenen Interesse sei, dass sie zusammenblieben. Bald würde es ihm besser gehen und er wäre um 100.000 Dollar reicher. In der Traumwelt war ihm alles nur egal, und er war sich sicher, die Zeit zu überstehen, doch in der Schmerzwelt hätte er sonst was für eine Waffe gegeben, um sie alle kaltzumachen. Egal mit welcher Konsequenz.

Spyros hatte sein Zimmer vor einer guten Stunde verlassen, um ihm Medizin zu Holen. Vor vierundsechzig Minuten, um exakt zu sein. Er wusste es so genau, da zu seiner Schmerzwelt jene rote Kuckucksuhr gehörte, die im Sichtfeld gegenüber an der Wand hing. Nicht so ein altmodisches Ding aus dem Schwarzwald, sondern ein Replikat aus rotem Plastik, das mit einem Schweizer Kreuz versehen war. Und dieses Ding tickte quälend langsam, wenn er Schmerzen hatte, so wie jetzt. Viel Zeit würde ihm nicht bleiben, bevor es unerträglich werden würde, sodass er schleunigst handeln musste.

»Hey, Koch, wo bleibst du?«, rief er in den Raum hinein, doch die geschlossene Tür dämpfte seine Worte.

»Ist sonst jemand von euch da?«, legte er erfolglos nach.

Hendrik setzte sich auf die Bettkante und betrachtete sein rechtes Knie. Er betastete es mit den Fingern und drückte leicht auf das Gelenk, was einen Schmerzmoment auslöste. Obwohl es höllisch wehtat, konnte er sein Bein bewegen, ja, er konnte sogar ein paar Schritte laufen, ohne dass er einknickte. Vielleicht würde es bald wieder besser werden, schöpfte er Hoffnung und tapste Richtung Zimmertür. Er öffnete sie Stück für Stück und starrte in den leeren Gang. Alle schienen ausgeflogen zu sein, die Zimmertüren waren fest verschlossen. Hendrik humpelte auf dem rechten Bein ins Wohnzimmer und setzte sich in den Sessel vor den Kamin. Auf einem der Sofas lag Bettzeug, dahinter hatte Spyros seine Anziehsachen aufgestapelt.

»Hallo, ist jemand von euch da?«, rief er in die Stille hinein, ohne eine Antwort zu erhalten. Wahrscheinlich waren sie alle draußen, glaubte Hendrik und erhob sich, um die Küche aufzusuchen.

Der Tisch war leer, bis auf eine Schale, die zu Beginn des Aufenthalts mit Obst gefüllt gewesen war. Jetzt lag darin der Zettel mit dem Videolink. Er schob das Stück Papier unter seine Boxershorts und öffnete die Schubladen der Schrankwand. Hätte er sich früher mal um die Details der Kücheneinrichtung gekümmert, dann bräuchte er jetzt nicht auf Töpfe, Gläser und Besteck zu starren, denn irgendwo mussten schließlich die Tabletten sein.

Er fand sie wenig später in dem Kosmetikschrank im Gästebad und stopfte sich gleich zwei davon in den Mund. Spyros hatte recht gehabt: Allzu viele Schachteln gab es nicht mehr. Zwei, um genau zu sein, und bei seinem täglichen Konsum, wären die in ein paar Tagen aufgebraucht. Er entfernte einen Blister und legte den Rest zurück in den Schrank, um keine Spuren zu hinterlassen. Seltsam, dachte er sich in diesem Augenblick, denn es fühlte sich nach illegalem Schnüffeln an, obwohl er Teil ihrer Gemeinschaft war. Ohne ihn würden sie das Ziel niemals erreichen. Keiner von ihnen. Dabei schoss ihm ein weiterer Gedanke durch den Kopf, der sich wie eine Zecke an der Hirnhaut festzubeißen schien. Was wäre, wenn einem von ihnen etwas passieren würde, doch niemand was davon erführe? Wenn er am Ende einfach fehlte? Wäre die Challenge trotzdem bestanden?

Hendrik öffnete den Kühlschrank und holte sich ein Bier heraus. Dabei entdeckte er das belegte Käsebrötchen, das er in vier großen Bissen aufaß – als müsste er sich beeilen, um nicht von den anderen entdeckt zu werden. Das Bier tat gut, und mit der einsetzenden Wirkung der Tabletten fühlte er sich gleich noch etwas besser. Vielleicht sollte er das Chalet verlassen, um nach den anderen zu sehen? Doch in Anbetracht ihres Verhaltens fühlte er sich wie ein Außenseiter. Ausgerechnet er, der vor dem Unfall noch der Wortführer der kleinen Gruppe gewesen war. Wie schnell sich die Dinge ändern konnten.

Er stellte die leere Bierflasche zurück in den Kasten und räumte den Teller in die Spülmaschine. Danach schleppte er sich zurück an den Kamin, wo sein Blick auf Spyros' Bettzeug fiel. Ein schwarzes Display lugte zwischen den Kissen hervor, und Hendrik kramte nach dem Handy. Es war leider nicht seins. Es musste Spyros gehören, der es liegen gelassen hatte. Beim Berühren des Displays tauchte das bekannte Nummernfeld für den PIN-Code auf, den er nicht kannte. Aber vielleicht würde ihm dazu etwas einfallen, dachte sich Hendrik, steckte das Smartphone ein und ging zurück aufs Zimmer. Es war Zeit für seine Traumwelt, denn Virgina würde sicherlich schon auf ihn warten.

Kapitel 39

Alex

Es fühlte sich für sie nach einem großen Fehler an. Und obwohl es nicht zu spät war, ihn zu revidieren, lief sie wie ein Schaf auf eine Schlachtbank zu. Eigentlich konnte sie nicht mit ihnen gemeinsam in die Sauna gehen, so viel war ihr klar. Doch ihre Rolle verlangte danach, das Spiel noch ein paar Runden mitzuspielen. Sie musste dazugehören und den *Fame* der anderen spüren. Über fünfzehntausend Follower hatte sie bereits auf Instagram, obwohl sie vor einer guten Woche noch ein Niemand gewesen war, ja nicht mal existent. Zumindest nicht in dieser Form. Alex überlegte hin und her, wie sie es lösen könnte, und stöberte in ihren Anziehsachen herum. Sie hatte nicht mal einen Badeanzug oder Bikini eingepackt. Wozu auch? Also zog sie sich nackt aus, schlüpfte in den Bademantel und stapfte durch den Schnee in Richtung Sauna.

Während sich Tucker auf dem oberen Brett platziert hatte und ihren Körper ungeniert zur Schau stellte, saßen Anni und Spyros auf der unteren Verstrebung mit einem Handtuch um die Hüften. Sie hatten alle ein Sektglas in der Hand und prosteten Alex zu, die ratlos vor dem großen Panoramafenster stand.

Sie öffnete die Tür und wurde von der Hitze fast erschlagen.

»Hey, Alex ist da!«, bemerkte Tucker und griff direkt zum Saunalöffel, um einen Aufguss zu bereiten.

»Nicht wirklich«, sagte Alex, unschlüssig, was sie als Nächstes tun sollte.

»Wenn du mitmachen möchtest, dann solltest du die Tür schließen und den Bademantel ablegen«, grinste Tucker und setzte sich zurück auf ihren Platz.

»Ja, Alex. Das tut richtig gut«, meinte Spyros, dem der Schweiß in Rinnsalen von der Stirn tropfte.

»Wie gesagt, das ist nichts für mich«, wiederholte sich Alex. »Lasst uns unser Foto machen, und dann bin ich wieder weg.«

»Was haltet ihr davon, wenn wir ein Foto durch die Scheibe machen?«, meinte Anni.

»Ganz toll. Dann ist niemand von uns drauf«, bemerkte - Tucker und verdrehte die Augen.

»Nicht von hier nach draußen, sondern umgekehrt. Die Kamera knipst uns von außen nach innen. Durch die Spiegelung wirkt es wie ein Filter, was in Anbetracht der fehlenden Garderobe sicherlich von Vorteil ist. Sonst sperrt uns Instagram, und die Challenge wäre over«, meinte Anni grinsend.

»Geile Idee«, quittierte Tucker, »doch wie sollen wir das Smartphone dort postieren? Oder willst du Hendrik aus dem Bett zerren?«

»Das ist kein Problem«, meinte Spyros, »ich habe zwar mein Stativ auf Mallorca lassen müssen, doch ich weiß, wo eine Trittleiter ist. Bei der Gelegenheit Hole ich mein Handy und baue alles auf.«

Spyros legte sein Handtuch ab, ging splitternackt an Alex vorbei und griff zu einem der Bademäntel, die an dem Haken vor der Tür hingen.

»Alex, jetzt tau mal auf, leg ab und hock dich auf die Planken«, meinte Tucker und streckte ihre Beine aus.

»Ich warte draußen«, sagte Alex nur und setzte sich auf den Rand des Jacuzzis.

Fünf Minuten später kam Spyros aufgebracht mit einer Trittleiter zurück und stürmte in die Sauna.

»Ich kann mein Handy nicht finden. Hat es jemand von euch gesehen?«, fragte er in die kopfschüttelnde Runde.

»Du kannst mit meinem fotografieren«, meinte Alex.

»Oder nimm meins. Es ist im Bademantel«, sagte Anni und strafte Alex mit einem bösen Blick.

Spyros entschied sich für die zweite Variante und stellte Annis Smartphone auf die ausgeklappte Trittleiter. Er machte einen Probeschuss und kontrollierte das Ergebnis.

»Also, Alex, wenn du mit dabei sein willst, dann musst du jetzt wohl wieder rein und deinen Bademantel ablegen. Sonst sieht es wirklich komisch aus«, meinte Spyros und wartete auf ihre Reaktion.

Während sich Anni und Tucker bereits auf der unteren Bank platziert hatten, zögerte Alex noch. Auch Anni hatte ihr Handtuch nun gelöst und saß mit verschränkten Armen vor ihrem perfekt geformten Busen.

»Ich aktiviere den Auslöser und komme als Letztes mit hinzu«, schlug Alex vor.

»Okay«, meinte Spyros, der froh darüber schien, noch ein wenig Zeit zur Vorbereitung für den Schuss zu haben. Er hängte den Bademantel zurück an seinen Haken und setzte sich neben die zwei Frauen. Alex überlegte fieberhaft, wo sie sich platzieren könnte, damit man möglichst wenig von ihr sah.

»Wenn du auslöst, hast du noch zehn Sekunden«, rief Spyros ihr zu.

Alex drückte auf den Knopf und eilte schnellen Schrittes in die Sauna. Ihre drei Gefährten schauten konzentriert nach draußen, während sie sich hinter ihnen auf die obere Bank setzte. Sie öffnete den Bademantel bis zur Hälfte, duckte sich und versuchte, hinter den drei Oberkörpern möglichst zu verschwinden. Ihr Herz pochte so laut, dass sie befürchtete, die drei würden es hören und sich nach ihr umdrehen. Doch die waren anscheinend viel zu sehr damit beschäftigt, mit eingefrorenem Lächeln in die Kamera zu blinzeln, um auch nur daran zu denken. Alex zählte im Kopf die Sekunden herunter und bedeckte sich danach wieder mit ihrem Bademantel. Der Hokuspokus war vorbei, und sie war noch einmal davongekommen.

»Du hast doch nicht etwa in deinem Bademantel dagesessen«, beschwerte sich Tucker, die nach dem Foto neugierig nach oben blickte.

»Schau nach, dann siehst du es«, sagte Alex nur, stand auf und verließ die Sauna.

Kapitel 40

Anni

Anni saß am Küchentisch und wischte über ihren Touchscreen. Gar nicht so einfach, alle erogenen Zonen aus dem Foto herauszuretuschieren, musste sie leidvoll feststellen.

»Du hättest deinen Schwanz verdecken können«, sagte sie zu Spyros, der alle Schubladen und Schränke öffnete und wieder schloss.

»Wo ist nur das verdammte Handy?«, grummelte er, ohne auf Annis Kommentar zu antworten.

Sie öffnete den Reparaturmodus ihrer Bildbearbeitungs-App und wischte über Spyros' Penis, um eine neutrale Fläche zu erzeugen. Danach platzierte sie einen weißen Störer über Tuckers Brüsten und zauberte ein Hollywood-Lächeln auf ihre Lippen. Nur Alex musste nicht bearbeitet werden, da sie auf dem Foto kaum zu sehen war. Lediglich die Stirn und ihre blauen Augen blitzten hinter Spyros Kopf hervor, ansonsten sah man nur Fragmente ihrer Haut. Sie musste für den Augenblick tatsächlich ihren Bademantel geöffnet haben, doch sie hatte sich geduckt und war somit hinter Tucker und Spyros nahezu verschwunden. Nur durch Tuckers angewinkelten Arm konnte man etwas erkennen. Anni zoomte die Stelle heran und glaubte, eine Brustwarze erkannt zu haben. Tiefbraun, mit minimaler Wölbung auf einem durchtrainierten Muskel. Sieht fast wie eine Männerbrust aus, dachte Anni und zoomte den Ausschnitt näher heran. Die Pixelgröße war jedoch nicht ausreichend, um Einzelheiten zu erkennen, und das Bild verlor an Schärfe.

»Du, Spyros, komm doch mal!«, forderte sie ihn auf, doch der flitzte rastlos in Richtung Wohnzimmer.

»Gleich, Anni, zunächst muss ich mein Handy finden«, gab er geistesabwesend durch und wirbelte seine Klamotten durcheinander.

Anni machte einen Screenshot von dem Brustwarzendetail und beschloss, das Foto später mit Tucker und Spyros zu diskutieren. In der Zwischenzeit bereitete sie das Posting vor und teilte das Bild auf Instagram.

Heiße Gedanken mit meinen Besties, schrieb sie unter den Beitrag und fügte den Hashtag *messnerChallenge* hinzu, der mittlerweile auch von ihren Followern genutzt wurde. Einige der Fans hatten sich sogar ein Airbnb gemietet, um dort mit wildfremden Menschen drei Wochen lang verrückte Dinge zu erleben. Ganz so, als hätten sie mit dieser Challenge einen neuen Trend auf Instagram kreiert.

Schon interessant, wie sich die Dinge hier entwickelt hatten, dachte Anni. Bis auf Hendriks Missgeschick war es bisher eine spannende Zeit gewesen. Zumindest konnte sie mit Tucker und Spyros deutlich mehr anfangen als mit den Gestalten aus der Modewelt. Dabei musste sie unwillkürlich an Victoria denken. Diese hatte anfangs noch im Stunden-Rhythmus Nachrichten an sie verschickt und damit gedroht, Anni zu verklagen. Irgendwann war es dann weniger geworden, und seit zwei Tagen war es still um ihre alten Schatten. Hendrik hingegen war ein anderes Kaliber, denn sein Gestöhne und Gejammer erinnerte sie fortan an die Leiche, die sie alle vier im Keller hatten. Natürlich wussten sie, dass Hendrik in ein Krankenhaus gehörte, doch auf der anderen Seite stand jede Menge auf dem Spiel. Also redeten sie sich selbst und Hendrik ein, dass ein paar zusätzliche Tage ohne einen Arzt die Sache auch nicht schlimmer machen würde. Am Anfang war es hart gewesen, denn Hendrik hatte sich nach Kräften gewehrt, doch Spyros hatte ihm schnell klar gemacht, dass es Tabletten nur für Einsicht und gutes Betragen geben würde. Danach war es besser gelaufen, denn das Morphin gepaart mit Wein und Bier, hatte ihn schlafen und verbal tatsächlich handzahm werden lassen. Anni hatte mittlerweile sogar das Gefühl, dass er selbst durchhalten und bleiben wollte, um das Geld am Ende einzustreichen. Und das war ein gutes Gefühl, denn es reinigte die Seele und entlastete das Gewissen.

Anni öffnete den Kühlschrank, um sich einen Joghurt herauszuHolen, doch es war keiner mehr da. Sie suchte in den Vorratsschränken nach einer Alternative, stieß jedoch nur auf Nudelpackungen, Kohlgemüse und ein paar restliche Kartoffeln. Sie ging ins Wohnzimmer, wo Spyros in seinen Hosen- und Jackentaschen verzweifelt nach dem Handy kramte.

»Haben wir noch Joghurt oder Müsli?«, fragte sie ihn und bekam ein gequältes Kopfschütteln als Antwort.

»Haben wir vielleicht Schokolade?«, hakte Anni nach, die Lust auf einen Snack hatte.

»Keine Ahnung«, sagte Spyros, »viel wichtiger ist mir gerade mein Handy. Es muss doch irgendwo sein.«

»Vielleicht hast du es draußen im Schnee verloren. In der Sauna oder am Jacuzzi. Viel weiter bist du bisher nicht gekommen. Was ist mit Hendriks iPhone?«, fragte Anni, die wusste, dass Spyros es für ihn verwahrte.

»Das ist da.«

»Dann nimm doch seins. Er braucht es gerade nicht, und das Posten hast du für ihn eh schon übernommen«, bemerkte Anni.

»Warum sagst du das so giftig? Das haben wir doch gemeinschaftlich entschieden, und Hendrik hat dem zugestimmt. Er hat mir seine Zugangsdaten für Instagram gegeben«, verteidigte sich Spyros und stoppte seine Suche.

»War nicht böse gemeint. Such du nach deinem Handy, ich such mir was Essbares«, sagte Anni und tänzelte auf Socken zurück in Richtung Küche.

»Vielleicht wartest du lieber noch etwas«, meinte Spyros und legte eine sorgenvolle Miene auf.

»Worauf?«

»Aufs Abendessen. Wir haben nicht mehr ganz so viele Vorräte«, stammelte Spyros.

»Aufs Abendessen? Es ist noch nicht mal Mittag«, schüttelte Anni den Kopf und schob ein Weißbrot in den Toaster.

Kapitel 41

Alex

»Was ist dein Geheimnis, Alex?«, fragte Anni und tauschte einen Blick mit Tucker aus, den Alex nicht bemerken sollte.

Doch sie hatte ihn bemerkt und war entsprechend alarmiert. »Was meinst du?«, fragte sie zurück, um etwas Zeit zu gewinnen.

»Das ist ein Spiel. Jeder muss etwas von sich preisgeben, das bisher noch keiner weiß.«

»Zum Beispiel?«, fragte Alex.

»Zum Beispiel haben mich anfangs in der Schule alle für einen Jungen gehalten, weil ich immer kurze Haare hatte und angeblich die Mitschüler geboxt habe«, ging Anni voran.

»Du mit kurzen Haaren?« Tucker war erstaunt. »Das kann ich mir kaum vorstellen. Also mein Geheimnis ist die erste Tätowierung. Die habe ich mir mit fünfzehn Jahren illegal auf einem Campingplatz in Rock Springs stechen lassen. Zu Hause bin ich anschließend mit einem Pflaster herumgelaufen, damit meine Mutter es nicht mitbekommt.« Tucker schob den rechten Ärmel ihres Shirts nach oben und zeigte einen dilettantisch gestochenen Drachen, der eine Schlange zu verspeisen schien.

»Es wäre jetzt ein guter Augenblick, mich als schwul zu outen, doch das haben wir bereits hinter uns«, übernahm Spyros die nächste Runde. »Von daher kann ich euch nur sagen, was ich mit dem Geld aus dieser Challenge machen werde.«

»Das zählt nicht, Spyros. Es muss etwas sein, das bereits stattgefunden hat. Was Geheimnisvolles, Ekelhaftes oder absolut Verwerfliches, ganz egal«, erklärte Anni ihm die Spielregeln.

»Ich habe den Großteil meiner coolen Kommentare aus dem Internet geklaut und als meine eigenen ausgegeben«, sagte Spyros.

»Na ja. Ein bisschen langweilig, aber es zählt. Schließlich haben wir wohl alle unsere Fans schon mal verarscht und mit Plattitüden aus dem Internet versorgt«, meinte Anni und schaute wieder Alex an. »Also, was ist dein Geheimnis, das noch niemand von uns kennt?«

»Keine Ahnung. Ich bin nicht so ein interessanter Mensch«, sagte Alex und hoffte, damit durchzukommen.

»Doch ... mit Sicherheit. Wir wissen gar nichts über dich. Was machst du zum Beispiel beruflich? Anscheinend hast du mit dem Bloggen ja erst angefangen«, fragte Anni nach.

»Ich programmiere«, blieb Alex bei der Wahrheit.

»Du programmierst?«, fragte Tucker, als könnte sie es gar nicht glauben.

»Was ist dabei?«, fragte Alex.

»Na ja, ich kenne keine Mädels, die Programme oder Websites coden«, sagte Tucker und schaute Alex an, als würde sie ihr kein Wort glauben.

»Dann kennst du jetzt eins«, sagte Alex.

»Ich finde das total spannend, denn in meiner Abschlussklasse hatten wir auch ein Mädchen, das auf Informatik stand. Sie war lesbisch«, meinte Anni.

»Siehst du, gibt also doch Mädchen, die programmieren können«, erwiderte Alex und merkte, wie Schweiß in ihre Achselhöhlen schoss.

»Was programmierst du denn so?«, fragte Tucker.

»Sicherheitsprogramme.«

»So Zeug, um die Hacker fernzuhalten?«, kam es von Anni.

»Ja, so in etwa.«

»Das ist doch megainteressant. So etwas könnte ich gebrauchen, um die Schatten meines letzten Auftrags loszuwerden«, sagte Anni und schaute dabei zu Tucker, die vor einer Flasche Bier saß, von der sie bisher nichts getrunken hatte.

»Ist eher Software für Unternehmen«, sagte Alex.

»Und warum möchtest du auf Instagram durchstarten? Verdient man beim Programmieren nicht genug?«, fragte Anni eine Spur zu bissig, als dass man den Unterton hätte überhören können.

»Ich wollte sehen, wie es funktioniert. Das mit dem Ruhm und der Community. Ist für ein Projekt«, erklärte Alex, der von der Fragerei langsam etwas mulmig wurde. »Jetzt kennt ihr mein Geheimnis. Von daher können wir jetzt Abendessen machen, ich habe nämlich Hunger«, ging sie schließlich in die Offensive.

»Da kommen wir gleich zu einem weiteren Geheimnis«, grätschte Spyros dazwischen. »Wir haben nämlich nicht mehr viel, was man zu einem Dinner machen könnte. Von daher müssen wir uns einschränken, wenn wir bis zum Ende durchhalten wollen.«

»Wie meinst du das?«, fragte Tucker. »Als wir eingezogen sind, hast du doch behauptet, es würde locker für zwei Monate genügen.«

»Das hatte ich gedacht. Aber jetzt sind nur noch Lebensmittel für eine knappe Woche da, falls ich nichts übersehen habe. Irgendwie ist was abhandengekommen«, sagte Spyros und senkte seinen Blick nach unten.

»Wie kann das sein? Hier kommt doch nichts abhanden. Wer sollte Nudeln, Brot oder eingefrorene Tofuwürste stehlen? Außer uns ist niemand hier, und es gibt auch keine wilden Tiere«, argumentierte Tucker, die beherzt zur Bierflasche griff.

»Ich weiß es nicht. Vor ein paar Tagen war noch alles gut gefüllt, und jetzt sind unsere Vorräte fast aufgebraucht«, meinte Spyros und zeigte auf Tuckers Bier. «Davon ist leider auch nicht mehr viel übrig.«

»So hat jeder sein Geheimnis«, sagte Alex und seufzte, um dem Satz Gewicht zu geben.

»Was willst du damit sagen?«, fragte Spyros und starrte Alex feindlich an.

»Nichts. Gar nichts«, brachte sie heraus und lehnte sich zurück.

Der Zeitpunkt dieser Fragerunde war ein wenig überraschend gekommen, und Alex hasste Überraschungen. Sie würde den Gegendruck erhöhen müssen, um nicht vor eine Wand gestellt oder enttarnt zu werden. Das wäre zu früh, *viel* zu früh.

Kapitel 42

Anni

Sie lagen nebeneinander auf Annis Bett, als wären sie die besten Freundinnen. Dabei starrten sie gemeinsam auf das Foto aus der Sauna, das bei Anni bereits 8.534 Likes und über zweihundert Kommentare eingesammelt hatte. Ein respektabler Erfolg, doch sie interessierten sich weniger für die Performance dieses Beitrags als für ein Detail, das bei jedem Zoomen unscharf wurde.

»Nicht jede Frau hat so schöne Titten wie du, Schneewittchen«, meinte Tucker und drückte ihren Kopf zurück aufs Kissen.

»Na ja, ich habe nachgeholfen. Dennoch sieht es bei Alex irgendwie komisch aus, und sie benimmt sich auch so seltsam. Mag sich nicht vor anderen ausziehen, geht nicht in den Jacuzzi und erzählt nichts aus ihrem Leben. Wir wissen im Grunde gar nichts über sie«, sagte Anni und legte das Handy auf den Nachttisch.

»Was willst du damit sagen? Sie ist ein Transvestit und möchte das für sich behalten? Und wenn schon, Spyros ist schwul und hat es vorher auch noch niemandem gesagt. Du hast künstliche Titten und hängst es auch nicht an die große Glocke. Hendrik dreht irgendso ein Steuerding in Panama und hat es nur versehentlich in unserer Saunarunde ausgeplaudert. Ich meine, jeder bescheißt doch, wo er kann. Wir sind schließlich Influencer«, grinste Tucker und legte sich zurück aufs eigene Bett.

»Trotzdem stimmt da etwas nicht«, sagte Anni. »Ich bin die Meisterin der Escape Games, du erinnerst dich? Und ich werde es herausfinden«, fügte sie hinzu.

»All right, Miss Marple«, lachte Tucker.

»Auch dein Geheimnis wird vor mir nicht sicher sein«, sagte Anni mehr aus Jux, doch Tucker klappte der Kiefer leicht nach unten.

»Nur zu, Prinzessin. Nur zu. Mir machen Spyros und seine Vorratsplanung mehr Sorgen als die Geheimnisse von Alex. Kann doch nicht sein, dass wir plötzlich kaum noch was zu essen haben. Außerdem sieht er nicht gerade unterernährt aus«, meinte Tucker.

Anni musste darüber nachdenken, hatte sie in Spyros doch bisher den schüchternen Freund gesehen, der alles für die Gemeinschaft tat. Er hatte von Anfang an die Küche und das Kochen übernommen, was zur Folge hatte, dass nur er den Überblick über die Vorräte und deren Lagerung besaß.

»Was willst du damit sagen?«, fragte sie Tucker. »Dass Spyros absichtlich Lebensmittel unterschlägt oder versteckt?«

»Oder dass er mit dem Challenge-Team unter einer Decke steckt?«, flüsterte Tucker und lachte laut auf, als Anni große Augen machte.

»Meinst du das ernst?«, fragte sie, weil sie es kaum glauben konnte.

»Nein, das war ein Spaß. Trotzdem ist es seltsam, dass wir kaum noch etwas haben. Und ich finde es bedenklich, dass er Hendrik gestern nichts gebracht hat«, meinte Tucker.

»Du hast ihm ja auch nichts gebracht«, sagte Anni.

»Du auch nicht, Prinzessin.«

Sie schwiegen für eine gefühlte Ewigkeit, dabei waren es vielleicht nur zwei Minuten.

»Du hast recht. Wir sollten ihn morgen früh besuchen und mal wieder Bilder mit ihm machen«, brachte Anni ihren Vorschlag.

»Wie edel von dir. Noch ein paar Follower von ihm abschöpfen, bevor er einen Abgang macht.«

»So war das nicht gemeint. Ich dachte eher, dass es ihm guttun würde, wieder mit uns und den normalen Dingen zu tun zu haben. Außerdem, was heißt hier Abgang?«, fragte Anni und drehte sich mit pochendem Herzen zu Tucker um.

»Was soll das schon heißen? Seine Verletzung muss behandelt werden, wir betäuben ihn, damit er seine Klappe hält, und jetzt setzen wir ihn auf Diät. Wenn es so weitergeht, wird es kein gutes Ende mit ihm nehmen«, sagte Tucker und atmete mit einem Seufzer aus.

Kapitel 43

Hendrik

Hendrik lag im Dunkeln seines Zimmers und starrte an die Decke – wie in der ersten Nacht, als sie ins Chalet gezogen waren. Damals war er drauf und dran gewesen, den Ort noch zu verlassen, doch er hatte verschlafen und der Helikopter war ohne ihn verschwunden. Man hatte ihn zurückgelassen, damals so wie heute. Er hörte ihre Stimmen, wie sie in der Küche oder vor dem Kamin saßen und lachten. Über ihn lachten? Er hatte darauf gewartet, dass sie ihn abHolen würden, um mit ihm zu essen, zu reden oder blöde Fotos aufzunehmen. Doch sie waren seit zwei Tagen nicht bei ihm gewesen. Viel schlimmer noch, sie hatten seine Medizin und sein Essen rationiert. Gut, dass er noch die Tabletten von seinem kleinen Ausflug hatte, sonst hätte er kaum einschlafen können. Doch jetzt war er wach, spürte sein pochendes Knie und hatte einen Bärenhunger.

Er setzte sich auf und versuchte, in die Vertikale zu kommen. Obwohl sich das Kniegelenk anfühlte, als wäre es falsch eingedreht, wollte er nach Spyros suchen. Hunger und Schmerzen waren das eine, der Zugangscode für Spyros' Handy das andere Anliegen, das es zu vertreten galt. Er humpelte zur Zimmertür und öffnete sie einen Spalt, um vom Schnarchen seines ehemaligen Zimmergenossen begrüßt zu werden.

»Hey, Koch. Wach auf!«, flüsterte er in den Gang hinein, in der Hoffnung, dass die Worte Wirkung zeigten. »Hey, Koch. Ich hab Kohldampf!«, versuchte er es lauter.

Das Schnarchen nahm sein jähes Ende, und es raschelte im Wohnzimmer. Wenig später hörte Hendrik Schritte auf sich zukommen, sodass er sich dazu entschied, zurück ins Bett zu kriechen. Niemand brauchte wissen, dass er eigenständig humpeln konnte.

»Was willst du mitten in der Nacht von mir?«, rief Spyros, als er das Licht zu Hendriks Zimmer anknipste.

»Sorry, Koch. Ich habe Hunger. Ihr habt mir nichts gegeben«, stöhnte Hendrik, den der Ausflug Kraft gekostet hatte.

»Du hast geschlafen. Außerdem haben wir nicht mehr viel zu essen. Wir müssen haushalten«, sagte Spyros und kämmte mit der Hand durch seine Haare, die vom Schlaf zerzaust waren.

»Ich habe solchen Hunger und außerdem Geburtstag«, sagte Hendrik.

»Du hast Geburtstag?«, fragte Spyros ungläubig nach.

»Denke schon, was ist denn heute für ein Datum?«

»Der vierte Dezember.«

»Ja, ich glaube, dann bin ich heute fällig. Wann hast du, mein Freund?«, fragte Hendrik und nannte ihn zum ersten Mal einen Freund.

»Sechzehnter Februar.«

»Bist du älter oder jünger? Ich bin Baujahr '93.«

»92«, sagte Spyros, der ein wenig unsicher wirkte.

»Also bist du älter«, stöhnte Hendrik auf, um seinem folgenden Anliegen etwas Nachdruck zu verleihen. »Könntest du mir ein Brot schmieren und meine Tabletten Holen. Mehr brauche ich nicht.«

Spyros schien darüber nachzudenken, bevor er sich auf den Weg zur Küche machte und fünf Minuten später mit einem belegten Toast, einem Bier und zwei Schmerztabletten zurückkam.

»Du musst dir deine Tabletten besser einteilen. Nimm vielleicht erst mal eine. Die sind vom letzten Streifen«, sagte Spyros und warf sie Hendrik auf die Bettdecke.

»Klar«, sagte Hendrik und bedankte sich.

Er wartete zehn Minuten, um sicherzugehen, dass Spyros wieder eingeschlafen war, und holte dann das Handy unter dem Kopfkissen hervor. Er tippte die Ziffern 160292 in die PIN-Code-Abfrage und hoffte auf ein Wunder.

Doch das Wunder blieb aus.

Kapitel 44

Spyros

Spyros fühlte sich seit Tagen wie gelähmt. Die Zeit floss quälend langsam dahin, während er zunehmend in den Fokus des Interesses rückte. *Wie konnte es zu dem Versorgungsengpass kommen? Wie viele Vorräte haben wir noch? Was gibt es heute auf den Tisch? Und was machen wir mit Hendrik?* Als hätte *er* die Lösung für alle diese Fragen, ja, als würde *er* in der Verantwortung stehen, sie aus der Essenskrise herauszuführen.

Während Tucker und Anni einen Spaziergang unternahmen und Alex auf dem Zimmer etwas programmierte, durchsuchte er zum wiederholten Mal die Vorratsschränke, ohne dabei auf Verschollenes zu stoßen. Selbst wenn er sein Handy mittlerweile wiedergefunden hätte, gäbe es nichts für ihn zu posten. Es sei denn, er würde Toast mit Butter oder Nudeln mit Tomatensoße online stellen, doch damit würde er nur den mühsam aufgebauten Ruf zerstören. Also profitierte er zuletzt wie alle anderen auch von den inszenierten Gruppenfotos, die zumindest Likes und neue Fans auf sein Profil spülten.

Er ging ins Wohnzimmer, wo der Kamin in vollen Zügen loderte. Zumindest hatten sie genügend Holz, damit sie nicht erfrieren mussten, dachte Spyros und blickte in den Gang hinein, der zu den Zimmern führte. Alex' Tür war verschlossen, genau wie die von Hendriks Zimmer. Dieser würde bald zu einem größeren Problem für alle anderen werden, denn sie hatten weder Nahrung und Alkohol noch ausreichend Tabletten, um ihn die nächsten Tage durchzubringen. Seit zwei Nächten bekam er regelmäßig Fieberkrämpfe und stöhnte laut, sodass Spyros Ohrenstöpsel tragen musste, um zumindest einschlafen zu können. Er zermarterte sich das Hirn, ob das, was er als Nächstes vorhatte, die richtige Idee war, doch er kam zu keinem anderen Entschluss, als es zu versuchen. Er kramte sein Laptop hervor und suchte nach dem Zettel mit der Webadresse, um Lenard zu erreichen. Doch die Schale war leer. Jemand musste ihn weggenommen oder gar vernichtet haben.

Seltsame Dinge gehen hier vor sich, dachte Spyros und hatte noch ein Ass im Ärmel. Da sie den ersten Videoanruf von seinem Laptop unternommen hatten, war die Adresse noch im Browserverlauf gespeichert. Er brauchte nur auf den Link zu klicken, und dann würde die Verbindung wieder stehen. Spyros sah sich um und achtete auf jedes Geräusch. Doch außer dem Knacken der Holzscheite war nichts zu hören, und Tucker und Anni waren gerade erst zu ihrem Spaziergang durch den Schnee aufgebrochen. Er setzte sich an den Küchentisch und klickte auf den Link.

»Spyros, möchtet ihr das Chalet verlassen?«, begrüßte ihn Lenard, der heute ohne die für ihn typische Krawatte im Bürostuhl saß.

»Hallo, Herr Lenard«, versuchte Spyros, möglichst freundlich dreinzuschauen.

»Nur Lenard, bitte. Noch einmal, Spyros, möchtet ihr das Chalet verlassen?«

»Nein. Ich. Nein. Darum geht es nicht. Und es weiß auch niemand von den anderen, dass ich anrufe, also per Video anrufe, meine ich«, stotterte Spyros.

»Dann gibt es nichts, über das wir reden könnten«, meinte Lenard und bewegte seinen Finger schon in Richtung Tastatur.

Vermutlich, um die Verbindung abzubrechen, dachte Spyros und legte blitzschnell nach: »Wir haben nichts mehr zu essen. Und Hendrik stirbt vielleicht, wenn wir ihn nicht in ein Krankenhaus bringen«, kreischte er fast und ärgerte sich im nächsten Moment darüber, im Gespräch so schwach zu wirken. Doch er hatte keine Zeit, es zu korrigieren, denn aus dem Wohnzimmer vernahm er ein Geräusch. Wahrscheinlich nur ein Holzscheit, der mit einem Knacken in Flammen aufgegangen war, da niemand um die Ecke kam. Er hielt kurz inne und schaute zurück aufs Videobild, wo ihn Lenard kritisch ins Visier nahm.

»Mein lieber Spyros, ich sage es zum letzten Mal. Diese Leitung ist dafür gedacht, die Challenge zu beenden. Wenn ihr das wollt, dann werde ich euch abHolen lassen. Sofort, denn das Wetter ist wunderbar. Doch wenn ihr das nicht wollt, dann solltest du den Anruf beenden. Und zwar umgehend.« Lenards letzter Satz wirkte wie eine ernst gemeinte Drohung.

Spyros war außerstande, darauf zu reagieren, und hatte das vermeintliche Geräusch komplett vergessen. Doch es war kein Holzscheit, der in Flammen aufgegangen war, es war Tucker, die hinter seinem Rücken stand und mit ihrem Zeigefinger das Touchpad bediente, um auf das rote X zu klicken.

»Was machst du da, Spyros?«, fragte sie ihn mit Eiseskälte in der Stimme und ließ sein Herz gefrieren.

Kapitel 45

Tucker

Tucker war stinksauer. Eigentlich war sie nur durch Zufall zum Chalet zurückgekehrt, da sie ihre Mütze auf dem Zimmer vergessen hatte. Doch dann hatte sie Spyros' Stimme in der Küche gehört und augenblicklich gewusst, was er vorhatte. Sie hoffte inständig, dass es nicht bereits zu spät war, denn Lenards Worte waren klar und deutlich gewesen. Kein Anruf, keinerlei Kontakt, es sei denn, sie würden es beenden wollen.

Jetzt standen sie zu dritt um den Kamin herum, während Spyros wie ein Kaninchen auf dem Sofa saß und seine Hände vors Gesicht gelegt hatte.

»Was in Gottes Namen sollte das?«, fragte Tucker ihn zum dritten Mal, während Spyros schweigend hin und her wippte.

»Lass ihn, er hatte sicher seine Gründe«, sprang Anni ihm zur Seite.

»Hast du von alledem nichts mitbekommen?«, fragte Tucker Alex, die kurz nach dem Zwischenfall, aus ihrem Zimmer gekommen war.

Alex schüttelte den Kopf und sagte, dass sie intensiv gearbeitet habe.

»Spyros, warum hast du Lenard kontaktiert? Wolltest du die Challenge abbrechen?«, versuchte es Anni im Guten.

»Ich wollte nicht abbrechen«, platzte es aus ihm heraus. »Doch wir haben nichts zu essen, Hendrik geht vor die

Hunde, wenn er nicht ins Krankenhaus kommt, und jemand hat den Zettel mit dem Videolink gestohlen. Und alles scheint an mir zu hängen.«

»Das ist auch so. Wer – außer dir – soll den Zettel denn gestohlen haben? Schließlich hast du Lenard kontaktiert. Wer soll für das Essen – außer dir – verantwortlich sein? Du warst der Einzige, der sich darum kümmern wollte. Selbst Alex hast du dumm angemacht, als sie einmal eingesprungen ist. Also, Spyros, wo ist alles hin? Was wolltest du mit Lenard besprechen?«, wurde Tucker impulsiv.

»Ich wollte, dass er uns neue Vorräte schickt und bei der Gelegenheit Hendrik mitnimmt. Wenn er ihn nur sehen könnte ...«, stammelte Spyros und schaute sie verunsichert an.

»Das ist aller Ehren wert. Doch Lenard war recht klar in seinen Worten und die lauteten: *alle oder keiner*. Also, sprich dich künftig mit uns ab, bevor du wieder einen Alleingang startest. Ab sofort kümmern wir uns gemeinsam um die letzten Vorräte«, legte Tucker nach und eilte in die Küche. Sie riss die Schränke, den Kühlschrank und die Truhe gleichzeitig auf und holte alle Reste auf den Tisch. Es war erschreckend wenig für die letzten acht Tage.

»Wo sind die Sachen hin? Herrgott, Spyros. So kann man sich doch nicht verkalkulieren?«, sprach sie mit ihm wie mit einem ungezogenen Schuljungen.

»Am Anfang war noch alles da, und plötzlich war so vieles davon weg«, stotterte Spyros und teilte die Lebensmittel nach möglichen Gerichten ein.

»Dann überlege dir, wie wir es strecken können, damit wir es noch eine Woche schaffen«, schnauzte Tucker und hoffte, dass Spyros selbst auf eine Lösung kommen würde.

Und er kam auf eine. »Hendrik. Wenn Hendrik nicht mehr da wäre, also in einem Krankenhaus zum Beispiel, dann hä...hätten wir ein paar zusätzliche Rationen ge...gewonnen. Wir könnten uns noch etwas einschränken und am

Ende hoffen, dass wir durchhalten. Ist...ist wie Heilfasten«, stotterte er.

»Was sagst du denn da, Spyros? Wenn Hendrik nicht mehr da wäre? Er ist aber da, und außerdem haben wir ihm bereits weniger gegeben als uns selbst«, konterte Anni und öffnete ihr Haarband.

»Mehr fällt mir dazu nicht ein. Ich bin ratlos. Deshalb habe ich Lenard kontaktiert. Es ist eine verdammte Notsituation«, verteidigte sich Spyros.

»Ich gehe hier nicht vorher raus«, sagte Tucker und verschränkte beide Arme vor dem Körper.

Da keiner etwas dazu sagte, versuchte es Tucker mit einer erneuten Kampfabstimmung. »Wie sieht es bei euch aus? Aufgeben oder weitermachen?«

Ihre drei Gefährten standen konsterniert am Küchentisch und schauten trübe auf die Lebensmittel, als wären das die Aussichten der nächsten Tage.

»Alex?«, fragte Tucker.

»Bleiben«, kam es knapp wie immer.

»Anni?«, ging sie im Uhrzeigersinn die Reihe ab.

»Ich weiß nicht«, kam es erstmals mit Bedacht von ihrer Zimmernachbarin. »Es fühlt sich nicht mehr nach einem Spiel oder einer Challenge an. Es ist wunderschön hier oben, und wir kommen auch gemeinsam klar, doch ohne Essen und durch Hendriks Unfall macht es einfach keinen Sinn mehr. Es geht um unser Leben, doch stattdessen denken wir nur an die Kohle und grinsen dabei auch noch in die Kamera«, echauffierte sich Anni.

»Ich dachte, darum geht es«, warf Alex plötzlich ein und sorgte für einen Moment der Stille.

»Was meinst du damit?«, fragte Anni nach.

»Na ja, ich dachte, als Influencer lacht man in die Kamera, macht Urlaub und streicht dafür noch jede Menge Kohle ein«, erklärte sie ihre Gedankenwelt.

»Du hast überhaupt keine Ahnung, was du da sagst ... mit deinen dreiundzwanzig Fans«, giftete Anni.

»Dreißigtausend«, bemerkte Spyros trocken, ohne seinen Kopf zu heben.

»Und woher hat sie die? Von uns? Das sind alles *unsere* Fans«, kreischte Anni.

»Alex hat recht«, grätschte Tucker in das Streitgespräch. »Wir haben hier einen Job angenommen und müssen ihn zu Ende führen, so wie jede andere Kooperation auch. Keiner schenkt dir 100.000 Dollar für nichts und wieder nichts. Das hätte uns klar sein müssen. Wäre ja auch zu schön gewesen.«

»Aber, es ist kein stinknormaler Job. Wir haben kaum noch was zu essen und einen Schwerverletzten, der zum Arzt muss. Das geht eindeutig zu weit«, sagte Anni und unterdrückte einen Heulkrampf.

»Da kann doch dieser Lenard nichts dafür. Es war eindeutig unsere eigene Schuld. Hendrik ist gestürzt, und Spyros hat sich verkalkuliert, und deshalb haben wir jetzt ein Problem«, erklärte Tucker und blickte ernst in ihre Runde. »Also, Anni. Bleiben oder gehen?«, stellte sie die Frage noch einmal.

Anni zögerte und drehte mit den Fingern Locken in ihr Haupt, als würde dort die Lösung für sie liegen. Schließlich nickte sie und sagte: »Bleiben!«

»Spyros?«, widmete sich Tucker nun dem letzten Mitglied ihrer abgespeckten Runde.

»Wir ver...versuchen es«, stammelte er mehr, als dass es eine feste Meinung war.

»Okay, dann machen wir jetzt einen Plan, wie wir mit den Lebensmitteln auskommen, und dann sehen wir weiter«, schnaufte Tucker.

Sie wollte sich gerade einen Stift und Zettel organisieren, als im Hintergrund des Chalets der Alarm ertönte. Doch es war keine Sirene, nicht einmal ein längst vergessener Wecker. Es war der Urschrei eines Menschen, der vor Schmerz und Angst nicht mehr klar denken konnte. Der wusste, dass es für seine Pein bald keine Gegenmittel mehr geben würde, und ahnte, dass man seiner langsam überdrüssig war.

Hendrik war aufgewacht, und sie würden sich Gedanken machen müssen.

Kapitel 46

Anni

Sonnenstrahlen schossen wie Laser über ihre geschlossenen Augen und erlösten Anni aus dem Traum, der ein mulmiges Gefühl in ihrem Magen hinterließ. Noch eine Woche musste sie hier oben aushalten, was in Anbetracht der finanziellen Aussichten eigentlich nicht übel klang. Sie blickte zu Tucker, die noch fest schlief und leise schnarchte. Anni griff zum Handy, öffnete den Instagram-Account und wusste sofort, dass der schlechte Traum für sie noch etwas weiterging. Hundertfünfundvierzig Nachrichten überfüllten ihre Inbox und bezogen sich fast allesamt auf ein Foto, das ein User unter dem Hashtag *messnerChallenge* hochgeladen hatte. Es war nicht irgendein Foto, sondern eines aus der Serie der Nacktfotos aus dem Kloster bei Florenz. Anni wurde augenblicklich heiß unter der Bettdecke, und ihre Hände begannen zu zittern. Sie ermahnte sich, einen kühlen Kopf zu bewahren, und überlegte, wie man das Bild verschwinden lassen könnte. Da es von einem User namens *VicciFirence* hochgeladen worden war, konnte sie es selbst nicht löschen, sondern musste den User melden und hoffen, dass Instagram es sofort übernehmen würde. Sie markierte das Bild als Spam und durchstöberte ihre Nachrichten nach einem Absender mit dem Pseudonym *VicciFirence.* Es dauerte zehn Minuten, bis sie ihn gefunden hatte.

Wir haben noch mehr davon. Entweder du kommst zurück und erledigst deinen Job oder du kaufst dich aus dem Vertrag raus. 50.000 Euro. Jeden Monat wird es schmutziger und teurer. Herzlichst V & F.

Victoria und Franco hatten sie also doch nicht einfach ziehen lassen. Eine Träne lief Anni die Wange hinunter und versiegte kurz danach im Kopfkissen, ganz so, als wollte sie ihr klar machen, dass Geheule hier nichts nützte. In einer Woche würde sie das Geld bekommen und könnte sich damit ihr altes Leben zurückkaufen. Sie musste nur bleiben, wo sie war, und das Ganze überstehen.

Anni ging ins Bad und nahm eine heiße Dusche, bevor sie sich vor den Schminkspiegel stellte und damit anfing, eine Foundation aufzulegen. Dabei musste sie unwillkürlich an Alex denken, die wahrscheinlich um diese Zeit schon fix und fertig geschminkt in ihrem Zimmer saß. Niemand hatte sie bisher ohne Make-up gesehen. Auch die geglätteten Haare sahen seltsam aus, und Anni hätte nur zu gern einen Blick auf Alex vor dem Schlafengehen geworfen. Doch das wünschte sich ein Großteil ihrer Fans wahrscheinlich auch, dachte Anni und war zurück in ihrer kleinen Scheißwelt. Sie hoffte inständig, dass Instagram schnell reagieren und das Nacktfoto von ihr gleich löschen würde, da es gegen die Richtlinien verstieß.

»Eure Hoheit ist schon aufgestanden. Und das bei diesen mageren Aussichten auf ein Frühstück«, begrüßte Tucker sie, als sie aus dem Badezimmer kam.

»Sagen wir es so. Ich hatte einen schlechten Traum, der wahr wurde«, sagte Anni und wühlte durch den Kleiderschrank nach Klamotten, die ihr nicht gehörten. Auch nichts Neues, dachte sie und musste an die Kollektionen von La Distesa denken.

»Da ist wohl jemand mit dem falschen Fuß aufgestanden. Wo drückt selbiger?«, fragte Tucker ahnungslos.

»Instagram«, sagte Anni und zog sich ihre Jeans und einen Wollpulli mit Rentiermuster an.

Tucker surfte durchs Internet und schien zunächst nichts Auffälliges zu finden. Plötzlich kniff sie ihre Augenbrauen zusammen und pfiff durch ihre Lippen.

»Fünfundvierzigtausend Follower? Was geht bei Alex ab? Du hast recht, Süße. Sie profitiert am meisten von uns allen«, sagte Tucker.

»Das meine ich noch nicht einmal. Schau mal unter dem Hashtag unserer Challenge«, zuckte Anni unwillkürlich zusammen. Es brachte nichts, das Foto zu verheimlichen, da es jeder User sehen konnte.

»Hm. Es sind viele neue Beiträge dazugekommen, jedoch die wenigsten von uns«, murmelte Tucker. »Wir sollten dringend etwas tun, damit uns Lenard am Ende keinen Strick daraus dreht.«

»Das meine ich nicht«, sagte Anni und schöpfte Hoffnung.

»Dann weiß ich nicht, *was* du meinst, Prinzessin«, sagte - Tucker kopfschüttelnd und gab Anni ihr Handy.

Anni zögerte zunächst, da sie Angst hatte, ein Nacktfoto von sich auf Tuckers Display zu betrachten, doch dann nahm sie es schließlich in die Hand und suchte die letzten Einträge zum Hashtag *messnerChallenge* durch. Das Foto war verschwunden, Instagram hatte es offensichtlich schon gelöscht. Anni atmete tief durch und gab Tucker ihr Handy zurück.

»Was hat dich denn so aufgeregt?«, hakte Tucker nochmals nach.

»Ich dachte, ich hätte da was Komisches gesehen. Aber am Ende waren es wohl doch nur die Unmengen Follower von Alex«, sagte sie und suchte angestrengt nach ihrem Bademantel.

»Was hast du vor?«, bemerkte Tucker ihre Unruhe.

»Ich gehe in die Sauna«, meinte Anni ganz spontan, da sie etwas Zeit für sich benötigte.

»Das liebe ich so an dir. Duschen, Schminken und danach in die Sauna. Die Reihenfolge macht dir keiner so schnell nach«, rief ihr Tucker hinterher.

Eigentlich war es keine gute Idee, weitere Kalorien durch einen Saunagang zu verlieren, doch Anni musste abschalten, um den Schrecken zu verarbeiten. Sie stellte den Schalter auf maximale hundert Grad und legte sich auf die obere Bank. Einfach an nichts denken und entspannen ... So lautete der Plan, als es langsam etwas wärmer wurde und sie ihren Bademantel ablegen konnte. Erste Schweißtropfen perlten an ihrem Körper hinunter, und sie wagte sich an einen Aufguss, um den sich bisher Spyros oder Tucker stets gekümmert hatten. Ihr gefiel das Zischen auf den Granitsteinen, wenn das Wasser darauftropfte, um neuen Dampf und Hitze zu erzeugen. Anni war nie ein großer Sauna-Fan gewesen, doch dieses Mal tat es ihr gut, und sie spürte, wie sie alles hinter sich zurückließ. Der ganze Dreck wird einfach fortgespült, glaubte Anni und musste unwillkürlich an Hendrik denken, der mit Schmerzen ganz allein in seinem Zimmer lag. Sie schämte sich sofort dafür und legte sich zurück nach oben, wo es fast schon unerträglich heiß war. Noch fünf Minuten wollte sie durchhalten, um danach erneut zu duschen – diesmal kalt.

Aus dem Vergnügen wurde langsam eine Challenge, da es kaum mehr auszuhalten war, und Anni schaute auf die Sanduhr, deren obere Hälfte noch halb voll war. Sie sollte sich besser auf die untere Bank legen, japste bereits nach Luft, doch sie wollte zwei Minuten vor dem Ende auch nicht aufgeben. Es ist wie bei der Messner-Challenge, redete sie sich ein, wer rausgeht, hat verloren. Das Atmen fiel ihr zunehmend schwer, und Anni war erleichtert, als das letzte Sandkorn aus dem oberen Glas nach unten fiel.

»Challenge bestanden«, sagte sie laut zu sich selbst und drückte gegen die vom Dampf bedeckte Glastür. Doch anstatt sich mühelos zu öffnen, wie sie es ansonsten tat, war die Tür blockiert und gab nicht nach. Anni rüttelte verzweifelt an der Holzklinke, zog nach innen, schob nach außen, doch es tat sich einfach nichts. Sie war bei hundert Grad Celsius in diesem Kasten eingesperrt und spürte, wie der heiße Dampf ihr allen Atem nahm. Sie schwitzte jetzt nicht mehr in Tropfen, sondern ganze Bäche rauschten über ihren Körper und steigerten die Panik.

»Hey, hört mich jemand? Tucker, Spyros. Ich bin hier drin!«, kreischte sie, doch wieder kam ihr die eigene Stimme viel zu leise vor. Wer sollte sie draußen hören, wenn alle anderen im Chalet saßen? Was war nur mit der Tür los? Sie packte ihren Bademantel und hielt ihn mit der linken Hand vor die Scheibe, um mit ihrem rechten Fuß dagegenzutreten. Doch auch das brachte keinen Erfolg, und Anni spürte, wie sie schwächer wurde und nach Atem rang. Sie wischte über die beschlagene Scheibe und versuchte, etwas auszumachen. Etwas oder jemanden, doch die Winterlandschaft sah verlassen aus. Sie trommelte mit ihren Fäusten gegen das Glas, sie schrie und kreischte und warf sich mit dem Körper ein letztes Mal gegen die Tür, die kein Erbarmen zeigte. Sie war zu, verschlossen, verkeilt, was auch immer. Anni sank erschöpft zu Boden und rang nach dem letzten bisschen Luft, das es noch zu atmen gab. Sie schloss ihre Augen und versuchte, sich zu beruhigen, als es am Glas rüttelte und kurz danach die Tür geöffnet wurde. Anni schaute in Alex' ausdruckslose Miene, die wie ein Fragezeichen vor ihr stand.

»Was ist los? Warum liegst du auf dem Boden?«, fragte Alex und hielt die Tür geöffnet. Anni ging erst gar nicht darauf ein, sondern sprintete an Alex vorbei, um in den Schnee zu springen. Nur abkühlen und frische Luft atmen! Es war ihr egal, dass sie sich splitternackt vor Alex durch den Schnee wälzte.

»Alles gut bei dir?«, fragte Alex nach, die sie genauestens beobachtete.

»Die Tür ging nicht mehr auf. Ich wäre fast erstickt«, keuchte Anni und wusste nicht, ob Alex Täter oder Retter war.

»Nein, war sie nicht«, kam es von Alex, die zur Beweisführung die Glastür auf- und zudrückte.

»Warum bist du hier?«, fragte Anni, die immer noch im Schnee saß.

»Ich kann auch gehen«, bot Alex an.

»Schon gut. Ich bin dir dankbar. Es war glutheiß und die Tür war von innen blockiert. Kannst du dir ja vorstellen«, japste Anni.

»Nein, kann ich nicht. Ich gehe nicht in die Sauna«, antwortete Alex und machte sich auf den Weg.

Anni blieb noch zehn Minuten in der Kälte stehen und begutachtete die Glastür. Sie ließ sich problemlos nach innen drücken. Es gab zwar ein Schloss, doch keinen Schlüssel, der darinsteckte. Sie kratzte mit ihren Fingernägeln über die Glasfläche, um Unebenheiten auszumachen, die für das Versperren verantwortlich gewesen sein könnten. Zunächst schien auch das keine Lösung zu sein, bis sie ganz unten, knapp über dem Boden, Kratzspuren am Glas bemerkte. Kleine Splitter lagen innerhalb wie außerhalb der Sauna, die davon zeugten, dass jemand die Tür gegen einen Gegenstand gedrückt oder gerieben haben musste. Sie hatte sich die Panikattacke nicht bloß eingebildet, so viel stand für Anni fest, die sich fragte, wer von ihrem Saunagang gewusst haben konnte. Eigentlich nur ihre Freundin Tucker, die nicht mal ihre echte Freundin war.

Kapitel 47

Alex

Alex öffnete die Verpackung mit dem Toastbrot und holte die letzten beiden Scheiben heraus, um sie mit Frischkäse zu beschmieren.

»Powerfrühstück?«, fragte Tucker, die mit Spyros am Tisch saß und in ein trockenes Brot biss.

»Ist nicht für mich«, erwiderte Alex und verließ die Wohnküche.

»Hey, Vampirjägerin, lange nicht gesehen«, begrüßte Hendrik sie und hatte offensichtlich Mühe, die Augen offen zu halten.

»Ich habe dir was mitgebracht«, sagte Alex und betrat das Zimmer, das höllisch stank.

»Ich dachte, ihr hättet mich vergessen«, stöhnte Hendrik und zog die Decke bis unters Kinn.

»Ist dir kalt?«, fragte Alex und setzte sich wie eine Krankenschwester auf die Bettkante.

»Mir geht es ganz beschissen, ich habe Fieber«, wisperte er und griff nach ihrem Handgelenk.

Sie ließ ihn gewähren, behielt jedoch die Hand genau im Auge.

»Wie gesagt, ich habe dir was mitgebracht«, sagte sie als Antwort und reichte ihm den Toast. Hastig griff Hendrik danach und stopfte sich das Weißbrot in den Mund.

»Hast du auch Tabletten?«, kam es wenig später.

»Ja«, sagte Alex und gab ihm zwei Kapseln mit einem Glas voll Leitungswasser.

»Dank dir! Wie sehe ich aus?«, fragte er und kämmte sich mit den Fingern durch die Haare.

»Wie ein Model.«

»Was machen die anderen? Ihr habt mich seit Ewigkeiten nicht mehr abgeholt«, bemerkte Hendrik und kaute intensiv auf dem Toast herum.

»Spyros und Tucker schlemmen in der Küche, und Anni vergnügt sich in der Sauna. Das Leben geht weiter, wie du siehst«, sagte Alex und studierte dabei Hendriks Mienenspiel.

»Ich weiß gar nicht mehr, was da draußen abgeht. Spyros hat immer noch mein Handy«, bemerkte Hendrik und schien plötzlich hellwach zu sein.

»Ja, hin und wieder spielt er damit rum.«

»Ich muss auch mal wieder etwas von mir sehen lassen, oder? Sonst denkt Lenard, ich würde meinen Job vernachlässigen. Was meinst du?«, schien Hendrik plötzlich sehr besorgt.

»Na ja, Kohle gegen Posts. Das ist der Deal. Deshalb sind die anderen so beunruhigt und schießen fleißig Fotos. Wenn du willst, können wir ein gemeinsames Selfie machen und ich lade es anschließend bei mir hoch«, offerierte Alex.

Hendrik nickte hastig und ging sich erneut durch seine wild zerzausten Haare. »Ist das okay so oder soll ich mir etwas anderes anziehen?«, fragte er Alex.

»Du siehst perfekt aus«, log sie, atmete tief ein, hielt die Handykamera nach oben und drückte ab.

»Wie ist es geworden?«, fragte Hendrik.

»Gut!«

»Ich weiß nicht, ob ich es bis zum Ende schaffe, Alex. Mein Knie ist ein Trümmerhaufen und fühlt sich übel an. Ich schaffe es gerade noch zur Toilette, manchmal nicht mal das. Es muss behandelt werden, weißt du?«

»Schlimm, so ein Unfall. Vor allem, wenn sich der Ski nicht aus der Bindung löst. Das hätte man verhindern können«, fasste Alex das Geschehene zusammen.

»Wie meinst du das? Tucker sagte, dass beide Skier im Schnee herumlagen«, wirkte Hendrik irritiert.

»Dann wird es so gewesen sein«, meinte Alex trocken.

»Kommst du wieder mal vorbei, van Helsing?«, wirkte Hendrik dankbar für ihren Besuch.

»Ja, sicher.«

»Mittlerweile finde ich deinen Namen richtig cool, weißt du? Er passt zu dir, und irgendwie glaube ich die ganze Zeit, dass ich ihn schon mal gehört oder irgendwo gelesen habe. Hast du mir vielleicht schon mal auf Instagram geschrieben?«, orakelte Hendrik.

»Sicher nicht. Ist ein Allerweltsname«, sagte Alex und verschwand.

Kapitel 48

Tucker

»Du warst zu schnell. Ich habe nur noch deinen Hintern eingefangen«, rief Anni zu ihr herunter und wedelte mit dem Handy.

Tucker verdrehte die Augen und machte sich an den Aufstieg. Zum dritten Mal fuhr sie jetzt das gleiche Stück hinab, um durch Anni ein paar Actionfotos machen zu lassen. Sie wollte ihren Fans endlich wieder etwas Originelles anbieten oder besser, sie musste es sogar, um diese Challenge zu bestehen. *Tut das, was ihr sonst auch tut, und lächelt dabei.* So oder so ähnlich hatte es Lenard formuliert, und Tucker war es leid, Trübsal zu blasen. Sie schüttelte sich innerlich und erreichte wenig später das Plateau, wo Anni ein Video von sich selbst aufnahm.

»Da kommt gerade meine beste Freundin *OutdoorBeast* aus Colorado. Ihr müsst ihr unbedingt folgen, denn sie ist auf Skiern eine Göttin. Vielleicht zeige ich euch nachher ein paar coole Stunts von ihr«, klimperte Anni mit den langen Wimpern in die Linse und drehte sich zu Tucker um.

»Board nicht Skier«, sagte Tucker in die Kamera, die noch immer lief.

»Ihr habt es gehört. Board nicht Skier. So, ihr Süßen, jetzt macht es wie wir beiden Chicas und genießt den schönen Wintertag. Vielleicht gehen wir später noch in den Jacuzzi. Bussi«, sagte Anni und hauchte einen Kuss in ihre Smartphone-Kamera.

»Von dir kann man was lernen«, meinte Tucker sarkastisch und strich über ihr Snowboard.

Fünf Abfahrten und Aufstiege später hatte Anni endlich etwas eingefangen, das man publizieren konnte. Tucker war ein wenig außer Atem, als sie das Video kontrollierte und Anni darum bat, es ihr zu schicken.

»Ich kann es auch hochladen. Meine Fans warten schon auf deine Schwünge«, meinte Anni hilfsbereit.

»Ist schon okay, Prinzessin. Aber Outdoor ist mein Ding. Sonst schreibst du wieder Skifahren unter einen Snowboard-Post«, sagte Tucker und war ein wenig misstrauisch. Plötzlich war irgendwie jeder von ihnen darauf bedacht, möglichst eindrucksvollen Content abzuliefern.

»Unterschätze mich nicht, ich lerne schnell. Ich würde sogar den Hashtag *Snowboarding* dazusetzen und deinen Account verlinken«, bot Anni an und ließ nicht locker.

»Ich bin gefahren, also poste ich das Video«, verschärfte Tucker ihren Ton, ohne dass sie es beabsichtigt hatte.

»Ist okay«, antwortete Anni und schaute Tucker dabei an, als hätte sie ein wenig Angst vor ihr.

Tucker öffnete ihren Instagram-Account und checkte zunächst den Hashtag *messnerChallenge*, so, wie sie es mittlerweile immer tat, wenn sie ans Smartphone ging. Sie hielt es zunächst für einen schlechten Scherz oder eine Photoshop-Montage eines Fans, doch die Umgebung war so einzigartig wie die Personen, die es zeigte. Alex und Hendrik saßen nebeneinander auf Hendriks Bett und schauten in die Kamera. Alex verzog wie immer keine Miene, während Hendriks Augen glasig wirkten. Tucker scrollte bis zum Text hinunter: *Krankenbesuch bei Henry Coonz #skiaccident #bindingnotreleased #messnerChallenge.*

Tucker las den Text ein zweites Mal und kochte innerlich vor Wut. Wie konnte Hendrik behaupten, dass die Bindung nicht ausgelöst hatte, wo er doch bewusstlos im Schnee gelegen war. Und wieso musste Alex daraus einen Hashtag kreieren?

»Was ist?«, fragte Anni, der Tuckers Miene nicht verborgen blieb.

»Ich mache den Typen kalt und Alex gleich mit«, sagte Tucker und warf ihr Snowboard in den Schnee.

»Hey, warte, was ist überhaupt los?«, hielt Anni sie zurück.

»Ich weiß es nicht. Doch Hendrik behauptet, dass die Bindung seines Skis falsch eingestellt gewesen sei, und Alex postet es mit einem ekelhaften Selfie«, schäumte Tucker.

»Soll er doch behaupten, was er will. Was hat das mit dir zu tun?«, fragte Anni ahnungslos.

»Ich habe ihm Druck gemacht und gesagt, dass mit der Bindung alles stimme. Ich hätte es kontrollieren sollen, und jetzt haben wir ein Thema«, riss sich Tucker los und eilte aufs Chalet zu.

Sie zog nicht mal ihre Snowboardschuhe aus, sondern stürmte direkt in Hendriks Zimmer. Er lag in seinem Bett und schien zu schlafen. Auf seinem Nachttisch stand ein leerer Teller mit Weißbrotkrümeln, daneben ein Glas mit Wasser. Tucker machte die Tür hinter sich zu und atmete tief durch, damit nicht alles gleichzeitig aus ihr herausplatzte.

»Wach auf, Hendrik. Wir haben etwas zu besprechen«, versuchte sie, ihre Stimme gefasst und beiläufig klingen zu lassen.

Hendrik öffnete die Augen und ließ seine fiebergeplagte Stirn wie ein Fragezeichen aussehen.

»Was hat dieses Foto von Alex und dir zu bedeuten? Was soll der Hashtag mit der Bindung, die sich nicht gelöst hat? Willst du mir damit etwas sagen?«, schnauzte sie ihn an und traf auf ein Gesicht aus Gegenwehr.

»Das *OutdoorBeast* zeigt ihre Krallen«, ächzte Hendrik. »Scheint was dran zu sein ... an der Geschichte mit der Bindung.«

»Was soll da dran sein, du Spinner? Beide Skier lagen im Schnee, und ich habe dich im Schlitten hier hinaufgezogen. Sieht so deine Dankbarkeit aus?«, versuchte Tucker es mit Gegendruck.

»Ich habe nachgedacht und bin die Szene noch mal durchgegangen. Ich hatte ordentlich Speed drauf und war auf dem Weg zu dir nach unten, als ich einfach umgefallen bin. Da war kein Stein im Weg, noch fühlte ich mich unsicher auf den Brettern. Ich glaube, dass sich die rechte Bindung einfach zu schnell gelöst hat, während die linke den Ski bis zum Schluss umklammert hielt. Das hätte nicht passieren dürfen, denn du hättest es verhindern können. Aber das wolltest du nicht.«

»Was willst du mir sagen, Hendrik? Sprich es aus!« Tucker war aufgebracht, spürte aber auch die Angst im Nacken.

»Ich glaube, du hast es absichtlich getan, Tucker. Ja, das glaube ich. Du hast mir die Skier in die Hand gedrückt, ganz so, als wären diese präpariert«, sagte Hendrik.

»Warum sollte ich das tun? Warum sollte ich wollen, dass du stürzt und dir die Knochen brichst?«, fragte Tucker.

»Vielleicht ist es ja Teil der Challenge. Vielleicht weißt du mehr als wir anderen. Du hattest schließlich einen Vorsprung und warst mit Anni vor uns im Chalet. Vielleicht geht es ja um etwas anderes? Nicht alle zusammen, sondern eine gegen alle«, mutmaßte Hendrik und tupfte sich mit dem Kopfkissen den Schweiß von der Stirn.

»Wer sagt dir das? Alex? Sind das *ihre* Worte? Hat sie mich auf dem Kicker?«

»Nein. Alex sagt gar nichts. Ganz im Gegenteil. Sie hat mir, im Gegensatz zu dir, Essen ans Bett gebracht«, antwortete Hendrik.

»Ja, klar. Die heilige Alex. Die mit dir ein Selfie macht, um ihren Instagram-Account zu boosten. Hast du gesehen, wie viele Follower sie mittlerweile hat?«, geiferte Tucker.

»Das ist mir total egal. Und außerdem, woher sollte ich es wissen? Ihr habt mir das Handy abgenommen, und ich hätte es gern zurück«, forderte Hendrik und hielt ihr eine leere Hand entgegen.

Tucker schüttelte den Kopf und hätte Hendrik am liebsten für immer weggesperrt aus ihrem Leben. »Du bekommst es zurück, wenn das hier vorbei ist. Und wenn ich noch einmal von dir höre, dass ich Schuld an deinem Sturz trage, dann ist das Knie noch das Geringste, worüber du dir Sorgen machen solltest.«

»Wir werden sehen.«

»Ja, das werden wir. Du solltest dein Schlafgemach mal durchlüften. Hier stinkt es nach Schweiß und Pisse«, schmetterte sie Hendrik entgegen und verließ wutentbrannt den Raum.

Kapitel 49

Hendrik

Sie hatten ihn erneut vergessen, doch diesmal würde es ein Nachspiel haben. Hendriks Magen knurrte wie ein Teddy, das Knie schmerzte wie ein voll besetztes Nadelkissen, die Schmerztabletten waren nur noch ein Placebo ohne jede Wirkung. Sie hatten ihn nicht nur vergessen, sie wollten ihn gar loswerden, davon war Hendrik überzeugt. Doch er würde es ihnen nicht leicht machen, denn schließlich war er noch am Leben. Und er hatte eine Waffe, von der niemand etwas wusste. Viel zu lange hatte er den wahren Wert von Spyros' Handy ignoriert, in der Hoffnung, dass sie Einsicht zeigen würden. Doch danach sah es nicht mehr aus. Tucker war alarmiert und würde alles dafür tun, damit er seinen Mund hielt. Dabei war er nur durch Alex' unbedachte Bemerkung auf die Idee gekommen, dass Tucker ihm das angetan haben könnte. Anni und sein ehemaliger Zimmerkumpel Spyros ließen sich seit Tagen nicht mehr blicken und ignorierten seine Existenz, als wäre er ein bedauernswerter Kollateralschaden. Das würde sich jedoch nun ändern.

Hendrik tippte die Zahlenkombination *123456* in die PIN-Code-Abfrage auf Spyros' Smartphone, ohne Zugriff zu erlangen. Einen letzten Versuch war es wert, dachte er sich, drückte die beiden seitlichen Tasten auf dem Handy und setzte einen Notruf ab.

Danach passierte erst einmal nichts, was ihn kaum überraschte, denn es war mitten in der Nacht und wer wusste schon, ob überhaupt noch jemand diesen Notruf hörte. Schließlich wurden die meisten dieser Alarme durch versehentliches Klicken oder unbedachtes Handeln ausgelöst. Dennoch fühlte es sich gut an, selbst das Ruder in die Hand zu nehmen, um den anderen ihre Grenzen aufzuzeigen. Plötzlich leuchtete das Display auf, und ein Anruf schien tatsächlich durchzukommen.

»Hallo. Haben Sie den Notruf aktiviert?«, kam es mit einem ausgeprägten Schweizer Akzent aus dem Lautsprecher von Spyros' Handy.

Hendrik war zu überrascht, um sofort zu antworten. Stattdessen versuchte er, sich zu erinnern, welche Geschichte er dem Notfalldienst erzählen wollte, als die Stimme ein zweites Mal nach seiner Absicht fragte.

»Ja, ich habe den Notfall aktiviert. Bitte helfen Sie mir«, flüsterte er in das Mikro, um möglichst keinen aufzuwecken.

»Ich verstehe Sie sehr schlecht. Wer sind Sie, was ist passiert, und wo halten Sie sich gerade auf?«

»Mein Name ist Spyros, und ich habe mich am Knie verletzt. Ein Unfall. Ich brauche dringend einen Arzt«, versuchte er, möglichst dramatisch zu klingen.

»Welche Art von Unfall war das? Wo befinden Sie sich aktuell? Sind Sie draußen in der Natur?«, bombardierte ihn der Mann mit Fragen.

»Nein. Ich bin in einem Chalet in den Bergen. Gegenüber vom Matterhorn, so weit ich das beurteilen kann«, stammelte Hendrik.

»Was für ein Chalet? Sie müssen schon präzisere Angaben machen, damit wir Sie abHolen können.«

»Ich weiß es nicht genau. Wir haben einen großen Gletscher nahe der Station Rotenboden überquert, sind dann einen Hang hinaufgelaufen und wohnen dort in einem nagelneuen Chalet. Ich bin ein bekannter Influencer und Teilnehmer der Messner-Challenge.«

»Das sagt mir alles nichts. Meinen Sie vielleicht die Monte-Rosa-Hütte? Von einem neuen Chalet in dieser Gegend habe ich noch nichts gehört, und um diese Jahreszeit ist dort niemand unterwegs. Sind Sie stark verletzt?«, fragte die Stimme am Telefon.

»Ja, ich habe mir mein rechtes Kreuzband gerissen. Das Knie ist schwarz und lässt sich kaum bewegen. Ich muss in ein Krankenhaus«, versuchte Hendrik den Druck zu erhöhen.

»Sicher eine Sportverletzung. Wann ist das passiert?«

»Vor ein paar Tagen«, versuchte Hendrik, sich zu erinnern, ohne den exakten Zeitpunkt durchgeben zu können.

»Vor ein paar Tagen? Gütiger Gott, warum rufen Sie erst jetzt an? Wir können erst morgen früh mit dem Helikopter aufsteigen. Und nur, wenn die Sicht es erlaubt«, sagte die Stimme.

»Das ist mir klar. Ich werde auf Sie warten«, bestätigte Hendrik.

»Aber dafür brauche ich Ihren kompletten Namen. Gibt es dort ein Telefon oder ein WiFi, sodass ich Sie besser orten und erreichen kann?«, fragte der Mann.

»Kommen Sie einfach nur vorbei. Es ist das Messner-Chalet, und es gibt vor der Hütte einen Helikopter-Landeplatz. - Holen Sie mich hier raus!«, flehte Hendrik und unterbrach den Anruf. Danach stellte er das Handy aus und lauschte in den Raum hinein. Zwischenzeitlich hatte er befürchtet, dass jemand von den anderen wach geworden wäre, doch er hörte nur den eigenen Puls in seinem Kopf hämmern. Er hielt das Handy weiter fest in seinen Händen, ganz so, als könnte dieser Typ vom Notfallservice jederzeit zurückrufen. Würden sie tatsächlich einen Helikopter schicken? Würden sie ihn suchen, ausfliegen und retten kommen? Die 100.000 Dollar Belohnung für die Challenge waren ihm mittlerweile egal, er wollte nur noch diesen Ort verlassen und sich von seinen Mitbewohnern trennen.

Hendrik beruhigte sich und der pochende Puls in seinem Kopf verschwand allmählich, um dem Knarren einer Bodendiele Platz zu machen. Es klang fast so, als würde jemand vor der Tür stehen, um ihn für seinen Notruf zu bestrafen.

Er wollte sich gerade aufrichten, um nachzusehen, als die Klinke nach unten gedrückt und die Tür aufgestoßen wurde.

»Du?«, war Hendrik sichtlich überrascht.

Kapitel 50

Messner-Chalet

Die Rotorblätter des Eurocopters AS 350 wirbelten durch den Bodennebel, als das weiß-rote Fluggerät vom Boden abhob, um den Rettungseinsatz einzuleiten. Peter Langer war seit über dreißig Jahren Hubschrauberpilot, davon die letzten fünfzehn Jahre im Einsatz für die Bergwacht in Zermatt. Eigentlich hatte er heute Morgen eine Lawinensprengung im Terminkalender stehen, doch ein Notruf aus der Nacht zuvor hatte einen Strich durch seine Rechnung gemacht. Irgendein verletzter Tourengeher namens Spyros hatte sich in ein abgelegenes Chalet gerettet und eine schwere Influenza bekommen. So in etwa lautete die WhatsApp, die er um kurz vor sieben in der Früh von seinem Einsatzleiter Anton Zurbriggen erhalten hatte. Der ungeplante Zwischenfall passte Peter Langer überhaupt nicht in den Kram, da Rettungseinsätze in der Regel deutlich länger dauerten als harmlose Lawinensprengungen. Er würde seine Frau enttäuschen und das gemeinsame Frühstück ausfallen lassen müssen, was ihn ärgerte, da es ein lieb gewonnenes Ritual geworden war. Nach jedem Flug kam er stets mit frischen Brötchen zurück in ihre kleine Eigentumswohnung, um den Kaffee aufzusetzen, während seine Frau die Nacht im Bett noch etwas ausklingen ließ. Darauf würden sie heute verzichten müssen, so viel war ihm klar, denn eine verletzte Person am Berg bedeutete einen Abstecher ins Spital nach Visp. Normalerweise flog er mit Matteo, seinem Co-Piloten, der den Platz im Helikopter heute an einen ominösen Fluggast abzutreten hatte. Einsatzleiter Zurbriggen hatte in seiner Nachricht geschrieben, dass ein Herr am Heliport auf ihn warten würde, der den Aufenthaltsort des verletzten Tourengehers kenne.

Und mit diesem Herrn neben sich im Cockpit flog er nun in Richtung Gornergletscher, um Erste Hilfe einzuleiten. Der Typ sieht wie ein Finanzbuchhalter oder Investmentbanker aus, dachte Peter Langer und wunderte sich darüber, warum er unbedingt am Rettungsflug teilnehmen wollte oder vielmehr, warum Einsatzleiter Anton Zurbriggen ihm das überhaupt erlaubt hatte. Normalerweise waren Gäste nur bei Rundflügen zugelassen, da sie bei Rettungseinsätzen stören würden.

»Ist das ein Bekannter von Ihnen, den wir dort am Berg abHolen?«, suchte Peter Langer das Gespräch.

»Nein, sicher nicht«, entgegnete der Mann, der außer seinem schwarzen Anzug nichts Wärmendes am Körper trug.

»Ist Ihnen nicht kalt? Im hinteren Teil liegt eine Decke auf den Sitzen«, wollte Peter Langer helfen.

»Das ist nicht nötig. Ich fühle mich bestens und denke nicht, dass der Einsatz lange dauern wird«, sagte der Typ im Anzug.

»Da wäre ich mir nicht so sicher. Wenn wir einen Verletzten bergen, dann geht es erst mal ins Spital nach Visp. So was kann dauern, glauben Sie mir«, sagte Peter Langer und fügte noch ein »Ich bin übrigens der Peter« hinzu.

»Sehr erfreut, Lenard«, stellte der Mann sich vor und schaute verdrießlich aus dem Fenster.

Etwa zehn Minuten später schwebten sie über dem Gletscher und tauchten in eine Winterlandschaft ein, die einem Reisekatalog entsprungen schien. Peter Langer gab sich große Mühe, möglichst tief hinabzusteigen, um einen guten Blick aufs Labyrinth der Gletscherspalten zu erhalten.

Lenard sah dahingegen nur nach vorn und war fieberhaft am Grübeln. Akribisch hatte er mit seinem Auftraggeber alles durchgeplant, genau wie diesen Notruf. Für ein üppiges Honorar hatte er sich im Vorfeld die Dienste von Einsatzleiter Zurbriggen gesichert, der ihn noch in der Nacht darüber informiert hatte, dass es im Messner-Chalet einen Notruf gegeben habe. Er hatte zwar damit gerechnet, dass Hendrik oder Tucker zum Problemfall werden könnten, doch Spyros war für ihn ein lahmes Schaf gewesen, das im Zweifel leicht zu steuern wäre. Lenard kannte die fünf Teilnehmer schon ein bisschen länger als so manchen seiner Mitarbeiter. Fünf Monate hatte er damit verbracht, ein Profil von ihnen zu erstellen und Informationen über sie zu sammeln. Das waren in Anbetracht ihres öffentlichen Lebens in den sozialen Medien gar nicht mal so wenige. Doch Lenard war nicht nur ein angesehener Hoteldirektor, der ein Haus im Ortskern von Zermatt betreute. Er war auch ein Teil der neuen Finanz-Community, die sich mit Themen wie der Blockchain-Technologie beschäftigte. Er war kein Programmierer, vielmehr Netzwerker und Möglichmacher, der mit Diskretion und Ideenreichtum zu Geld gekommen war. Er liebte es, der Mann zu sein, den man kontaktierte, wenn es ein Problem zu lösen galt. Ein Problem oder eine Challenge, wie es mittlerweile hieß.

»Dort oben ist es«, deutete Lenard auf einen dunklen Fleck hin, der aus einem tief verschneiten Felsplateau herausragte.

»Das ist ja seltsam«, sagte Peter Langer. »Die Hütte habe ich bisher noch nie bemerkt, und ich bin oft hier oben unterwegs.«

»Sie ist neu«, sagte Lenard. »Zukünftig werden dort Touristen übernachten, die eins mit der Natur sein wollen. Weit ab vom Alltäglichen.«

»Und dann brechen sie sich die Knochen und ich darf sie ins Spital fliegen«, grummelte Langer und flog auf das Chalet zu.

Spyros steckte gerade eine Kaffeekapsel in die Maschine, als er das Rattern der Rotoren hörte. Ausgerechnet Kaffee hatten sie zur Genüge, ganz so, als würde man damit den Hunger stillen können. Er eilte ins Wohnzimmer, wo sein aufgeschlagenes Bettzeug auf dem Sofa lag, und schaute aus dem Fenster. Durch das gefrorene Kondenswasser konnte er kaum etwas erkennen, sodass er kurzerhand nach seiner Jacke griff und das Chalet verließ. Er wurde vom grellen Licht der Sonne geblendet und musste seine Augen sofort wieder schließen. Dennoch war das Geräusch nicht mehr zu ignorieren, denn es wirkte nun deutlich näher und kam direkt auf das Chalet zu. Nachdem sich seine Augen an die Helligkeit gewöhnt hatten, blickte er in den wolkenlosen Himmel und sah den roten Helikopter, wie er schnurstracks auf ihn zuflog. Sein Herz pochte, und er fühlte sich hin und her gerissen. Hatte Lenard doch ein Einsehen mit ihrer Lage? Oder hatte jemand von ihnen heimlich diese Challenge abgeblasen, um vorzeitig hier rauszukommen. War dies das Ende seines Traums vom eigenen Restaurant?

Spyros riss sich aus der Starre dieses Anblicks und stürmte ins Chalet, wo ihm Anni und Tucker schon entgegenkamen.

»Was ist passiert? Kommen sie uns Holen?«, fragte Anni mit einer Miene, die freudige Erregung und grenzenlose Panik gleichermaßen widerspiegelte.

»Ich weiß es nicht, aber es sieht so aus, als würde ein Helikopter von der Bergwacht direkt auf uns zukommen«, sagte Spyros und deutete den beiden an, mit ihm nach draußen zu gehen.

»Bergwacht? Bist du sicher, dass es nicht Lenard ist?«, fragte Tucker misstrauisch.

»Keine Ahnung, die Piloten waren noch nicht zu erkennen.«

»Hast du ihn etwa angerufen oder sonst einen Notruf abgesetzt?«, fragte Tucker Spyros, der aufgrund des scharfen Tons zusammenzuckte.

»Nein, auf keinen Fall. Ich habe niemanden gerufen. Außerdem ist mein Handy immer noch verschwunden, wie du weißt«, verteidigte sich Spyros.

Der Helikopter zirkelte bereits über dem Plateau und wirbelte Schnee auf, der sich wie eine Lawine in alle Richtungen verteilte.

»Wir müssen den Schnee vom Landeplatz befreien, damit er die Markierung sieht«, bemerkte Spyros und eilte Richtung Holzverschlag.

»Ich weiß nicht, ob ich das wirklich will«, sagte Tucker und starrte auf den roten Helikopter, der über ihren Köpfen zu verharren schien.

»Ich bin mir auch nicht sicher«, sagte Anni. »Vielleicht wollen sie nur nachsehen, ob es uns gut geht, und sie haben mit der Challenge nichts zu tun.«

»Hm. Kann ich mir kaum vorstellen«, grummelte Tucker, während Spyros den Landeplatz ein wenig freischaufelte. Danach reckte er den rechten Daumen, um dem Piloten ein Zeichen für die Landung zu geben. Zunächst passierte nichts, und Spyros glaubte schon, dass es sich der Hubschrauberpilot anders überlegt hatte, aber dann senkte sich das Fluggerät und löste mit den Rotorblättern einen wahren Schneesturm aus.

Tucker hatte Mühe, etwas zu erkennen, doch kurz bevor die Kufen aufsetzten, sah sie Lenard, der mit versteinerter Miene streng zu ihnen herüberschaute. In diesem Augenblick öffnete sich die Eingangstür des Chalets, und Alex kam im forschen Tempo auf die drei Gefährten zu.

»Hast du etwa Lenard gerufen?«, fragte Tucker vorwurfsvoll, noch bevor sie sich zu ihnen stellen konnte.

»Sehe ich so aus?«, bemerkte Alex und blickte Richtung Helikopter, der soeben aufgesetzt hatte.

»Vielleicht war es Hendrik? Hat jemand heute schon nach ihm gesehen?«, fragte Anni.

»Wie soll der den Helikopter rufen? Du hast doch sein Handy, Spyros, oder etwa nicht?«, fragte Tucker und starrte auf das vibrierende Fluggerät – in Erwartung, dass die Challenge gleich vorbei sein würde.

»Gestern hatte ich es noch«, meinte Spyros.

Der Helikopter kam zur Ruhe, und Lenard öffnete die Tür. Er blickte die vier Protagonisten missbilligend an und quälte sich ein Lächeln ab.

»Guten Morgen. Wie ich sehe, habt ihr einen Entschluss gefasst«, sagte er, ohne seinen Sitz im Helikopter zu verlassen.

»Nein, so ist es nicht«, rief Tucker zu ihm rüber.

»Nun ja. Es wurde ein Notruf abgesetzt, mit dem klaren Wunsch euch abzuHolen«, sagte Lenard.

»Das waren wir nicht«, meinte Tucker.

»Da habe ich etwas anderes gehört. Ein Mann hat letzte Nacht die Notfallstelle kurz nach ein Uhr kontaktiert und nach einem Helikopter zum Messner-Chalet verlangt. Da es den Ort unter diesem Namen für die Öffentlichkeit bisher nicht gibt, kann es nur von euch gekommen sein«, sagte Lenard, ohne sich von seinem Co-Piloten-Sitz zu lösen.

»Ein Mann?«, echoten Anni und Tucker fast synchron und starrten Spyros dabei an.

»Was schaut ihr mich so an? Ich war es nicht«, sagte der und tänzelte auf seinen Wanderschuhen, als müsste er aufs Klo.

»Nur du und Hendrik kommen dafür infrage«, giftete Tucker.

»Spart euch die Anschuldigungen für später auf. Unser Pilot, der Peter, hat nicht ewig Zeit für eure Diskussionen. Von daher sollten wir damit beginnen, die Ersten von euch mitzunehmen«, sorgte Lenard für klare Verhältnisse.

»Einen Augenblick«, grätschte Alex dazwischen, die bisher kein Wort gesagt hatte. »Geben Sie mir zwei Minuten Ihrer Zeit.«

Lenard schien das durchzudenken und nickte schließlich, sodass es alle sehen konnten.

»Ich kümmere mich um Lenard. Sieh du nach Hendrik und versuche herauszufinden, ob er den Notruf ausgelöst hat«, sagte Alex zu Tucker und marschierte auf den Hubschrauber zu.

Peter Langer stand neben seinem Fluggerät und versuchte vergeblich, seine Frau zu kontaktieren. Kein Empfang und keine Ahnung, wie und wann der Einsatz enden wird, verfluchte er den Auftrag innerlich. Dafür würde er ein Sonderhonorar von seinem Chef verlangen, denn vom verletzten Tourengeher war plötzlich keine Rede mehr. Stattdessen diskutierte sein Fluggast mit einer jungen Frau, ob man sie nach Hause fliegen solle ... Als wäre die Bergwacht so was wie ein Ferienflieger. Und dann wurde er auch noch aus dem eigenen Fluggerät gebeten, weil es als Besprechungsraum gebraucht wurde. Was für ein Scheißtag, sagte er zu sich selbst und schaute zu den anderen zwei Gestalten herüber, die wie Hänsel und Gretel ratlos vor dem Hexenhäuschen standen.

»Warst du es?«, fragte Anni, die das Gefühl hatte, es aussprechen zu müssen.

»Spinnst du?«, kam es von Spyros.

»Na ja, beim ersten Mal warst du es ja auch«, bemerkte sie. »Außerdem hast du Hendriks Handy. Womit sollte er den Notruf ausgelöst haben?«

»Du bist ja völlig verrückt. Ihr seid alle verrückt. Versessen auf diese blöde Challenge und das Geld«, wetterte Spyros, als die Pilotentür des Helikopters aufging und Alex erhobenen Hauptes auf sie zuschlenderte, als hätte sie soeben einen Staatsvertrag geschlossen.

Der Pilot setzte sich zurück an seinen angestammten Platz, und Lenard gab das Zeichen, die Rotoren wieder anzulassen.

»Was ist passiert? Was hast du ihm gesagt?«, fragte Anni, die überrascht war und sich doch erleichtert fühlte.

»Das wir noch ein Weilchen hierbleiben«, sagte Alex knapp und schaute zum Helikopter hoch, der aus dem Stand heraus nach vorn zog und in Richtung Gletscher das Chalet verließ.

»Und was hat Lenard gesagt?«, konnte Anni den Ausgang des Gesprächs kaum nachvollziehen.

»Dass wir uns entscheiden müssen. Und dass es nicht mehr vorkommen darf«, sagte Alex, ohne Anni und Spyros dabei anzuschauen.

In diesem Augenblick ging die Holztür des Chalets auf, und Tucker stand mit aufgerissenem Mund vor ihnen, ohne ein Wort herauszubringen.

»Um Himmels willen, was ist passiert?«, ging Anni auf sie zu und rüttelte an ihrem Arm.

»Tucker, was ist passiert? Sag doch bitte etwas?«, legte Anni nach, da Tucker immer noch nichts von sich gab.

»Hendrik«, stammelte sie nur.

»Was ist mit Hendrik? Hat er den Notruf ausgelöst? Kein Grund zur Sorge, denn Alex hat es wieder glattgebügelt und wir dürfen weitermachen«, versuchte Anni, Tucker zu beruhigen.

»Nein. Hendrik ... Hendrik ist ... tot«, sagte Tucker und sackte in die Knie.

Kapitel 51

Tucker

Gestern hätte sie ihn wegen seiner Anschuldigung am liebsten eigenhändig umgebracht, und jetzt lag er tot in seinem Bett. Zunächst hatte sie geglaubt, dass Hendrik nur tief schlafen würde, doch nachdem sie ihn zweimal kräftig durchgeschüttelt hatte, war Tucker klar geworden, dass Hendrik niemals wieder etwas sagen würde. Sie hatten ihn auf dem Gewissen. Sie alle und Tucker im Besonderen, zumindest fühlte es sich für sie so an, da sie seine Bedenken einfach ignoriert hatte. Wie hatte es so weit kommen können, dass sie für ein paar Dollar einen Menschen elendig verrecken ließen? Tucker fühlte sich wie gelähmt und außerstande, etwas zu entscheiden. Es spielte keine Rolle mehr, wer wann den Notruf ausgelöst hatte, denn die Challenge war vorbei. Für Hendrik und für alle anderen von ihnen auch. An ihren Händen klebte Blut, das sich niemals wieder abwaschen lassen würde.

»Bist du dir sicher? Wie kann er plötzlich tot sein?«

»Gestern ging es ihm gut.«

»Habt ihr wieder gestritten?«

Die Fragen hämmerten auf Tucker ein, während Anni sie umarmte, als hätte sie einen schlechten Traum gehabt.

»Ich weiß es nicht«, flüsterte sie und würgte ein paar Reste Brot heraus. Viel war es nicht, was in Anbetracht der rationierten Mahlzeiten kein Wunder war. Selbst zum Kotzen reichte es nicht mehr, musste sie unwillkürlich denken und übergab sich auf ein Neues.

Spyros und Alex liefen ins Chalet, um nach Hendrik zu sehen, während Anni Tucker dabei half, sich wieder aufzurichten.

»Hast du ihn ...?«, fragte Anni und machte ein Gesicht, als hätte sie in eine Zitrone gebissen.

»Habe ich was? Ihn umgebracht? Bist du wahnsinnig?!«, kreischte Tucker und sah Anni fassungslos an.

»Nein. Keine Ahnung, was ich dachte. Ich meine, bist du dir überhaupt sicher, dass er tot ist?«, umschiffte Anni die Anschuldigung.

»Er atmet nicht mehr und hat keinen Puls. Wir haben ihn alle auf dem Gewissen. Alle!«, rief Tucker und sackte wieder in die Knie.

»Nein, das haben wir nicht. Ich jedenfalls habe ihn ganz bestimmt nicht auf dem Gewissen. Es war ein Unfall, der passiert ist, als er mit dir unterwegs war. Ich habe außerdem keine Ahnung von Sportverletzungen und kann nicht beurteilen, ob jemand zum Arzt muss«, sagte Anni und schüttelte den Kopf.

»Was soll das heißen? Wir haben uns gemeinsam dazu entschieden durchzuhalten, obwohl er in ein Krankenhaus gehört hätte. *Wir alle* haben das entschieden«, sagte Tucker und funkelte mit den Augen.

»Hendrik hat es mit entschieden. Er wollte durchhalten. Ganz sicher«, beschwichtigte Anni.

Tucker schüttelte den Kopf und ging den gestrigen Tag noch einmal in Gedanken durch. Hendrik wirkte bei ihrem Streit recht klar im Kopf und beschuldigte sie, den Unfall provoziert zu haben. Er wirkte nicht wie jemand, der bald sterben würde. Ganz im Gegenteil, er schien zu Kräften gekommen zu sein und zeigte sich kämpferisch. Hatte Hendrik den Notruf wirklich abgesetzt? Wie sollte er das angestellt haben, wo Spyros doch sein Handy in Gewahrsam hatte.

»Wer hat den verdammten Notruf ausgelöst?«, fragte Tucker unvermittelt und glotzte Anni dabei an.

»Was schaust du zu mir? Ich kann es nicht gewesen sein, denn Lenard sprach von einem Mann. Also war es entweder Hendrik oder …«, ließ sie das Ende offen.

Alex und Spyros kamen zurück und sahen kreidebleich aus.

»Er ist tot. Es ist unfassbar. Er ist wirklich tot«, stammelte Spyros und schüttelte immer wieder den Kopf, als könnte er es damit ungeschehen machen.

»Was tun wir denn jetzt?«, fragte Anni.

»Was sollen wir schon tun? Lenard kontaktieren und das dämliche Spiel beenden. Es ist vorbei«, sprach Tucker aus, was aus ihrer Sicht die einzig richtige Lösung war.

Spyros und Anni nickten, während Alex' Miene sich verdüsterte.

»Ich denke, wir sollten weitermachen«, sagte sie nur und schaute dabei in den Schnee.

»Ernsthaft? Du willst Hendrik vergammeln lassen, während wir lustige Fotos im Schnee schießen, nur um unsere Prämie zu kassieren?«, fragte Tucker fassungslos.

»Das hat dich bisher auch nicht gestört. Außerdem muss er nicht im Bett verfaulen. Wir könnten ihn woanders hinbringen«, meinte Alex.

»Aber wir müssen das doch melden«, unterbrach Spyros ihre Diskussion.

»Ja, so wie den Notruf zuvor, den *du* abgesetzt hast«, bemerkte Anni scharf.

»Ich habe den Notruf nicht abgesetzt«, widersprach Spyros.

»Es war aber ein Mann, und da du Hendriks Handy hattest, kommst nur du infrage. Vielleicht hast du ihn ja auf dem Gewissen«, konterte Anni.

»Du bist ja verrückt. Wieso sollte ich das tun? Wenn überhaupt, solltet ihr Tucker beschuldigen. Sie hat Hendrik zuletzt lebend gesehen und mit ihm gestritten«, drehte Spyros den Flaschenhals in Richtung Tucker.

»Ich habe ihn nicht angerührt. Doch du, Alex, warst bei ihm und hast ihm ein Brot gebracht und auch noch dieses widerliche Selfie mit ihm geschossen. Und dann hast du ihm diesen Gedanken eingepflanzt, dass ich die Bindung manipuliert hätte«, giftete Tucker.

»Ja, ich habe ihm was zu essen gebracht, nachdem ihr ihn verhungern lassen wolltet. Hendrik meinte nur, dass eine Bindung nicht ausgelöst habe. Von Manipulation war nie die Rede. Scheint also was dran zu sein«, widersprach Alex.

»Du Schlange«, sagte Tucker und holte mit der flachen Hand aus. Die Ohrfeige landete auf Alex' Wange und hinterließ einen roten Striemen. Tucker rechnete mit Gegenwehr, doch Alex stand nur da und nickte, ganz so, als hätte sie es erwartet.

»Tut weh, wenn man sich verplaudert. Schau besser nicht in den Spiegel, Tucker. Du würdest vor dir selbst erschrecken«, sagte Alex und streichelte über ihre Wange.

Alex hatte recht, denn Tuckers Reaktion war unbeherrscht gewesen, und es sah so aus, als wäre ihr das nicht zum ersten Mal passiert ... als hätte sie das Zeug dazu, im Affekt ein Leben zu beenden.

Kapitel 52

Messner-Chalet

Sie saßen zu viert am Küchentisch und hielten einen Krisengipfel ab. Während Spyros Schnapsgläser mit Kräuterlikör befüllte, versuchte Tucker, sich vor allen zu rechtfertigen.

»Er ist nicht an dem Unfall gestorben, sondern an den Verletzungsfolgen. Wir hätten ihn in ein Krankenhaus bringen sollen und tragen somit alle Schuld an seinem Tod.«

»Ich nehme diese Schuld nicht auf mich«, wiederholte sich Anni, »er wollte bis zum Ende durchhalten. Wie kann man überhaupt von einer Knieverletzung sterben? So etwas habe ich noch nie gehört. So was gibt es nicht einmal auf Netflix!«

»Das wird die Polizei kaum interessieren«, bemerkte Alex und trank den Schnaps in einem Zug.

»Wieso Polizei?«, fragte Anni und weitete die Augen.

»Wenn es eine Leiche gibt, dann ermittelt auch die Polizei. Und dann werden sie feststellen, dass Hendrik schon länger im Chalet gelegen hat, und uns fragen, warum wir keinen Arzt gerufen haben«, erklärte Alex.

»Aber wir haben doch einen Notfall ausgelöst und Lenard Bescheid gegeben. Er hat entschieden, dass wir bis zum Ende bleiben müssen. Wenn überhaupt, dann hat Lenard Hendrik auf dem Gewissen«, polterte Anni los.

»Es war unsere Entscheidung«, flüsterte Tucker.

»Was sagst du da? Meine Entscheidung war das jedenfalls nicht, eine Challenge mit Todesfolge auszurufen«, widersprach Anni.

»Quatsch doch nicht so eine Scheiße«, grätschte Tucker rein, »du hast dich genauso dafür entschieden, bis zum Ende hierzubleiben, wie Alex, Spyros und ich. Obwohl wir wussten, dass Hendrik in ein Krankenhaus gehörte.«

»Ich wusste das nicht«, sagte Anni.

»Diese Diskussion führt zu nichts«, entgegnete Alex, »wir sollten besser überlegen, was wir jetzt tun.«

»Wir müssen das melden«, sagte Tucker.

»Nein«, widersprach Anni kalt.

»Nein, was? Sollen wir ihn liegen lassen? Soll sich jemand anderes um ihn kümmern, wenn wir weg sind? Ernsthaft jetzt? Außerdem wird er sicherlich bald vermisst. Vielleicht von seiner Freundin? Von seinen Eltern? Was ist mit seinen dreihunderttausend Fans?«, fragte Tucker, die bereits das zweite Glas geleert hatte.

»Er hatte keine Freundin«, flüsterte Spyros, der bisher kein Wort gesagt hatte.

»Dann hatte er halt keine Freundin, doch Eltern wird er sicherlich haben. Und Eltern machen sich bekanntlich Sorgen, wenn die Kinder sich nicht melden«, blaffte Tucker dazwischen.

»Meine nicht«, antwortete Spyros und starrte auf sein Schnapsglas, als wäre es eine Glaskugel für Wahrsager.

»Meine Mutter sicher irgendwann. Hoffentlich«, sagte Anni und schaute Tucker an.

»Meine neue Familie würde sicher Jahre brauchen, um nach mir zu fragen. Und am Ende wäre sie vielleicht erleichtert, wenn ich nicht mehr existieren würde. Aber all die klugen Worte nützen nichts, denn irgendjemand wird ihn garantiert vermissen«, sagte Tucker.

»Ist doch seltsam«, unterbrach Spyros Tuckers Rage. »Wir haben Tausende von Followern, doch im Grunde würde es niemand bemerken, wenn wir einfach so verschwinden würden.«

Während Anni nickte, schüttelte Tucker energisch den Kopf. »Was für ein Blödsinn. Was ist mit Freundinnen und Freunden? Jeder Mensch hat Leute, die ihn vermissen würden. Außerdem sind wir dazu verpflichtet, es zu melden, auch diesem Lenard und seinem Auftraggeber.«

Tuckers letzter Satz führte zu einem kollektiven Zucken.

»Wenn wir es melden, dann ist die Challenge vorbei«, sagte Alex.

»Dann ist sie eben vorbei«, kam es von Tucker.

»Und wir gehen in den Knast«, legte Alex nach.

»Dann ist es so. Es gibt keine Alternative«, murmelte Tucker und schenkte sich ein weiteres Glas vom Kräuterlikör ein.

»Ich gehe nicht in den Knast. Nicht für diesen arroganten Arsch. Und nicht für dich, Tucker«, platzte es aus Anni raus.

»Ich auch nicht«, kam es von Spyros.

»Keiner muss in den Knast«, beruhigte Alex die angespannten Nerven. »Wir müssen die Leiche entsorgen und es wie einen Unfall aussehen lassen. Und wir müssen weitermachen mit dem, wofür wir hier sind.«

»Du bist doch wahnsinnig!« Tucker schoss aus dem Stuhl hoch und baute sich vor Alex auf, die ihre Schirmmütze tief ins Gesicht gezogen hatte.

»Was ist? Willst du mir wieder eine runterhauen?«, fragte Alex und hielt Tucker ihre rechte Wange hin.

»Sie hat recht«, sagte Anni und zog an Tuckers Arm, als Zeichen, dass sich diese wieder setzen sollte. »Außerdem profitierst du doch wohl am meisten davon«, fügte sie anschließend hinzu.

»Was willst du damit sagen, Prinzessin? Sprich es aus!«, funkelten Tuckers Augen in Richtung Anni.

»Du trägst die meiste Schuld an seinem Tod. Und exakt das werde ich der Polizei auch sagen, wenn sie mich befragen. Also, setz dich hin und hilf uns lieber beim Nachdenken«, erhob Anni ihre Stimme.

»Wo sollen wir ihn vergraben?«, fragte Spyros in die Runde.

»Hinter der Sauna hat sich ein meterhoher Schneehaufen gebildet. Es wird Ewigkeiten dauern, bis der abtaut«, meinte Anni.

»Nein«, erstickte Alex die Idee im Keim. »Das wäre zu offensichtlich und ist aus der Luft leicht zu erkennen. Außerdem kommen demnächst neue Gäste und eine Leiche ist kein guter Einstieg.«

»Was schlägst du vor?«, fragte Anni.

»Gletscherspalte. Wir werfen ihn in eine Gletscherspalte«, erklärte Alex, als hätte sie es vor Tagen, Wochen oder Monaten bereits geplant.

Kapitel 53

Anni

Wieder einer dieser Tage, an denen es nicht wirklich hell wird, dachte Anni, als sie am Beckenrand des Jacuzzis saß und den Schneeflocken beim Runtersegeln zusah. Es war Tag eins nach Hendriks Tod, und seine Leiche lag nach wie vor in seinem Bett. Sie hatten die Tür zum Zimmer einfach zugemacht und sich Bedenkzeit eingeräumt. 24 Stunden, um zu überlegen, wie man die Situation bereinigen könnte. 24 Stunden, um den Vorfall zu melden, sich der Polizei zu stellen oder Hendrik in einer Gletscherspalte verschwinden zu lassen.

Mehr als die Hälfte dieser Zeit war bereits aufgebraucht, als Anni in das Schneegestöber starrte und damit beschäftigt war, ihre Gedankenwelt zu ordnen. Es war nicht leicht gewesen, die letzte Nacht mit Tucker in einem Zimmer zu verbringen. Ausgerechnet die coole Tucker wollte alles aufs Spiel setzen, um ihrer Meinung nach das Richtige zu tun. Doch Anni war sich nicht so sicher, ob Kapitulation der Weg aus dem Dilemma war. Außerdem wollte sie ihr Leben und ihre Freiheit nicht wegen eines verunglückten Influencers drangeben, nachdem sie mit Mühe und Glück den Fängen von Victoria und Franco entkommen war. Am Ende war es nur ein bedauernswerter Unfall gewesen und eine unbedachte Reaktion.

Es würde für Anni Geld regnen, um ein Studium zu finanzieren und ihre Schulden zu begleichen. Dafür musste Hendriks Leiche irgendwie verschwinden. Es waren nur noch sechs Tage und sie waren noch im Rennen, hatte zumindest Alex gesagt, die mit Lenard alles durchgesprochen hatte. Anni wollte nicht aufgeben, und sie wollte auch nicht, dass es jemand anderes tat. Was passiert war, konnte man nicht ungeschehen machen. Dabei musste sie unwillkürlich an die Diskussion vom gestrigen Abend denken. Würde jemand Alarm schlagen, wenn sie sich nicht meldete? Ihre Mutter, ihre Nachmieterin, eine Freundin, ihre Fans? Wann käme jemand auf die Idee, die Polizei zu alarmieren? Sie war sich nicht sicher, zumal sie die letzten Weihnachtsfeste und Geburtstage immer unterwegs gewesen war und nur sporadisch von sich hatte hören lassen. Schließlich konnte man ihr öffentliches Leben auf Social Media verfolgen, und das schien den meisten Menschen zu genügen. Diesen Lifestyle hatte sie in den letzten Jahren bis zur Perfektion getrieben und immer neue Leute kennengelernt, die sie wenig später wieder abgestreift hatte. Ihr Leben war zu einem Abziehbild von austauschbaren Posts geworden, einer virtuellen Welt aus Fans und Followern, die am Ende genauso Fake waren, wie die meisten ihrer Beiträge. Was würde passieren, wenn es kein nächstes Bild mehr gab? Würde sich nur *ein* Mensch ernsthaft um sie sorgen? Würde nur *einer* von den Abertausenden auf den Alarmknopf drücken?

Anni spürte, wie ihr Angst die Kehle zuschnürte, denn sie hatte einiges vernachlässigt in ihrem jungen Leben. Sie würde Zeit benötigen, um es zu korrigieren, und diese Zeit musste sie sich nun verschaffen, indem sie dieses Abenteuer bis zum Ende durchstand. Sie zückte ihr Handy, versuchte sich an einem Lächeln und startete das Video, denn ihre Fans würden sicherlich schon auf ein Lebenszeichen von ihr warten.

Kapitel 54

Spyros

Spyros saß auf seinem Sofa und schaute den Holzscheiten beim Verglühen zu. Einst waren sie Teil eines Baumes gewesen, der kraftvoll strotzend in den Himmel gewachsen und Sauerstoff für alle produziert hatte. Bis jemand gekommen war und ihn kurzerhand in Stücke gehackt hatte, um seine Einzelteile als Brennholz zu verarbeiten. Schon bald würde nichts mehr von ihnen übrig sein und sie würden rückstandslos verglimmen. Ohne Konsequenz für denjenigen, der den Baum gefällt hatte. In etwa so fühlte sich Hendriks Tod für Spyros an. Dabei war es nicht das erste Mal, dass ihn der Tod eines Menschen in einen Gewissenskonflikt stürzte. Ioanna ... Sie war Spyros' jüngere Schwester gewesen, die im Alter von sechs Jahren von einem Auto erfasst worden und wenig später im Krankenhaus verstorben war. Spyros war drei Jahre älter als Ioanna gewesen und von den Eltern als Beschützer auserkoren worden. Im Grunde war er viel zu jung für die ihm angedachte Rolle gewesen, doch beide Elternteile hatten arbeiten müssen, um die Ratenzahlungen für das Haus zu finanzieren. Sie hatten ihn gelobt und gemeint, dass es gut sei, in seinem Alter Verantwortung zu übernehmen. Außerdem sei der gemeinsame Schulweg nun wirklich keine Herausforderung und das bisschen Aufpassen am Nachmittag ein Kinderspiel für ihn.

Und nun hatte er schon wieder nicht aufgepasst und einen Menschen im Stich gelassen, der auf seine Hilfe angewiesen war. Und erneut überlegte er, wie man diesen Unfall ungeschehen machen konnte. Mit dem Unterschied, dass er diesmal drei Komplizen hatte, die die gleiche Nuss zu knacken hatten. Während Tucker sich dem Ganzen stellen wollte, waren Anni und Alex drauf und dran, sich aus der Verantwortung zu stehlen. Sie wollten Hendrik einfach so verschwinden lassen, genau wie er Ioanna damals einfach so verschwinden lassen wollte. Damals war er nur ein kleiner Junge gewesen, dem man einfach zu viel aufgebürdet hatte. Heute war er Spyros, ein erwachsener Mann, Foodblogger und Teilnehmer einer Challenge, in der es um viel Geld ging. So viel Geld, dass er sich seinen Traum erfüllen konnte, um an jenen Ort zurückzukehren, an dem das Schicksal seinen Anfang genommen hatte. Er würde die bösen Geister endlich besiegen und Frieden mit sich schließen können. Nein, er konnte jetzt nicht aufgeben, so viel war ihm klar, als das letzte Holzscheit in sich zusammenfiel und das Feuer im Kamin erlosch.

Kapitel 55

Tucker

Tucker stand exakt an jener Stelle, wo Hendrik folgenschwer gestürzt war. Zumindest glaubte sie es, denn natürlich hatte der Schnee die Spuren längst verwischt. Es schneite wie aus einer Schneekanone und Tucker war mit ihrem Snowboard den Hang nochmals hinabgefahren – um den Kopf freizubekommen und in Ruhe nachdenken zu können, wie sie sich einredete. Doch es ging ihr vielmehr um Beweise, die noch immer unter diesem Neuschnee liegen mussten. Sie hatten die Skier damals zurücklassen müssen, da es schwer genug gewesen war, Hendrik mit dem Holzschlitten nach oben zu bugsieren. Niemand hatte seitdem auch nur einen Gedanken daran verschwendet, sie auszugraben und wieder in den Schuppen zu stellen. Doch die Situation hatte sich grundlegend verändert, denn Hendrik war nun tot, und der Unfall war der vermeintliche Auslöser dafür gewesen.

Sie legte das Snowboard in den Schnee und begann zu graben, was zunächst recht einfach funktionierte, da der trockene Pulverschnee leicht und locker zu verschieben war. Dennoch wollte sich kein Erfolg einstellen, und Tucker musste den Quadranten ihrer Grabung sukzessive ausbauen. Haufen um Haufen türmte sich am Berghang auf, und Tucker spürte Panik in sich aufsteigen. Wo waren diese gottverdammten Skier, fragte sie sich, nachdem sie ein Gebiet von fünf mal fünf Metern um die Sturzstelle abgegraben hatte. Sie schrie ihren Frust in den weißen Schneehimmel hinaus und begann damit, die Haufen wieder zu verteilen. Schließlich sollte es von oben nicht nach einem Iglu-Dorf aussehen, falls ein Helikopter unterwegs sein würde.

Nach eineinhalb Stunden Graben war Tucker fix und fertig und ruhte sich auf ihrem Snowboard aus. Sie war verschwitzt und ihr war kalt, doch der Rückweg würde ihren Körper schnell erhitzen, da es steil nach oben ging. Warum war sie überhaupt an die Unfallstelle zurückgekehrt? Hatte sie allen Ernstes geglaubt, die Skier im Schnee zu finden – um dann *was* mit ihnen anzustellen? Die Bindung nachträglich zu kontrollieren und neu zu justieren? Hatte sie geglaubt, mit diesem Kunstgriff könnte sie alles ungeschehen machen? Tucker schüttelte den Kopf ob ihrer eigenen Naivität. So etwas hätte sie vielleicht von Anni erwartet, doch sie empfand sich selbst als clever und löste in der Regel jedes Problem mit einem lockeren Spruch. Doch die Sprüche waren ihr schon lange ausgegangen, und sie spürte, dass ihr Leben eine neue Wendung nehmen würde. Sie fühlte sich verantwortlich für Hendriks Tod, obwohl es ein banaler Unfall gewesen war. Schließlich war er wegen seines Fahrfehlers gestürzt. Doch spielte das überhaupt eine Rolle? War es nicht vielmehr ihre Gier nach Geld gewesen, die Hendriks Tod begünstigt hatte. War sie es nicht gewesen, die Hendrik mundtot machen wollte und alle aufgestachelt hatte, doch möglichst bis zum Ende durchzuhalten? Tucker nickte zu sich selbst und haderte mit der eigenen Moral. Sie trug selbst die meiste Schuld und wollte jetzt den ganzen Schwindel aufdecken, um alle mit hinabzureißen. War das fair den anderen gegenüber? War das tapfer? War das ehrlich und authentisch? Was würde sie einem Follower schreiben, der nicht mehr ein und aus wusste? Sie würde ihm einen lockeren Motivationsspruch reindrücken und sagen, dass er stets nach vorn schauen soll und nie zurück. Also, scheiß drauf, dachte sich Tucker und begann ein weiteres Mal, den Hang hinaufzusteigen.

Kapitel 56

Alex

Alex blickte durch das Fernglas aufs Chalet und versuchte, Konturen in dem Schneegestöber auszumachen. Sie war mit den Schneeschuhen bis zum Aussichtspunkt marschiert, an dem sie mit Anni die Fotos geschossen hatte. Jetzt war sie allein hier und fühlte sich ein wenig angespannt. Das Fernglas war eher ein nervöser Zeitvertreib, da man bei der Witterung kaum etwas sehen konnte. Die Gipfel der Viertausender waren nahezu verschwunden, und Alex hätte sich genauso gut in einer Eiswüste befinden können, so feindlich wirkte das Plateau an diesem Vormittag. Keine gute Voraussetzung, um die Gemüter zu beruhigen, dachte sich Alex und zückte ihr Handy, um ein Selfie aufzunehmen.

Sie betrachtete das Resultat, das sie in der Lederjacke und der grauen Utah-Utes-Cap zeigte.

Es war nicht die Originalmütze, sondern ein Spontankauf aus einem Souvenirshop am Flughafen von Salt Lake City. Das Original hatte ihrer Schwester Alessa gehört und war vor einem halben Jahr mit ihr in einem Sarg verbrannt worden. Es war ein Geschenk von Alex gewesen, die damals noch auf den Namen Alexander gehört hatte und Alessas Bruder gewesen war. Alexander hatte sie zu einem Spiel im Rice-Eccles-Stadion von Salt Lake City eingeladen. Alessa hatte damals neben ihm auf dem Tribünenplatz gesessen und drei Stunden lang ins Smartphone gestarrt, obwohl Football immer ihre Welt gewesen war. Wegen Daddy und dem ganzen Zirkus drumherum. Doch ihr gemeinsamer Daddy war lange schon Geschichte gewesen, und der Tod der Mutter hatte endgültig alle familiären Wurzeln abgetrennt. Während Alexander zwei Tage nach der Beerdigung der Mutter nach Austin gegangen war, um Informatik zu studieren, hatte sich Alessa ins elterliche Schneckenhaus zurückgezogen und den Job am Empfang der Canyon Country Lodge gekündigt.

Sie hatte fortan von den dürftigen Ersparnissen der Mutter gelebt, während Alexander bereits wenig später schon eine Stange Geld verdient hatte. Er war eine Koryphäe auf dem Gebiet der Cybersicherheit geworden und hatte sich unersetzlich für einen kleinen elitären Kreis von Unternehmen gemacht. Nicht alle Auftraggeber waren ehrenwert gewesen, doch Alexander hatte nie nach Herkunft und Beweggründen gefragt. Er war ein selbstständiger Unternehmer gewesen und hatte achtzig Prozent der Einnahmen in Bitcoins verdient, die der Staat nicht nachverfolgen konnte. Die restlichen zwanzig Prozent waren von der University of Texas gekommen, die regelmäßig die IT-Systeme von ihm überprüfen ließ. Alexander war ein Einzelgänger gewesen, doch nicht unglücklich mit seiner Rolle, während Alessas Welt fortan auf einem Sechs-Zoll-Bildschirm abgelaufen war, wo sie Möchtegern-Berühmtheiten auf Instagram und TikTok folgte.

Sie hatten sich aus den Augen verloren, und selbst der Ausflug ins Stadion von Salt Lake City war für Alexander im Nachhinein ein müder Anlauf gewesen, um sein Gewissen zu beruhigen. Dabei hatte er es kommen sehen. Alessas Zurückgezogenheit, die Depressionen, der Alkohol, ihre Handysucht. Sie hatte sich von ein paar kümmerlichen Influencern zu einem Nichtsnutz degradieren lassen. Alle waren schöner, reicher, durchtrainierter, begehrenswerter, beliebter und weltgewandter gewesen als Alessa selbst. Sie hatte sogar versucht, mit ihren Idolen Kontakt aufzunehmen, wie

Alexander später herausfand, als er Alessas Handy auf der Kommode im Flur entdeckt hatte. Nur wenige hatten ihr geantwortet, und die, die es getan hatten, waren zu Sargnägeln für ihre fragile Psyche geworden. Dabei hatte Alessa, die damals alle Alex genannt hatten, immer nur so sein wollen wie ihre Vorbilder auf Instagram.

Für Alexander war Alessas Tod das Ende seines eigenen Lebens gewesen. Er hatte sie vergessen und vernachlässigt gehabt, ja, er hatte sie diesen Monstern aus dem Instagramkanal zum Fraß vorgeworfen. Er konnte es nicht ungeschehen machen, doch er konnte ihren Traum erfüllen, und er konnte Rache für sie üben. Dafür musste er zu Alessa, dafür musste er zu Alex werden.

Alex lud das Selfie auf Instagram hoch und wartete auf Reaktionen. Im Sekundentakt sammelte sie Likes und Kommentare von Usern ein, die, genau wie Alessa damals, verzweifelt vor dem Bildschirm saßen und alles an ihr gut fanden, nur sich selbst nicht akzeptieren konnten. Mittlerweile gab es fast 60.000 Menschen, die ihrem Profil folgten, und sie wusste, dass sie es ohne Anni, Hendrik, Spyros und Tucker nie so weit gebracht hätte. Alex hatte die Fans ihrer Mitstreiter wie einen Schwamm in ihr Profil gesaugt und würde ihnen bald auch noch den Rest nehmen, um ein Mahnmal zu kreieren. Sie steckte das Handy in die Innenseite der Lederjacke und machte sich auf den Rückweg.

Kapitel 57

Messner-Chalet

Sie saßen am Küchentisch und aßen schweigsam einen Teller Nudeln. Eigentlich hatte Spyros die Portion halbieren wollen, doch sie entschieden sich für eine letzte volle Mahlzeit und jede Menge Schnaps, um die Entscheidung runterzuspülen. Sie hatten abgestimmt und einstimmig entschieden, Hendrik in einer Gletscherspalte zu begraben. Keiner hatte es so konkret noch einmal ausgesprochen, doch ihr Nicken hatte mehr gesagt als alle Worte, und sie hatten eine stille Einigkeit erzielt.

»Wir werden absteigen müssen bis zum Gletscher«, sagte Alex und leckte genüsslich ihren Teller ab.

»O nein, nicht schon wieder dort hinunter. Gibt es hier bei uns denn keine Gletscherspalten?«, fragte Anni.

»Ist schon gut, Prinzessin«, sagte Tucker. »Ich werde Spyros und Alex nach unten begleiten. Bleib du hier oben und hüte das Chalet.«

Spyros nickte zunächst nachdenklich und schüttelte danach den Kopf. »*Ich* soll mitkommen?«, fragte er, als wäre die Idee absurd.

»Natürlich. Wir beerdigen Hendrik gemeinsam, denn er war ein Teil unserer Gruppe. Außerdem habt ihr euch das Zimmer geteilt«, sagte Tucker und blickte Spyros verständnislos an.

»Es ist nur so ...«, setzte Spyros an, als er von einem Telefonklingeln unterbrochen wurde.

»Wessen Handy ist das?«, fragte Anni überrascht, da alle bis auf Spyros ihre Smartphones auf dem Tisch liegen hatten.

»Das kann nur das von Hendrik sein, da meins immer noch verschollen ist«, grübelte Spyros darüber nach, woher er diesen Klingelton kannte.

»Ich sehe besser nach, wer anruft. Außerdem muss das Ding mit Hendrik hier verschwinden«, sagte Anni.

»Es müsste unter meinem Kopfkissen liegen«, erklärte Spyros, dem der Gedanke, dass Anni in seinen Sachen herumwühlte, nicht sonderlich gefiel. Doch sie war bereits aufgestanden und auf dem Weg ins Wohnzimmer.

Anni fand Hendriks Smartphone exakt dort, wo Spyros es vermutet hatte. Sie nahm es in die Hand und blickte auf ein schwarzes Display, während der Klingelton noch immer durch das Zimmer schrillte. Anni lauschte angestrengt und steuerte schließlich auf Spyros' Rucksack zu, der angelehnt an einen Sessel stand und zugeschnürt war.

»Hast du es gefunden?«, fragte Spyros aus der Küche und stand auf.

»Ich denke schon«, sagte Anni und öffnete den Reißverschluss der Seitentasche.

»Warte, ich helfe dir«, rief Spyros und beeilte sich, um Anni zuvorzukommen. Plötzlich war ihm klar, woher das Klingeln kam.

»Nicht nötig, ich habe es«, rief Anni Richtung Küche und griff ins Seitenfach des Rucksacks.

Spyros starrte Anni entsetzt an, während sie das Handy in die Luft hielt. Es hatte aufgehört zu klingeln, doch das Display leuchtete. *Ein Anruf in Abwesenheit* stand dort eingeblendet, dazu das Hintergrundfoto einer Finca mit Olivenhain.

»Was hast du an meinem Rucksack gemacht?«, stotterte Spyros und konnte den Blick nicht von dem Handy lösen.

»Es hat geklingelt, Spyros. *Dein* Handy hat geklingelt«, betonte Anni jedes Wort einzeln und hielt das Smartphone in die Luft, als wäre es ein wichtiges Beweisstück.

»Mein Handy. Wo hast du es gefunden?«

»Es war genau hier ... in der Seitentasche deines Rucksacks. Du hast es nicht verloren, es war die ganze Zeit dort.«

»Das kann nicht sein«, faselte Spyros und ging auf Anni zu. »Gib es mir«, forderte er sie auf, doch Anni schüttelte den Kopf.

»Nein, Spyros. Du hast uns verarscht. Es war nie weg, und du hast hinter unserem Rücken den Notruf abgesetzt.«

»So war es nicht, und jetzt gib es mir!«, forderte Spyros auf ein Neues, doch Anni war bereits an ihm vorbei und raste zu Tucker und Alex in die Küche.

Sie legte das Handy auf den Küchentisch und setzte sich auf ihren Platz.

»Ich schwöre, dass ich keine Ahnung hatte, wo es war, und ich den ganzen Rucksack erfolglos auf den Kopf gestellt habe, ohne es zu finden«, sagte er, als er wieder zu ihnen in die Küche trat. Während Tucker, Alex und Anni wie drei Richter um den Tisch herumsaßen, stand Spyros unsicher im Türrahmen – wie ein jugendlicher Straftäter.

»Dann gib deinen PIN-Code ein und zeig uns die Anrufliste«, verlangte Tucker.

Spyros zögerte und schien in Gedanken alle Chancen und Konsequenzen abzuwägen.

»Was ist? Wenn du es tatsächlich verbummelt hattest, dann sollte dort auch nichts zu finden sein. Es hat in der Zwischenzeit anscheinend nicht geklingelt, sonst hättest du es gefunden«, bemerkte Tucker.

»Ich weiß nicht«, stammelte Spyros und schlich zu ihnen an den Küchentisch. Er nahm das Handy in die Hand, als wäre es ein Gegenstand, den er nie zuvor gesehen hatte, und gab den PIN-Code ein. Sein Hintergrundbildschirm leuchtete grell auf, und eine Ansammlung von Apps erschien. Er klickte mit seinem verschwitzten Daumen auf die Anrufliste und scannte die ein- und ausgehenden Telefonate der letzten Tage. Er atmete schon auf, da der oberste Eintrag als rot und unbeantwortet markiert war. Doch direkt darunter standen die schwarzen Ziffern einer Schweizer Rufnummer, die exakt zum Zeitraum des getätigten Notrufs passte. Spyros schüttelte den Kopf und schob die Ansicht im Affekt nach oben, als könnte er die Liste einfach so verschwinden lassen.

»Zeig her!«, kommandierte Tucker.

Spyros reichte ihr das Handy und schaute an die Decke. Er wirkte verzweifelt.

»Da ist ein Anruf zu einer Schweizer Rufnummer«, klickte Tucker auf die schwarzen Ziffern. »Du hast mitten in der Nacht einen Anruf entgegengenommen und zweieinhalb Minuten mit der Person gesprochen. Worum ging es in dem Gespräch, Spyros?«

»Ich weiß es nicht«, beharrte der auf seiner Unschuld. »Mein Handy war bis gerade unauffindbar. Warum sollte ich den Helikopter gerufen haben? Warum sollte ich mein Handy vor mir selbst verstecken? Was hätte ich damit gewonnen?«, fragte er verzweifelt in die Runde.

»Ich weiß es nicht, doch wir werden es herausfinden«, meinte Tucker und drückte auf die Rufnummer. Bereits nach einem Klingeln wurde abgenommen und ein Mitarbeiter der Bergwacht meldete sich und fragte nach dem Anliegen.

»Sorry, falsch verbunden«, sagte Tucker und legte auf. Sie steckte das Handy in die Seitentasche ihres Hoodies und schaute Alex und Anni nacheinander an. »Ich glaube, wir sollten kurz entscheiden, wie wir damit umgehen wollen.«

»Was sollen wir denn entscheiden? Ich habe es nicht getan und selbst wenn, ist die Situation doch jetzt gelöst. Wir haben gemeinsam entschieden hierzubleiben«, argumentierte Spyros und machte Anstalten, sich zu setzen.

»Als ich sagte ›wir‹ meinte ich Alex, Anni und mich. Du kannst derweil die Küche aufräumen, während wir mal kurz nach draußen gehen«, sagte Tucker und gab den beiden Mitstreiterinnen das Zeichen, mit ihr aufzustehen.

Sie setzten sich an den Beckenrand des Jacuzzis, da Anni keinen Schritt mehr in die Sauna machen wollte. Alex holte eine E-Zigarette aus ihrer Jacke und zog genießerisch an ihrem Tabakstick.

»Ich wusste gar nicht, dass du rauchst«, bemerkte Anni zitternd.

»Meine Erste. Ich dachte mir, es wäre ein guter Zeitpunkt, damit anzufangen«, sagte Alex trocken und reichte sie Anni, die neugierig daran zog.

»Nicht schlecht. Was ist das für ein Geschmack?«, fragte sie und machte einen zweiten Zug.

»Kakao und etwas Trockenobst.«

»Schmeckt gut. Wenn wir schon nichts mehr zum Essen haben, dann rauchen wir eine«, sagte Anni grinsend und reichte sie zurück an Alex, die den Kopf schüttelte. »Behalte sie. Ich habe noch eine davon im Koffer.«

»Das ist ein starkes Ding mit Spyros. Irgendwie hatte ich geglaubt, dass Hendrik den Notruf abgesetzt hatte oder Lenard auf Verdacht vorbeigekommen war, um uns Proviant zu bringen«, eröffnete Tucker die Diskussionsrunde.

»Warum sollte er auf Verdacht vorbeikommen?«, fragte Anni und versuchte sich an einer Rauchwolke.

»Um nach uns zu sehen. Schließlich wäre es ein Desaster für den Auftraggeber, wenn plötzlich Leute bei der Challenge sterben. Dann wird hier zukünftig keiner mehr übernachten wollen«, meinte Tucker und wedelte mit den Händen, um die Rauchwolke zu vertreiben.

»Wenn ich die Kommentare unter meinen Posts so lese, glaube ich eher, dass die Leute geil darauf wären, *wenn* hier was passieren würde. Dann kommen sie erst recht, glaub mir«, sagte Anni.

»Wer mag wohl unser Auftraggeber sein?«, fragte Tucker und starrte durch die Panoramascheibe in den Abendhimmel hinein.

»Wir werden es erfahren«, sagte Alex und ließ dabei die Fingerknochen knacken.

»Wirklich? Hat er das gesagt?«, fragte Anni und vergaß kurz ihre Zigarette.

Alex nickte zur Bestätigung und fügte ein »Ganz am Ende!« hinzu.

»Es sind nur noch ein paar Tage, doch wir müssen noch das Problem Hendrik lösen und neuerdings auch noch das Thema Spyros. Was machen wir mit ihm?«, fragte Tucker in die Runde.

»Was schlägst du vor? Willst du ihn auch umbringen?«, zeigte Anni sich entsetzt.

»Was soll das Wörtchen *auch* in deinem Satz? Was denkst du von mir?«, kam es von Tucker. »Ich will Spyros überhaupt nichts antun, doch wir sollten Vorsichtsmaßnahmen ergreifen, und er sollte nicht allein sein. Wir konfiszieren das Handy und sein Laptop, und einer von uns ist immer dabei, wenn er seine Posts absetzt.«

»Das mit dem Nicht-allein-Sein haben wir ja gut hinbekommen«, bemerkte Anni und deutete in Richtung des Chalets.

»Das gilt ab unserer Rückkehr. Nachts lassen wir unsere Zimmertür offen stehen, damit wir mitbekommen, falls er einen Ausflug plant. Tagsüber ist immer einer von uns bei ihm«, präsentierte Tucker ihren Plan.

»Ist okay«, sagte Alex knapp und nickte.

»Für mich auch, obwohl ich nicht glaube, dass Spyros etwas unternehmen wird. Er war sichtlich überrascht, als ich sein Handy im Rucksack gefunden habe«, meinte Anni und stellte die E-Zigarette auf Off.

»Und trotzdem wurde der Notruf von seinem Handy ausgelöst. Das wissen wir mit Sicherheit«, beendete Tucker die Besprechung.

Kapitel 58

Tucker

Tucker klopfte sich den Schnee von ihrer Daunenjacke und drückte die Klinke zum Chalet nach unten. Nichts tat sich. Sie rüttelte hin und her, versuchte zu ziehen, dann wieder zu drücken, doch sie waren ausgesperrt.

»Was ist los?«, fragte Anni, die trotz der Jacke am ganzen Körper zitterte.

»Es ist abgeschlossen. Spyros hat uns ausgesperrt«, sagte Tucker, die ihre Überraschung erst einmal verdauen musste. Damit hatte sie beim besten Willen nicht gerechnet, selbst wenn ihr die Sache mit dem Notruf schon hätte zu denken geben müssen. Spyros war anscheinend gerissener, als sie vermutet hatten, und nun saß er am langen Hebel, denn auf eine Nacht bei Minusgraden hatte Tucker keine Lust. Sie hämmerte mit ihren Fäusten gegen die Eingangstür und forderte Spyros auf zu öffnen. Eine Reaktion blieb jedoch aus. Sie schaute durch das Wohnzimmerfenster nach innen, doch er war weder zu sehen noch zu hören noch gab er Erklärungen ab, warum er sich zu diesem Schritt entschlossen hatte.

»Wir waren echt dämlich, ohne Schlüssel rauszugehen«, sagte Tucker und begann damit, die Außenwand der Hütte abzulaufen. Dabei fiel ihr auf, dass Spyros in der Zwischenzeit die Fensterläden zur Küche fest verschlossen hatte, sodass sie nicht hindurchschauen konnten. Tucker hämmerte gegen das Holz der Läden und erzeugte einen ordentlichen Krach, der nicht zu überhören war. Spyros ließ sich jedoch nicht erbarmen, sondern wirkte wie vom Erdboden verschluckt. Er wollte augenscheinlich nicht verhandeln und würde auch nicht aufmachen, so viel wurde Tucker plötzlich klar.

»Unglaublich, er hat uns ausgetrickst«, sagte sie, als sie zurück zum Eingang kam, wo Alex und Anni auf sie warteten.

»Was machen wir denn jetzt? Mir ist kalt.« Anni hopste unruhig auf der Stelle.

»In der Sauna schlafen und hoffen, dass er Morgen zu Verstand kommt«, sagte Tucker, der nichts Besseres einfiel.

»Da gehe ich nie wieder rein«, hielt Anni resolut dagegen.

»Ich habe vielleicht eine bessere Idee. Doch dafür müsst ihr ihn ablenken«, meinte Alex und machte ein nachdenkliches Gesicht.

»Was hast du vor?«, fragte Tucker.

»Ich versuche es von der anderen Seite. Vielleicht ist Hendriks Fenster noch offen, und ich kann dort einsteigen«, sagte Alex.

»Das ist zu gefährlich. Der Weg ist extrem schmal und zugeschneit. Wenn du abrutschst, geht es Hunderte Meter in die Tiefe. Das ist es nicht wert«, sagte Tucker.

»Ich werde es versuchen. Ihr bleibt hier und hämmert gegen die Tür, damit er glaubt, dass alle vorn stehen«, sagte Alex und machte sich auf den Weg um das Chalet.

»Das ist verdammt mutig von ihr«, bemerkte Anni und klopfte gegen die Tür, ohne eine Antwort zu erhalten.

»Spyros, jetzt mach endlich auf! Wir ziehen das gemeinsam bis zum Ende durch«, brüllte Tucker und trommelte gegen das Holz.

»Warum machst du das? Wir wollen dir nichts tun. Ganz im Gegenteil, du bekommst sogar dein Handy wieder«, sagte Anni und erntete von Tucker einen bösen Blick.

»Vielleicht fällt er darauf rein«, flüsterte Anni und klopfte auf ein Neues.

»Anni hat recht, Spyros. Du schaffst es nicht allein und wir genauso wenig. Wir müssen das jetzt gemeinsam durchstehen. Wir wissen, dass du den Notruf nicht gesendet hast«, versuchte jetzt auch Tucker, Spyros anzulocken.

Zunächst passierte nichts, und ihre Faustschläge und Versprechungen zeigten keine Resonanz. Also trommelten sie abwechselnd weiter, um genügend Krach zu machen, damit Alex ihren Plan vollenden konnte. Tucker holte gerade wieder aus, als aus dem Inneren Spyros' Stimme ertönte. Er schien direkt hinter der Tür zu stehen.

»Wer garantiert mir das?«

»Wer garantiert dir was?«, fragte Tucker.

»Dass ihr mir nichts antut. Dass ich mein Handy zurückbekomme. Dass ich wieder Teil der Gemeinschaft bin.«

»Ich ... wir«, antwortete Tucker, die nach Worten rang. »Wir können es nur gemeinsam schaffen, das ist Teil der Challenge, und Anni hat uns davon überzeugt, dass du den Notruf nicht abgesetzt hast. Es war Hendrik.«

»Was passiert, wenn ich aufmache?«, fragte Spyros, der noch immer skeptisch klang.

»Dir passiert nichts, Spyros. Das garantiere ich«, mischte sich Anni ein.

Tucker hörte Spyros hinter der Tür schnaufen, und er schien zu überlegen. Sie standen kurz vor einer Lösung. Ich muss den Fisch nur noch an Land ziehen, dachte Tucker und wollte gerade zum finalen Schlag ausHolen, als ein abgehackter Schrei ertönte.

Es folgten polternde Geräusche, ganz so, als würden zwei Menschen miteinander ringen und sich auf dem Boden hin- und herwerfen. Der Kampf dauerte gefühlte Ewigkeiten, bis plötzlich eine unheimliche Stille herrschte.

»Was ist los, Spyros? Was ist passiert?«, fragte Tucker und klopfte gegen die Tür, die kurz danach geöffnet wurde.

Tucker blickte in Alex' abgekämpfte Miene, die mit ihrer Handfläche eine Kratzwunde im Gesicht betupfte. Die Haare waren durcheinandergewirbelt, und ihre Gesichtszüge wirkten hart, ganz so, als hätte sie die Kontrolle über sich und die Situation verloren. Doch anscheinend war es andersherum gelaufen, denn Spyros saß auf seiner Schlafcouch und hatte Kabelbinder um die Handgelenke und Fußknöchel gebunden.

»Gut gemacht«, sagte Tucker und nickte anerkennend, obwohl sie schockiert von dem Ergebnis war. Spyros war in der Tat kein starker Gegner, doch was dort auf dem Sofa saß, war eine fachmännisch verpackte Geisel, die keine Chance mehr zur Flucht haben würde.

Kapitel 59

Anni

Anni hatte ein schlechtes Gewissen, als sie Spyros auf dem Sofa sitzen sah, und auch Alex tat ihr leid, die eine böse Schramme abbekommen hatte und unterhalb des rechten Auges blutete.

»Tut's weh?«, fragte sie Alex, die ihre Kratzwunde betastete.

»Ist schon okay«, sagte die nur und ging sich mit der anderen Hand durch die zerwühlten Haare.

»Du hast schon viel von mir gelernt«, grinste Anni.

»Was meinst du?« Alex stand augenscheinlich auf dem Schlauch.

»Na ja, das Wichtigste ist gutes Aussehen, auch in Extremsituationen«, sagte Anni und schaute wieder zu Spyros, der wie ein wildes Tier mit seinen Fesseln rang.

»Wie bist du überhaupt reingekommen, und wo hast du die Schnüre her?«, wollte sie von Alex wissen.

»Durchs Fenster im Bad. Die Kabelbinder lagen in der Schublade. Ich wasche mir das Blut kurz ab«, kam es als plausible Antwort.

Anni schaute ihr hinterher und war beeindruckt von Alex, die nicht nur großen Mut bewiesen hatte, sondern auch zäh und kampferfahren wirkte. Vielleicht lernt man das in den USA, mutmaßte Anni und ging auf Spyros zu, der sie ängstlich anstarrte.

»Was hast du dir dabei gedacht?«, fragte sie ihn, während Spyros schnaufte und nach einem Glas Wasser verlangte.

»Ich Hole dir was zu trinken«, bot sich Anni an und ging in die Küche, in der sich augenscheinlich nichts verändert hatte. Die schmutzigen Teller standen immer noch auf dem Tisch, und in manchen Gläsern war sogar noch etwas Schnaps. Anni holte ein sauberes Glas aus dem Hängeschrank und füllte es mit Leitungswasser auf. Dabei fiel ihr Blick auf die bisher verschlossene Tür, hinter der der Raum des Eigentümers lag. Zumindest hatte das Lenard bei ihrem Einzug ins Chalet behauptet. Jetzt stand die Tür einen Spalt breit offen und zog Anni in den Bann. Wen auch sonst, musste sie unwillkürlich denken, war sie doch die Meisterin der ungelösten Rätsel. Sie stellte das Glas auf der Spüle ab und schlich zur Tür, während Tucker mit Spyros im Wohnzimmer am Debattieren war. Obwohl sich wahrscheinlich nur Klamotten und Putzmittel in dem Raum befinden würden, pochte Annis Herz gewaltig. Sie liebte die Momente, in denen sie gleichzeitig Angst und auch Erregung spürte, während Adrenalin durch ihren Körper pumpte. Sie stieß mit ihrem Fuß die Tür nach innen auf und suchte mit der rechten Hand den Kippschalter, der exakt da war, wo sie ihn vermutet hatte. Eine einsame Glühbirne hing an einem Kabel von der Decke und versprühte grelles Licht, sodass sie sich zunächst ein wenig orientieren musste. Die Kammer war nicht gerade groß und hatte eine Tür nach draußen, die ihr von der anderen Seite bisher nicht aufgefallen war. Vier Kartons standen übereinandergestapelt direkt vor ihrer Nase, während die rechte Seite von einem Regal mit Werkzeugen und Bergausrüstung dominiert wurde. Dabei sahen die vielen Eispickel, Zangen, Hämmer, Fixseile, Klettergurte und Schnüre für Anni spontan wie die Instrumente eine Folterkammer aus. Schräg über dem Lichtschalter hing noch ein Sicherungsschrank, der mit einem WiFi-Symbol versehen war.

Sie öffnete den obersten Karton und traute ihren Augen kaum, befand sich darin doch ein Sammelsurium aus Marmeladen, eingeschweißten Käsescheiben, Einmachgurken, Butterpäckchen, Honiggläsern und jeder Menge Süßigkeiten. Alles lag wild durcheinander gewürfelt in der Box, als hätte jemand keine Zeit dazu gehabt, es ordentlich zu stapeln. Sie öffnete den zweiten Karton, der ebenfalls nur zugeklappt darunterstand, und starrte auf drei Plastiktüten voller Toastbrotscheiben. Daneben lagen Baguettes und Brötchen von der Sorte, die Spyros in den ersten Tagen immer aufgebacken hatte.

»Bist du in der Küche eingeschlafen?«, hörte sie Tuckers Stimme aus dem Hintergrund.

»Komm mal her. Schnell!«, sagte Anni, ganz so, als könnten sich die Kartons jederzeit in Luft auflösen.

Kapitel 60

Spyros

Er hörte Gesprächsfetzen wie »Ich fasse es nicht!« und »Unglaublich!«, doch er konnte sich keinen Reim darauf machen. Wenig später kam Alex aus ihrem Zimmer und gesellte sich zu ihm. Sie hatte die Schramme mit einem Pflaster abgedeckt und ihre Mütze aufgezogen.

»Binde mich endlich von den Fesseln los. Was soll ich euch denn antun?«, verlangte Spyros und hielt Alex seine Handgelenke hin.

»Warten wir's ab«, sagte sie und setzte sich in den Sessel, als kämen gleich die Nachrichten im Fernsehen.

»Ich wollte euch nicht aussperren, nur in Ruhe mit euch reden«, stammelte Spyros, als Anni und Tucker mit Plastiktüten voller Brot im Türrahmen erschienen und damit in seine Richtung wedelten.

»Woher habt ihr das?«, fragte Spyros.

»Was glaubst du, woher das ist?«, konterte Tucker mit einer Gegenfrage und warf ihm einen Plastikbeutel Toast aufs Sofa. Er konnte nicht mal danach greifen, sondern sah nur zu, wie es vom Polster auf den Boden knallte.

»Keine Ahnung, ich habe alles abgesucht, doch außer den Resten im Schrank war plötzlich nichts mehr da«, sagte Spyros.

»Weißt du, wo wir es gefunden haben?«, fragte Tucker Alex, die entspannt im Sessel saß, als wäre es ihr einerlei.

»Keine Ahnung.«

»Es kommt aus dem geheimen Raum, der bisher verschlossen war. Die Tür stand plötzlich offen, und da bin ich reingegangen«, berichtete Anni stolz, als hätte es besonderen Mut erfordert. »Drinnen stehen vier Kartons, vollgepackt mit *unseren* Lebensmitteln. Jemand hat sie dort versteckt.«

»Das erklärt auch, warum plötzlich alles verschwunden ist«, freute sich Spyros über den Erfolg. »Seht ihr, ich hatte recht mit meiner Planung«, fügte er hinzu.

»Aber Lebensmittel verschwinden nicht einfach über Nacht und verstecken sich in einem Zimmer, das bis dato abgeschlossen war«, entgegnete Anni und schaute abwechselnd zu Alex und zu Spyros.

»Was seht ihr mich dabei so an? Glaubt ihr, ich habe unsere Vorräte vor euch versteckt? Woher hätte ich den Schlüssel haben sollen?«, fragte Spyros entsetzt.

»Wir wissen nur, dass die Tür beim Abendessen noch verschlossen war. Jetzt ist sie auf und außer dir und Alex war niemand seitdem im Chalet«, sagte Tucker mit Skepsis in der Stimme.

Kapitel 61

Alex

Spyros hatte ihr Auge knapp verfehlt und eine ordentliche Schramme auf der Wange hinterlassen. Es hämmerte unter dem Pflaster, doch Alex versuchte, Ruhe zu bewahren, denn die nächsten Minuten würden entscheidend für den Ausgang dieser Challenge sein. Tucker und Anni suchten nach dem Täter, der heimlich Lebensmittel in den Abstellraum bugsiert hatte.

»Warst du es, Alex?«, fragte Tucker unvermittelt und hielt die Plastiktüte mit dem Toast nach oben, als wäre es Beweisstück Number one.

»Wieso sollte ich das tun, Inspektor Tucker?«, fragte Alex und hielt dem Blick der beiden stand.

»Irgendjemand muss es getan haben. Und zwar jemand, der Zugang zu dem Zimmer hatte«, kam es vorwurfsvoll zurück.

»Willst du meine Sachen durchwühlen und nach dem Schlüssel suchen? Machen wir danach mit deinen Klamotten weiter?«, fragte Alex provokant.

»Hättest du was dagegen?«.

»Ich glaube nicht, dass es von Nöten ist, denn schließlich würdet ihr ohne mich noch draußen in der Kälte stehen«, erwiderte Alex und versuchte, ihre schwelende Aggression in den Griff zu kriegen.

»Wie steht es mit dir, Spyros?«, wechselte Tucker kurzerhand das Opfer der Befragung.

»Ja klar. Schon wieder der Grieche. Genauso wie ich Hendrik den Hang hinuntergeschubst habe, damit er sich das Bein verrenkt und daran stirbt. Na los, durchsucht meine Sachen. Mal sehen, was Anni diesmal bei mir findet«, grollte er von seiner Couch und reckte beide Hände in die Luft, um zu demonstrieren, dass er sich nicht wehren konnte.

Anni legte das Toastbrot auf den Tisch und hob Spyros' vollgestopften Rucksack auf, um ihn auf den Kopf zu drehen.

»Willst du nicht mitmachen?«, fragte sie Alex, die noch immer regungslos im Sessel saß.

»Wozu? Da wird nichts drin sein. Warum sollte er ihn dort verstecken? Ich an seiner Stelle würde ihn stets bei mir führen. Von daher stellt ihr besser Spyros auf den Kopf«, sagte Alex und ließ es bei Anni hörbar »Klick« machen.

»Hast du was dagegen, Spyros, wenn wir deine Hosentaschen kontrollieren?«, fragte Anni und setzte sich neben ihn aufs Sofa.

»Sehr witzig, Anni. Wie sollte ich gefesselt was dagegen haben? Macht endlich diese Kabelbinder los. Sie schneiden mir ins Fleisch.«

»Wenn du nichts in deinen Taschen hast, binden wir dich auf der Stelle los«, versprach Tucker.

Alex beobachtete das Schauspiel und versuchte, cool zu bleiben, auch wenn ihr Puls allmählich in die Höhe schoss. Spyros stellte sich mit Annis Hilfe vor dem Sofa auf, sodass sie ihre Hand in seine Hosentaschen gleiten lassen konnte. Sie kramte ein altes Papiertaschentuch hervor und hielt es in die Runde.

»Das ist eklig«, stellte sie nur fest, was Tucker wütend machte. Ihr ging das alles viel zu langsam.

»Lass mich das besser machen, sonst stehen wir morgen früh noch hier«, sagte sie und fingerte in Spyros' rechter Hosentasche herum, in der nichts zu finden war. Danach schob sie sein T-Shirt leicht nach oben und griff beherzt in die Gesäßtaschen, um einen Zylinderschlüssel hervorzuzaubern. Tucker fragte gar nicht erst, zu welchem Zimmer der wohl passen würde, sondern stürmte sofort los, um ihn an der Tür des Abstellraums zu testen. Wenig später kam sie zurück ins Wohnzimmer und nickte.

»Das kann nicht sein. Der Schlüssel war vorher nicht in meiner Hosentasche. Ich kenne diesen Schlüssel nicht einmal. *Sie* hat ihn mir da reingeschoben«, sagte Spyros und nickte in Richtung Alex.

Mit dieser Schuldzuweisung hatte sie gerechnet und blies sofort zum Gegenangriff. »Du hast die ganze Zeit gefressen«, antwortete Alex, ohne mit der Wimper zu zucken. »Als ich Hendrik Essen gebracht habe, lagen Krümel und Papier im Mülleimer. Außerdem bist du der Einzige, der nachts Zugang zur Küche und dem Abstellraum hatte.«

»Du hast ihn mir in die Tasche gesteckt, als ich unter dir am Boden lag«, schimpfte Spyros wutentbrannt und hüpfte in Zentimeterabständen auf sie zu.

»Pass auf, Spyros«, rief Anni, doch die Warnung kam zu spät, denn Spyros stolperte ob des geringen Spiels zwischen den Knöcheln und krachte, ohne jede Chance, sich abzustützen, auf den rustikalen Holztisch. Es folgte eine entsetzlich lange Stille, und selbst Alex konnte nur auf Spyros' schlaffen Körper starren, der vom Tisch auf den Boden sackte. Blut sickerte von Spyros aufgeplatzter Stirn aufs Holz, ansonsten blieb er regungslos an Ort und Stelle liegen. Annis Gesicht sah aus, wie Munchs *Schrei*, während Tucker gedankenverloren auf den dicklichen Griechen starrte.

Es wurde Zeit für Alex, die Initiative zu ergreifen, und so erhob sie sich vom Sessel, um in der Küche zu verschwinden. Sie spitzelte das Brotmesser aus dem Holzblock und ging zurück ins Wohnzimmer, wo Tucker und Anni in Schockstarre verharrten. Es ist ein Setting wie in einem David-Lynch-Film, dachte Alex und kniete sich zu Spyros auf den Boden. Sie fühlte an der Halsschlagader, die in kurzen, aber regelmäßigen Abständen Impulse von sich gab, und durchtrennte anschließend die Kabelbinder an den Knöcheln. Danach drehte sie den Körper um, sodass Spyros mit dem Gesicht nach oben lag und Luft bekam. Er hatte die Augen geschlossen und schien bewusstlos zu sein. Über seiner Schläfe war ein Riss, der stark blutete und mit Sicherheit genäht werden musste.

»Einen Lappen ... schnell«, sagte Alex und brachte Bewegung in die Runde.

Anni hielt ihr wenig später ein Stück Stoff entgegen.

Alex drückte das Ding auf die Wunde und konnte die Blutung damit stoppen, während Spyros ein erstes Stöhnen von sich gab. Schnell durchtrennte sie die Fesseln an den Händen, damit er sich bewegen konnte. Der Koch hatte gelitten, keine Frage, doch es würde nicht das Ende des Martyriums sein, wusste Alex und gab ihm eine Ohrfeige, damit er zu Bewusstsein kam.

»*Du* warst es«, stieß er wutentbrannt hervor und öffnete die Augenlider. Sein linkes Auge hatte sich mit Blut gefüllt.

»Kannst du dich bewegen?«, fragte Alex und tastete Spyros' Oberkörper ab.

»Lass mich in Ruhe«, flüsterte er und drehte seinen Kopf zur Seite.

»Glaub mir, das würde ich gern«, beendete sie den Satz und schaute zu Tucker, die sich aufs Sofa gesetzt hatte.

Sie wuchteten Spyros mit vereinten Kräften auf die Couch, wo sie ihn auf den Rücken legten und in eine Decke hüllten. Bis auf die Wunde am Auge schien er keine äußeren Verletzungen davongetragen zu haben, auch wenn er nicht imstande war, sich eigenständig zu bewegen. Vielleicht hatte er innere Verletzungen oder eine Rippenprellung abbekommen, doch ohne einen Arzt würden sie es nicht erfahren.

Sei's drum, zog Alex innerlich ein Fazit: Spyros würde für den Weg hinab zum Gletscher ausfallen, und das war alles, was jetzt zählte.

Kapitel 62

Messner-Chalet

Anni, Tucker und Alex teilten sich die Nacht in Zwei-Stunden-Zyklen auf und schoben Wache. Sie hatten sich geschworen, Spyros keine Minute mehr allein zu lassen, und so saßen sie abwechselnd im Sessel und sahen ihm beim Schlafen zu. Hin und wieder musste ein Scheit Holz in den Kamin geworfen werden, ansonsten passierte nichts, außer dass es draußen wieder schneite.

Alex hatte die Schicht am frühen Morgen übernommen und begann damit, den Frühstückstisch zu decken. Sie würden alle ihre Kraftreserven brauchen, um Hendrik bis zum Gletscher zu transportieren. Anni und Tucker erschienen kurz danach im Doppelpack und setzten sich zu Alex an den Tisch, während Spyros auf der Couch lag und sich den Lappen auf die Wunde presste.

»Jetzt komm schon, Spyros. Es hilft keinem von uns, wenn du in den Hungerstreik trittst. Es ist genügend da. *Wieder* genügend da«, korrigierte sich Anni.

»Keinen Appetit«, kam es aus dem Wohnzimmer.

Alex beschmierte eine Scheibe Toast mit Butter und legte Schnittkäse darauf, um sie wenig später Spyros an die Couch zu tragen. Er nahm es wortlos entgegen und kaute lieblos auf dem Brot herum.

»Wie geht es dir?«, fragte Alex.

»Was interessiert dich das?«

Alex drehte sich um und ging zurück zu den zwei anderen.

»Ich habe irgendwie ein seltsames Gefühl«, bemerkte Anni und legte ihren angeknabberten Toast zurück auf den Teller.

»Geht mir genauso«, sagte Tucker und starrte durch das Fenster ins Schneegestöber.

»Wir sollten für das erste Stück den Schlitten einsetzen und ihn kontrolliert nach unten fahren lassen«, meinte Alex.

Tucker nickte und war in Gedanken bereits irgendwo da draußen.

»Seid ihr sicher, dass ihr mich nicht braucht«, fragte Anni, um ihr Gewissen zu beruhigen.

»Jemand muss bei Spyros bleiben, und dieser jemand bist du«, antwortete Tucker.

»Vielleicht könntest du stattdessen beim Klamottenwechseln helfen«, ergänzte Alex.

»Wie meinst du das? Ich fasse keine Leiche an«, blockierte Anni und schaute Hilfe suchend in Richtung Tucker.

»Alex hat recht. Wir können Hendrik nicht in Boxershorts in eine Gletscherspalte werfen. *Den* Unfall nimmt uns keiner ab«, sagte sie und schüttelte mit dem Kopf.

»Wieso soll ich das machen?«, flehte Anni.

»Na ja. Tucker und ich bringen ihn da runter. Von daher wäre es nur fair, wenn du dich mit Spyros darum kümmern würdest«, sagte Alex.

»Ich habe echt ein schlechtes Gewissen, wenn wir ihn einerseits fesseln und bewachen, er uns aber andererseits helfen soll«, argumentierte Anni.

»Deine Entscheidung«, sagte Alex nur und stellte ihre Untertasse auf den Teller.

»Was heißt das jetzt?«, fragte Anni, die sich nicht mit ihrem Schicksal abfinden wollte.

»Lasst uns lieber loslegen«, antwortete Alex. »Wir ziehen Hendrik Wintersachen an und schaffen ihn aus dem Chalet.

Dann binden wir ihn auf den Schlitten, und Tucker und ich kümmern uns um den Rest«, fasste Alex den Plan zusammen.

Der Geruch des Todes durchströmte Hendriks Zimmer und ließ Annis Eingeweide Karussell fahren. Sie würgte das Frühstück auf den Holzboden und kramte im Kleiderschrank, um nach einem Schal zu suchen. Mit einem Tuch um Mund und Nase stürmte sie in Richtung Fenster und machte es weit auf. Hendriks Leiche sah beim ersten Anblick unverändert aus, und Anni entspannte sich ein wenig. Sie zog die Bettdecke zurück und betrachtete den Körper, der blass und aufgedunsen war.

»Soll ich dir helfen?« Alex hatte sich mit einem schwarzen Tuch um die Nase in den Türrahmen geschlichen.

»Danke, das wäre nett«, sagte Anni, die den Blick nicht von der Leiche nehmen konnte.

»Faszinierend, oder?«, fragte Alex.

»Irgendwie schon. Es ist meine erste Leiche. Nicht mal meine verstorbene Oma habe ich im Krematorium besucht«, bemerkte Anni und berührte Hendriks rechten Arm. »Würde er nicht so blass aussehen, könnte man meinen, dass er noch am Leben wäre.«

»Du wirst gleich merken, dass er tot ist. Such du im Schrank nach passenden Klamotten und ich Hole den Schlitten. Es ist leichter, wenn wir ihn direkt aus seinem Zimmer ziehen«, sagte Alex.

Als sie wenig später mit dem Holzschlitten zurückkam, starrte sie entrüstet auf die Sachen, die Anni ausgewählt hatte.

»Ein weißes Hemd, eine Strickjacke und sogar Manschettenknöpfe?«, fragte Alex.

»Er soll doch gut aussehen auf seiner letzten Reise«, rechtfertigte sich Anni.

»Aber er geht nicht auf seine Beerdigung, sondern auf eine Expedition zum Gletscher«, grummelte Alex. »Wir brauchen irgendeinen Fleece-Pullover, seine Wanderhose und einen dicken Anorak.«

Alex richtete Hendriks steifen Oberkörper auf, damit Anni ihm den Pullover überstreifen konnte, den sie anschließend Stück für Stück nach unten zog. Bei der Hose war es ungleich schwerer, da die ProPants eng geschnitten waren und Hendriks Beine keinen Zentimeter nachgaben. Zudem musste sie die Hose über seine Shorts ziehen, die mit Kot und Urin besudelt war und furchtbar stank. Anni unterbrach ihren Versuch und ging ans Fenster. Sie atmete in schnellen Schüben ein und aus, um möglichst viel von der frischen Luft in ihre Lunge zu bekommen.

»Das ist meine letzte Leiche, so viel steht fest«, japste sie und machte einen tiefen Zug.

»Das weiß man nie«, antwortete Alex und glitt mit beiden Händen unter Hendriks Hintern, um ihn anzuheben. »Machen wir weiter«, fügte sie hinzu und eiste Anni damit vom Fenster los.

Zehn Minuten später rollten sie Hendriks steifen Körper von der Bettkante auf den Schlitten und zogen das Holzgefährt über den Boden bis zur Eingangstür.

»Dann bin ich wohl der Nächste«, ächzte Spyros, der auf der Couch hockte und sich immer noch den Lappen an die Schläfe hielt.

»Rede nicht so einen Scheiß«, sagte Tucker, die neben ihm im Sessel saß, »außerdem kannst du den Lappen runternehmen. Es hat längst aufgehört zu bluten.«

Spyros nahm den Baumwollstoff von seiner Stirn und betastete die feuchte Wunde. Er schaute auf seine roten Finger und hielt sie Tucker hin.

»Sag ich doch, hat aufgehört«, kam es von Tucker, die das Ergebnis ignorierte.

Alex und Anni setzten sich auf die zweite Couch und atmeten tief durch. Das Ziehen des Schlittens hatte Kraft gekostet und war am Ende doch nur der Vorgeschmack auf das, was folgen würde.

»Bist du bereit?«, fragte Tucker und schaute zu Alex, die konzentriert und voller Energie wirkte.

»Sicher«, sagte die nur und stand auf, um die Lederjacke mit dem Teddykragen aus dem Schrank zu Holen.

Kapitel 63

Alex

Seit Alessas Tod war die Jacke, Daddys Jacke, zum wichtigsten Bestandteil ihrer Metamorphose geworden, und Alex fühlte sich darin verbunden mit den Toten. So, als würde sie das Leben ihrer Schwester noch ein wenig weiterführen können. Weiterführen in der Form, wie sie es sich in ihren Träumen immer ausgemalt hatte. Als berühmte Influencerin mit Tausenden von Fans, die ihr Kommentare schrieben und Herzen unter ihre Posts und Stories drückten. Doch auch damit würde bald schon Schluss sein, denn Alex hatte die letzte Runde bereits eingeläutet. Sie würde ein Exempel statuieren und den vielen traurigen Seelen an ihren Handys zeigen, dass es sich nicht lohnte, Betrügern hinterherzulaufen. Keiner sollte ihr und all den anderen Schmarotzern folgen.

Mit der Challenge hatte sie den perfekten Köder ausgelegt gehabt, ansonsten hätte sie niemals diese hochkarätige Besetzung an einen Ort zusammenbringen können. Dabei war ihr die Idee dazu während eines Vortrags auf der SXSW-Konferenz in Austin gekommen.

Ein Start-up Gründer und Bergsteiger hatte dort eine Präsentation über sein Vorhaben gehalten, alle Gipfel der Erde, samt ihrer Bezwinger, in einer App zu präsentieren. Dabei ging es nicht nur um die reine Erstbesteigung, sondern vor allem um sogenannte Challenges. Welcher Bergsteiger hat eine bislang unentdeckte Route gewählt, wer hat einen Gipfel in Rekordzeit bezwungen und wer einen Achttausender ohne Sauerstoff bestiegen. Dabei fiel unweigerlich der Name Reinhold Messner, jene Bergsteigerlegende, die noch heute für den traditionellen Alpinismus steht. Pur, authentisch, ohne Tricks und Zaubermittel. Ganz im Gegensatz zu all den Massen, die heute Gipfel wie den Everest besteigen – und weit entfernt von Menschen wie Tucker, Anni, Hendrik oder Spyros, denen jedes Werkzeug recht ist, um in den Sozialen Medien zu glänzen.

Alex rückte ihre Mütze zurecht und nickte Anni zum Abschied zu, während sie sich mit Tucker auf den Weg zum Gletscher machte. Sie zog den Schlitten mit Hendriks Leichnam, während Tucker immer dann von hinten anschob, wenn es nicht mehr weiterging. Die ersten Meter klappte das erstaunlich gut, da die Kufen locker durch den Schnee glitten und es permanent bergab ging. Sie waren auf der gleichen Route unterwegs, die sie für den Aufstieg zum Chalet genutzt hatten, doch während damals der Schnee nur in den windgeschützten Senken lag, war der Trail nun kaum noch auszumachen.

Alex stoppte an der Kante eines Felsvorsprungs und schaute hinab zu den wilden Zacken der Gletscherspalten. Vielleicht noch zweihundert Höhenmeter trennten sie von ihrem Ziel, und es gab zwei Möglichkeiten, um nach unten zu gelangen, die beide nicht ganz ungefährlich waren. Entweder sie folgten weiterhin der Aufstiegsroute, bei der sie den Schlitten tragen, schieben oder ziehen mussten, da immer wieder Felsen aus dem Schnee herausragten. Oder sie konnten es hundert Meter weiter westlich an einem Steilhang versuchen, dessen Schneefeld bis hinab zum Gletscher führte. Allerdings bestand dort die Gefahr, dass ihnen im Gefälle der Schlitten aus den Händen glitt.

»Shit, wo sollen wir runter?«, fragte Tucker und suchte die Umgebung mit dem Fernglas ab.

»Entweder volles Risiko oder volle Anstrengung. Was bist du für ein Typ?«, fragte Alex und kramte im Rucksack nach einem Müsliriegel.

»Eigentlich volles Risiko, aber ich bin mir nicht so sicher, ob wir das Gefährt am Steilhang kontrollieren können. Wenn wir Pech haben, haut uns Hendrik mit dem Schlitten ab«, sagte Tucker.

»Also gut. Dann bleiben wir auf dem Weg. Ich will vor Einbruch der Dunkelheit gern wieder oben sein«, meinte Alex und schnallte sich den Rucksack wieder um.

»Nicht nur du«, sagte Tucker und nahm die Kordel des Schlittens in die Hand. »Ich bin dran mit Ziehen!«

Kapitel 64

Tucker

Es fühlte sich für Tucker wie ein wahr gewordener Albtraum an. Ein Blogger-Event mit einem tödlichen Unfall und der Sorge, selbst als Hauptverdächtige dazustehen. So etwas konnte man sich unmöglich ausdenken, geschweige denn erleben. Es konnte nur ein böser Traum sein, der sich ätzend lange hinzog und sich dabei noch ziemlich realistisch anfühlte. Ja, dieser Traum löste sogar Gefühle und Schmerzen bei ihr aus, die sie jetzt ein weiteres Mal zu spüren bekam.

Immer wieder mussten sie ihren Rhythmus unterbrechen, um sperrige Felspassagen zu überqueren, die ihnen kräftemäßig alles abverlangten. Manchmal ging es nur in Zentimeterabständen weiter, und sie zogen und drückten den Schlitten über kantiges Gestein, damit er ihnen nicht entglitt. Alex erwies sich als überraschend zäh und kräftig, und Tucker war erstaunt, wie fit und ausgeglichen sie bei all dem wirkte. Während diese verdammte Challenge Spyros, Anni und ihr selbst psychische und physische Probleme bereitete, blühte Alex förmlich auf und glänzte mit Einsatzeifer und herausragenden Ideen. Als wäre sie ein Teil des Challenge-Teams und nicht der Teilnehmer.

Tuckers rechtes Bein versank bis zum Oberschenkel im Tiefschnee und Hendriks Schuhsohlen knallten gegen ihren Rücken. Der Schlag traf sie eher emotional als körperlich, und sie musste erst einmal tief Luft Holen.

»Ich brauche eine Pause«, stöhnte sie.

»Warte, ich helfe dir!« Alex kam auf sie zu und reichte ihr die Hand.

»Danke. Du bist vielleicht am Ende doch nicht so verkehrt«, sagte Tucker zwischen tiefen Atemzügen und setzte sich neben den Schlitten in den Schnee.

»Schon in Ordnung. Lass uns einen Tee trinken, und dann gehen wir weiter«, kam es von Alex.

Tucker holte die Thermoskanne und ein selbst gemachtes Sandwich aus dem Rucksack, in den sie auch Steigeisen und einen Eispickel eingepackt hatte. Nur die Handys hatten sie im Chalet zurückgelassen, aus Angst, dass man ihren Ausflug im Nachhinein verorten könnte.

»Ist anstrengend, oder?«, fragte Alex und nippte am Becher.

»Aber im Gegensatz zu mir wirkst du erstaunlich fit.«

»Dann bin *ich* wohl das *OutdoorBeast.*«

»Für dich muss das Ganze völlig abgefahren sein«, meinte Tucker.

»Wieso?«

»Na ja, du bist die Einzige von uns, die vorher keine Influencerin war. Nicht mal 30 Fans sind dir gefolgt, und jetzt gehst du auf die 80.000 zu. Und dann dieser ganze Wirbel um Postings, Stories, Hashtags und Accountlinks. Dazu die ganze Selbstinszenierung und das ewige Gegrinse auf den Fotos, obwohl uns längst der Arsch auf Grundeis geht. Und jetzt verscharren wir sogar eine Leiche. Das muss für jemanden wie dich doch seltsam sein«, versuchte Tucker, Alex auf die Sprünge zu helfen.

»Für jemanden wie mich?«, fragte Alex nach und runzelte die Stirn.

»Für jemanden, der aus einem Kaff kommt und keine Ahnung von Instagram hat.«

»Na ja, wer nicht will, findet Gründe. Wer will, findet Wege«, sagte Alex und trank den Tee aus.

»Hey, das ist einer von meinen Sprüchen. Wo habe ich den zuletzt verwendet?«, meinte Tucker irritiert.

»Keine Ahnung, ich fand, dass er gut passt.« Alex blieb weiter einsilbig.

»In der Tat. Den schiebe ich meist den ganzen Mädels in den Hintern, die nur jammern und den Arsch nicht hochkriegen.«

»Und was passiert dann? Kriegen sie den Arsch hoch?«, fragte Alex mit einer Spur von Aggressivität in ihrer Stimme.

»Keine Ahnung. In der Regel höre ich nichts mehr von denen. Warum fragst du mich das? Hatten wir vielleicht schon mal Kontakt?«, kaute Tucker gedanklich auf dem Namen *van Helsing* herum. Sie bereute fast, ihr Handy im Chalet gelassen zu haben, ansonsten hätte sie kurz nachgeschaut.

»Nein. Ich habe bisher immer einen Weg gefunden«, antwortete Alex und stand auf, um ihr Zeug im Rucksack zu verstauen.

Tucker ging in die Hocke und schaute auf Hendrik hinab, der ungerührt auf dem Schlitten lag und seinen Wanderrucksack um den Bauch geschnallt hatte, den sie ihm als Alibi mit Proviant und einem Eispickel gefüllt hatten. Schließlich sollte sein Absturz so echt wie möglich aussehen, falls man ihnen eines Tages finden würde. Anni hatte ihm sogar die Sonnenbrille aufgesetzt, was ihn wie einen unbedarften Urlauber aussehen ließ. Doch Urlaub würde er nie wieder machen, und Tucker musste mit Schrecken an das denken, was sie mit ihm vorhatten. Wenn es einen Tod gab, den sie fürchtete, dann war es der hoffnungslose Absturz in die Tiefe einer Gletscherspalte. Niemand würde einen dort schreien hören, und niemand käme einem zu Hilfe. Ja, das musste schrecklich sein, dachte Tucker und zog mit aller Kraft am Schlitten, um ihn wieder loszueisen.

Kapitel 65

Spyros

Spyros drückte sich erneut den Lappen gegen seine Stirn, als gelte es, ein Leck zu schließen. Dabei war die dunkle Schwellung, welche ihm Antonio beschert hatte, gerade erst ein wenig abgeklungen. So ziemlich alles war schiefgelaufen, für ihn und auch die anderen, denn er glaubte nicht daran, dass sie es noch schaffen würden. Hendrik hatte es bereits erwischt, und es fühlte sich verdammt so an, als könnte er der Nächste sein, der *aus Versehen* einen Unfall hatte. Das Ganze war schon längst kein Spiel mehr, sondern eher ein Drama mit nur noch vier Leuten, die sich gegenseitig an die Gurgel gingen. Mit Hendriks Sturz und dessen Folgen hatte sich alles verändert, und seltsame Dinge hatten ihren Lauf genommen. Die Essenskrise und deren kuriose Auflösung, der Notruf, der von seinem Handy ausgelöst worden war, und das damit verbundene Misstrauen gegenüber seiner Person. Ausgerechnet *ihn* hatten sie auf dem Kicker, den harmlosen, schüchternen Spyros, der keiner Fliege was zuleide tun konnte. Das Schlimme war nur, dass er sich selbst nicht schuldlos fühlte, genau wie damals, als seine Schwester von dem Fiat überrollt worden war. Im Grunde war er seinen Eltern dankbar dafür gewesen, dass sie ihn mit Ignoranz bestraft und Korfu kurz danach verlassen hatten. Es war nicht nur für sie ein Neuanfang gewesen, sondern auch für ihn, und Spyros hatte ihn gebraucht, um zu überleben. Hendriks Unfall fühlte sich für ihn ganz ähnlich an, und er gierte nach einer Zäsur, um endlich wieder akzeptiert zu werden. Da Hendrik tot war, brauchten sie einen neuen Sündenbock, und dieser Jemand musste Alex sein. Niemand wusste etwas über sie, denn Alex pflegte stets ihr Pokerface und hatte dafür gesorgt, dass er verletzt und abgeurteilt auf der Couch saß. Alex war sein Sündenbock, und er musste es an Anni testen, ob sie und Tucker damit leben konnten.

»Willst du mich den ganzen Tag bewachen?«, fragte er Anni, die ihm gegenüber auf dem Sessel saß und in ihr Handy schaute.

»Wenn es sein muss.«

»Hast du mal darüber nachgedacht, dass jemand anderes hinter den versteckten Vorräten und dem Notruf stecken könnte?«, versuchte Spyros Zweifel zu sähen.

»Die ganze Zeit, Spyros. Doch außer dir ergibt niemand von uns anderen Sinn. Tucker war die meiste Zeit bei mir, und ich hätte mitbekommen, wenn sie etwas Krummes dreht. Außerdem fehlt ihr das Motiv. Und bei Alex kann ich es mir ebenso wenig vorstellen. Sie hat uns nach dem Notruf sogar den Arsch gerettet, als sie es mit Lenard wieder hingebogen hat. Sie mag seltsam sein, doch sie tut mehr für die Gemeinschaft als wir anderen zusammen«, sagte Anni und wischte über ihren Bildschirm, als wäre das Thema damit für sie erledigt.

»Sie ist unglaublich stark für eine Frau. Ich hatte keine Chance bei unserem Fight.«

»Du hast bei Frauen selten eine Chance«, bemerkte Anni und entschuldigte sich sogleich mit einem »Sorry!«.

»Schon gut. Dennoch kann ich bis heute nicht begreifen, wie sie ohne Schlüssel ins Chalet gekommen ist. Die Fensterläden in der Küche waren dicht, und auf der Rückseite geht es ziemlich weit nach unten«, versuchte Spyros, Anni im Gespräch zu halten.

»Sie hat gesagt, dass sie durch das Fenster im kleinen Gäste-WC eingestiegen ist. Das mit dem Medikamentenschrank«, erwiderte Anni, die immer noch nicht aktiviert wirkte.

»Das war zu. Sowohl das Fenster als auch die Läden. Ich behaupte, dass sie den Schlüssel zu dem Abstellraum von Anfang an in ihren Sachen hatte. Sie ist von außen durch die Tür gegangen und hat sich anschließend in die Wohnküche geschlichen. Ich habe sie nicht einmal aus dem Augenwinkel kommen sehen, und das hätte ich, wäre sie aus einem der Zimmer in den Flur geschlichen«, erklärte Spyros seinen Verdacht.

»Hm«, kam es gelangweilt, doch Anni schien darüber nachzudenken, denn sie blickte von ihrem Bildschirm auf in Richtung Eingangstür.

»Hast du mal darüber nachgedacht, warum sie immer ihre Zimmertür abschließt?«, fragte Spyros.

»Keine Ahnung. Da sind halt ihre Privatsachen und ihr Arbeitsrechner drin, und sie kennt uns schließlich nicht. Kann ich ihr nicht mal verdenken. Hätte ich meine eigenen Klamotten dabei, würde ich es sicher auch tun«, antwortete Anni gelassen, ohne ihren Blick vom Eingang abzuwenden.

»Nein, das würdest du nicht, und das weißt du. Vielleicht sollten wir mal nachsehen oder meinst du nicht?«, konkretisierte Spyros die Idee.

»Was willst du mir damit sagen, Spyros? Wir sollen in Alex' Klamotten rumwühlen? Wie sollen wir die Tür aufkriegen, wenn sie immer abgeschlossen ist?«, fragte Anni leicht genervt, doch auch mit einer Prise Neugier in der Stimme.

Spyros hatte sie am Haken, und er musste dranbleiben, wenn er das Blatt noch einmal wenden wollte.

»Wenn sie mit uns in der Küche sitzt, dann lässt sie die Tür offen stehen, weil sie glaubt, dass sie uns im Blick hat. Ist mir jedenfalls aufgefallen, als ich zwischendurch Holz in den Kamin geworfen habe«, sagte er und löste damit Kopfschütteln bei Anni aus.

»Ich kann schlecht in Alex' Zimmer schleichen, während sie in der Küche sitzt und in ein Toastbrot beißt. Wenn sie mich erwischt oder es anschließend herausfindet, macht sie mich einen Kopf kürzer«, sagte Anni, deren Stimme etwas brüchig klang.

»Du kannst es ja auf mich schieben, denn darauf kommt es jetzt auch nicht mehr an«, erteilte er Anni die Absolution und hoffte, dass sie es versuchen würde.

Kapitel 66

Anni

Spyros hatte versucht, sie aufzustacheln, denn er wusste, dass sie das perfekte Opfer für Verschwörungstheorien war. Natürlich hatte sie schon selbst daran gedacht, dass Alex hinter all dem stecken könnte, genauso wie sie Tucker ins Kalkül gezogen hatte. Gerade nach dem potenziellen Anschlag in der Sauna wusste sie nicht, wem sie vertrauen konnte. Auf der anderen Seite waren Tucker und Alex gerade damit beschäftigt, die Challenge zurück ins Lot zu bringen, falls man das Beseitigen einer Leiche überhaupt als Korrektur bezeichnen konnte. Die Leute würden trotzdem Fragen stellen, Lenard würde Fragen stellen, Hendriks Familie würde aufkreuzen und nach ihm suchen und einige seiner Freunde ebenfalls. Was sollten sie diesen Leuten erzählen? Dass er einen Ausflug hinab zum Gletscher machen wollte und nie mehr zurückgekehrt sei? Würde ihnen die Polizei die Story abkaufen? Würden sie das Geld der Challenge trotzdem bekommen, nur weil keiner freiwillig aufgegeben hat? Und was würde aus Hendriks Leichnam werden? Würde dieser für alle Zeiten verschollen bleiben und niemals wieder auftauchen?

Bei dem Gedanken wurde Anni übel, und sie hoffte inständig, dass alles gut verlaufen würde. Sie wollte die Zeit nicht mit schlechten Gedanken über ihre Mitstreiter verschwenden und überlegte ein Kontrastprogramm, um sich etwas abzulenken.

»Wir machen Fotos«, sagte sie deshalb zu Spyros, der sie entsetzt aus dem gesunden Auge anstarrte.

»Wir reden gerade über Alex und du willst Fotos mit mir machen?«, echauffierte er sich und nahm den Lappen von der Schläfe. »Schau mal, wie ich aussehe. Was sollen meine Fans denken?«

»Deine Fans wollen Foodporn sehen, da ist es ganz egal, wie du gerade aussiehst. Außerdem kann ich mit Make-up nachhelfen. Also schwing dich an den Herd, denn Tucker und Alex werden Hunger haben, wenn sie wieder oben sind. Vorher machst du bitte ein paar Shots von mir. Im Jacuzzi«, schlug Anni vor und verschwand in ihrem Zimmer.

Anni zog den Jogginganzug aus und betrachtete sich im Spiegel. Die Muskeln an den Oberarmen wirkten schlaff und untrainiert und an den Oberschenkeln bildeten sich Wölbungen, die nach Cellulite aussahen. Sie hatte aus der Not heraus nicht viel gegessen, doch der Sport war eindeutig zu kurz gekommen, seit der Zeit hier im Chalet. In dem Zustand würde wohl niemand mehr ein Nacktfoto von ihr schießen wollen, davon war sie überzeugt und froh darüber, dass seit dem Vorfall kein Bild mehr aus dieser Serie aufgetaucht ist.

Anni schlüpfte in den Bikini, zog den Bademantel über und ging noch schnell vor den Spiegel, um ihr Make-up zu korrigieren. Bekam sie etwa Falten um die Augen? Anni zog die Haut an ihren Schläfen auseinander und empfand sich als stark gealtert. Falls sie mit dem Geld hier heil herauskommen würde, müsste sie in Botox investieren.

Zehn Minuten später hockte sie im vierzig Grad heißen Whirlpool und ließ sich von Spyros fotografieren, der froh über die Ablenkung zu sein schien. Sie nahm sogar ein kurzes Video auf, um ihren Fans zu demonstrieren, wie feudal es sich doch lebte. Wer weiß, vielleicht würde dieses Video und der Zeitpunkt, an dem es gemacht worden war, noch eine wichtige Rolle spielen, und so wollte Anni möglichst weit vom Unglücksort entfernt sein, wo Hendrik gleich in eine Gletscherspalte stürzen würde.

Kapitel 67

Tucker

Sie standen erschöpft am Gletscherabbruch, wo Tucker einst mit Anni im Gepäck den letzten Ansturm aufs Chalet genommen hatte. Der Schneefall hatte aufgehört, und sie konnte in der Ferne die Seilbahn sehen, die Skifahrer aufs Kleinmatterhorn beförderte. Wie schön und einfach diese Welt doch sein konnte, seufzte Tucker und krempelte im übertragenen Sinn die Ärmel weit nach oben. »Wo sollen wir ihn hineinwerfen?«

»Wir müssen noch ein wenig weitergehen. Am Rand sind die Spalten zu klein, und man würde die Leiche vom Helikopter aus erkennen«, prophezeite Alex und hatte die Kordel bereits in der Hand.

»Ich bin fix und fertig, Alex. Sobald die erste Spalte kommt, die tief genug ist, werfen wir ihn rein«, japste Tucker und schaute argwöhnisch zum Matterhorn, dessen Gipfel von einem Hubschrauber umkreist wurde.

»Die können uns nicht sehen, oder?«, fragte sie Alex, die bereits am Schlitten zog.

»Die interessieren sich für Schokoladenseiten und nicht so sehr für Abgründe. Aber du hast recht, wir sollten uns beeilen«, kam es auffordernd zurück.

Sie befestigten die Steigeisen unter ihren Schuhen und zogen den Schlitten gemeinsam über das verschneite Eisfeld. Immer wieder mussten sie ihr Tempo drosseln, damit Alex mit dem Teleskopstock die Festigkeit der Eisbrücken überprüfen konnte.

Eine halbe Stunde später erreichten sie ein Gebiet mit drei tiefen Spalten, die nahezu parallel verliefen, und Alex hob die Hand, um anzuhalten. Sie ließ die Kordel fallen und ging die letzten Meter auf die Abbruchkante zu, während Tucker erschöpft zu Boden sank und hoffte, dass es reichen würde.

Kapitel 68

Alex

Sie war perfekt. Acht Meter in der Breite, etwa fünfzig Meter lang und geschätzte fünfundzwanzig Meter tief. Alex schritt die gesamte Länge der Gletscherspalte zweimal ab, um den optimalen Punkt zu definieren. Auf halber Strecke steckte sie den Teleskopstock ins Eis und ging zurück zu Tucker, die ausgelaugt im Schnee saß.

»Und, passt es?«, fragte Tucker.

»Ich denke schon. Wir ziehen den Schlitten bis zu dem Punkt, wo mein Stock im Eis steht. Dann binden wir die Leiche los und werfen sie hinunter«, kommandierte Alex.

»Ich bin körperlich am Ende«, kam es von Tucker, die gedankenlos hinterhertrottete.

Alex stellte den Schlitten parallel zur Abbruchkante auf und löste das Seil um Hendriks Körper.

»Es ist so weit«, sagte sie zu Tucker, die unentschlossen und apathisch wirkte.

»Du musst mir schon helfen, allein bekomme ich ihn nicht angehoben«, deutete Alex auf den Leichnam.

»Ich dachte, wir lassen ihn mit dem Schlitten in die Spalte fahren«, schlug Tucker vor, die noch immer an der Kante stand.

»Nein. Der Schlitten muss zurück nach oben. Hendrik wird wie ein Wanderer dort runterstürzen. Das ist wichtig für die Ermittlungen«, sagte Alex.

»Was denn für Ermittlungen? Ich dachte, wir wären ihn für immer los.«

»Vielleicht, vielleicht nicht. Manche Leichen tauchen auf, andere bleiben für immer verborgen. Und jetzt hilf mir endlich!« Alex hatte nun die Faxen dicke.

Tuckers Reaktion verlief in Zeitlupe, doch am Ende kniete sie sich nieder und packte Hendrik bei den Schultern, während Alex seine Füße nahm, um ihn die letzten Meter übers Eis zu bugsieren. Obwohl es nur fünf Meter bis zur Kante waren, zog es sich wie das Finale der Titanic, und Alex versuchte, Tucker immer wieder mit einem »Fast geschafft!« zu motivieren. Kurz vor dem Ziel ließ Tucker plötzlich los, und Hendriks Oberkörper knallte auf das Eis. Tucker starrte nach unten und schüttelte mit dem Kopf, so, als würde sie es sich noch überlegen wollen.

»Ich kann das nicht«, keuchte sie und atmete hastig ein und aus.

»Bringen wir es hinter uns«, sagte Alex und kniete sich aufs Eis, um Hendriks Leichnam anzuschieben.

Es war ein euphorisierendes Gefühl, den Fall der Leiche zu beobachten. Der Körper fiel an der Eiswand geradewegs hinab und touchierte erst kurz vor seinem Aufprall ein Plateau, das den Leichnam seitlich abprallen ließ, bevor er in einem dunklen Loch verschwand. Alex hörte einen dumpfen Klang und suchte anschließend die Spalte mit den Augen ab. Es war perfekt, denn die Leiche war komplett verschwunden, sodass sie Hendriks Rucksack arglos hinterherwarf. Sie schaute zu Tucker, die immer noch am Abgrund stand und pausenlos den Kopf schüttelte.

Es wurde Zeit, das Werk zu vollenden, ermahnte sich Alex beim Blick auf ihre Armbanduhr und durchsuchte ihre Jackentaschen. Wenig später fand sie darin Hendriks Smartphone und holte es heraus.

»Du denkst an alles, was?«, bemerkte Tucker, die sich mittlerweile umgedreht hatte.

»Ich hoffe doch«, sagte Alex und drückte auf das Kamerasymbol.

Kapitel 69

Anni

Anni saß am Küchentisch und bearbeitete Fotos, während Spyros eine Kiste Lebensmittel vom Abstellraum zur Küche trug.

»Unglaublich. Das Fleisch ist zwar mittlerweile aufgetaut und vergammelt, aber mit dem Rest lässt es sich gut leben. Irgendjemand muss es dort versteckt haben«, polterte er und blinzelte in Richtung Anni.

»Vergiss es, Spyros. Mich wirst du nicht gegen Alex und - Tucker aufstacheln. Koch uns lieber etwas Schönes. Die beiden sind sicherlich schon auf dem Rückweg«, sagte Anni und checkte ihren Instagram-Account.

Ein neues Bild war vor zwei Minuten unter dem Hashtag *messnerChallenge* hochgeladen worden und zeigte Tucker, wie sie mit verquollenen Augen in die Kameralinse schaute. Sie sah ängstlich und ausgepowert aus, was in Anbetracht der Aufgabe durchaus zu verstehen war. Doch warum hatte Tucker dieses Bild überhaupt gepostet, fragte sich Anni, bis sie bemerkte, dass der Upload von Hendriks Account gemacht worden war. *Ausflug zum Gletscher,* stand als Text darunter, gefolgt von einundzwanzig Kommentaren, die *Viel Spaß!* wünschten und Hendrik fragten, ob die Frau im Bild seine neue Freundin sei.

Anni würde Tucker später nach dem Grund für dieses Posting fragen und beschloss, es Spyros nicht zu zeigen. Er würde nur wieder seine Verschwörungstheorien aufwärmen, um Anni auf die Seite zu ziehen. Stattdessen lud sie eine Fotogalerie der Bikini-Session hoch und schrieb *Währenddessen im Messner-Chalet* darunter.

»Kann ich dir helfen?«, fragte sie Spyros, um sich abzulenken.

»Klar. Du kannst zuschauen und dich mit Fotos revanchieren. Vielleicht darf ich sie dann unter deiner strengen Kontrolle sogar publizieren«, sagte Spyros, dessen Laune stündlich besser wurde. Anni hatte ihm zwischenzeitlich einen Turban aus Verbänden gebaut, und er sah aus wie der *Englische Patient* nach seinem Absturz. Im Krankenhaus hätten sie die Wunde wahrscheinlich zugenäht, glaubte Anni, doch die Zeit würde irgendwann das gleiche Resultat hervorbringen. Außer einer angeknacksten Rippe und der Wunde über seinem Auge hatte Spyros den Sturz glimpflich überstanden, was Anni mit Erleichterung zur Kenntnis nahm. Sie mochte Spyros immer noch, da er stets zu ihr gehalten hatte.

»Okay, dann lass uns ein Kochvideo drehen«, grinste Anni und ging aufs Zimmer, um Spyros' Handy aus der Schublade zu Holen.

»Wir falten die zwei unbehandelten Weißbrote auseinander und legen eine Scheibe Bio-Käse sowie ein hauchzartes Stück vom Bündner Fleisch hinein«, betonte Spyros jedes Wort einzeln.

»Du bist herrlich, Spyros«, grinste Anni. »Ich glaube, wir brauchen ein Glas Wein zum Kochen. Was meinst du?«, wollte sie der guten Stimmung etwas Flüssignahrung bieten.

»Da wäre ich nicht abgeneigt, meine Teuerste. Sofern das Ihre Aufgabe als Wachposten erlaubt«, kam es schlagfertig zurück.

»Jetzt hör auf damit. Du weißt, warum wir es so handhaben müssen, und wenn du dich bewährst, bekommst du bald dein Laptop und dein Handy wieder.«

»Das klingt wie Weihnachten in meinen Ohren«, sagte Spyros und machte sich daran, die Pfanne mit Margarine zu bestreichen.

Anni öffnete den Wein und füllte zwei Gläser bis zum Rand.

»Auf Hendrik. Möge er in Frieden ruhen«, sagte sie und stieß mit Spyros an, der nachdenklich und traurig wurde.

»Ich hatte ihn schon fast vergessen«, sagte er und nahm hastig einen zweiten Schluck.

»Mir ging es genauso, deshalb dachte ich, dass wir ihm das schuldig sind. Doch ich wollte dich nicht runterziehen, schließlich müssen wir den zweiten Teil der Grilled-Sandwich-Story drehen«, sagte Anni und trank das Glas in einem Zug zur Hälfte aus.

Sie hatten bereits die zweite Flasche Rotwein geöffnet, als Anni einen Schatten am Küchenfenster sah.

»Ich glaube, Alex und Tucker sind zurück«, bemerkte sie mit einem Aufstoßen.

»Schade. Es war gerade so gemütlich hier«, meinte Spyros und brachte sie zum Lachen.

»Du kannst ja das Chalet wieder verrammeln. Dann sehen wir endlich, wie es Alex gelungen ist, hier reinzukommen«, meinte Anni scherzhaft und nahm das Glas zur Hand, um ins Wohnzimmer zu gehen. Sie wollte die beiden begrüßen, um damit Solidarität zu zeigen. Schließlich hatten sie die Drecksarbeit vollzogen, während Anni mit Spyros Wein trinken und kochen durfte. Sie stellte das Glas auf den Tisch und setzte sich aufs Sofa, als hätte sie seit Stunden exakt an diesem Platz auf sie gewartet.

Die Tür wurde wie von einer Einmannramme aufgestoßen, und Alex stand im Rahmen wie der Duellant in einem Westernfilm. Sie observierte das Zimmer, ganz so, als würde sie nach ihnen suchen, und sank dann schließlich auf die Knie.

»Was ist passiert?«, fragte Anni und schnellte vom Sofa hoch. Alex hatte die Lederjacke weit geöffnet und rang nach Luft, als würde sie ersticken. »Alex, was ist los? Bist du verletzt? Wo ist Tucker?« Anni ging in die Hocke und packte Alex bei den Schultern, um sie wieder aufzurichten.

Die schüttelte den Kopf, als würde sie nicht darüber reden können, und ließ sich dann von Anni bis zum Sessel führen, in den sie ungelenk hineinfiel. Spyros hatte sich dazugesellt und stand aufrecht wie ein Erdmännchen im Zwischengang zur Wohnküche.

»Alex, was ist passiert? Wo ist Tucker?«, fragte Anni, die nichts mehr von dem Alkohol verspürte.

»Verschwunden«, sagte Alex und bewegte ihren Oberkörper auf und ab, als wäre sie in einer anderen Welt.

»Was ... was heißt verschwunden?«, hauchte Anni.

»Sie war plötzlich weg«, kam es von Alex, die durch sie hindurchsah und den Oberkörper kreisen ließ.

»Aber, ihr wart doch gemeinsam unterwegs, und es gibt sogar ein Foto, dass Tucker auf dem Gletscher zeigt«, sagte Anni, die den Sachverhalt kaum nachvollziehen konnte.

»Tucker ist noch mal zurückgegangen«, stammelte Alex.

»Ich verstehe überhaupt nichts mehr«, gestand Anni, die langsam ungeduldig wurde. Alex war eigentlich nicht der Typ für kryptische Geschichten, und diese Story ergab für Anni keinen Sinn.

»Wir haben Hendrik in einer Gletscherspalte beerdigt, wie wir es geplant hatten. Ich war ziemlich fertig und wollte umgehend zurückkehren. Tucker fiel nach fünf Minuten auf, dass sie noch Hendriks Handy in der Jackentasche hatte. Es durfte nicht zurück nach oben ins Chalet, so viel war uns klar. Also ging sie allein zurück, damit ich mich ein wenig schonen konnte«, erklärte Alex und wischte sich eine Träne aus dem Augenwinkel.

»Was ist dann passiert?«, fragte Anni ungeduldig und blickte zu Spyros, der immer noch teilnahmslos im Türrahmen stand.

»Tucker ist zurückgelaufen, und ich habe zehn, vielleicht zwanzig Minuten auf sie gewartet. Dann bin ich ihr hinterhergegangen, bis zu der Spalte, wo wir Hendrik hineingeworfen hatten.«

»Und? War sie dort?«, fragte Anni, die die Antwort bereits ahnte.

»Nein. Sie war nicht dort, sie war ... nirgendwo«, sagte Alex und pustete die Luft heraus.

»Was heißt, sie war nirgendwo?«

»Ich habe die Umgebung nach ihr abgesucht, doch von - Tucker fehlte jede Spur. Sie muss in eine Gletscherspalte gefallen sein«, berichtete Alex, deren Körper allmählich zur Ruhe kam.

Kapitel 70

Alex

Anni mochte eine kleine verhätschelte Prinzessin sein, die in Cremes und Schminkprodukten zu ersticken drohte, doch sie war alles andere als dumm, so viel war Alex klar, als sie den Unfallhergang noch ein zweites Mal zum Besten gab. Anni würde den Tod von Tucker nicht so einfach schlucken, und sie würde versuchen, Spyros zu reaktivieren, der seit den Eskapaden in Ungnade gefallen war. Die nächsten Tage würden ungemütlich werden, und sie musste auf die Tube drücken, um ihr Ziel nicht zu verfehlen.

Alex entschuldigte sich bei den beiden und nutzte die Zeit für eine heiße Dusche. Sie war erschöpft und ließ den heißen Wasserstrahl mit voller Wucht den Rücken runterprasseln. So viel Anstrengung hatte ihr Körper seit Langem nicht ertragen müssen, und ihre Muskeln an den Oberarmen hatten etwas zugelegt. Sie würde sich entspannen müssen, um zurück zu ihrem neuen Ich zu finden, denn man vergaß schnell, was man sich vorgenommen hatte, und verfiel in altbekannte Muster. Um dem entgegenzuwirken, beschloss Alex, nach der Dusche eine Gesichtsbehandlung einzulegen, auch wenn der Tag bereits zu Ende ging. Jetzt nur nicht nachlassen und achtsam bleiben, sagte sie zu sich selbst und schaute in den Spiegel. Ein paar Stoppeln waren an Kinn und Wangen auszumachen, und Alex musste sie mit dem Rasierer kurzerhand entfernen. Auch die Haare sahen welk und trocken aus, doch die würden warten müssen, bis der ganze Zirkus hier vorbei war.

Auch wenn sie das Verhalten grundsätzlich verurteilte, fand sie Gefallen an dem Leben eines Influencers, das im Prinzip aus dem Klischee heraus bestand, gut auszusehen, herumzureisen und möglichst sorgenfrei dabei zu lächeln. Sie hatte es ohne diese Zutaten zu Ruhm geschafft, denn gutes Aussehen und ein Happy Smile waren nicht ihr Markenzeichen. Fans und Follower hatte sie trotzdem gewonnen, und viele Kommentare feierten ihr Anderssein.

Schön, dass du so normal bist.

Crazy Jacke, wo kann ich die kaufen?

Die anderen vier Loser steckst du locker weg.

Das Feedback löste ein warmes Gefühl in Alex aus, denn es ging um sie in diesen Beiträgen und nicht um den Fame der anderen. Dabei verzichtete sie bewusst auf alberne Texte oder Kommentare, um möglichst keine Beziehung zu den Usern aufzubauen. Sie hatte für Alessa das erreicht, was sie sich vorgenommen hatte – oder zumindest einen großen Teil davon. Den Rest würde sie bald folgen lassen, um anschließend in den Helikopter nach Zermatt zu steigen. Vielleicht würde sie noch ein paar Tage im AMION Hotel verbringen, um ein wenig auszuspannen. Lenard wäre sicherlich begeistert und würde den ein oder anderen edlen Tropfen springen lassen. Er hatte Alex, der damals noch Alexander gewesen war, sein Vermögen zu verdanken und nutzte jede ihm sich bietende Gelegenheit, um es wiedergutzumachen.

Sie hatten sich vor drei Jahren auf dem SXSW-Kongress in Austin kennengelernt. Lenard stand am Eingang zum Convention Center und wirkte deplatziert und restlos überfordert. Den Anzug samt Krawatte trug er damals schon, sodass er unter den Besuchern auffiel wie ein Pinguin im Affenkäfig. Alexander stach sein akkurates Äußeres ins Auge, da er wie ein Banker alter Schule aussah. Wie sich herausstellte, waren sie am gleichen Thema interessiert, und man beschloss, gemeinsam hinzugehen, um einer Diskussionsrunde zum Thema Sicherheit von Kryptowährungen zu lauschen. Alexander sah in Bitcoins das digitale Gold der Neuzeit, sodass er sich seine Spezialaufträge in Bitcoins und Ethereum bezahlen ließ. Dezentral platziert auf Tausenden von Rechnern in der Blockchain war die Währung nicht nur diebstahlsicher, sondern auch geschützt vor der Finanzbehörde. Es war perfekt, um ein Vermögen aufzubauen, während er brav die Steuern aus dem Gehalt der University of Texas abführte.

»Viele unserer besten Kunden kommen aus New York und aus dem Valley«, erzählte Lenard, als sie sich abends im Iron Works zum Barbecue verabredet hatten. Der Laden war eine Mischung aus Wildwest-Bar und Familienrestaurant und überfüllt mit Kongressbesuchern, die mit ihren Badges angaben, als gehörten sie zur Elite, die die Welt verändern würde. Dabei ging es am Ende immer nur ums liebe Geld und nicht darum, dass etwas wirklich besser wurde, dachte Alexander damals und musste feststellen, dass es bei Lenard nicht viel anders war.

»Und was schätzen die amerikanischen Kunden so an ihrer Bank?«, fragte Alexander.

»Diskretion«, antwortete Lenard mit einem Lächeln. »Auch wenn wir nicht alles verschwinden lassen können, gelten wir doch als sehr verschwiegener Finanzplatz.«

»In der Schweiz ist also ein Geheimnis sicher«, entgegnete Alexander und probierte etwas von dem Beef Brisket.

»Schmeckt ausgezeichnet, oder?«, zeigte Lenard sich begeistert, der selbst zum Dinner nicht auf seine Uniform verzichtet hatte.

»Der beste Laden in der Stadt«, antwortete Alexander und wartete darauf, mehr von Lenard zu erfahren.

»Wie ich sehe, sind Sie häufiger hier.«

»Ich wohne drüben in der Rainey Street«, antwortete Alexander und wunderte sich über das diskrete Abklopfen des Gegenübers.

»Ich bin das erste Mal auf der *South by Southwest.* Man hat es mir empfohlen«, kam es von Lenard.

»Fast die einzige Zeit im Jahr, wo hier was los ist«, meinte Alexander. »Suchen Sie nach neuen Kunden für die Bank?«

»Nein. Eher nach einem Geschäftsmodell«, antwortete Lenard.

»Und dann besuchen Sie einen Talk über Kryptowährungen? Ist der Schweizer Franken nichts mehr wert?«, fragte Alexander und entlockte Lenard gar ein Schmunzeln.

»Keine Sorge, dem Franken geht es gut«, entgegnete er. »Vielleicht sogar zu gut, denn er ist beliebt bei meinen Gästen, doch vielleicht nicht ganz so sicher und diskret wie das digitale Geld, von dem wir heute viel gehört haben.«

»Ja, Bitcoins werden Banken irgendwann mal überflüssig machen«, sagte Alexander und holte zwei neue Flaschen Budweiser aus der Kühltheke.

»Das kann ich mir kaum vorstellen«, widersprach Lenard und nahm das Bier entgegen. Er tat sich mit der Flasche sichtlich schwer und sah sich händeringend nach einem Glas um.

»Vergessen Sie's«, grinste Alexander. »Wir sind in Texas, nicht im Heidiland.«

»Schon gut«, meinte Lenard und öffnete den Kronkorken.

»Na ja, wenn Gelder nahezu gebührenfrei und anonym zwischen digitalen Konten hin- und hergetauscht werden können, dann braucht es künftig niemanden mehr, der zusätzlich die Hand aufhält und am Ende alles dem Finanzamt meldet«, erklärte Alexander.

»Das könnte in der Tat ein Problem werden«, gab Lenard zu und nahm einen großen Schluck aus der Flasche.

»Warum so negativ?«, fragte Alexander. »Das ist doch die Idee, nach der Sie suchen. Mieten Sie sich ein anonymes Bürogebäude als Diskretionsraum an und bringen Sie Ihre Geschäftspartner zusammen. Oder besser ein Hotel, das ist neutral und sorgt gleich für Entspannung. Dahinter würde niemand einen Finanzplatz vermuten. Alle Transaktionen werden in Kryptowährung via Wallets ausgeführt, und kein Finanzbeamter bekommt davon was mit. Dafür brauchen Sie nicht mal eine Bank im Hintergrund, sondern nur ein prächtiges Hotel, das gut betuchte Kunden anlockt. Und Sie benötigen natürlich jemanden, der sich mit Kryptowährungen und dem Einrichten von Wallets auskennt«, grinste Alexander, der förmlich sehen konnte, wie es hinter Lenards Stirn ratterte.

»Ich muss darüber nachdenken«, sagte Lenard daraufhin und trank den letzten Schluck in einem Zug aus. Er schien es plötzlich eilig zu haben.

Lenard flog am nächsten Morgen mit der ersten Maschine zurück nach Zürich, um für eine Zeit von Alexanders Radar zu verschwinden. Es gab keine Telefonate, keine E-Mails und auch kein Wiedersehen. Alexander scannte seinen Lebenslauf, fand jedoch nur heraus, dass Lenard Investmentbanker bei der UBS in Zürich war, woran sich bisher nichts geändert hatte. Vielleicht habe ich ihn an dem besagten Abend etwas überschätzt, dachte Alexander damals und verdrängte das Gespräch aus seinem Kopf. Letztlich könnte dieser Lenard wieder nur ein Schwätzer sein, der sich wichtig machen wollte, und davon gab es schon zu viele auf der Welt.

Ein Jahr später hatten sie sich wiedergesehen, und Lenard war bereits Direktor im AMION Hotel von Zermatt gewesen, während Alexander ihm den Diskretionsraum eingerichtet hatte, der ihn zu einem reichen Mann machen würde.

Kapitel 71

Spyros

Spyros wusste nicht so recht, wie er auf die Neuigkeiten reagieren sollte. Er mochte Tucker nicht besonders, war sie es doch gewesen, die ihn als Verdächtigen ins Visier genommen und ihm sein Handy abgenommen hatte. Dennoch erschien es ihm abstrakt, dass ausgerechnet das burschikose *OutdoorBeast* in eine Gletscherspalte gestürzt sein sollte. Alex hatte aufgelöst und fertig gewirkt, als sie ihnen die Geschichte vom Verschwinden Tuckers gebeichtet hatte, doch Spyros traute ihr kein bisschen über den Weg. Vielmehr war es nun entscheidend, Anni für sich zu gewinnen, um das Spiel zu überleben.

»Wir müssen es melden«, sagte er deshalb im Wohnzimmer zu ihr, während Alex eine Dusche nahm.

»Was willst du melden, Spyros?«

»Zwei Menschen sind tot. Einfach so.«

»Ist es dafür nicht zu spät? Wir hätten Hendriks Tod sofort anzeigen müssen und nicht so tun, als könnten wir es ungeschehen machen«, flüsterte Anni.

»Es ist nie zu spät. Eigentlich ist es perfekt, da Hendrik und Tucker gleichzeitig auf dem Gletscher verschwunden sind.«

»Und auch noch ein Beweisfoto davon gemacht haben. Eigentlich ist es zu perfekt, wenn du mich fragst«, kombinierte Anni und lieferte Spyros damit die Vorlage.

»Das klingt nicht nach Zufall, sondern nach einem Plan. Ich sage dir, Alex steckt dahinter, und wir sollten schleunigst sehen, dass wir hier rauskommen«, meinte Spyros.

»Was schlägst du vor?«, fragte Anni, die nun alarmiert wirkte.

»Wir kontaktieren Lenard und brechen die Challenge ab. Der wird einen gewaltigen Schrecken bekommen, wenn wir ihm von den zwei toten Teilnehmern berichten«, sagte Spyros.

»Und Alex?«, fragte Anni, die nicht überzeugt schien.

»Alex wird dem niemals zustimmen. Schließlich hat sie damals Lenard um die zweite Chance gebeten. Sie will das durchziehen und geht über Leichen.« Davon war Spyros mittlerweile überzeugt.

»Also gut, ich werde mich bei Alex im Zimmer etwas umsehen, wie du es vorgeschlagen hast. Dafür musst du sie beim Abendessen ablenken. Bekommst du das hin?«, fragte Anni.

»Klar bekomme ich das hin. Es gibt Barbecue Sandwiches, und Alex wird sie lieben. Fragt sich nur, ob du die Nerven behältst«, freute sich Spyros, der endlich aus der Defensive kam.

Kapitel 72

Anni

Alex war geschminkt, als würde sie auf eine Party gehen wollen, was Anni stutzig machte, denn schließlich kam sie im Prinzip von einer doppelten Beerdigung zurück.

»Hast du noch was vor?«, fragte Spyros, der die Teller sorgsam mit Kartoffelecken füllte.

»Ich musste mich ablenken«, meinte Alex, während sie sich an den Tisch setzte.

Spyros knallte ihr ein krosses Sandwich auf den Teller und machte sich daran, Anni etwas aufzufüllen.

»Nein danke. Ich habe keinen Appetit«, sagte sie und rieb die Hände über ihren Bauch.

»Was ist los mit dir?«, fragte Spyros, um aufs Offensichtliche zu kommen.

»Mein Magen spielt verrückt. Ich glaube, Tuckers Verschwinden hat mich völlig umgehauen. Entschuldigt mich bitte kurz.« Anni machte einen schmerzverzerrten Gesichtsausdruck und verließ den Tisch.

Nachdem sie aus Alex' Blickfeld verschwunden war, versuchte Anni mit großen Schritten, möglichst Zeit zu gewinnen, während Spyros Alex ins Gespräch zwang. Dennoch musste sie sich beeilen, denn Alex war kein Fan von Small Talk, und mit dem Eintritt in ihr Zimmer würde Anni eine Grenze überschreiten.

Sie hatte fast gehofft, dass die Türklinke in den Leerlauf schalten würde, doch sie gab nach, und Anni drückte auf den Lichtschalter. Auf den ersten Blick wirkte der Raum völlig unbewohnt. Die Decke auf dem Doppelbett war ordentlich gefaltet, die Kissen fast mit Liebe arrangiert. Fehlte nur noch eine Tüte voller Gummibärchen, dachte Anni und musste schmunzeln. Auch die Sitzecke sah bis auf einen abgelegten Laptop unbenutzt aus. Alex ist ein Geist, schoss es Anni durch den Kopf, die den Deckel kurz nach oben klappte, um ihn nach Erscheinen eines Log-in-Feldes schnell wieder zu schließen. So einfach würde sich Alex nicht überrumpeln lassen, war Anni klar, und sie öffnete den Schrank.

Wie kaum anders zu erwarten hingen die Kleidungsstücke sauber aufgereiht auf einer Stange, die von der Lederjacke mit dem Teddykragen angeführt wurde – so etwas wie ihr Lieblingsstück. Anni flippte oberflächlich durch die Garderobe, fand jedoch nichts Ungewöhnliches an den Klamotten und öffnete die Schubfächer, in denen T-Shirts, Slips und Socken lagen, die wenig feminin aussahen. Anscheinend war Alex keine Kundin bei Victoria's Secret, dachte Anni und hielt den einzigen BH in der Größe Doppel A nach oben. Hier könnte ich ihr vielleicht noch einen heißen Tipp mit auf den Weg geben, überlegte Anni und legte den BH zurück. Sie schloss die Schranktüren und ging zum Bett, das wie in allen Zimmern von zwei Nachttischchen flankiert wurde. Anni öffnete das Schubfach des linken Tisches und blickte auf ein Buch. *Unfuck yourself. Raus aus dem Kopf, rein ins Leben.* Seltsamer Titel, fand Anni und blätterte die Seiten durch – in der Hoffnung, dass etwas Verdächtiges dabei herausfallen würde. Fehlanzeige. Bisher hatte sich das Risiko nicht ausgezahlt, und Anni wollte ihr Glück nicht überstrapazieren, sodass sie nur noch einen schnellen Blick in die Schublade des zweiten Nachttisches werfen wollte.

Sie wusste sofort, dass sie ins Schwarze getroffen hatte. Alex' Portemonnaie war eine Ansammlung von Fotos, Kreditkarten, Ausweisen und Quittungen, deren Unordnung im kompletten Gegensatz zum aufgeräumten Zimmer stand.

Die Laschen waren vollgestopft mit Plastikkarten, während sich in den Falten Fotos mit Dollarnoten und Schweizer Franken abwechselten. Anni holte den Stapel Fotos in einem Schwung heraus und betrachtete die Bilder. Es war immer die gleiche junge Frau abgebildet, oft allein, hin und wieder auch mit einem jungen Mann oder einem älteren Ehepaar. Wahrscheinlich der Bruder oder Freund und die Eltern. Das Mädchen sah Alex in gewisser Weise ähnlich, auf der anderen Seite traf das in gleichem Maße auf den jungen Mann zu. Anni drehte die Bilder um, doch keines war markiert oder beschriftet. Beim zweiten Blick auf eines der aktuelleren Fotos fiel Anni die Lederjacke auf, die Alex immer trug. Die junge Frau hatte sie an und schaute ernst und abwesend in die Kamera. Eigentlich kein Foto, das man entwickeln ließ und aufhob, und garantiert war es nicht Alex, die dort auf der Veranda stand. Anni legte das Bild zurück ins hintere Fach des Portemonnaies und fieselte Alex' Führerschein heraus. Keine Frage, das war der Typ, der auf den Fotos abgelichtet war.

Alexander van Helsing, wohnhaft 2120 Rainey Street in Austin, Texas.

Er war laut der Beschreibung 1,83 Meter groß, hatte blaue Augen und war eindeutig männlich. Alexander war Alex, das war nicht zu übersehen, auch wenn Alex die Haare meist zu einem Pferdeschwanz gebunden hatte, sich rasierte und Make-up trug. Anni steckte den Führerschein zurück ins Portemonnaie, um die Bilder nochmals zu betrachten. Wenn Alex eigentlich der Mann auf den Fotos war, wer war dann die junge Frau, die einem fast auf jedem Bild entgegensprang? War es eine Freundin oder seine Schwester? Anni wurde von einem entfernten Tellerklappern unterbrochen, das wie Aufbruch oder Aufräumen klang. Ihre Zeit war abgelaufen, und sie würde sich beeilen müssen, um unerkannt das Zimmer zu verlassen.

Kapitel 73

Tucker

Das gefühlte Ende ihres Lebens war ein Kommen und Gehen, und sie spürte, dass das Gehen die Überhand gewinnen würde. Tucker konnte sich abseits der Hüfte nicht bewegen, und die Kälte lähmte den Verstand. Am Anfang hatte sie noch jeden ihrer Knochen einzeln spüren können, doch allmählich breitete sich ein Gefühl von Schwerelosigkeit in ihrem Körper aus. In den Momenten, wo sie wach war, stieg Panik in ihr hoch, und sie realisierte, dass sie auf dem Boden ihres Albtraums angekommen war. Sie lag auf einem kleinen Eisplateau tief unten in der Gletscherspalte, und ihre Beine waren steif gefroren. Am Anfang war es wenigstens noch hell gewesen, und sie hatte den Himmel und die Eiswände sehen können, die sich steil nach oben auftürmten. Jetzt regierte eine gnadenlose Dunkelheit, und ihr Verstand dämmerte zwischen den Gezeiten ihres Lebens hin und her. Soll der Tod mich endlich Holen, flehte sie in einem Augenblick der Schwäche, um im nächsten ihre Hände wie bei einer Trainingseinheit auf- und abzuheben. Als Beweis dafür, dass sie am Leben und längst noch nicht am Ende war.

Alles hatte mit diesem gottverdammten Foto angefangen, das Alex unerlaubt von ihr gemacht hatte. Tucker war stinksauer auf sie gewesen und hatte nach dem Handy verlangt, um es direkt wieder zu löschen. Was wäre, wenn Hendriks Smartphone irgendwann gefunden wurde? Die Polizei würde sofort denken, dass er mit ihr als Letztes auf dem

Gletscher unterwegs gewesen war. Alex hatte kalt gelacht, als wäre es ein dummer Spaß gewesen, und hatte ihr das Smartphone zugeworfen. Tucker war zu sehr damit beschäftigt gewesen, sich durch den Bilderwald auf Hendriks Handy durchzuforsten, dass sie den Tritt nicht einmal kommen sah. Es war ein perfekter Kick in ihre Magengrube gewesen, der sie atemlos nach hinten hatte stürzen lassen. Auf das Eis und auf die Kante. Durch eine Drehung hätte sie sich vielleicht noch retten können, doch sie war ohnmächtig gewesen vor Angst und Überraschung. Ihre Beine waren angehoben und mit Schwung über die Kante gestoßen worden. Das Nächste, was Tucker gespürt hatte, war ein dumpfer Schlag auf den Hinterkopf gewesen. Sie war mit dem Schädel an eine Seitenwand geknallt, bevor sich ihre Beine kurz danach ins Eis gebohrt hatten.

Tucker spürte, wie die Knochen nachgaben, so wie die Steine eines Dominospiels. Bald würde der Oberkörper folgen und dann ihr Kopf zu Brei werden, kam ihr der Gedanke in den Sinn, als würde sie ein Video betrachten. Doch nichts davon passierte. Sie steckte fest und war am Leben. Ganz so, wie sie es in ihrem schlimmsten Traum befürchtet hatte. Nur diesmal war es echt. Echt und längst noch nicht vorbei.

Kapitel 74

Alex

Alex hatte miserabel geschlafen, und ein Gefühl von Anspannung und Reue hatte sich in ihren Eingeweiden eingenistet. Sie lag seit Stunden wach im Bett, doch ihr fehlte die Motivation, sich aufzuraffen. Ausgerechnet jetzt, wo sie so nah am Ziel war. Sechs Monate Planung steckten in jedem Detail, und voilà, bisher war alles aufgegangen. Hendrik und Tucker waren bereits Geschichte, und Anni und Spyros sollten ihnen in den nächsten Stunden oder Tagen folgen. Lenard hatte seine Rolle bisher gut gespielt, auch wenn Alex nie daran gezweifelt hatte. Sie konnte sich noch gut an den Anruf erinnern, als sie – oder damals noch er – Lenard von der Idee zur Challenge erzählt hatte. Alexander hatte nach Alessas Tod drei Tage und drei Nächte allein im Elternhaus verbracht und auf das Chaos gestarrt, das sie hinterlassen hatte. Ganz so, als wäre ihr seit Monaten schon alles ganz egal gewesen. Als wäre sie nach dem Tod der Eltern sukzessive innerlich gestorben.

»Lenard, ich brauche dein Hotel als Diskretionsraum«, sagte er am Telefon und hatte gar nicht darüber nachgedacht, dass es in Zermatt noch mitten in der Nacht war.

»Dein Haus ist mein Haus«, antwortete Lenard, als hätte er um drei Uhr in der Nacht noch nicht geschlafen. »Doch brauchst du das Hotel oder einen Diskretionsraum?«, hakte Lenard nach, als hätte er noch einen Trumpf im Ärmel.

»Ist das nicht ein und dasselbe?«, fragte Alexander irritiert.

»Bisher schon, doch ich habe ein neues Domizil mitten in den Bergen, welches vom AMION aus versorgt wird. Ein Luxuschalet, das gerade fertig geworden und nur mit dem Helikopter zu erreichen ist. Es sei denn, man möchte über einen Gletscher wandern, doch das wäre nur was für Alpinisten.«

»Das klingt gut. Ich hatte einen familiären Unglücksfall und ...«, fing Alexander an sich zu erklären.

»Schon gut. Du brauchst es nicht zu sagen. Diskretion ist mein oberstes Prinzip und du schuldest mir rein gar nichts, nicht mal eine Erklärung, wofür du das Chalet benötigst. Es wäre mir eine Ehre, wenn du es als Erster nutzen würdest. Sag mir einfach, wann du es brauchst und wie ich dir dabei helfen kann«, engagierte sich Lenard sofort.

Fortan hatten sie die Challenge im Detail geplant und die Hintergründe der vier Teilnehmer recherchiert, die Alexander ausgewählt hatte. Lenard hatte die Idee mit den Umschlägen und der Gletscherwanderung gehabt und war nicht davon abzubringen gewesen, auch den Spielleiter zu mimen. Nur so habe er alles unter Kontrolle, hatte sein Argument gelautet, und Alexander war froh gewesen, dass der andere ihm das abnahm, denn ihn hatte es sehr in Anspruch genommen, seine neue Rolle aufzubauen ... das eigene Leben aufzugeben, um Alessas einzunehmen.

Kapitel 75

Anni

Es juckte ihr beim Frühstück in den Fingern, Alex mit dem Namen auf dem Führerschein zu konfrontieren, doch dann würde sie ihr beichten müssen, dass sie sich in ihrem Zimmer umgesehen hatte. Sie wollte die Neuigkeiten zunächst mit Spyros besprechen, um die nächsten Schritte abzuklären. Mittlerweile war es ihr egal, ob man dem Griechen trauen konnte oder nicht, denn Alex schien die weitaus größere Gefahr zu sein.

»Ich muss meinen Kopf freikriegen«, sagte sie deshalb in die dezimierte Runde. »Kommt jemand mit in die Sauna?«

»Ich dachte, du gehst da nicht mehr rein«, kam es von Spyros, der offenbar nicht ganz verstand, was Anni vorhatte.

»Ich brauche das jetzt«, versuchte Anni es ganz ohne Argumente. »Wie sieht's mit euch aus?«

Während Alex den Vorschlag gedankenlos verneinte, schien es bei Spyros endlich »Klick« gemacht zu haben. Die Sauna war der einzige Ort, an denen Alex ihnen nicht folgen würde.

Eine halbe Stunde später saßen sie eingewickelt in ein Handtuch auf den Holzplanken und schauten in die trübe Winterlandschaft. Ein paar Eiszapfen hatten sich an der Dachrinne gebildet und tropften hin und wieder in den Schnee. Anni bestand darauf, die Tür, mit einem Holzscheit gesichert, angelehnt zu lassen, auch wenn dadurch etwas Kälte in die Sauna strömte.

»Was hast du herausgefunden?«, fragte Spyros, der trotzdem bereits schwitzte.

»Du hattest recht, Alex hat gelogen. Sie ist ein Mann«, sagte Anni unverblümt und testete Spyros' Reaktion, der zunächst nach Luft rang.

»Wie meinst du das?«, fragte er nach einer gefühlten Ewigkeit.

»Er heißt Alexander van Helsing und wohnt in Texas. Das mit Utah war gelogen und dass er eine Frau ist, ebenfalls«, preschte Anni vor.

»Mehr hast du nicht herausgefunden? Im Grunde genommen ist es ja kein großes Ding, wenn du mich fragst«, antwortete Spyros. »Sie hat nie behauptet, eine Frau zu sein. Dann ist sie halt ein Transvestit. Ich bin schwul und du hast künstliche Brüste. So hat jeder sein Geheimnis.«

»Hey, das mit den Brüsten habe ich dir nie erzählt«, beschwerte sich Anni.

»Sorry, aber das sieht selbst ein schwuler Mann«, grinste Spyros und nickte auf ihren perfekt geformten Busen, der bis zur Hälfte ins Handtuch eingewickelt war.

»Dennoch finde ich es seltsam, dass sie sich und ihre Sachen immer einschließt. Auch das Verschwinden von Tucker macht mir Angst. Wir müssen etwas unternehmen und nach ihr suchen lassen. Vielleicht lebt sie noch und ist vor Alex abgehauen. Wir müssen es melden und endlich aufgeben.«

»Du willst alles hinschmeißen, so kurz vor dem Ziel?«, fragte Spyros.

»Natürlich will ich das. Es ist längst vorbei. Wir werden das Geld nicht bekommen, da wir nur noch zu dritt sind. Ganz im Gegenteil. Wenn wir das Verschwinden von Hendrik und Tucker nicht auf der Stelle melden, dann machen wir uns schuldig und landen allesamt im Knast.«

»Hm«, kam es von Spyros.

»Ich verstehe dich nicht. Vorgestern warst du noch in Panik und wolltest uns nicht mehr ins Haus lassen und heute bist du ganz entspannt, obwohl zwei von uns wahrscheinlich tot sind«, rief Anni und hoffte, dass es nicht nach draußen gedrungen war.

»Nein, so ist es nicht. Ich denke halt nur, dass es nicht mehr lange dauert, bis wir abgeholt werden. Und dann haben wir zumindest alles getan, um bis zum Ende durchzuhalten.«

»Aber wir sind nicht mehr vollzählig. Ich steige aus und wenn du nicht mitkommst, gehe ich allein«, sagte Anni und blickte Spyros in die Augen.

Der senkte den Blick und schüttelte mit dem Kopf. »Und wofür wären Hendrik und Tucker dann gestorben? Wahrscheinlich wandern wir trotzdem in den Knast und bekommen nicht mal unser Geld«, meinte Spyros.

»Und wenn es so ist, wie du vermutest? Das Alex hinter allem steckt?«, fragte Anni.

»Der Transvestit ist der Mörder? Dann habe ich ja Glück, dass du mich nicht im Verdacht hast.«

»Mir geht es nicht um diesen Schwindel, sondern um ein ganzes Fass aus Lügen. Außerdem hast du mich erst auf die Idee gebracht, und jetzt verteidigst du sie noch.« Anni konnte Spyros' Reaktion nicht nachvollziehen.

»Ich verteidige sie nicht. Aber ich hatte etwas anderes erwartet, was du in ihren Sachen finden würdest.«

»Was, Spyros? Was hast du erwartet?«

»Eine Waffe? Aufzeichnungen, die sie enttarnen? Etwas in der Art vielleicht.«

»Es gab Fotos. Von Alex und einem anderen Mädchen«, erinnerte sich Anni an die Bilder im Portemonnaie.

»Und?«, kam es von Spyros.

»Das Mädchen sah wie ihre Schwester aus. Damals war Alex noch ein Mann und dieses *Damals* scheint nicht lange her zu sein.«

»Dann sprechen wir sie heute Abend darauf an. Konfrontieren wir sie mit ihrer Geschlechtsumwandlung, und dann sehen wir weiter«, meinte Spyros, der nun wie ein Wasserfall tropfte.

»Auf keinen Fall. Ich möchte nicht, dass sie erfährt, dass ich in ihrem Zimmer herumgeschnüffelt habe. Dann bringt sie *mich* um. Wir müssen es auf einem anderen Weg herausfinden und es Lenard stecken«, meinte Anni.

»Wieso wir? Ich habe nicht mal mehr ein Handy. Das liegt in deiner Schublade. Von daher liegt die Entscheidung offensichtlich ganz bei dir.«

Kapitel 76

Tucker

Gar nicht mal so leicht zu sterben, dachte Tucker, als das Tageslicht den Gletscherspalt erhellte, und sie immer noch am Leben war. Trotz der dicken Winterklamotten hatte sie nicht erwartet, die Nacht zu überstehen. Was für ein fataler Fehler, das Handy im Chalet zurückzulassen, musste sie sich eingestehen, doch wer hätte schon erahnen können, dass dieses Girl aus Utah so was wie ein ausgemachter Killer ist. Ohne ein Telefon hatte sie keine Chance, einen Notruf auszulösen, und konnte nur noch auf den Tod warten. Oder das Unmögliche probieren. Sie fingerte mit der rechten Hand über ihre Schulter und suchte nach dem Rucksack, der immer noch fest angeschnallt auf ihrem Rücken hing. Sie hatte noch eine halbe Thermoskanne Tee darin, ein Sandwich und den Eispickel, den sie aus dem Vorratsraum hatte mitgehen lassen. Gemeinsam mit den Steigeisen an ihren Schuhen könnte sie es wenigstens versuchen.

Kapitel 77

Anni

Es gab nichts Weltbewegendes über Alexander van Helsing im Netz zu finden, nur dass er als Programmierer für die University of Texas arbeitete, wo er auch seinen Master absolviert hatte. Ansonsten war er ein Phantom. Keine Fotos, keine Schlagzeilen, keine High-School-Listen und bis auf den bekannten Instagram-Account keine Aktivitäten im sozialen Universum. Irgendwann war er vom Mann zur Frau geworden, doch Spuren dafür gab es keine. Sie gab den Namen *van Helsing* und *Escalante* in den Browser ein und wurde fündig. Eine Mary und ein Rodrigo van Helsing lebten laut whitepages.com in der E300 Street. Und dann gab es noch die Schlagzeile der St. George News vom 23. Mai: *Junge Frau von Truck erfasst.*

Anni las den Artikel dreimal durch und fand, wonach sie suchte. Das Opfer war eine zweiundzwanzigjährige Frau aus Escalante, die Alessa van Helsing hieß und angeblich unter Depressionen litt. Sie war in der Morgendämmerung auf dem Highway herumspaziert und hatte sich vor einen Truck geworfen, der mit Lebensmitteln voll geladen war. Die Polizei ging von einem Selbstmord aus, da die Frau seit Längerem psychische Probleme hatte, so die Aussage einer nicht namentlich genannten Nachbarin, die in der gleichen Straße wohnte. Die Eltern seien angeblich verstorben, und Alessa lebte seitdem allein im Haus und hätte kürzlich ihren Job verloren. Von einem Freund, einer Freundin oder gar einem

Bruder stand nichts in dem Artikel, und dennoch war die Verbindung für Anni offensichtlich. Alessa war das Mädchen auf den Fotos, die sie bei Alex im Portemonnaie gefunden hatte.

Anni suchte nach weiteren Meldungen zu dem Unfall, fand jedoch nur zwei ähnliche Artikel, die auf die gleiche Quelle zurückzuführen waren. Es muss schrecklich für Alex gewesen sein, die eigene Schwester durch einen Selbstmord zu verlieren, dachte Anni. Vielleicht hatte sie deswegen Schuldgefühle, vielleicht war die Challenge so was wie eine Zäsur, um Abstand zu gewinnen? Doch vielleicht war Alex auch aus einem anderen Grund hier ins Chalet gezogen. Anni musste es herausfinden und Alex mit dem Unfall konfrontieren.

Sie beschloss, am Abend auf ihr Make-up zu verzichten. Für wen sollte sie sich aufbrezeln? Spyros war schwul, Alex mutmaßlich ein Transvestit, und nach Fotos für den Instagram-Kanal war ihr nicht zumute. Vielmehr hatte sie sich vorgenommen, die Challenge zu beenden und das Verschwinden von Tucker und Hendrik den Behörden anzuzeigen. Dafür brauchte sie Spyros als Verbündeten, denn zu zweit sollten sie im Zweifel Alex überstimmen können. Sie schlenderte auf Socken in die aufgeheizte Küche, wo Spyros mit zwei Topflappen an den Händen vor dem hell strahlenden Backofen stand und auf den Timer starrte.

»Oh, unsere Prinzessin hat ihr Gemach verlassen!«, tönte er, als sie sich an ihren Platz setzte.

»Wir müssen reden«, sagte sie und schaute sich um, ob Alex in der Nähe war.

»Ja, das müssen und das sollten wir. Doch zuvor habe ich eine Überraschung in Form dieses wundervollen Nudelauflaufs für uns gekocht.« Spyros schien allerbester Laune und holte die glühend heiße Schale aus dem Backofen. Er stellte sie mit Vorsicht auf die Arbeitsplatte und bewunderte sein Werk.

»Vielleicht könntest du ein Foto für mich schießen und es hochladen. Mir sind leider die Kochlöffel gebunden«, versuchte er einen Scherz.

»Du bekommst dein Handy wieder«, sagte Anni und wartete auf eine Reaktion.

»Oh, das klingt wie Weihnachten«, blieb Spyros sarkastisch und holte Teller aus dem Schrank.

»Ich meine es ernst, Spyros. Wir müssen das Ding beenden!«, flüsterte Anni. »Und wenn du mir hilfst, dann bekommst du auf der Stelle dein Handy und dein Laptop ...«

Sie wurde durch das Zuschlagen einer Tür jäh unterbrochen. Alex schien auf dem Weg vom Zimmer in die Küche zu sein, und Anni nickte Spyros zu, als Zeichen, dass sie einen Deal hätten. Doch Spyros' Gesichtsausdruck blieb unbestimmt, stattdessen beschäftigte er sich damit, den Auflauf zu verteilen.

Sie aßen schweigend, und jeder hing den eigenen Gedanken nach, ganz so, als gäbe es nichts zu besprechen. Nicht mal Musik lief über den mobilen Lautsprecher, sodass es sich wie ein Beerdigungsmal für Tucker anfühlte. Tucker, die jetzt womöglich tot in einer Gletscherspalte lag.

Was für ein Wahnsinn, kochte es in Anni hoch. Die Emotionen lösten ihre Zunge. »Warum bist du noch dabei, Alex?«, fragte sie ihr Gegenüber und legte das Besteck zur Seite.

Alex kaute weiter und schien sich mit der Frage zu beschäftigen. »Es ist bald vorbei«, kam es gewohnt schnörkellos.

»Klar. Aber, zwei Menschen sind gestorben, und wir haben einen davon auf dem Gewissen. Vielleicht sogar beide«, versuchte Anni, sie zu provozieren.

»Jeder hat irgendjemandem auf dem Gewissen. So ist das Leben«, sagte Alex bitter.

»Jetzt lasst uns doch die trübseligen Gedanken beiseiteschieben und meinen wunderbaren Nudelauflauf genießen«, grätschte Spyros ungelenk dazwischen.

»Nein. Ich will es wissen. Warum bist du noch dabei, Alex? Warum bist du überhaupt dabei? Du hast nie zu uns gehört und wolltest es auch gar nicht.« Anni ließ sich nicht vom Weg abbringen.

»Ich schätze, dass ich es mal ausprobieren wollte. Ich wollte sein wie ihr«, sagte Alex und beendete ihr Essen.

»Und? Wie ist es?«, fragte Anni, die aufgrund der kargen Antworten gereizt war.

»Berauschend«, meinte Alex und nippte am Wein.

»Berauschend? Was ist an diesem Leben denn berauschend? Zwei von uns sind tot«, kommentierte Anni und schüttelte den Kopf, als würde sie die Antwort anwidern.

»So was passiert, schätze ich«, sagte Alex und wirkte leicht verkrampft, als ginge ihr die Fragerei allmählich auf die Nerven.

Es war Zeit, den Punch zu setzen, und Anni holte aus. Weit aus! »*So was* passiert? So wie ein Autounfall ... oder ein Selbstmord?«

Alex' Augen verengten sich zu Schlitzen, und ihr kalter Blick nahm Anni ins Visier.

Ihr wurde augenblicklich übel. Vielleicht hatte sie es übertrieben, doch sie wusste jetzt, dass sie ins Wespennest gestochen hatte.

»Was soll das bedeuten, Anni?«, fragte Alex und ihre Worte klangen so abgehackt wie bei einem Roboter. Selbst Spyros hatte die gute Laune eingestellt und starrte verschämt auf seinen leeren Teller, als wäre ihm das Ganze peinlich.

»Ich habe es gelesen«, sagte Anni und ging in die Gegenoffensive. »Das mit deiner Schwester. Steht alles im Internet.«

»Gut. Heißt aber nichts«, sagte Alex nur und stand auf.

»Richtig. Wir wissen gar nichts über dich, Alex. Nur dass du hier den Leichentransporter spielst und sonst in dieser Runde offensichtlich nichts verloren hast. Wie hängt alles zusammen? Denn es hängt zusammen, habe ich recht?«, fragte Anni und achtete auf Alex, die in der Bewegung innehielt.

»Du hast kein Recht, nach ihr zu fragen, denn ihr kanntet sie nicht einmal«, zischte Alex, die offensichtlich Probleme damit hatte, ihre Emotionen in den Griff zu kriegen.

»Woher sollten wir deine Schwester auch kennen? Sind wir uns schon mal begegnet? Ich jedenfalls war noch nie in diesem Kaff in Utah«, sagte Anni.

»Jetzt helft mir doch mal auf die Sprünge«, platzte Spyros dazwischen, der aus seiner Schockstarre erwacht war. »Ich verstehe überhaupt nichts mehr. Was ist mit deiner Schwester, Alex?«

»Sie ist tot. Ein Autounfall«, kam es gequält zurück.

»Sie hat Selbstmord begangen«, korrigierte Anni, die den Moment gekommen sah, alles auf den Tisch zu bringen.

»Stimmt das?«, fragte Spyros.

Alex stand noch immer hinter ihrem Stuhl und nickte. Ihre Augen suchten apathisch die Umgebung ab, doch ihr Kopf schien zu rattern, bemerkte Anni und nahm sich vor, Alex endlich festzunageln.

Doch Spyros machte ihr mal wieder einen Strich durch die Rechnung. »Ich habe auch meine Schwester durch einen Unfall verloren«, platzte es aus ihm heraus und seine Augen wurden glasig. »Sie wurde von einem Auto erfasst und war einfach nicht mehr da. Es war meine Schuld.«

»Wieso kommst du jetzt mit dieser Geschichte?«, bemerkte Anni impulsiv und schroff, was ihr augenblicklich leidtat. Bloß Spyros nicht verärgern, ermahnte sie sich selbst, doch das Gesagte war gesagt, und Spyros schüttelte vergrätzt den Kopf.

»Wie ist es passiert?«, fragte Alex.

»Wir gingen auf die gleiche Schule und waren auf dem Heimweg. Ioanna trödelte die ganze Zeit herum, blieb immer wieder stehen und spielte mit dem Gras am Straßenrand. Schließlich lief sie an den Strand und begann damit, im Sand zu buddeln, um eine Burg zu bauen. Ich habe ihr angedroht, sie allein am Strand zurückzulassen, und mich anschließend aus dem Staub gemacht. Es war nicht mehr weit bis zu unserem Haus, und ich war überzeugt davon, dass sie bald folgen würde. Doch sie tat es nicht, stattdessen heulten die Sirenen, und kurz danach erschien die Polizei. Unsere Eltern haben mir das nie verziehen, und ich wurde seitdem nur noch toleriert und nicht mehr geliebt«, sagte Spyros und trank sein Glas in einem Zug aus, als könnte er den Kummer kurzerhand ertränken.

Anni tat ihre Bemerkung leid, und sie war berührt von Spyros' Schicksal. Eine schreckliche Tragödie, die zum falschen Zeitpunkt auf den Tisch gekommen war, denn nichts war schlimmer für ihr Vorhaben als eine Allianz von Spyros und Alex.

»Das ist furchtbar, Spyros. Ganz furchtbar, aber bei Alex' Schwester war es sicher etwas anderes. Eure Eltern sind sehr früh gestorben, stand in dem Artikel, den ich im Netz dazu gelesen habe. Wo warst du, als es passiert ist?«, fragte sie Alex.

»Ich war nicht da. Genau wie du, Spyros«, sagte Alex und ignorierte Annis Blick.

»Hattet ihr keine weiteren Geschwister? Vielleicht einen Bruder, der sich um sie hätte kümmern können?«, hakte Anni nach, die spürte, wie das Adrenalin durch ihre Venen schoss.

»Was soll das, Anni?«, entgegnete Alex, die deutlich alarmiert wirkte. Wie eine Wespe, die den Stachel ausfuhr, um dem Angreifer zu drohen.

»Irgendwas stimmt nicht mit deiner Geschichte und dem Grund, warum du hier bist. Ein Influencer wie wir bist du jedenfalls nicht. Ich traue dir nicht. Keinen Millimeter«, fauchte Anni.

»Das ist dein Problem.« Alex verzog keine Miene.

»Es ist nicht allein mein Problem, denn Spyros und ich haben entschieden, die Challenge zu beenden. Wir machen Schluss, ganz egal, was du mit Lenard im Hubschrauber besprochen hast. Wieso hast du dich überhaupt in den Vordergrund gedrängt? Kennst du ihn von früher? Steckst du hinter all dem hier?«, ging Anni voll ins Risiko und hoffte, dass Spyros ihr zur Seite stehen würde.

»Ihr wollt aufgeben? Meinetwegen. Geben wir auf. Rufen wir den Helikopter und lassen uns rausHolen. Jetzt sofort, wenn ihr wollt«, sagte Alex und zückte ihr Smartphone, das in der Hosentasche steckte.

»Moment, nicht so eilig«, intervenierte Spyros, stand auf und holte eine neue Flasche Wein aus dem Regal. »Lasst uns das in Ruhe besprechen, bevor wir voreilige Schlüsse ziehen.«

»Es ist vorbei, und ich bleibe keinen Tag länger hier mit diesem Monster, diesem Transvestiten, der glaubt, er könnte seine Schwester sein«, kreischte Anni und zerschnitt das Band für alle Zeiten.

Es folgte eine Stille, so entsetzlich laut, dass Anni sie fast hören konnte. Sie hatte alle ihre Karten auf den Tisch gelegt und musste nun die Konsequenzen tragen.

Kapitel 78

Tucker

Sie hatte es versucht und wenig später enttäuscht abgebrochen. Sie hatte sogar ihre Beine aus dem Eis befreien und zu ein paar ungelenken Bewegungen motivieren können. Sie war aufrecht auf dem kleinen Plateau gestanden, welches sie noch vom tiefen Abgrund trennte und die Spitzen ihrer Steigeisen in die Gletscherwand getreten. Mit dem Eispickel hatte sie Löcher in das Eis geschlagen, das wie ein Spray zu allen Seiten explodiert war. Es hätte funktionieren können, doch sie rutschte immer wieder ab, um schließlich wieder auf dem Eisplateau zu landen. Die Kraft reichte nicht, um sich am Eispickel nach oben zu ziehen, da ihre freie Hand keinen rechten Halt fand und immer wieder aus der Wand glitt. Zudem waren ihre Beine fragil wie ein paar Streichhölzer, die jeden Moment einknicken konnten. Bald würde es zum zweiten Mal dunkel werden, und noch so eine Nacht bei Minusgraden würde sie nicht überleben. Eigentlich war sie bereits tot, führte sie sich selbst vor Augen, denn das, was hier noch lief, war letztlich nur der Abspann ihres Lebens. Sie langte in den Rucksack und griff nach dem Müsliriegel, den sie bis zum Ende aufbewahrt hatte.

»Meine Henkersmahlzeit«, krächzte Tucker und schloss die Augen.

Kapitel 79

Alex

Bumm! Das hatte gesessen und Alex musste kräftig schlucken, um den Satz zunächst mal zu verdauen. Anni hatte ins Schwarze getroffen und das ließ sich nicht allein auf ihre Netzrecherche zurückführen. Wo war der Fehler? Alex überlegte fieberhaft und dachte an das Foto aus der Sauna. Vielleicht war mehr von ihr zu erkennen gewesen, als sie gehofft hatte, vielleicht war Annis Bemerkung aber auch nur der Schuss mit der berühmten Schrotflinte gewesen. Anni hatte sehen wollen, wie Alex darauf reagieren würde, und sie war sichtlich angeschossen. Nicht wegen der Bemerkung, die sie enttarnt hatte, nicht wegen Anni und ihrer Kombinationsgabe, sondern vielmehr wegen dem, was dieser Satz in ihr jetzt auslöste. Es brachte sie zurück an jenen Tag, als Sheriff Warner bei Alexander angerufen hatte, um zu sagen, dass Alessa tot sei. Sie habe einen tragischen Verkehrsunfall erlitten, sagte er am Telefon, doch Alexander wusste auf der Stelle, dass sie selbst der Auslöser für ihren Tod gewesen war. Sie selbst und ihre *Vorbilder.*

Als er damals Alessas Handy auf der Kommode gefunden hatte, war es ein Leichtes gewesen, den PIN-Code zu erraten, da es sein Geburtsdatum gewesen war. Er klickte sich durch ihre Mails und ihren Instagram-Account und war erschüttert, wie oft und intensiv sie den Kontakt zu Influencern gesucht hatte. Sie schrieb sie über Instagram an und sagte ihnen, dass sie sie bewundere, ohne jemals eine echte

Antwort zu erhalten. Stattdessen wurde sie täglich unzufriedener mit ihrem Leben und schrieb am Ende einem Mädchen namens *LithiumGirl* eine kurze Nachricht: *Was muss ich tun, um so schön zu sein wie du? Bitte antworte mir, sonst macht mein Leben keinen Sinn mehr!*

Auf die Antwort wartete Alessa bis heute, und Anni war nur eine von vielen, die ihr eine Reaktion schuldig blieben. Vielleicht war es aber auch *HenryCoonz* lapidarer Spruch: *Sorry, Kleines, ich stehe auf Blondinen und auf schmale Hüften*? Oder der Kommentar von *FoodpornSpy*, dass das Foto von ihrer Lasagne wie Katzenkotze aussehe? Vielleicht war es auch dieses *OutdoorBeast*, die mit einem reinkopierten Spruch das Fass zum Überlaufen brachte? Sie alle hatten Alessas Schrei nach Hilfe und nach Aufmerksamkeit ignoriert und einfach weitergemacht, als hätten sie es nicht gelesen und verstanden.

Aufmerksam musste jetzt Alex sein, und ihr Kopf ratterte wie ein Hamster in einem Rad, denn es half nicht, es zu leugnen. Dafür hatte sie mit einer Antwort viel zu lange gewartet. Anni sah sie an, als würde sie ein Geständnis von ihr erwarten, und auch Spyros schien die neue Gelassenheit ganz abgelegt zu haben. Sie musste etwas dazu sagen, ohne alles vor die Wand zu fahren.

»Es war meine Art, es zu verarbeiten«, blieb sie deshalb bei der Wahrheit. »Ihr müsst es nicht verstehen. Alessa, also Alex, war meine Schwester und so was wie mein zweites Ich. Ja, ich bin Alexander, doch für euch bleibe ich Alex ... und eine Frau.«

»Es tut mir leid«, sagte Anni, die von der eigenen Attacke sichtlich mitgenommen wirkte.

»Krass«, kam es von Spyros, dem anscheinend nichts Passenderes dazu einfiel.

»Ja, krass. Aber trotzdem ziehen wir hier einen Schlussstrich«, legte Anni nach. »Rufst du Lenard an oder soll ich es tun?«

»Es ist schon dunkel. Wir machen es gleich morgen früh«, sagte Alex und verabschiedete sich aufs Zimmer, um ein Veto möglichst abzublocken. Ihr blieben noch acht Stunden Zeit, um die Challenge auf ihre Weise zu beenden.

Kapitel 80

Spyros

Der Wind fegte in Böen um das Haus, und das Feuer im Kamin war bereits erloschen, als Spyros die Bettdecke zur Seite schlug und barfuß in den Gang schlich, um an Annis Zimmertür zu lauschen, die seit dem Vorfall mit dem Notruf immer einen Spalt geöffnet war. Er hörte ein leichtes Schnarchen und war beruhigt. Da er keine Taschenlampe hatte, musste er im Dunkeln bis zur Küche schleichen und wäre dabei fast über die eigenen Klamotten gestolpert, die verstreut am Boden lagen. Außer dem Wind und einem Knarzen an der Außenwand war alles ruhig, sodass er die Wohnküche durchquerte, um vor dem Abstellraum zu stoppen. Sein Herz pochte gewaltig, denn zum ersten Mal war er bereit dazu, gegen den Konsens der Gruppe zu verstoßen.

Spyros knipste den Lichtschalter der Abstellkammer an und sah sich um. Warum man diesen Raum einst abgeschlossen hatte, war ihm im Nachhinein ein Rätsel. Es waren weder persönliche Gegenstände des Eigentümers darin enthalten noch irgendwas von großem Wert. Er begutachtete das Metallregal mit den Werkzeugen, Seilen und Eispickeln, wo er zu einem großen Exemplar griff und anschließend die Tür von innen zuzog. Sollten sie doch selig weiterschlafen, während er sich um die Technik kümmerte. Als hätte er davon auch nur eine leise Ahnung, musste er selbst ein wenig schmunzeln und betrachtete das weiße Plastikgehäuse des Routers, der von einer Steckdose mit Strom gespeist wurde.

Drei LED-Lampen leuchteten konstant auf und gaben grünes Licht für die Verbindung. Natürlich könnte er einfach den Stecker aus der Dose ziehen, doch wie lange würde es wohl dauern, bis ihm Anni oder Alex auf die Schliche kommen würden? Nein, er musste eine endgültige Lösung heraufbeschwören und so ließ er den Eispickel mit Karacho aufs Gehäuse knallen.

Obwohl er mit der Spitze zugeschlagen hatte, prallte der Schlag am Plastik ab, ohne einen nennenswerten Schaden anzurichten. Dafür hatte es recht laut gescheppert, und Spyros hoffte, dass Anni und Alex nicht durch den Radau geweckt worden waren. Er hielt inne, lauschte an der Tür und als nichts zu hören war, schlug er nochmals auf den Router ein, dessen Gehäuse wie ein Eisklumpen zerbarst. Ein paar Platinen hielten sich noch krampfhaft in der Halterung, doch mit dem nächsten Schlag würden sie Geschichte sein. Spyros war vertieft in den Zerstörungsakt, als sich hinter ihm die Tür zur Abstellkammer öffnete. Er spürte einen Windzug, doch er durfte sich nicht stoppen lassen und schlug auf die Platinen ein.

»Was machst du da?«, kreischte ein Schatten in seinem Rücken, und Spyros drehte sich um.

Er blickte in Annis alarmierte Augen und bekam es mit der Angst zu tun. Er hob den Eispickel nach oben, als eine Messerspitze sich in seinen Bauch schob und durch die Eingeweide schnitt, als wären sie aus Butter. Spyros spürte keinen Schmerz, doch als der Stoff sich rot verfärbte, wusste er, dass er getroffen worden war und es nicht überleben würde.

Kapitel 81

Anni

Das Fleischmesser rammte sich in Spyros' Bauchdecke, und Anni war nicht in der Lage, es noch aufzuhalten.

»Ach, du Scheiße! Es tut mir leid. Ich dachte, es sei ... «, kreischte sie und hielt Spyros mit der freien Hand fest, ohne das Messer loszulassen.

Spyros schnappte nach Luft und wollte augenscheinlich etwas sagen, doch es kam kein Wort mehr über seine Lippen. Der Eispickel fiel ihm aus der Hand, und seine Augen flackerten wie bei einer Batterie, die bald den Geist aufgeben würde.

Anni fühlte sich ohnmächtig, also rief sie nach Alex, die wenig später ungeschminkt im Türrahmen erschien. Sie sah zum ersten Mal seit ihrer Ankunft wie ein junger Mann aus und wirkte in Anbetracht der Lage in höchstem Maße konzentriert.

»Lass einfach das Messer los, Anni«, sagte sie und nahm Spyros in den Arm, um ihn zu stützen. Anni löste ihre Finger einzeln von dem Fleischermesser und hielt sie abwehrend nach oben. An ihnen klebte Blut, an jedem einzelnen von ihnen.

»Es war ein Unfall«, stammelte sie und lehnte sich an eine Wand, um langsam auf den Boden zu rutschen. Alex stand mit Spyros direkt vor ihr, und es sah so aus, als würden beide eng umschlungen tanzen.

»Ist schon gut, Spyros. Du hast es gleich geschafft«, sagte Alex liebevoll und ging dem taumelnden Opfer durch die zerzausten Haare. »Bald wirst du erlöst und bei ihr sein«, fügte sie hinzu und zog das Messer mit einem Ruck aus seinem Bauch.

Spyros Aufschrei war der letzte Laut, den sie von ihm hörten, und sein Körper sank zu Boden.

»Ich, ich ... wollte es nicht. Es war ein Unfall«, wiederholte Anni und sah Alex an, die mit dem Messer in der Hand über Spyros kniete und seine Halsschlagader prüfte.

»Er ist tot«, sagte sie knapp und blickte kalt in Annis Augen, die wie ein verletztes Tier in einer Falle saß und zitterte.

»Es ging alles so schnell, und ich dachte, es wäre jemand anderes, der ...«, versuchte Anni sich an einer Erklärung.

»Der *was?*«, fragte Alex und wirkte nach wie vor erstaunlich ruhig.

»Der versucht, etwas zu zerstören. Das Internet ...«, sagte Anni und merkte gleich, wie dämlich das in Anbetracht der Lage klingen musste.

»Nun, ich schätze, dass er das gewollt und erfolgreich vollbracht hat«, kam es von Alex, die immer noch das Messer in den Händen hielt.

Erst jetzt bemerkte Anni, dass sie dabei Wollhandschuhe trug. »Du hast Handschuhe an?«, fragte sie deshalb und spürte, wie die Energie des klaren Denkens zurück in ihren Kopf gelangte.

»Reine Gewohnheit, schätze ich. Ist schließlich nicht meine Leiche«, sagte Alex und legte das Messer neben Spyros' Körper ab.

»Es war ein scheißbedauerlicher Unfall«, wiederholte sich Anni erneut. »Bist du sicher, dass er tot ist?«

»Sieh selbst nach«, sagte Alex und ging einen Schritt zur Seite. »Wie gesagt, es ist nicht meine Leiche.«

Anni versuchte aufzustehen und spürte, wie der Blutdruck Achterbahn mit ihrem Körper fuhr. Sie sackte zusammen und übergab sich. »Ich muss hier raus«, raunte sie und streckte beide Arme aus, in der Hoffnung, dass Alex ihr beim Aufstehen helfen würde.

»Einfach raus und Tür zu?«, fragte Alex und stand breitbeinig vor ihr.

»Was soll das heißen? Was soll ich tun?«, fragte Anni.

»Darauf gibt es keine Antwort, so, wie du nie eine Antwort für Alessa übrig hattest. Sie lag tot auf dem Asphalt, genau wie Spyros tot in dieser Abstellkammer liegt. Sie bluten langsam aus, und dir ist es im Grunde scheißegal. Du streichst die Kohle ein und lächelst morgen wieder in die Kamera«, hielt Alex ihr hasserfülltes Plädoyer, und Anni begann zu realisieren, warum sie eigentlich zu dieser Challenge eingeladen worden war.

»Aber ich kenne deine Schwester nicht. Ich kenne nicht mal dich«, sagte Anni.

»Aber sie kannte euch, sie kannte dich und auch die anderen, wegen denen sie auf den Highway hinausgelaufen ist«, raunte Alex, die mit der Spitze des Eispickels rhythmisch gegen ihre Handfläche trommelte.

»Das ist schrecklich«, versuchte Anni sich in Mitgefühl, obwohl sie in diesem Augenblick nur Angst verspürte. »Doch was hat das mit mir zu tun, Alex?«

»Einfach alles, Anni. Du machst Menschen mit deinen Bildern unglücklich und treibst sie in den Tod. Sie beneiden deinen Arsch, deine falschen Wimpern und dein aufgesetztes Lachen. Du gibst ihnen das Gefühl, hässlich zu sein und versagt zu haben. Und anstatt sie aufzubauen, schreibst du dämliche Plattitüden in die Kommentare und beantwortest nicht mal einen Hilferuf. Du schaust dir überhaupt nicht an, was deine Fans dir schreiben.«

»Aber was mache ich denn anders als die anderen? So ist das Leben eines Influencers«, sagte Anni und sah sich frei von Schuld.

»Ist das so? Hendrik und Tucker hängen in den Tiefen einer Gletscherspalte, und Spyros liegt tot neben dir. Und du machst einfach weiter. Für 100.000 Dollar. *So* ist das Leben eines Influencers? Dann bereite dich besser auf das Sterben eines Influencers vor«, fauchte Alex und schaute eiskalt auf Anni hinab.

»Du hast das alles geplant«, platzte es aus Anni heraus. »Du hast uns hierhin gelockt. Du warst das mit den seltsamen Briefen. Und *du* hast Hendrik und Tucker umgebracht.«

»Ihr hattet die Chance, es abzulehnen. Doch jeder von euch hat sich auf die Challenge eingelassen, für Geld und noch mehr Follower. Doch was nützen dir jetzt deine Fans? Wo sind sie jetzt, wo du am Boden liegst? Ich sage es dir. Sie sind bei mir«, sagte Alex.

Mein Gott, sie sieht wie ein verrückter Henker aus, fuhr es Anni durch den Kopf. Ihr musste dringend etwas einfallen.

»Du bist wahnsinnig. Ich habe nichts Verwerfliches getan. Ich poste Klamotten-, Reise- oder Schminktipps, so wie jede andere Fünfundzwanzigjährige auch. Was kann ich dafür, dass mir irgendwelche Leute folgen, was kann ich dafür, dass sich deine Schwester umgebracht hat? Es ist so typisch von Menschen, die mit dem Leben nicht zurechtkommen, für alles einen Schuldigen zu suchen«, platzte es aus Anni heraus, die langsam versuchte, sich an der Rückwand aufzurichten.

»Es ist verantwortungslos, den Menschen etwas vorzugaukeln, was es nicht gibt, Anni«, sagte Alex, die den Eispickel mit ihren Händen knetete, als wäre es ein Hefeteig.

»Nur weil du dich schminkst wie eine Frau und diese ekelhafte Jacke anziehst, bist du doch nicht deine Schwester oder machst sie wieder lebendig. Sie hätte sicher niemals gewollt, dass Hendrik oder Tucker sterben«, sagte Anni, die versuchte, Alex bei der Stange zu halten.

»Ich habe ihre Fans erlöst. Keiner wird sich mehr durch Hendriks ekelhafte Sprüche klein und hässlich fühlen. Niemand fällt auch nur einmal noch auf Tuckers kluge Weisheiten herein oder lässt sich von Spyros sagen, dass sein Essen wie Katzenkotze aussehe. Keiner wird sich wegen ihnen mehr das Leben nehmen. Keiner wird ihnen jemals wieder folgen«, sagte Alex.

»Du bist ein Monster! Du hast deine Schwester im Stich gelassen und gibst jetzt uns die Schuld dafür. Wo ist hier der Unterschied, Alex? Wer schiebt hier die Schuld auf einen anderen?«, schrie Anni und schnellte in die Höhe.

Alex wirkte perplex und schien noch an dem letzten Satz zu kauen, was Anni den Moment zur Flucht bescherte. Sie kickte Spyros' Arm mit ihrem Fuß zur Seite und zwängte sich durch den Spalt, um die Tür mit Wucht ins Schloss zu schlagen.

Jetzt nur noch den Schlüssel umdrehen und abschließen, glaubte Anni und fingerte mit zitternden Händen am Schloss herum, während Alex von innen die Klinke ganz nach unten drückte. Die Tür öffnete sich für einen Augenblick, und Anni konnte Alex' hasserfüllte Fratze sehen. Sie aktivierte alle Kraftreserven und schaffte es, die Tür erneut zu schließen. Mit der rechten Hand griff sie nach dem Schlüssel, presste ihn zurück ins Schloss und drehte bis zum Anschlag durch. Die Tür war zu, und Alex Gegenwehr verlief ins Leere.

Anni stolperte rückwärts und stützte sich am Küchentisch ab, um erst einmal durchzuatmen. Sie war davongekommen, doch wie lange würde es andauern, bis Alex eine Lösung zur Flucht aus dieser Kammer fand? Sie langte in die Hosentasche ihrer Jeans und fingerte das Smartphone heraus. Kein Empfang. Natürlich nicht, hatte Spyros doch den Router mit dem Eispickel zerstört. Sie könnte einen Notruf absetzen, doch beim letzten Mal war Lenard aufgetaucht, und der steckte augenscheinlich mit Alex unter einer Decke. Nein, sie musste die Polizei direkt erreichen, und dafür brauchte sie Empfang. Den gab es entweder am Gletscher, was in Anbetracht von Dunkelheit und Gletscherspalten keine echte Lösung war, oder sie musste zu der Stelle, wo sie einst mit Alex das ungeplante Foto-Shooting absolviert hatte. Sie sollte sich besser beeilen, denn schließlich war die Abstellkammer vollgepackt mit Werkzeugen, mit denen man die Tür bald öffnen würde können.

Kapitel 82

Alex

Alex stellte ihre Trommelattacken augenblicklich ein, denn die Tür war abgeschlossen, und Anni würde sie nicht wieder öffnen. Sie blickte auf Spyros' schlaffen Körper, dessen Blut bereits gerann. Sie würde sich um die Leiche kümmern müssen, doch zuvor musste sie Anni aus dem Weg räumen, die zu ihrem größten Widersacher geworden war. Sie lauschte und mahnte sich zur Ruhe.

Ja, sie würde ihr einen kleinen Vorsprung lassen, damit sie ihre nächsten Schritte sauber planen konnte, denn natürlich war es für Alex kein Problem, die Abstellkammer zu verlassen. Mit all dem Werkzeug an der Wand und dem Ersatzschlüssel in ihren Händen.

Kapitel 83

Anni

Anni hatte alle Lichter eingeschaltet, um bloß nicht überrascht zu werden. Obwohl sie Alex im Abstellraum eingesperrt hatte, wusste sie, dass es nur eine temporäre Lösung war. Der Wind hatte nachgelassen, und sie fühlte sich isoliert vom Rest der Welt. Sie hatte die ultimative Grenze überschritten und einen Menschen umgebracht. Doch jetzt war nicht die Zeit zu trauern und sich schuldig zu fühlen, es war die Zeit zu überleben, denn Alex würde alles daransetzen, sie um die Ecke zu bringen.

Anni ging in ihr Zimmer und wühlte einen Wollpullover aus dem Schrank. Ein paar T-Shirts fielen auf den Boden, doch sie ließ sie einfach liegen und griff zu ihrer Daunenjacke. Danach stopfte sie das Portemonnaie, den Personalausweis sowie Spyros' und Tuckers Handy in die Jackentaschen und schlüpfte in die dicken Boots, die in einer Ecke standen. Sie würde diesen Ort verlassen, und obwohl es noch recht früh am Morgen war, hatte sie nicht vor zurückzukehren.

Die Nacht war außergewöhnlich mild, verglichen mit den letzten Tagen, und Anni steuerte in Richtung Sauna, wo sie aus dem Impuls heraus ihr Handy zückte. Natürlich kein Empfang. Sie waren abgeschnitten, so, wie Spyros es geplant hatte, ohne zu ahnen, dass dies zu seinem Todesurteil werden würde. Anni schaute zum Jacuzzi rüber, auf dem die zugeschneite Abdeckhaube thronte. Wie ein Relikt aus guten alten Zeiten, die mit Hendriks Unfall ihr abruptes Ende genommen hatten. Danach war nichts mehr so wie vorher gewesen, und spätestens jetzt hatte sie Gewissheit, dass es niemals ums Vergnügen gegangen war. Alex hatte mithilfe dieser Challenge von Anfang an nur den Tod der vier verhassten Influencer bezweckt, und Anni stand als Letzte auf der Todesliste. Zur Buße für eine Tat, die sie nicht einmal begangen hatte.

Ihre Augen hatten sich mittlerweile an die Dunkelheit gewöhnt, und sie schaute auf die Uhr. Es war halb drei mitten in der Nacht, und es wurde langsam Zeit für ihren Anruf.

Kapitel 84

Alex

Alex öffnete die Außentür des Abstellraums und atmete die kalte Luft ein. Spyros' Leiche stank nach Ausscheidungen, und der Geruch hatte ihr Kopfschmerzen bereitet. Fünfzehn Minuten Vorsprung hatte sie Anni gelassen, und es wurde Zeit, die Verfolgung aufzunehmen. Sie schnappte sich den Eispickel als Waffe und stapfte ein paar Schritte Richtung Eingangstür, wo sich die frischen Spuren deutlich abgezeichneten. Wo wollte sie um diese Zeit nur hinlaufen? Alex überlegte, bis es Klick in ihrem Kopf machte, denn Anni würde Hilfe Holen wollen. Hilfe, die Alex nicht kontrollieren konnte, und dafür brauchte sie Empfang.

Sie stapfte in Annis frischen Spuren und erreichte den Wellnessbereich, ohne einen Blick hineinzuwerfen. Wozu auch, führten sie die Schuhabdrücke doch geradewegs in Richtung Eisfeld, was perfekt war, um einen Menschen zu ermorden. Sie umklammerte die Waffe und überlegte, wie es sich wohl anfühlte, Annis Schädel damit einzuschlagen. Würde ein einziger Schlag genügen oder musste sie sie wie eine Wahnsinnige in tausend Stücke hacken?

Alex erreichte den Felsvorsprung und blickte bis zum Aussichtspunkt, der durch den Schnee erleuchtet war wie eine Landebahn. Sie brauchte nicht mal eine Lampe, um festzustellen, dass Anni nirgendwo zu sehen war.

»Suchst du jemanden?«, ertönte eine Stimme in ihrem Rücken und ließ sie innerlich verzagen.

Alex drehte sich langsam um und blickte in den Lauf einer Pistole, die auf ihren Kopf zielte. Sie hätte die Verfolgung doch umgehend aufnehmen sollen, um Anni an Ort und Stelle kaltzumachen. Fakt war jedoch, sie hatte die Kleine schon wieder unterschätzt, und dieses Mal könnte sich diese mangelnde Vorsicht rächen.

Kapitel 85

Anni

Schon ihre Mutter hatte stets gemeint, dass sie die Fähigkeit besitze, sich aus der Scheiße rauszureiten, in die sie sich hineinbugsiert hatte. Das war bei ihren schlechten Halbjahreszeugnissen der Fall gewesen, das war ihr in Florenz gelungen, und auch diesmal hatte sie den entscheidenden Riecher gehabt, um die Opferrolle auszutauschen. Dabei waren es blanker Zufall oder besser pure Not gewesen, die sie hatten umkehren lassen. Beim Anblick des Schneefeldes, das ihr bereits bei der ersten Überquerung nicht geheuer gewesen war, waren ihr die Schneeschuhe in den Sinn gekommen. Ohne die Stahlzacken unter ihren Füßen wäre sie im Schnee versunken, sodass sie, ohne zu zögern, umgedreht war, um in ihren Fußstapfen zum Skischuppen zurückzukehren. Sie hatte gerade den Verschlag erreicht gehabt, als gegenüber im Chalet die Außentür zur Abstellkammer aufgegangen war und ein Eispickel herausgeragt hatte. Anni hatte sich in den Verschlag gedrängt und die Tür sofort verschlossen. Durch einen Spalt im Holz hatte sie Alex beobachten können, die die Verfolgung aufgenommen hatte, jedoch am Holzschuppen vorbeigelaufen war. Ihr war nicht viel Zeit geblieben, und so hatte sie die Idee, mit Schneeschuhen bis zum Aussichtspunkt zu wandern, übersprungen und stattdessen den Schrank mit der Signalpistole geöffnet. Sie hatte sich die Waffe gekrallt und die fünf Patronenhülsen betrachtet: rot, grün, weiß, gelb und violett – sauber aufgereiht direkt im Fach darunter. Anni hatte die rote Patrone in den Lauf und die vier anderen in ihre Jackentasche gestopft, um Alex eine nette Überraschung zu bereiten.

Kapitel 86

Alex

Was für eine Bitch, schnaufte Alex, die kaum fassen konnte, wie Anni diese Waffe aus dem Hut gezaubert hatte. Sie brauchte ein paar wertvolle Sekunden, um zu registrieren, dass es sich um die Signalpistole aus dem Schuppen handelte. Warum hatte sie nicht nachgesehen? Wie hatte ihr nur dieser Lapsus unterlaufen können? Sie war nachlässig und gierig geworden. Sie hatte es zu schnell beenden wollen, und als Strafe blickte sie nun in den Lauf einer Pistole, die unvermittelt auf sie zielte.

Alex entschied sich für ein Lachen, welches seine Wirkung nicht verfehlte. Anni begann zu zittern und wirkte irritiert. Gleich würde sie den Mund aufmachen, um mit ihr zu reden, was exakt der Fehler war, den sie von ihr sehen wollte.

»Warum lachst du? Lass den verdammten Eispickel fallen und nimm deine Hände nach oben!«, kommandierte Anni, die mit beiden Händen an der Waffe klebte.

»*Damit* willst du auf mich schießen? Nur zu, das gibt sicher einen üblen Farbklecks«, sagte Alex und ging einen Schritt auf Anni zu.

»Bleib sofort stehen und wirf diesen verdammten Eispickel in den Schnee.« Annis Stimme wirkte stabiler als bei ihrem ersten Satz.

Alex musste aufpassen, so viel war ihr klar, doch letztlich würde die Pistole keinen nennenswerten Schaden anrichten. Oder doch?

»Es ist vorbei. Mit uns beiden endet diese Challenge, und der Helikopter wird mich in ein paar Stunden abHolen. *Mich*, verstehst du?«, sagte Alex und wagte einen weiteren Schritt nach vorn.

»Ich sage es nicht noch einmal. Bleib stehen oder ich schieße dich zu Brei«, flüsterte Anni, deren Stimme wild entschlossen klang.

Alex zögerte und überlegte. Dann ließ sie den Eispickel als Zeichen des Entgegenkommens fallen. »Vielleicht könnte ich ja eine Ausnahme gelten lassen und dich mitnehmen«, machte Alex ihr ein Angebot und halbierte die Länge ihres nächsten Schritts, damit es nicht bedrohlich aussah.

»Und ich würde einfach so verschwinden können? Vielleicht sogar noch mit dem Geld?«, echote Anni mit Sarkasmus in der Stimme.

»Warum nicht? Du hast es dir verdient.«

»Ich traue dir keinen Meter weit, und wenn du jetzt nicht auf der Stelle stehen bleibst, dann schieße ich«, kam es selbstbewusst von Anni.

»Ich weiß, du schießt mich dann zu einem Eimer Farbe«, lachte Alex. »Sicherlich ein Spruch, der Hendrik gut gefallen hätte. Er hat ordentlich gezappelt, als ich ihm das Kissen aufs Gesicht gedrückt habe«, setzte Alex auf den Schockmoment und nahm drei Schritte gleichzeitig nach vorn.

Der letzte war zu viel gewesen, das wusste sie in dem Moment, als die Patrone auf sie zukam.

Kapitel 87

Anni

Die Wucht der Patrone ließ Alex rücklings auf den Boden knallen. Ihr Pullover fing augenblicklich Feuer, und sie wand sich im Schnee, um selbst den Brand zu löschen. Anni holte eine zweite Patrone aus der Jackentasche, schob sie in den Lauf und schoss auf die am Boden liegende Gestalt. Ein Treffer im Gesicht, das rußgeschwärzt in Annis Richtung starrte, als wäre sie der Racheengel. Alex erhob sich und versuchte zu verschwinden. Sie steuerte auf den Abhang zu, der auf das Schneefeld führte, doch Anni war schon wieder schneller, schob Patrone Nummer drei in die Pistole und drückte ab. Diesmal traf sie Alex in den Rücken, und die Wucht ließ den Körper taumeln und den Hang hinunterstürzen. Anni eilte bis zur Felskante und konnte nur noch dabei zuschauen, wie Alex schlaffer Körper durch den Schnee nach unten rollte und sich dabei immer wieder überschlug, bis er letztlich ganz verschwand. Die Leuchtkraft der Patronen war erloschen, und zurück blieb eine Dunkelheit, die Sinnbild für die Leere war, die Anni umgehend verspürte.

Sie steckte die Pistole in den Bund der Jeans und buddelte den Eispickel aus dem Schnee. Ich bin bewaffnet, als würde ich in einen Krieg ziehen, schoss es ihr durch den Kopf, und sie musste unwillkürlich an Spyros und Alex denken, die sie auf dem Gewissen hatte. Einmal war es eine Handlung im Affekt gewesen, und beim zweiten Mal hatte sie aus Notwehr dreimal abgedrückt. Aber würde das die Polizei genauso sehen?

Sie machte sich auf den Rückweg und legte einen Zwischenstopp im Schuppen ein, wo sie einen der Schlitten vom Eisenhaken runternahm und auf den Boden stellte. Danach inspizierte sie die Schneeschuhe und entschied sich für das Paar, das sie beim Ausflug auf dem Schneefeld unter ihren Füßen gehabt hatte. Sogar die Bindung war noch auf ihre Größe eingestellt, sodass es kein Problem sein sollte, die Dinger im Bedarfsfall anzuschnallen. Doch sie würde nicht nur Schneeschuhe für ihren Plan benötigen, sondern auch Steigeisen, da sie zum Gletscher hinabsteigen wollte, um Spyros' Leichnam zu entsorgen. Es wäre die einzig logische Auflösung der Story, wenn alle ihre Mitbewohner von einem Ausflug nicht zurückgekehrt wären. Sie könnte Alex und Spyros als Suchtrupp für Hendrik und Tucker verkaufen, während sie die ganze Zeit im Chalet geblieben war. Alles besser als Gefängnis, sagte sich Anni und legte die Ausrüstung auf den Schlitten, um ihren Gedanken Taten folgen zu lassen. Es war mittlerweile vier Uhr morgens, und in drei Stunden sollte sie aufbrechen, um es hinter sich zu bringen.

Anni öffnete die Tür zum Chalet und zückte die Signalpistole, die sie mittlerweile nachgeladen hatte. Auch wenn sie es für nahezu unmöglich hielt, dass Alex drei Schüsse und den Absturz überlebt hatte, war sie achtsam und gewarnt. Wieder spürte sie ihr Herz rasen und wieder saugte sie Energie aus ihrer inneren Erregung.

Anni legte den Eispickel auf den Sessel, um den Rest der Räumlichkeiten aufzusuchen. Kein Geräusch, kein Mensch, kein verborgener Schatten, selbst die Tür zur Abstellkammer war noch immer fest verschlossen. Hinter ihr lag Annis erstes Opfer und der Gedanke daran erzeugte unwillkürlich eine Gänsehaut. Langsam, ganz so, als wollte sie die Spannung auf ein Maximum hochtreiben, drehte sie den Schlüssel herum und drückte die Klinke nach unten. Ein kleiner

Spalt öffnete sich, und Anni konnte Spyros' nackte Füße sehen. Sie knallte die Tür dagegen und blickte in die ansonsten menschenleere Kammer, in der noch immer Licht brannte.

Sie betrachtete Spyros' Oberkörper, der bis aufs Einstichloch im Bauch, unversehrt aussah. Das Blut war getrocknet und glich einem großen Flecken Farbe, der sich auf dem Holz ergossen hatte. Selbst die Mordwaffe lag noch auf dem Boden, die sie später in die Spülmaschine stellen würde.

Sie kontrollierte die Außentür des Abstellraums und sah sich danach in den Zimmern um. Alex' Tür stand weit offen, als wäre sie von alledem am meisten überrascht worden. Anni öffnete die Schreibtischschublade und kramte Alex' Portemonnaie heraus. Sie betrachtete noch einmal die Fotos von den Geschwistern, die nun beide nicht mehr lebten. Sie packte den Geldbeutel zurück in die Schublade, denn schließlich sollte es so aussehen, als wären ihre Mitbewohner zu einem Ausflug aufgebrochen. Dabei fiel ihr Blick auf die Lederjacke mit dem Teddykragen, die ordentlich auf einem Kleiderbügel hing. Die Jacke musste weg, genauso wie die Baseball-Cap, ohne die Alex nie das Haus verlassen hätte.

Anni drückte eine Espressokapsel in die Maschine, schmierte sich ein Brot und setzte sich an den verlassenen Esstisch. Nicht im Traum hätte sie daran gedacht, am Ende hier allein zu speisen. Sie kaute ohne Appetit auf dem Brot herum und stellte Tasse und Teller danach vorschriftsmäßig in die Spülmaschine. Danach holte sie alle noch verfügbaren Mullbinden aus dem Medikamentenschrank heraus und wickelte sie auseinander. Das sollte genügen, dachte Anni beim Anblick der unzähligen Bandagen, mit denen sie Spyros an den Schlitten binden wollte.

Sie entschied sich bei der Kleiderwahl von Spyros letzter Reise für einen dicken Pullover, eine Skihose, die er nie getragen hatte, und seine blaue Daunenjacke – alles Klamotten, die groß und weit genug aussahen, damit sie um Spyros' steifen Körper gut herumpassten. Sie holte tief Luft und bemerkte erstmals den Gestank, der von der Leiche ausging. Ein toxisches Gemisch aus Blut, Schweiß und Exkrementen. Der Tod hat einen eigenen Geruch, fand Anni und öffnete die Außentür, um frische Luft hineinzulassen. Es wurde augenblicklich kalt im Raum, doch so würde es sich arbeiten lassen.

Nachdem sie Spyros provisorisch eingekleidet hatte, wuchtete sie ihn auf den Schlitten und wickelte die Mullbinden drumherum. Am Ende sah er aus wie eine Mumie und war bereit für seine letzte Schlittenfahrt.

Anni schreckte aus dem Sessel hoch und schaute auf ihr Handy. Es war 8.20 Uhr, und sie war eingeschlafen, obwohl sie eigentlich nur kurz die Augen hatte schließen wollen. Sie riss die Eingangstür auf und blickte aufs Matterhorn, dessen Gipfel hell erleuchtet glänzte. Anni zog ihre Daunenjacke über, zückte das Handy und stapfte ein paar Schritte durch den Schnee. Es war nahezu windstill und immer noch recht warm – in Anbetracht der letzten Tage. Trügerisch, könnte man behaupten, doch Anni blendete die Orakel fürs Erste aus und drückte auf den Aufnahmeknopf der Handykamera.

»Hallo, ihr Lieben. Wie geht es euch heute Morgen? Ja, ihr habt schon länger nichts von mir gehört. Ich war ganz schön busy hier oben und mache mir totale Sorgen um meine Besties. Sie sind von ihrer Gletscherwanderung bisher nicht zurückgekommen. Neben *OutdoorBeast* und Henry sind jetzt auch Alex und *FoodpornSpy* verschwunden. Dabei wollten sie zum Abendessen wieder da sein. Das Internet ist auch noch ausgefallen, und ich kann niemanden erreichen, nicht einmal euch. Von daher werdet ihr das Video später erst zu sehen bekommen.«

Anni drückte auf Stopp, kontrollierte die Aufnahme und speicherte sie ab. Diesmal würde sie auf Glitzer, Hashtags und Effekte verzichten, denn schließlich ging es um ihr Alibi.

Anni legte ihr Handy in die Nachttischschublade und wechselte in Alex' Lederjacke, die sich kalt und fremd anfühlte. Sie würde sie auf dem Hinweg tragen, um sie am Gletscher zu entsorgen. Zum Aufstieg sollte ihr die Zwiebelschicht aus Fleece-Shirts und Pullovern genügen, da es eigentlich nur bergauf ging. Sie zog die Football Cap tief in die Stirn und betrachtete sich im Wandspiegel neben der Eingangstür. Die perfekte Verwandlung, fand Anni und musste an Alex denken, die, getroffen von Leuchtpatronen, irgendwo am Berg da draußen lag. Tot und unter Schnee begraben, wie sie hoffte.

Sie ging zurück zur Abstellkammer, wo Spyros festgeschnürt am Schlitten bereits auf seine Reise wartete. Ein letztes Mal kontrollierte sie die Mullbinden und strich ihm über seine kalte Wange. Die Leuchtpistole steckte sie in die Innentasche der Lederjacke, um auf alles und jeden vorbereitet zu sein, denn schließlich konnte sie nicht ausschließen, dass Alex den Sturz am Ende überlebt hatte.

Die ersten Meter kam sie erstaunlich gut voran, da der Schnee noch hart und griffig von der Nacht war und es nur mäßig abwärts ging. Zudem waren die Spuren ihrer Vorgänger deutlich auszumachen, sodass sie sich nicht orientieren musste. Dennoch würde sie der Ausflug an die Grenzen ihrer Physis führen, denn im Gegensatz zu ihren Vorgängern war sie allein auf sich gestellt und konnte nur entweder ziehen oder schieben.

Nach den ersten fünfhundert Metern, auf denen sie den Schlitten zweimal fast verloren hätte, entschied sich Anni zu einer Verschnaufpause, um sich ein wenig umzuschauen. Ihr Blick fiel auf das Schneefeld, wo sie Alex in den Rücken geschossen hatte. Sie kontrollierte die potenzielle Falllinie und suchte nach einem Körper oder einem Fetzen Stoff im Schnee. Ohne Fernglas war es jedoch unmöglich, zwischen einem freigelegten Felsen und einem potenziellen Menschen zu unterscheiden, sodass sie ihre Suche wieder aufgab. Das Schneefeld wirkte zumindest blütenweiß und unschuldig, und Anni wusste nicht, ob sie es beruhigend oder beängstigend finden sollte. Fast wäre ihr der Anblick von Alex' eingerolltem Körper lieber gewesen, nur um Gewissheit zu erlangen.

Die nächsten Hundert Meter hatten es dann in sich, da Felsbrocken im Weg lagen und Anni alle Kraft aufwenden musste, um die Kufen über das Gestein zu kriegen. Durch die Schlepperei verlor sie kurzerhand die Orientierung, und es dauerte nicht lange, da stand Anni vor dem Abgrund, und der Schlitten drückte ihr von hinten in die Kniekehlen. Sollte sie einknicken und stürzen, wäre es um sie geschehen, sollte sie zur Seite weichen, würde die Fracht an ihr vorbei nach unten sausen und im unwegsamen Gelände stecken bleiben. Doch Anni hielt dem Druck der Kufen stand und schob den Schlitten aufwärts, bis sie die Gabelung erreichte, an der sie fälschlich abgebogen war.

Wenig später stand sie wieder in den Spuren ihrer Vorgänger und konnte sogar den Schlitten durch die eingedrückten Furchen ziehen. Wie praktisch, freute sie sich zunächst, wie makaber, kam ihr der Gedanke kurz danach, wurde ihr doch zum ersten Mal bewusst, wie sich Spyros' und Hendriks letzte Reise glichen.

Jeder ist für seine Leichen selbst verantwortlich, musste Anni attestieren und starrte auf den Schlitten hinunter, wo Spyros keine Miene mehr verzog. »Tut mir leid, mein Freund«, sagte sie laut und rutschte ihrem Ziel entgegen.

Sie erstarrte förmlich vor dem Labyrinth der Gletscherspalten, das sich glitzernd vor ihr ausbreitete wie die Kulisse eines aufwendigen Theaterstücks. Durch den Schneefall der letzten beiden Wochen waren einige der Risse zugeschneit und als solche nicht mehr auszumachen. Sie stand neben dem Steinmännchen, an dem sie auf dem Hinweg ihr Haarband befestigt hatte, und kämpfte mit den Steigeisen. Diesmal würde keine Tucker kommen, um ihr zu helfen, sodass sie den Verschluss dreifach kontrollierte, bevor sie erste Schritte unternahm. Annis flaues Magengrummeln verstärkte sich beim Anblick jener endlos wirkenden Strecke, die ihre beiden Vorgänger augenscheinlich zurückgelegt hatten. Ganz so, als hätten sie die perfekte Gletscherspalte gesucht, um Hendrik zu entsorgen. Und genau so eine perfekte Spalte würde sie nun auch benötigen.

Ihre Knie fingen augenblicklich an zu zittern, als sich die Steigeisen im Eis verankerten, was schlichtweg daran lag, dass es zu beiden Seiten abwärts ging. Es gab nur Pest und CHolera und keine Wahl dazwischen, sodass Anni am liebsten den Schlitten einfach stehen gelassen hätte und abgehauen wäre. Doch eine Leiche auf dem Präsentierteller war keine wirkliche Option, und so nahm sie allen Mut zusammen, um Stück für Stück voranzugehen.

Kapitel 88

Alex

Das Gesicht brannte entsetzlich, und ihre Knochen fühlten sich gebrochen und zersplittert an. Jeder einzelne von ihnen. Drei Treffer mit der Signalpistole und der anschließende Sturz hatten Verletzungen hinterlassen, die so schnell nicht verheilen würden. Am liebsten wäre sie liegen geblieben, um einfach einzuschlafen. Doch sie durfte Anni nicht davonkommen lassen.

Alex lag in einer Mulde etwa zweihundert Meter unterhalb der Schneefeldkante und hatte bei ihrem Sturz eine Lawine ausgelöst, die sie bis zum Hals begraben hatte. Außer dem Kopf schauten nur die Hände heraus, mit denen sie sich freischaufeln konnte. Sie kühlte ihr Gesicht mit Schnee, doch es brannte mehr, als es sie betäubte. Wie lange mochte sie bewusstlos gewesen sein? Sie wusste es nicht, aber es war schon hell, und sie musste es zu Ende bringen.

Alex versuchte, sich aufzurichten, doch die Beine knickten ein, sobald sie einen Fuß aufsetzte. Also entschied sie sich dazu, auf allen vieren aus der Mulde herauszukriechen, um auf sicheres Terrain zu stoßen.

Sie brauchte eine quälend lange Stunde, um endlich einen Felsen zu erreichen, von dem man bis zum Gletscher hinuntersehen konnte. Und da war sie. Anni. Unglaublich, aber wahr. Sie zog einen Schlitten hinter sich her, auf dem etwas befestigt war. Wahrscheinlich ist es Spyros' Leiche, mutmaßte Alex, da es ansonsten für Anni keinen Grund gab, solch ein Risiko einzugehen. Sie umklammerte ihr rechtes Bein und formte eine Schiene mit den Händen, um sich endlich aufzurichten. Sie kniff die Augen eng zusammen und nahm Anni nochmals ins Visier. Was sie sah, machte sie unendlich wütend, denn diese Bitch trug tatsächlich ihre Jacke, Alessas Jacke, Daddys Jacke – ganz so, als hätte sie sie schon besiegt. Doch Anni würde noch ihr Wunder erleben, so viel stand für Alex fest, als sie mit letzter Kraft dem Ziel entgegenhumpelte.

Kapitel 89

Tucker

Tag zwei in einer Gletscherspalte, und die Vorräte und Kraftreserven waren aufgebraucht. Sie war nachts immer wieder eingedöst und hatte gehofft, niemals wieder aufzuwachen. Doch mit den ersten Sonnenstrahlen öffneten sich ihre eingefrorenen Augenlider, und sie schaute entsetzt in den strahlend blauen Himmel. Sie lebte immer noch, obwohl sie sich erschlagen fühlte.

Warum lässt mich dieser Gott nicht einfach sterben, fluchte Tucker, die mit der Kirche nie etwas zu tun gehabt hatte. Sie lag immer noch auf diesem blöden Eisplateau, das sie vom Grund der Gletscherspalte trennte. Soll ich mich hinunterstürzen und es selbst beenden, schoss es Tucker durch den Kopf. Würden alle Knochen brechen und mein Herz aufhören zu schlagen? Wenn es eine Sicherheit für einen schnellen Tod gäbe, dann würde sie es tun. Aber so war es nicht.

Sie rollte sich bis an den Rand der Eisplatte. Nur noch eine Umdrehung, und ich schwebe nach unten, wusste Tucker, die ihren Blick hinabgleiten ließ und an einem schwarzen Nylonfetzen kleben blieb. Es war Hendriks Rucksack, den Alex seinem Leichnam hinterhergeworfen haben musste. Jetzt lag er eine Armlänge unterhalb von Tuckers Position, eingeklemmt in einem Spalt.

Beim dritten Versuch bekam sie den Träger endlich zu packen, doch der Rucksack gab nicht nach. Er hing fest und ließ sich nicht bewegen. »Du Scheißteil«, schrie Tucker, auch wenn sie das wertvolle Kraft kostete. Kraft, die sie vielleicht noch brauchen würde, um das Unmögliche zu schaffen. Alles Fluchen half nichts, und Tucker wusste, dass sie sich nach vorn beugen musste, um mit beiden Händen an die Schlaufe mit dem Eispickel zu gelangen, die unterhalb des Trägers lag. Stück für Stück lehnte sie sich über die Kante und streckte ihre Hände aus. Dabei spürte sie förmlich, wie das Gleichgewicht zu kippen drohte, da sie bereits mit dem Oberkörper über dem Plateau hing. Vorsichtig tastete sie mit ihren Fingern über das Stück Stoff, um nur nicht ihre Beine zu bewegen, die ihre Versicherung gegen einen Absturz waren. Sie hatte die Steigeisen an ihren Schuhen so gut es ging ins Eis geschlagen, doch allzu viel Stabilität konnten sie in der Liegeposition nicht leisten. Tucker tastete den Rucksack ab und versuchte abermals, ihn aus dem Spalt zu ziehen, was jedoch misslang. Dafür blitzte erstmals der Eispickel auf, der mit dem Pickelkopf nach unten an einem Clip befestigt war. Doch um das Teil lösen zu können, würde Tucker weitere kostbare Zentimeter ihrer Liegefläche aufgeben müssen. Sie holte tief Luft und robbte sich nach vorn, während ihre Hüften Stück für Stück das Eis verließen. Die vorderen Krallen der Steigeisen waren jetzt der letzte Halt vor einem Sturz nach unten, und Tucker spürte plötzlich, dass sie kein Stück weiterrutschen durfte. Noch einen Millimeter nach vorn und sie würde die Kontrolle verlieren und in die Tiefe stürzen. Tentakelartig fuhr sie die Finger ihrer rechten Hand aus, um den Clip zu lösen, während die linke nach dem Pickel griff. Erst schien es so, als sei der Verschluss verklemmt, doch mit etwas Druck gab er schließlich nach und Tucker hielt das Werkzeug in der Hand. Jetzt bloß nicht leichtsinnig werden, sondern Stück für Stück zurückrobben, mahnte sie sich zur Ruhe.

Kapitel 90

Anni

Der Himmel war wolkenlos, während ein aufbrausender Wind über den Gletscher pfiff und feinen Schnee aufwirbelte. Anni fühlte sich erschöpft und völlig ausgepowert, was zur Folge hatte, dass sie kaum noch Angst verspürte. Die Spuren führten immer tiefer rein ins Labyrinth und ließen sie verzweifeln. Trotzdem vertraute sie dem Urteil ihrer Vorgängerinnen, denn Alex hatte all das hier geplant und würde sicher auch beim Entsorgen einer Leiche keine Fehler machen. Augen zu und durch, sagte Anni sich und zog den Schlitten Meter um Meter, Eisbrücke um Eisbrücke hinter sich her, um den Endpunkt zu erreichen.

Kapitel 91

Tucker

Das Geheimnis waren kleine Schritte und ein steter Rhythmus. Zentimeter um Zentimeter kämpfte sich Tucker die Eiswand hoch, ohne auch nur einmal nachzulassen. Immer wieder schlug sie die Eispickel in die Wand und zog sich Stück für Stück nach oben. Die Knie und Unterschenkel schmerzten wie die Hölle, doch sie hielten stand, was ein gutes Zeichen war. Zudem kannte Tucker keine Höhenangst, sodass der Blick nach unten kaum schlimmer als der Blick nach oben war. Wenn sie jetzt abstürzen würde, dann ginge es schnurstracks in den Spalt hinab. Alles oder nichts. Raus hier oder endlich sterben, und da ihr Sterben bisher nicht gelungen war, lag ihr Heil im Aufstieg.

Noch etwa acht Meter, noch sieben, noch sechs. Einatmen, ausatmen, einatmen, ausatmen. Die rechte Wade meldete den ersten Krampf an, und Tucker drohte mit dem Steigeisen aus der Eiswand herauszurutschen. Sie musste reagieren und schlug den Pickel einen halben Meter über ihrem Kopf ein, um sich daran hochzuziehen. Ich gebe nicht auf, ich bringe Alex zur Strecke, stampften die Worte durch ihr Hirn wie der Rhythmus auf einer Galeere. Noch fünf Meter, vier, drei ... Bald würde sie die Oberfläche mit den Händen greifen können. Jetzt bloß keine Fehler machen, ermahnte sich - Tucker und holte nochmals Luft zum Endspurt.

Kapitel 92

Anni

Sie erkannte die Stelle sofort anhand der vielen Schuhabdrücke, die kreuz und quer durch den Schnee verliefen und immer noch zu sehen waren. Drei mächtige Gletscherspalten liefen hier fast parallel zusammen, und es sah so aus, als wären die beiden das Gebiet auf- und abgelaufen, um den perfekten Punkt zu finden. Doch dafür hatte Anni keine Energie mehr, und so blieb sie einen guten Meter vor der ersten Abbruchkante stehen und lugte vor, um einen Blick nach unten zu riskieren. Außer steilen Eiswänden konnte sie nichts Verdächtiges erkennen, was Anni aufatmen ließ. Der Anblick von Hendriks Leichnam war das Letzte, was sie jetzt vor ihren Augen brauchte. Vielleicht hatten sie ihn an einer anderen Stelle entsorgt, denn das Gebiet war groß und uneinsichtig.

»Das muss reichen«, sagte sie laut in den heulenden Wind hinein und tippte gegen Alex' Mütze als Zeichen, dass sie es bis hierher geschafft hatte. Sie zog den Schlitten an die Kante der Gletscherspalte heran und begann damit, die Mullbinden um Spyros' Körper abzulösen.

»Es tut mir unendlich leid, mein Freund«, betete sie ihr Mantra herunter und strich Spyros ein letztes Mal über die Stirn. »Es war ein Unfall, verstehst du das? Es war einfach ein total bekloppter Unfall.«

Anni hob den Schlitten an und ließ die Leiche in den Spalt rollen, wo sie ohne Zwischenstopp nach unten fiel. Danach kramte sie in Alex' Lederjacke, um Tuckers und Spyros' Handy hinterherzuwerfen. Ein Ausflug auf dem Gletscher war ihr Alibi, um aus dieser Challenge heil herauszukommen. Doch dafür sollte sie besser nachsehen, ob Spyros' Körper tief genug hineingefallen war. Je später man ihn fand, desto besser für sie. Besser jedoch, man fand ihn und auch die anderen überhaupt nicht. Anni brauchte die Gewissheit und ging vorsichtig bis an den Rand der Gletscherspalte.

Kapitel 93

Tucker

Ihre Hände erreichten die Kante, und Tucker drückte mit den Armen ihren Oberkörper hoch, um sich aufs Plateau zu rollen. Der Wind blies trockenen Schnee in Mund und Nase und ließ sie ordentlich nach Luft schnappen. Scheißegal dachte Tucker und drehte ihren Kopf zur Seite, um besser atmen zu können. Sie hatte es geschafft, und eine wilde Euphorie wollte aus ihr herausplatzen, als der Blick auf die Gestalt ihr gegenüber fiel. Es war Alex, die mit dem Rücken zu ihr stand und in die Gletscherspalte starrte.

Alex trug ihre markante Lederjacke und hatte einen Schlitten bei sich. Sie schien etwas zu suchen, und Tucker war heilfroh, dass sie sie noch nicht entdeckt hatte. Anscheinend hatte Alex vergessen, dass sie Hendrik und Tucker gute fünfzig Meter weiter oben in den Nachbarspalt geworfen hatte. Sie musste dieses Monster stoppen, und das war die Gelegenheit dazu. Alex kramte in den Jackentaschen und holte zwei Handys und eine Uhr heraus, während Tucker sich von hinten an sie heranschlich. Der Wind schluckte das Geräusch der Schritte, und sie hätte genauso gut rennen oder springen können. Doch Vorsicht, Alex konnte ebenfalls bewaffnet sein, und Tucker wollte das Überraschungsmoment für sich nutzen.

Noch fünf Meter trennten sie von ihrem Opfer, und Tucker hatte Angst, dass sich Alex einfach umdrehen würde.

Doch sie tat es nicht, und Tucker nahm die letzten Schritte wie im Sog, um den Eispickel mit Schwung in den Hinterkopf des Peinigers zu schlagen.

Kapitel 94

Anni

Anni ging in mikroskopisch kleinen Abständen bis zum Rand der Spalte, um tief genug hinab zu sehen. Sie kniff die Augen fest zusammen und schwenkte ihren Blick von links nach rechts. Nichts.

Spyros war wie vom Erdboden verschluckt und würde vielleicht niemals wieder auftauchen. Das war traurig, aber nicht zu ändern. In jedem Krieg gab es zivile Opfer, die den Tod nicht annähernd verdient hatten.

Sie musste jetzt zuerst an sich denken und ging im Kopf bereits die nächsten Schritte durch, als ein spitzer Gegenstand in ihren Hinterkopf einschlug und einen Blitz erzeugte, der das Leben in ihr auslöschte.

Kapitel 95

Tucker

Es war ein Gefühl von Überraschung, Ekel und Triumph, als der Eispickel unterhalb der Cap im Hinterkopf des Opfers einschlug.

»Das hast du dir verdient, du Bitch«, schrie Tucker lautstark und zog das Tatwerkzeug ruckartig aus dem Eintrittsloch heraus. Blut und Hirnmasse spritzten ihr entgegen, während die Gestalt in Zeitlupe zu Boden ging. Tucker holte nochmals aus, da sie Alex keine zweite Chance mehr geben wollte. Diesmal traf sie sie mitten ins Gesicht und wurde wie vom Schlag getroffen. Sie ließ den Eispickel fallen, als wäre er mit 220 Volt geladen, und hob die Hände vor den Mund.

Sie schrie, schnappte nach Luft, schrie wieder und konnte es doch nicht ungeschehen machen. Die Spitze war unterhalb von Annis rechtem Auge eingeschlagen und legte ihren Wangenknochen frei.

»Anni, Anni«, kreischte Tucker, als hätte sie sich selbst bei der Aktion verletzt, doch ihre Schreie blieben unerwidert.

Anni rührte sich nicht mehr. Der Schnee färbte sich rot und ließ Tucker kollabieren. Sie war am Ende. Zwei Nächte zwischen Leben und Tod in der Gletscherspalte, der kräftezehrende Aufstieg und nun der Mord an ihrer Mitbewohnerin.

»Es ist einfach zu viel«, flüsterte Tucker, bevor ihr Geist sich eine Auszeit nahm.

Kapitel 96

Alex

Zuerst hatte sie Anni hinab zum Gletscher folgen wollen, um sie an Ort und Stelle kaltzumachen. Doch die Vernunft siegte, und sie entschied sich für das Gegenteil. Anscheinend wollte sie Spyros' Leiche entsorgen, und warum sollte sie sie dabei stören? Schließlich erledigte sie ihren Job, und Alex könnte sie auch oben im Chalet begrüßen. Sie kramte ihr Handy heraus und wusste, dass sie keinen Empfang haben würde, doch den brauchte sie auch nicht. Ein Notruf würde genügen, um die Bergwacht zu alarmieren. Die Bergwacht und damit Lenard, der anhand der Rufnummer erkennen würde, dass es Zeit war, sie da rauszuHolen.

Alex kämpfte sich in Trippelschritten den tief verschneiten Weg nach oben, und sie hoffte inständig, dass sich Anni nicht nach ihr umdrehen würde. Doch selbst wenn, wäre sie nur ein kleiner Punkt, der im Schneckentempo einen Hang hochlief. Sie nutzte die bestehenden Spuren, um nicht jedes Mal bis zum Oberschenkel zu versinken. Jeder Schritt war eine Explosion in ihrem Körper, zudem hing ein Geruch von gegrilltem Fleisch in ihrer Nase fest, der sich auch durch kalten Wind nicht vertreiben ließ. Ihr Gesicht musste furchtbar verbrannt aussehen, davon war sie überzeugt, und so war aus dem Mann zwischenzeitlich eine Frau und am Ende gar ein entstelltes Nichts geworden.

Kapitel 97

Heliport Zermatt

»Schon wieder Sie?«, entwich es Peter Langer, als er den Helikopter mit Kerosin befüllte.

»Hat man mich nicht angekündigt?«, fragte Lenard, der einen schwarzen Stoffmantel über seinem Anzug trug und einen Lederkoffer bei sich führte. Er war angespannt und unsicher, was ihn im Chalet erwarten würde.

»Sie werden anscheinend nie angekündigt«, stellte Peter Langer nüchtern fest und entfernte den Tankschlauch aus der Vorrichtung. Er traute dem Mann nicht und hatte ihren ersten gemeinsamen Flug zum Chalet noch in schlechter Erinnerung. Irgendetwas stimmte nicht mit diesem Typen und den jungen Leuten auf dem Berg, doch sein Chef hatte ihn um Diskretion gebeten und an seinen Arbeitsvertrag erinnert. Den Job bei Air Zermatt würde er nie aufs Spiel setzen. Für nichts und niemanden. Und da sich Diskretion am Ende auszahlte, durfte er sich nach dem ersten Einsatz über das doppelte Salär auf seinem Konto freuen. Wenn jemand bereit war, für sein Wegschauen etwas hinzublättern, dann sollte das nicht seine Sorge sein.

Peter Langer öffnete die Cockpittür und startete den Motor, der sogleich die Rotorblätter in Betrieb setzte. Er deutete seinem Fluggast an, dass es noch etwas dauern würde, und hoffte, dass sich Lenard für die Zeit verziehen würde. Doch der tat ihm den Gefallen nicht, sondern tippte vorwurfsvoll auf seine digitale Armbanduhr. Wie Peter Langer diese Dinger hasste, die jeden Schritt und jede Kalorie wie Erbsen zählten. Er würde sein Leben jedenfalls nie von einer lächerlichen Plastikuhr bestimmen lassen. Schon sein Handy brachte ihn oft an die Grenzen des Begreifbaren, von den kleinen Buchstaben beim Verfassen der Nachrichten mal ganz abgesehen. Er schaute auf die Zeiger der Breitling, die ihm seine Frau zum 25. Hochzeitstag geschenkt hatte, und musste feststellen, dass er fünf Minuten über der vereinbarten Zeit war, was in der Schweiz tatsächlich ein Vergehen an Manieren war. Hier lief alles in der Regel pünktlich ab, es sei denn, die Natur kam irgendwie dazwischen. Doch heute schien die Sonne, und selbst der aufbrausende Wind war kein Grund, verspätet abzufliegen. Also nickte er dem Mann im Mantel zu und gab das Zeichen, dass er einsteigen könne. Peter Langer würde seine Vorbereitungen einfach in Anwesenheit des Gastes durchführen.

»Könnten wir das etwas beschleunigen? Wir haben einen Notfall«, fragte Lenard und nötigte sich zu einem Lächeln.

»Ich muss die Systeme hochfahren und kontrollieren. Was soll ich daran beschleunigen?«, beantwortete Peter Langer die Frage mit einer Gegenfrage.

»Ich meine ja nur. Schließlich bekommen Sie das Honorar auch für Ihre Pünktlichkeit«, entgegnete Lenard und umklammerte den Aktenkoffer, als enthielte er etwas Wertvolles.

»Ich bekomme kein Honorar, sondern ein Gehalt. Und zwar dafür, dass ich dieses Vehikel sicher in die Luft und genauso sicher wieder zum Heliport zurückbringe. Ganz egal, welcher Gast im Cockpit sitzt«, erklärte Peter Langer und beendete die Diskussion.

Was war diesen Grünschnäbeln diesmal widerfahren, dass es keine fünf Minuten warten konnte? Beim erneuten Blick auf seine Armbanduhr musste Peter Langer jedoch zugeben, dass es mittlerweile fünfzehn waren.

Kapitel 98

Tucker

Ihre Gedanken verfestigten sich, und Tucker schlug die Augen auf. Sie lebte noch, und Anni war tatsächlich tot. Es war kein böser Traum gewesen, sondern die Realität, mit der sie leben musste. Tucker brauchte ärztliche Hilfe, doch zuvor musste sie Annis Leiche loswerden. Sie musste zum Chalet aufsteigen und möglichst weit vom Unglücksort entfernt sein. Sie musste Alex entkommen oder sie finden und töten. Sie musste Lenard informieren oder vor ihm fliehen. Tucker wusste nicht, wem sie vertrauen konnte, und fühlte sich von den Entscheidungen, die es zu treffen galt, schier überfordert. Ab jetzt konnte sie nur Fehler machen, und so legte sie einfach los, um ihr Leben irgendwie zu retten.

Sie durchsuchte Annis Klamotten und fand in der Innentasche der Lederjacke eine geladene Signalpistole. Ein Handy wäre ihr lieber gewesen, doch davon fehlte jede Spur. Was hatte Anni nur hier unten zu suchen gehabt, fragte sich Tucker und ging bis an den Rand der Gletscherspalte, um nach unten zu schauen. Nichts. Beim Anblick der glatt polierten Eiswände bekam Tucker eine Gänsehaut. Vor einer Stunde hatte sie selbst da unten gelegen und auf ihren Tod gewartet. Jetzt stand sie an der Oberfläche und hatte einen Menschen auf dem Gewissen. Anni musste jemanden oder etwas hier entsorgt haben, glaubte Tucker, und ihr Blick fiel auf den Holzschlitten.

Sie packte Anni am Schulterblatt und drehte den Kopf zur Seite, um möglichst keinen Blickkontakt zu haben. Dennoch lenkte die Faszination des Ekels ihre Augen immer wieder auf die Wunde, die schlimmer als in jedem Horrorstreifen aussah. Tucker musste würgen, konnte jedoch nichts herausbringen. Sie taumelte und spürte die Erschöpfung auf einen Schlag zurückkommen, sodass sie sich dazu entschied, Annis Leichnam mit einem Tritt nach unten zu befördern. Sie setzte sich aufs Eis und holte mit beiden Beinen aus, um die Kraftanstrengung zu verteilen. Was für ein unwürdiges Begräbnis für einen Engel, fuhr es Tucker durch den Kopf, als der schmächtige Körper über die Kante nach unten segelte.

Zwei Minuten später erhob sich Tucker und begann damit, die Blutspuren mit Schnee zu überdecken. Es bildeten sich kleine Haufen, die sie immer wieder platt treten musste, damit eine Ebene entstand. Es war nicht perfekt, doch mit dem nächsten Schneefall sollte der Tatort kaum mehr auszumachen sein.

Sie reinigte den Griff des Eispickels mit Schnee und wienerte ihn anschließend mit dem Stoff ihres Pullovers, um die Fingerabdrücke abzuwischen. Danach warf sie die Mordwaffe in den klaffenden Schlund der Spalte und schnappte sich den Schlitten, während sie die Pistole in den Bund der Hose steckte. Noch einmal würde sich Tucker nicht überraschen lassen, weder von Alex noch von Spyros oder diesem Lenard.

Kapitel 99

Alex

Auf den letzten hundert Metern wurde ihr schwarz vor Augen, sodass sie auf allen vieren weiterkriechen musste, um voranzukommen.

War es das wert gewesen, fragte sich Alex, als sie realisierte, dass sie nicht mehr würde aufstehen können. Sie hatte als Alexander ein feudales Leben geführt und genügend Geld verdient, um sich alle Wünsche zu erfüllen. Ihr gehörte ein Apartment in der Downtown von Austin, und sie hätte sich noch locker fünf davon in bester Lage kaufen können. Sie war fit und hatte sogar Freunde – oder Geschäftspartner, um exakt zu sein. Wieso hatte sie ihr gutes Leben für Alessa aufgegeben, um das ihre fortzuführen und ihren Tod zu rächen? Warum war sie so versessen darauf gewesen, diese vier Menschen aus der Welt zu schaffen, wo hundert neue morgen folgen würden?

Warum das alles, fragte sich Alex, als sie wie ein angeschossener Hund endlich das Chalet erreichte.

Kapitel 100

Gornergletscher

Der Wind rüttelte am Helikopter und ließ ihn immer wieder absacken. Peter Langer hatte die leise Hoffnung, dass seinem Fluggast bei den Turbulenzen etwas übel werden könnte, doch der Mann umklammerte den Koffer und blickte neugierig durch das Helikopterfenster auf die weiße Winterlandschaft.

»Suchen Sie etwas Bestimmtes?«, fragte Peter Langer über das Mikrofon, das mit dem Kopfhörer seines Gastes verbunden war.

»Nicht wirklich«, kam die Antwort wortkarg und neutral.

Er zog den Helikopter ein gutes Stückchen tiefer, wie er es ansonsten nur auf Showflügen mit Touristen tat, um ein verzücktes »Ah« und »Oh« herauszupressen. Auf derlei Panik- oder Jubelstürme würde er bei seinem Gast verzichten müssen, doch auch der Mann in Schwarz schien interessiert und zog die Brille ganz nach oben, um möglichst alles zu erfassen. Das Chalet war nicht mehr weit entfernt, und Peter Langer beschloss, die Geschwindigkeit zu reduzieren, um ein wenig Zeit zu schinden. »Beeindruckend, oder?«, gab er durch und bekam ein Kopfnicken als Antwort. »Im Sommer ist auf dem Gletscher die Hölle los, und die Leute wandern in Scharen auf die Dufourspitze. Jetzt traut sich niemand dort hinauf. Zu gefährlich«, erklärte Peter Langer, ohne eine Reaktion auszulösen. Kurz vor dem Erreichen des gegenüberliegenden Massivs entdeckte er Spuren im Schnee, die durch den Wind schon größtenteils verweht waren. »Da scheint wohl einer unterwegs gewesen zu sein«, lenkte er Lenards Blick auf die Entdeckung und reichte ihm einen Feldstecher.

»Hm«, kam es nur zurück, doch man sah dem Mann in Schwarz die Anspannung gut an. Er schaute konzentriert durchs Fernglas und schien etwas zu suchen.

»Soll ich langsamer fliegen?«, fragte Peter Langer.

»Nicht nötig. Unser Ziel ist dort oben.« Lenard ließ sich nicht in die Karten blicken.

Peter Langer zog den Hubschrauber hoch und steuerte auf den Berghang zu, der zu ihrem Zielort führte. Kurz unterhalb des Plateaus entdeckte er einen kleinen schwarzen Punkt, der sich in Serpentinen zum Chalet hinaufbewegte.

Kapitel 101

Tucker

Sie ließ das Seil vom Schlitten in den Schnee fallen und hätte sich am liebsten mit dazugelegt. Doch Tucker wusste, dass ihr dafür keine Zeit blieb. Sie hatte das Chalet erreicht, doch der Helikopter war ihr auf den Fersen, und sie konnte nur hoffen, dass es Lenard war und nicht die Polizei. Überall waren frische Spuren an der Eingangstür, und Tucker wusste nicht, was das zu bedeuten hatte. Wartete Spyros mit einem Tee auf sie oder stand Alex hinter der Tür, um sie niederzumetzeln? Sie zog die Handschuhe aus und zückte die Signalpistole. Damit konnte man zwar niemanden erschießen, für eine Verletzung sollte es jedoch genügen.

Die Rotorblätter des Helikopters dröhnten in ihren Ohren und nagten an der Konzentration. Nicht hinhören, sondern weitermachen, ermahnte sich Tucker und drückte die Klinke der Eingangstür nach unten. Sie schielte durch den Spalt, konnte jedoch nichts erkennen. Vielleicht war niemand mehr da, vielleicht war sie bereits die Letzte ihrer Gruppe. Vielleicht, vielleicht auch nicht. Sie musste es riskieren und trat die Holztür des Chalets weit auf.

Kapitel 102

Alex

»Du?«, stieß Alex hervor und spürte mit voller Wucht den Schmerz und die Enttäuschung. Sie hatte sich auf die Couch gesetzt, um Anni in Empfang zu nehmen. Ein Brotmesser lag neben ihr versteckt in einer Ritze und sollte ihr als Waffe dienen. »Wieso *du*?«, fragte sie Tucker, die keuchend und ausgemergelt vor ihr stand und mit einer Signalpistole auf sie zielte. Annis Signalpistole.

»Diese Frage würde ich dir gern stellen. Wieso wir? Wieso ich?«, kam Tuckers Gegenfrage.

»Weil ihr Betrüger seid und Menschen in den Tod treibt«, keuchte Alex.

»Ich habe niemanden betrogen. Du hast das alles geplant und uns zu Monstern werden lassen. Das ist dein persönliches Massaker, und jetzt sieh dich an! Jetzt bist du selbst ein Monster«, schrie Tucker gegen den Lärm des landenden Helikopters an, doch die Bemerkung prallte an ihr ab. Sie hatte sich bereits im Spiegel begutachtet und wusste, dass ihr kein Schminktutorial mehr helfen würde.

»Du hast meine Schwester Alessa auf dem Gewissen und wer weiß wie viele andere junge Menschen, die dir folgen. Du und all die anderen, die mit Ignoranz durchs Leben gehen und überhaupt nicht ahnen, was sie anstellen. Du mit deinen toughen Sprüchen und dämlichen Lebensweisheiten. Ganz recht, beim Namen *AlexvanHelsing* hätte es laut in deinem Schädel klingeln müssen. Doch das hat es auch nicht getan, als Alessa dir geschrieben hat, dass sie mit dem Gedanken spiele, sich für immer von dieser Welt zu verabschieden. *Trau dich, sei mutig. Kein Übel ist so schlimm wie die Angst davor, Cheers! Tucker.* Das war deine Antwort gewesen und meine Schwester hat all ihren Mut zusammengenommen, um deinen Ratschlag zu befolgen«, erklärte Alex.

»Was für ein Schwachsinn!«, schrie Tucker. »Ich bin nicht für das psychische Gleichgewicht von Tausenden Fans verantwortlich. Wenn ich jede Nachricht lesen und nach Keywords analysieren würde, bräuchte ich nichts anderes zu tun. Es war ein bedauernswertes Missverständnis. Ich poste jeden Tag einen schlauen Spruch und hin und wieder kopiere ich sie in die Nachrichten an meine Fans. In der Regel gefällt es den Leuten, und sie freuen sich darüber. Das ist nun mal meine Masche.«

»Doch, Tucker, du trägst Verantwortung, wie wir alle Verantwortung für unser Handeln tragen. Ich habe meine Schwester im Stich gelassen, als sie ihr Schicksal in die Hand genommen hat, und das ist meine Art, es wiedergutzumachen«, sagte Alex, die spürte, wie der Dialog an ihren Kräften zerrte.

»Dir ging es nur um Rache. An vier Sündenböcken, die nicht das Geringste für den Tod deiner Schwester können. Hendrik und Anni sind für nichts und wieder nichts gestorben.«

»Anni ist tot?«, fragte Alex, die immer noch perplex war, dass Tucker und nicht Anni vor ihr stand.

»Ja, sie ist tot«, sagte Tucker und senkte die Pistole, da ihre Hand zitterte.

»Wie kann das sein? Ich habe sie auf dem Gletscher gesehen. Sie hatte meine Jacke an ... Alessas Jacke«, raunte Alex und versuchte zu verstehen, was passiert war. »Dann bringen wir es jetzt zu Ende. Dafür musst du allerdings ein wenig näher kommen, sonst verteilst du nur die Farbe auf dem schönen Sofa«, keuchte sie und umklammerte das Messer.

Kapitel 103

Tucker

Tucker hatte mit einem Hinterhalt gerechnet, aber nicht mit einem im Gesicht entstellten Menschen, der kaum mehr in der Lage war zu sitzen. Was war mit Alex passiert? Wer hatte ihr das angetan? Wo war Spyros? Tucker sollte besser aufpassen, denn Alex war selbst in diesem Zustand nicht zu unterschätzen, und die Verstärkung aus dem Helikopter war bereits gelandet.

»Wer hat dich so zugerichtet? War das Anni? War es Spyros?«, fragte Tucker und schaute über ihre Schulter, wo die Rotorblätter langsam ausklangen.

»Spyros? Wo denkst du hin? Unser griechischer Freund wurde von einem echten Killer ins Jenseits befördert. Anni hat hier mächtig aufgeräumt und alle Schuld auf sich genommen«, erklärte Alex, an deren Gesichtszügen man weder Lüge noch Wahrheit ablesen konnte.

»Wo ist Spyros?«, fragte Tucker, obwohl sie die Antwort bereits kannte.

»Schätze, auf dem Friedhof der Influencer. Wo ist denn Anni?«

»Auch dort«, flüsterte Tucker und ging einen Schritt auf Alex zu. Ihre Zeit lief ab, denn Lenard hatte die Cockpittür sicher bereits verlassen und würde gleich im Türrahmen erscheinen.

»Na dann weißt du ja, wo du mich hinverfrachten kannst. Also, worauf wartest du noch?«, fragte Alex, die angespannt wirkte, so, als hätte sie noch einen letzten Trumpf im Ärmel. Der Schuss durfte nicht danebengehen, sondern musste sie mit voller Wucht aus nächster Nähe treffen. Reichten die vier Meter Abstand dafür aus? Wie würde Lenard reagieren, wenn sie Alex vor seinen Augen exekutieren würde? Die Zeit war abgelaufen. Ihre Finger zitterten entsetzlich und machten es ihr schwer, das Ziel klar ins Visier zu nehmen. Sie ging noch einen Schritt auf Alex zu und blickte plötzlich auf die Klinge des Brotmessers.

»Jetzt wirst du dich wohl entscheiden müssen«, kam es von Alex, die trotz des Messers in der Hand erschöpft aussah.

Tucker starrte in Alex rußgeschwärztes Gesicht, das blutig und verkrustet war. Die pechschwarzen Haare, die sie immer mühevoll als Pferdeschwanz zusammengebunden hatte, hingen in verkohlten Strähnen ungepflegt herunter. Sie sah nicht wie ein Mädchen aus, und Tucker wusste, dass Annis Verdacht richtig gewesen war. Alex war ein Mann, der eine Frau sein wollte.

»Bewahrt Ruhe, wir finden eine Lösung«, ertönte plötzlich Lenards Stimme aus dem Hintergrund.

Tucker ignorierte ihn und fixierte Alex, die das Messer krampfhaft in den Händen hielt und ebenfalls zitterte.

»Ist schon gut, Lenard. Ich habe alles unter Kontrolle. Wir sind kurz vor dem Ende und können gleich nach Hause gehen. Meine Freundin Tucker hat noch etwas zu erledigen«, kam es von Alex mit brüchiger Stimme.

»Wie sieht das Ende aus, Alex? Du hattest doch alles bis ins Detail geplant?«, fragte Tucker.

»Am Ende der Challenge verlässt einer von uns das Chalet. So war es immer vorgesehen, und genauso wird es kommen. Und jetzt schieß endlich!«, erwiderte sie.

Tucker schaute auf die Gestalt herab, die zusammengefallen auf dem Sofa saß und Mühe hatte, das Messer zu umklammern.

»Was ist los, Tucker? Ich habe dich in eine Gletscherspalte hinabgestoßen. Ich habe Hendrik mit dem Kopfkissen erdrosselt und seine Bindung manipuliert. Ich habe dafür gesorgt, dass die Lebensmittel verschwinden, und Spyros den Schlüssel untergejubelt. Ich habe Anni in der Sauna weich gekocht. Ich habe euch in diese Falle gelockt und eure Fans geklaut«, versuchte sich Alex an einem heiseren Lachen. »Das muss dich doch unendlich wütend machen, oder etwa nicht? Also drück endlich ab!«

Tucker war unsicher, was sie tun sollte, und schaute sich zum ersten Mal nach Lenard um, der im Türrahmen stand und einen Lederkoffer wie eine Schutzweste vor den Oberkörper hielt. Er blickte starr an Tucker vorbei und schien den Ausgang der Challenge in aller Ruhe abzuwarten. Tucker taumelte in ihren Gedanken, und sie fühlte sich unendlich müde. Nicht mehr gewillt, es zu entscheiden, nicht in der Lage, ihren größten Feind zu töten.

Kapitel 104

Alex

Alex war erleichtert, denn sie hatte es geschafft. Es fiel ihr schwer, dass Messer zu umklammern, und sie spürte, dass sie nicht mehr lange leben würde. *Brotmesser trifft auf Leuchtpistole.* Das klang wie in einem schlechten Tarantino-Film, nur dass es wohl kein Blutbad geben würde, da Tucker augenscheinlich nicht den Mumm besaß, die Waffe endlich abzudrücken. Das Finale gehörte ihr allein, und sie war bereit für diesen letzten Kraftakt.

Kapitel 105

Tucker

Tucker senkte die Pistole als Zeichen, dass sie nicht mehr weiterkämpfen wollte. Schluss mit dem Töten und Schluss mit dieser Challenge, war ihr einziger Gedanke, und sie war bereit, die Konsequenz zu tragen. Sie trat einen halben Schritt zurück, als Alex das Messer hochnahm und mit der Klinge auf sie zeigte. Es wirkte wie ein letztes Aufbegehren. Doch anstatt auf Tucker einzustechen, schnitt sich Alex in die Pulsader des linken Handgelenks.

Tucker fühlte sich benebelt und brauchte einen Moment, um wahrzunehmen, dass Alex ihren Selbstmord eingeleitet hatte.

»Alex«, schrie Tucker entsetzt, als wäre sie nicht Teufel, sondern Opfer.

»Ist schon gut, Tucker. Es wird Zeit loszulassen. Du hast es geschafft. Meinen Glückwunsch«, stammelte Alex und quälte sich sogar zu einem Lächeln.

»Lenard, wir müssen was tun. Wir müssen ihr helfen«, rief Tucker und stürzte zu Alex auf die Couch, um die Wunde abzudecken.

»Lass es laufen, es ist nicht aufzuhalten«, flüsterte Alex und schloss die Augen.

»Lenard, jetzt tun Sie doch etwas«, schrie Tucker.

Doch Lenard blieb stehen, als wäre ihm der Mantel dafür viel zu schade. »Ich bin nur der Spielleiter. Ein Eingreifen ist mir nicht gestattet und war auch nie so vorgesehen«, kam es teilnahmslos aus seinem Mund.

»Aber wir müssen ihr ... ihm ...«, stotterte Tucker und spürte, wie ihr Alex' Hand entglitt.

»Ihr helfen? Nein, ich befürchte das können und brauchen wir nicht mehr. Es war ein mögliches Szenario, das Alex in Betracht gezogen hatte. Ich sage bewusst Alex, denn Alexander war in dem Moment Geschichte, als die Challenge ihren Lauf genommen hatte«, sagte Lenard.

Alex sackte in sich zusammen, und ihr Körper rutschte auf die Seite, als wollte sie ein Nickerchen einlegen. Doch sie schlief nicht, sie war tot. Das Monster hatte sich am Ende selbst erledigt.

»Alex ist tot. Was passiert jetzt?«, wisperte Tucker, ohne den Blick vom Körper abzuwenden, aus dessen Handgelenk noch immer Blut sickerte.

»Wie sie bereits sagte, es ist zu Ende, und wir können nach Hause gehen. *Du* kannst jetzt nach Hause gehen«, erwiderte Lenard, der im Sessel Platz nahm und am Zahlenschloss des Koffers drehte.

»Ich kann nach Hause gehen? Einfach so? Was ist in dem Koffer? Mein Geld?«, fragte Tucker, die nicht glauben konnte, was Lenard ihr soeben mitgeteilt hatte.

»Im übertragenen Sinne ist da dein Geld drin.«

»Was heißt *im übertragenen Sinne*?«

»Da haben wir zunächst ein Zugticket von Täsch nach Zürich sowie ein Flugticket nach Aspen via Denver in der Business Class. Dein Honorar von 5 Bitcoins, was tagesaktuell dem Gegenwert von 101.920 US-Dollar entspricht, ist bereits in deiner Wallet hinterlegt. Der Private Key ist in diesem Umschlag«, hielt Lenard ein Kuvert nach oben.

»Umschläge sind wohl Ihr großes Ding«, ächzte Tucker.

»Es muss alles seine Ordnung haben, und in der Tat war mir die Kontaktphase eindeutig die liebste«, freute sich Lenard über die Bemerkung.

»Und ich kann einfach so gehen? Was ist mit der Polizei? Was ist mit all den Leichen? Es sind vier Menschen gestorben.« Tucker glaubte, es mit einem Wahnsinnigen zu tun zu haben.

Lenard legte den Zeigefinger auf die Lippen und deutete ihr an, Ruhe zu bewahren.

»Das muss nicht deine Sorge sein. Du hast dein Soll erfüllt und die Challenge für dich entschieden. Wie Alex schon sagte, am Ende kann es nur einen geben, und das bist du. Um alles andere kümmere ich mich.«

»Aber woher wussten Sie, dass ich überleben würde. Ich bin aus der Gletscherspalte herausgekl…«

»Psst.« Lenard hatte seinen Finger schon wieder auf den Lippen. »Das interessiert mich alles nicht. Ich mache meinen Job und werde für Abwicklung und Diskretion bezahlt.«

»Und Alex' Tod bedeutet Ihnen nichts? Ich meine, Sie haben mit ihr die Challenge gemeinsam ausgeheckt. Es war doch sicher nicht der Plan, dass sie am Ende dabei draufgeht?«, fragte Tucker.

»Ich habe ihr oder besser ihm eine Menge zu verdanken und meine Schuld beglichen. Die Challenge, ihr Ablauf und die Art und Weise, wie sie enden wird, war allein seine Idee.«

Tucker musste unwillkürlich auf den schlaffen Körper starren, der zwar geschunden, aber friedvoll auf dem Sofa lag.

»Und die Polizei? Es wird doch sicherlich Ermittlungen geben oder etwa nicht?«, fragte Tucker.

»Ich bitte dich. Wir sind in der Schweiz. Da wird Diskretion noch großgeschrieben. Alles andere wird die Zeit für uns erledigen«, erklärte Lenard.

»Dann kann ich jetzt gehen?«

»Der Helikopter steht dir zur Verfügung. Im AMION Hotel warten eine heiße Dusche und ein Wiener Schnitzel auf dich. Solltest du doch noch ein paar Tage in der Schweiz verbringen wollen, bist du selbstverständlich eingeladen. Ich werde hier noch etwas aufräumen, denn wir erwarten demnächst Gäste.« Lenard wirkte fast schon fröhlich.

»Nein danke. Ich mache mich besser davon«, erwiderte Tucker und faltete den Umschlag, um ihn in der Jackentasche zu verstauen.

Sie packte ihre Klamotten in den Rucksack, nur darauf bedacht, möglichst nichts zurückzulassen. Lenard würde den Rest besorgen, davon war sie überzeugt, denn schließlich saß er im gleichen Boot. Was würde er als Nächstes tun? Alex' Leiche verschwinden lassen? Eine Vermisstenmeldung herausgeben? Alle Beiträge der Challenge löschen? Ging das überhaupt, denn schließlich waren sie für knapp drei Wochen jeden Tag on air gewesen? Tucker wusste es nicht und wollte es auch gar nicht wissen. Sie wollte nur nach Hause, um möglichst weit entfernt zu sein vom Ort ihres persönlichen Grauens.

Sie schaute sich ein letztes Mal im Zimmer um und entdeckte dabei Annis Handy, das in der Nachttischschublade lag und auf ihre Rückkehr wartete. Tucker steckte es in die Hosentasche, schnallte den Rucksack über und zog die Tür zu.

»Ich wäre dann so weit«, sagte sie zu Lenard, der immer noch regungslos in seinem Sessel saß.

»Gut. Der Pilot erwartet dich bereits. Er weiß Bescheid.«

»Werde ich noch mal von Ihnen hören?«, fragte Tucker.

»Eher nicht, sofern ich meine Arbeit akkurat erledige.«

»Dann machen Sie Ihren Job«, gab Tucker ihm mit auf den Weg und lief zum Helikopter, wo Peter Langer bereits die Rotorblätter kreisen ließ.

Sie warf den Rucksack auf den Copiloten-Sitz und hielt kurz inne.

»Wir können starten. Worauf warten Sie noch?«, fragte Peter Langer, doch Tucker war schon unterwegs zum Skiraum, um das Snowboard herauszuHolen.

»Sorry, aber das Ding muss auch noch mit«, sagte sie und legte es mit Vorsicht auf die Rückbank.

Der Helikopter stieg senkrecht in die Luft und wirbelte den Schnee auf, während Tucker ihren Kopf erschöpft gegen das Cockpitfenster lehnte. Das Chalet verwandelte sich in ein Miniaturhaus und verschwand schließlich ganz aus ihrem Sichtfeld.

»Soll ich etwas tiefer fliegen? Ist spektakulär dort unten.« Peter Langer deutete auf das Labyrinth aus Spalten, das für Tucker wie ein Mahnmal erschien.

»Fliegen Sie mich einfach nur nach Hause«, bat Tucker und schloss die Augen.

Epilog

»Es war *interessant*? Mehr nicht? Klingt eher langweilig«, beschwerte sich Henning, der Tucker auf einem Barhocker gegenübersaß und die Auflösung der Geschichte nicht so richtig schlucken wollte. Sie tranken einen Gin Tonic und aßen dazu Cashewkerne.

»Langweilig trifft es ganz gut«, meinte Tucker und versuchte, die Erinnerungen auszublenden. Seit einer Woche war sie zurück im Lemon8 Hotel und hatte sich bisher davor gedrückt, mit Henning über ihren Trip zu reden. Immer neue Ausreden hatte sie ihm aufgetischt, nur um alles zu verdauen. Doch es ließ sich nicht verdauen. Anni, Hendrik, Spyros, Alex. Die Gesichter spukten in ihrem Kopf herum, und sie war kurz davor, alles der Polizei zu melden. Doch würde man ihr glauben? War die Story nicht zu abgefahren? Würde man sie verhaften und für alles zur Verantwortung ziehen? Tucker wusste es nicht, und sie mied seit ihrer Rückkehr jeden Blick ins Internet.

»Hast du wenigstens dein Geld bekommen?«, bohrte Henning nach.

Tucker nickte und bestellte sich ein Wasser.

»Dann bist du jetzt eine reiche Frau. Was machst du mit der ganzen Kohle?«

»Meine Rechnungen bezahlen. Und dann ...« Tucker ließ das Ende offen.

»Nichts da. Von dir nehme ich kein Geld an. Ich bin froh, dass du wieder heil zurückgekommen bist. Mir haben deine schlecht gelaunten Kommentare irgendwie gefehlt«, grinste

Henning und schob sich drei Nüsse gleichzeitig in den Mund.

»Du hast mir auch gefehlt, Henning. Danke für alles«, sagte Tucker und trank das Wasser in einem Zug aus.

»Danke für alles? Das klingt nach einem leisen Abschied«, orakelte Henning und produzierte eine Sorgenfalte auf der Stirn.

»Das klingt nach Gute Nacht, Henning«, antwortete Tucker und quälte sich zu einem Lächeln.

Es war halb sieben Uhr in der Früh, und die Monarch Street lag noch im Dunkeln. Es würde ein sonniger Tag in Aspen werden, und in zwei Stunden wäre die Gegend voller Skifahrer, die mit ihrer Ausrüstung im Arm durch die Straßen bis zur Gondel liefen. Tucker bezahlte ihre Rechnung am Empfang und hinterließ eine Notiz für Henning. Sie wollte vor seiner Ankunft im Hotel verschwinden, um weitere Fragen zu vermeiden. Ihre Klamotten lagen bereits im Innenraum des Campers, und Tucker startete den Motor, der zunächst nicht anspringen wollte.

Na toll, dachte sie und sah bereits den allzeit hilfsbereiten Henning, der sie mit einem Ladekabel unterstützte. Bloß das nicht, spornte sie sich an und versuchte es noch einmal. Diesmal sprang der Motor an, und Tucker schaltete das Abblendlicht ein. Sie hatte kein klares Ziel vor Augen, doch was sie hatte, war jede Menge Zeit. Und Zeit heilt bekanntlich alle Wunden, hoffte Tucker und klopfte auf ihr linkes Bein, das unterhalb des Knies in einer Plastikschiene steckte.

Sie fuhr auf der Interstate 70 in Richtung Westen, die um diese Zeit stark frequentiert war, bevor sie bei Cisco die Schnellstraße verließ und der 128 entlang des Colorado River folgte. Häuser, Motels und Tankstellen wurden abgelöst von den gelegentlichen Rinderfarmen, die sich nahtlos in die Landschaft einfügten. Tucker war allein auf der Straße, so, wie sie es liebte und auch in naher Zukunft leben würde. Nach zwanzig Meilen setzte sie den Blinker, ohne dass es jemanden gestört hätte, und steuerte auf eine Parkbucht zu. Von einem Picknicktisch aus konnte sie auf den Colorado schauen, der um diese Jahreszeit von kleinen Eisschollen bedeckt war. Die Temperatur lag am Gefrierpunkt, und ihr Atem erzeugte Wolken, die sich in Sekundenschnelle auflösten. Es war ein guter Ort, um Annis digitales Leben zu beenden, glaubte Tucker und kramte das Handy hervor, das seit dem Abflug vom Chalet in ihrer Obhut war. Es wog schwer in ihren Händen, ganz so, als klebte alle Schuld an diesem Plastikteil. Tucker holte aus und warf es in den Fluss, der es gierig in sich aufsaugte und sofort nach unten zog. Sie setzte sich zurück ans Steuer und schaute in den Rückspiegel. Sie sah älter und erschöpft aus, doch in den kleinen Falten ihrer Augen erkannte sie ein Lächeln, das ihr Mut machte.

Alles lag vor ihr, nichts mehr dahinter.

Danksagung

Mein Dank gilt zunächst den Destinationen, die es mir ermöglicht haben, den Roman dort zu schreiben, wo er angesiedelt ist. Da ist zum einen die Schweizer Bergregion Zermatt mit dem OMNIA Hotel und seinem Hoteldirektor Christian Eckert sowie Tucker Vest Burton und Henning Rahm von der Aspen Skiing Company, die mich durch viele Schlüsselerlebnisse zu dieser Story inspiriert haben.

Merci an meine beiden Bergführer Marcel Hildbrand aus Saas-Grund und Yann Dupertuis aus Zermatt, die mich inhaltlich und physisch über so manche Gletscherspalte getragen haben.

Danke an Fans, Freunde und Familie, die den Weg meines Debutromans *Waschen. Föhnen. Morden* begleitet und fleißig Werbung dafür betrieben haben. Das ist nicht selbstverständlich, und ich weiß das zu schätzen.

Danke an den Piper Verlag für das Vertrauen in Buch Nummer zwei und an meine Lektorin Julia Feldbaum, die immer weiß, wo man den Finger in die Wunde legen muss, damit am Ende ein Roman entsteht.

Und last but not least: ewige Liebe für meine Frau Dagmar, die mich auf allen Reisen begleitet und mein kreativer Ideenmotor ist. Holen wir die Sterne vom Himmel!